Un rêve tibétain

Patrick Carré

Un rêve tibétain

ROMAN

Albin Michel

22, rue Huyghens, 75014 Paris

ISBN 2-226-07466-X

« Le désespoir est une chimère :
c'est en cela qu'il ressemble à l'espoir. »

S. Petöfi

Henga

Histoire

Le temps d'un éclair, toute l'immensité qu'un cœur humain peut accueillir se déploya dans le cœur du lieutenant Wei Lang : une immensité légère et solennelle, un comble de clarté — la force de la terre allée avec le ciel dans la vision du Haut Plateau.

Désordre de vieux cubes blancs échappés à l'ordre des baraques militaires flambant neuves, le village de Piri, au nord de Kandzé, grimpait entre les genoux rocheux du géant Gyapla jusqu'aux hauts parapets d'un temple noir et or, au-dessus duquel, dans le bleu impeccable du ciel, par centaines les corbeaux tournaient en croassant sous la ronde plus vaste encore, et plus lente, des vautours.

Tout en bas, entre les talons du géant, l'homme s'activait à inscrire d'autres cercles dans la terre, et, par erreur probablement, par bonté vicieuse, des routes, des ponts, et d'impraticables corniches. Il fallait ouvrir, relier, contrôler le Kham occidental.

Au rythme cahotant du side-car où il était assis, raide et soupirant, les doigts crispés sur les lunettes de soleil et la casquette prête à s'envoler, le lieutenant Wei Lang remâchait cette nouvelle que, à l'Académie militaire de Tch'ong-k'ing où elle était tombée huit mois auparavant, il n'avait pas même remarquée :

« Afin de punir les réactionnaires pour leur crime et faire disparaître les obstructions à la libération pacifique du Tibet, le gouvernement populaire central a donné l'ordre en octobre à l'Armée populaire de libération d'avancer dans le Kham. Après avoir éliminé une force tibétaine de cinq mille hommes, l'Armée populaire de libération a conquis Tchamdo. »

Au col de Piri, on l'avait arrêté. C'était la moindre des choses. Un grand dadais avec une petite bouche charnue, le fusil en bandoulière, s'était approché du sergent Ng Tchoi-loi, le Cantonais qui tenait lieu d'ordonnance et de pilote à Wei Lang. Tout était en règle mais le jeune garde avait jugé bon de demander :

— Où comptez-vous vous rendre, mon lieutenant ?

— Vous venez de le lire.

— Mais...

— Et vous, où vous croyez-vous ? Allez, ouvrez-moi cette barrière !

— A vos ordres, mon lieutenant.

Dès que l'Ourod Mototsykl eut franchi la barrière, et comme le sergent Ng accélérait dans un nuage de poussière, Wei Lang ôta lentement ses lunettes noires, sa casquette et ses gants, avant de se fourrer une A-che-ma filtre entre les lèvres et se laisser glisser, ébloui par l'insistante révélation du paysage, dans une réminiscence littéraire. Comme à son habitude, il songea au grand poète Wang Wei : le cher mandarin planait au bord du torrent de la Jante, aux Champs Bleus. Aurait-il jamais, dans les immensités de son cœur apaisé, conçu les immensités du Tibet ?

Vrai, pensait-on pour Wei Lang, le lieutenant brinquebalé que le paysage gagnait comme une lente ivresse, nous étions là pour libérer le Tibet des impérialistes étrangers et neutraliser une poignée de réactionnaires pourris qui empêchaient nos frères tibétains de réintégrer la grande famille chinoise. Il fallait mettre un terme aux exactions antipopulaires de ces crétins de séparatistes soudoyés par les impérialistes occidentaux et les esclavagistes indiens. Le peuple, il n'y avait que le peuple, le peuple, oh, le peuple : libérons le peuple du servage et du régime féodal ! Ce peuple fût-il un ramassis de gueux incultes, noirauds et puants — et ses chefs, noblesse de robe ou d'épée, mal sinisés depuis la nuit des temps : à libérer aussi !

En 1949, le gouvernement tibétain de Tagdrak avait expulsé les Chinois de Lhassa. A la fin de l'année suivante, le 7 novembre exactement, la Première et la Deuxième armée de campagne de l'Armée populaire de libération, plus de quatre-vingt mille hommes en quête de deux repas par jour, s'étaient introduites au Tibet oriental, aussi pacifiquement que l'artillerie, les chars et les camions le permettaient, sur huit fronts, dont l'antique route de Tch'eng-tou à Lhassa. Un doux mot d'ordre et de fraternité volait dans tous les cœurs : « Supprimons les contre-révolutionnaires ! »

Le 23 mai 1951, l'ex-gouverneur du Kham, Ngapo Ngawang Djigmé, signait à Pékin le fameux accord sino-tibétain en 17 articles : traité infâme, s'indigna-t-on partout sur le Toit du Monde. Mais à K'ang-ting, où étaient postées d'inépuisables forces, le lieutenant Wei Lang n'en avait rien pensé, sinon un peu plus de mal, encore et toujours, de l'humanité tout entière, d'autant plus que ladite infamie paraissait enchanter son oncle, le colonel Han Min-tsang.

A la fin du mois de juin de cette glorieuse année 1951, le lieutenant Wei Lang avait quitté K'ang-ting pour Kandzé. Et comme en ce distique de Wang Wei qui lui trottait par la tête,

Cœur en deuil à l'hôtel du Bonheur lumineux,
Œil brisé à la terrasse du Regard songeur,

il n'était pas vraiment là, perdu dans la colonne ininterrompue des libérateurs, avec les quarante, soixante hommes que tout lieutenant de campagne traîne derrière lui. Il ne commandait d'ailleurs aucune compagnie. Au mieux, pour l'armée, pratiquait-il la cartographie.

Il n'était pas là, pas perdu là précisément, comme tout indispensable élément de la colonne ininterrompue des envahisseurs. Il était absent, les paupières mi-closes derrière ses lunettes teintées, les jambes enroulées dans une tchouba noire, à ressasser l'amertume d'un secret.

Dans le side-car soviétique que le sergent Ng conduisait du mieux qu'il pouvait, Wei Lang avait les doigts de pieds recroquevillés au fond de ses belles bottines d'officier, et la casquette bourrée d'arrière-pensées, de doutes, d'affreux pans de doute qui l'aveuglaient sur tout ce qui ne relevait pas du doute pur et simple. Tenez : la splendeur, mille fois dite mais vraie, du Haut Plateau, il ne l'avait qu'entrevue depuis qu'il avait quitté les casernes de K'ang-ting ; il n'avait rien vu, sinon un nœud d'asticots blancs dans les pupilles de son ordonnance.

Or, à défaut de décrire les éblouissements du lieutenant Wei Lang, les impayables auteurs des *Grands Moments de l'histoire du Tibet* expliquent comment, de leur côté, les Tibétains virent leurs libérateurs : « Ils louèrent les hommes de l'Armée populaire de libération et les comparèrent à des fils et des frères du peuple, des Han d'un type nouveau... »

Libération

Chargé de distribuer les cigarettes aux soldats et aux travailleurs de la route, le sergent Ng était censé recueillir les informations d'ordre purement militaire. Curieux, bavard et grand fumeur, il entamait invariablement la conversation par la même formule :

— Il n'y aurait pas des contre-révolutionnaires dans le coin ?

Il offrait ensuite une tournée d'A-che-ma et, du fait que son accent cantonais le rendait proprement incompréhensible, il lui fallait répéter deux, trois fois chacune de ses subtiles questions. Pendant ce temps, carnet au poing, son supérieur, qui était cartographe, relevait les rigoles et les taupinières de son imagination, loin de ce sergent soupçonneux et servile qu'il n'épargnait jamais et avec qui il ne sympathiserait en aucun cas.

Les quatre gardiens les plus gradés du poste le plus avancé reçurent un paquet de cigarettes chacun ; un demi-paquet aux autres soldats.

— Vous n'avez jamais été attaqués par des contre-révolutionnaires ? répétait Ng Tchoi-loi.

Les mâchoires crispées, les poings serrés sur leur

arme, les gradés dirent « non » ; les autres « pas encore ».

— Le commandant Teng, inventa Wei Lang, m'a chargé de vous féliciter tout spécialement et de vous transmettre ses plus chaleureux encouragements : grâce à vous, grâce à cette route dont vous protégez la pointe et garantissez l'avancée, vous aidez le socialisme à substituer scientifiquement la civilisation à la barbarie...

Le lieutenant s'était surpassé.

— Vite, suffoqua-t-il, le paysage !

Alors, les grands lacets rouges de la solitude dans l'immense gris-vert : les monstrueux échos de la motocyclette pétaradaient. Mais une vingtaine de kilomètres après le col, un éboulement infranchissable arrêta les deux hommes.

— Je vous l'avais dit, commença Ng.

— On ne fait pas les cartes juste en rêvant le terrain.

Wei Lang aimait cette fausse patience que le sergent, ombrageux et soumis, lui inspirait.

Un coup de feu retentit de toute part et Ng tomba, la tempe droite éclatée.

Avant l'angoisse, le lieutenant bondit du side-car pour se précipiter derrière un rocher, la main sur son pistolet, un P. 38 russe, livraison Kouo-min-tang. Tout fit silence. Une armée l'encerclait ; il tremblait comme un innocent dans la mire de cinq cents mousquetaires invisibles.

Comme il ne se passait plus rien, il grimpa sur la motocyclette dont le moteur tournait encore, sans un regard humain pour son ordonnance, et fit demi-tour. Une deuxième balle siffla alors à son oreille, venue de nulle et de toute part. Son cœur se déchaîna ; il accéléra. Une troisième balle le manqua. Éperdu, il refit demi-tour et, au pied de l'éboulis, préféra foncer que piler.

Il décolle, s'envole, retombe dans la poussière et les cailloux : la piste, pourrie, continue. Il s'envole, rebondit, hésite quelques éclats de seconde à se renverser, à s'embraser, à s'écraser. Mais il ne s'écrase guère et passe : la piste continue en descente — vertigineuse. Les pneus tiennent le coup, de même que les nerfs du lieutenant.

Nul ne l'avait suivi, pas même l'infernal sifflement d'une balle. Merde ! pensa-t-il : qu'est-ce qui s'est passé ? Nul poursuivant n'avait enjambé l'éboulis. Les montagnes se déridaient au-delà du paysage.

Quarante-cinq kilomètres plus bas, d'après le compteur de la moto, Wei Lang se crut au pied du Kia-pou-la tant celui-ci avait grossi dans son dos plus il s'en éloignait ou, plutôt, plus il croyait s'éloigner de sa cime, des nuées immobiles qui occultaient sa cime.

La piste s'arrêta soudain. Elle n'était pas grand-chose, elle n'était plus rien. Il n'y avait plus de poteaux télégraphiques, plus trace de vie ou de labeur humain depuis si longtemps. Pas même un arbre : mi-steppe mi-prairie. Comme une irrésistible inspiration de menthe sous la peau, et l'inquiétude en proportion. Vert immense et courbe parcouru de filets bleus, scintillants. Impossible de continuer avec le side-car. Malgré son apparence de poli, la prairie n'était que bosses, trous et pointes.

Il fit un tas de tout ce qu'il trouva dans le side-car : deux paquets de biscuits de survie, trois paquets et demi de cigarettes A-che-ma, une lampe-torche, une gourde de thé froid et amer, deux boîtes d'allumettes, et une grande tchouba noire fourrée, le manteau-robe-vêtement complet des Tibétains dans lequel il s'était enroulé les jambes, passager du malheureux Ng. Il y emballa le tout avant de détacher le side-car de la motocyclette.

Le soleil était encore brûlant; il n'était que quatre heures de l'après-midi, et, au lieu de souffler, de reprendre sa respiration, d'apprécier le vif mentholé de l'air, à l'approche d'un gros nuage de pensées orageuses, le lieutenant Wei Lang reprit sa course folle.

En aucun cas il ne ferait demi-tour.

Il vida le jerrycan d'essence, le jeta contre le rocher, tâta son holster. Le réservoir était à moitié plein. Huit balles dans le chargeur. Ng *ad patres*.

— Hé ! sourit-il, il ne pouvait en être autrement.

Son barda fixé sur la selle arrière, il redémarra à pleins gaz en direction d'une montagne plus petite que les autres, une espèce de pain de sucre posé entre le plateau et l'énorme sommet qui commençait à s'échapper, tel un piston, de son cylindre de nuages cotonneux éblouissants — à redescendre, lui aussi.

La motocyclette rugit comme il attaquait un abrupt à faux airs de piste. Il s'amusait : il jouait à ne répondre à aucune des questions que son sang lui imposait en battant à ses tempes. C'est à peine s'il avait déjà conduit une moto. Les Wei, à moins qu'ils ne fussent en campagne, avaient des chauffeurs.

Quelques heures passèrent encore; le soleil changea trois fois de piédestal. Le lieutenant s'arrêta entre le pain de sucre et le grand mont, sur une crête aux reflets de papier de verre, et aussi abrasive, pour envisager une nouvelle descente sur la steppe verte, vers un lointain ravin où s'engouffrait une cascade muette. Pas un souffle de vent. Il coupa les gaz. Une cascade énorme, à qui la distance et les disproportions avaient volé la voix.

Il allait presque, dans tout ce silence, dans cette surabondance de lumière, de fraîcheur hypodermique, se mettre à penser pour de bon, jeter un sucre à la gueule affamée de son esprit. Merde ! répéta-t-il, comme s'il ne savait plus dire que cela, comme s'il n'avait plus que cela à dire.

Non, il ne penserait pas encore, pas encore vraiment : la moto ne voulait plus redémarrer. Il dévissa, enfin anxieux pour quelque chose de concret, le bouchon du réservoir : vide. Il avait foncé comme un enfant. Il prit soudain conscience que, par-delà l'illusoire généralité de la menthe qui tapissait l'atmosphère, verts et gris de glace et de poussière et de poivre, une pierre, un coup — en tout cas, pas une balle perdue — avait crevé le réservoir : les dernières gouttes d'essence avaient taché ses bottines : ça puait.

— Et merde...

Acculé à ce trop peu de prose, le lieutenant Wei Lang, cartographe amateur et unique fils du général Wei Tchen-yi, poète avant tout — dans la sublime ornière du prophète Tsa-t'ou-la —, Wei Lang le motocycliste improvisé se rendit compte, admit et se dit en articulant, chaque neurone à sa place, rien n'étant laissé au hasard des muscles, des tendons et de leurs spasmes, se dit qu'il s'enfuyait.

Ce n'est plus merde qu'il répétait cette fois, mais « meurs au bon moment ! » : l'une des olives les plus goûteuses tombées de l'arbre à imprécations de Tsa-t'ou-la, qu'il savourait en souriant de nouveau.

— Eh bien moi, j'ajoute, gueula-t-il au vide étalé à ses pieds : tue au bon moment ! Alors...

Sa voix se brisa. Un instant, il ne fit plus qu'un avec les milliers d'horizons qui le cernaient ; son questionnement épousa toutes les formes qui effleuraient sa conscience. Il avait déserté. Et non pas fui seulement. Déserté parce qu'il était soldat. Homme ordinaire, il n'aurait fait que partir.

Le lieutenant avait déserté, l'homme était parti : Wei Lang avait fui.

Fui la colonne où il faisait le soldat parmi les soldats, l'officier parmi les officiers, l'envahisseur parmi les envahisseurs. Où il faisait semblant de libérer le peuple tibétain, semblant de recevoir et de donner des ordres, semblant de ne pas ressembler à un fou échappé de l'asile. Oh, tous ces semblants avaient marché, si ce n'est que, à l'intérieur de lui-même, derrière ses lunettes noires, le lieutenant Wei Lang ne pouvait en aucun cas faire semblant de perdre les pédales, car il les perdait vraiment.

Les autres libérateurs le prenaient probablement, lui, l'officier-né, le bretteur ambigu, le bibliothécaire pointilleux, l'admirateur de Tsa-t'ou-la dans les traductions de Wang Kouo-wei, les autres le prenaient pour ce qu'il était malgré lui : le lointain intouchable qu'il ne voulait plus être ; et ils n'avaient pas tort, car on ne naît pas Wei impunément.

L'homme partait, le lieutenant désertait : Wei Lang fuyait.

Barbaraison

Pour ne pas succomber aux sentiments qui ne l'avaient plus lâché depuis K'ang-ting, mais que depuis bien avant K'ang-ting, depuis sa naissance, il s'exerçait à refouler, le lieutenant Wei Lang s'empara de son baluchon, vérifia que son pistolet était accroché à sa ceinture et se lança sur la pente en poussant un cri de guerre puéril.

En plus de ce barda improvisé, il avait emporté son passé et les passés de son passé, ainsi que, plus fort que ces passés, tout le refus, le refus présent, l'éternel refus de ce petit passé de trente années qu'il haïssait.

Il atteignit vite le bas de la pente, où la steppe redevenait prairie, prairie pour les revenants : quelle solitude ! Le soleil aussi était tombé bien bas, et la nuit fit comme un homme foudroyé par une balle : elle s'abattit sur la terre.

Le fugitif avait-il faim ? Non : Wei Lang se sentait de bois.

Il fit halte, torche au poing, à l'approche d'un grondement et d'une fraîcheur : un pas de plus et il glissait dans le torrent...

Un petit feu, une A-che-ma — il se força à croquer, tout sec, un biscuit magique. Mais la fatigue soudain voulut l'emporter sur la mémoire : n'ayant, somme toute, guère eu le temps de se réhabituer au souvenir pendant cette journée fort agitée, il s'enroula dans sa tchouba fourrée de fine laine d'agneau et s'endormit comme un nourrisson.

Le lendemain, dès qu'il revint à la conscience, il ne laissa pas à ses premières pensées le loisir de jeter leurs filets sur son être. Pour les museler, il entreprit de passer de l'autre côté du torrent qui grondait. Il était tout au fond d'une espèce de cluse gigantesque où le soleil, si lumineux là-haut, n'avait pas accès.

Chargé de sa seule tchouba abondamment gonflée, il escalada pour s'abrutir : il n'avait pas encore trouvé la paix de l'esprit. Mais lorsqu'il prit une autre fois conscience qu'il avait déserté, enfin abandonné son poste au champ d'honneur, il poussa de nouveau son ridicule cri de guerre.

Il grimpait en pestant mais grimpait comme une chèvre, s'assit pour fumer une A-che-ma, en fuma deux, comme un Chinois, se releva pour perdre souffle immédiatement, se rassit, refuma en avalant des bouffées toujours plus grosses. Le soleil débordait des montagnes du sud, ruisselait dans les ouates du Kia-pou-la — derrière lequel, sur la Grand-Route, à Kandzé, Dergué, Tchamdo, et jusqu'à Lhassa, les occupants de l'univers invoulu de Wei Lang, les « siens », se livraient, inconscients, idiots, ou sadiques, à leur jeu de libération pacifique du Tibet. Et le ciel, plus bleu que bleu, lui inspira ces mots de délire qu'il cracha avec ses poumons, les lèvres fendues par l'air vif :

— Fini les caravanes d'opium et de brocarts : ciment, plastique et idées neuves grimpent à l'assaut, vite et haut, méchant kaki, méchante compagnie, à l'assaut de la pureté du Haut Plateau !

» Sus aux sables d'or où l'Artiste retombe !

» Sus aux refuges de l'Inconnu !

Soudain honteux de versifier pour le néant — pas un rat, pas un aigle : trop de pureté —, Wei Lang *pensait*, enfin. Il n'était rien au monde qu'il haït autant que cette armée, qu'il méprisât autant que les soldats en général et la peau de lieutenant qui lui collait aux nerfs. Comment des hommes, se demandait-il, ces « ponts tendus entre le singe et le Surhomme », pour ne pas citer son cher Tsa-t'ou-la, pouvaient-ils appartenir à une armée ? Appartenir : c'était grotesque. Les pauvres hères, les rejetons d'un demi-siècle d'empalements, de décapitations, de supplices nourris par l'homme pour engraisser la mort de l'homme, ces malheureux pions ne devaient, certes, jamais raisonner : il y avait les colonels, les généraux, les généralissimes, les nationalistes, les communistes et tous les autres menteurs pour ça : raisonner. Raisonnement, pensée : sous le ciel plus bleu que bleu, Wei Lang haïssait la pensée. Dans la lumière plus lumineuse que la lumière, il s'élevait, il se leva contre les tourbillons vides du souvenir.

Un fou, ce lieutenant : assertion de peu de sens dans pareil paysage. A ces altitudes, sourit-il, on ne peut que se surmonter. On éprouve, jugea-t-il en esthète mandarin, le bonheur et la majesté du paysage qu'on est capable de contempler... Il errait aux confins du Gyalmorong, le « Ravin de la Reine » où jadis Lhassa exilait ses hommes d'Etat trop sains, et du Tongkor, le « Cercle Vide » — au bout du monde, en quelque sorte.

Il ne rêvait que de déserter. Voilà qui semblait fait. Un peu de paix le dilua dans l'inconnu de la situation.

Il rêvait de se barbariser.

Alors il fit une autre halte. Il se figea dans les hauteurs, et les anges du Seigneur vinrent l'aider à se déshabiller. Nu dans le soleil et la steppe, il dénoua son épais baluchon, répandant ce qu'il contenait sur ses vêtements épars. Il enfila la rude tchouba de laine noire fourrée de soyeux agneau blanc — il l'avait achetée à K'ang-ting, comme il découvrait les Khampas, les Nossous, les barbares de la montagne, et maintes fois il avait songé à s'y glisser sans colère ; il avait même étudié de près le superbe négligé avec lequel les Khampas la portent... Il n'avait pas de ceinture, sinon le ceinturon d'ordonnance où pendait son holster. Il sortit l'arme de son étui — un cadeau, un cadeau empoisonné de son père, le général Wei Tchen-yi — et la contempla en cessant de respirer. Un chargeur plein, pas d'autres munitions. Et pour tenir sa tchouba, y fonder l'ambak, cette poche où l'on transporte tout, sur le ventre, les côtés et dans le dos en gardant les mains libres, il réduisit son pantalon vert-de-gris en lanières dont il tressa une corde. Achevant de nouer cette ceinture improvisée, il ne put s'empêcher de soupirer sans sourire le moins du monde :

— Voilà, je me suis vraiment « barbaré ».

Vraiment, mon lieutenant ? « Barbaré », dites-vous ? Mais il manque un joyau dans le trésor de votre ambak tout neuf. Non, pas votre pistolet, pas non plus les cigarettes, ni le feu ni la lumière. Quoi donc ? De quoi écrire, poète !

Distrait par tant de sublimes distractions et « barbare » depuis peu, le lieutenant tira de la poche du cœur de sa chemise militaire, qui n'était plus qu'une épave kaki dans les cailloux, son carnet de notes, petit mais épais, un minuscule bout de crayon et un canif de dame à manche de nacre d'origine occidentale, qu'il fourra dans l'ambak, « avec les autres armes », pensa-t-il. Mi-aveugle mi-voyant, il reprit sa course dans l'inconnu.

Il atteignit vite une éminence, un col encore, pressé entre une autre cluse au nord et la steppe au sud. Le ciel qui fuyait à l'horizon septentrional avec la haute prairie rase se barra d'une ligne de feu transparent parcourue de frissons : l'Amnyé Matchen recevait le soleil de juillet.

— *Pa-yen-ha-la chan-mai a !*

La chaîne des Bayankhara, aussi flagrante, aussi limpide, plus légère que les visions les plus insaisissables, et plus lourde que toutes les banques du sens et de l'affect, cependant, émouvait moins Wei Lang par sa beauté que par le mystère de son nom, du mot que formait son nom. C'était là une déformation poétique, aucunement linguistique. Répétant *Pa-yen-ha-la chan-mai a*, il tritura les profondeurs de son sac ventral, en sortit le carnet, ragea pour retrouver le petit morceau de crayon et s'assit sur un banc de pierre naturel. Il ouvrit son carnet à une page blanche et, après un rapide coup d'œil à la ligne merveilleuse des montagnes enneigées qui dévoraient l'horizon, et un autre à sa montre, il écrivit :

« Le 7 juillet, à 16 h 30, je contemple la chaîne des Pa-yen-ha-la... »

Il dut alors percevoir ce que « je contemple » signifie, car il lâcha un petit cri aigu en écrivant à la hâte :

« Tout en bas, au milieu du désert scintillant, une houle de panaches verts : on dirait une bambouseraie. »

Il alluma une autre A-che-ma, rangea les allumettes dans un repli de sa ceinture et le carnet dans son fourre-tout abdominal : il avait « contemplé » non la sublime, divine et raffinée vision des neiges éternelles de l'Amnyé Matchen, mais la splendeur de plomb de son indifférence, de son inaptitude à voir, et il avait peuplé son aveuglement d'une *bambouseraie*. Tiens donc, maugréait-il en redescendant vers le mirage : des bambous à plus de quatre mille cinq cents mètres d'altitude !

Il plantait les talons de ses bottines dans la pente inégale, toute en lichens desséchés et en cailloux friables. Au-delà de la masse sombre des bambous courait un plateau de blocs granitiques blanchâtres, cyclopéens. Plus il descendait, plus Wei Lang appréhendait de se comprendre, de se trouver, de se retrouver là, réel et vivant, où la déclivité le talonnait, à sa gauche effrayé par un mur de roche qui grandissait à chacun de ses pas : il courait, hors d'haleine, dans l'oubli vers l'oubli. Des ombres fumaient au-dessus de sa tête. Et bientôt, dans un jour à toute épreuve, au soleil rougissant par-dessus les labyrinthes, il s'arrêta au bord d'une étrange dépression. Un trou plutôt, un trou d'une dizaine de mètres de profondeur, découpé avec précision dans la haute steppe, où verdissaient des bambous d'une taille gigantesque, dont le feuillage n'était en rien une hallucination, du moins en ce qui concernait les yeux écarquillés du lieutenant.

En trois bonds, il était au fond du trou, à l'entrée d'une bambouseraie comme on n'en trouve que bien plus au sud. Il avait de nouveau plongé la main dans son ambak. Il caressait alternativement le P. 38 et le bout de crayon. Une bambouseraie quasi tropicale. Il s'approcha. Il ne pouvait refermer le poing sur les hampes vert sombre, vert phosphorescent, plus lisses et plus dures que galets, tant elles avaient de diamètre. Du bambou, du vrai.

Wei Lang poussa son cri d'enfant. Il avait empoigné la lampe-torche et son ambak changea de forme. Comme il allait entrer dans les ténèbres de l'impossible forêt, un bruit étrange, un grognement le glaça, un râle, plutôt, suivi d'un fracas de branches brisées, un lourd froissement de feuilles. L'arme au poing, le faisceau de la torche braqué sur l'origine du chahut, Wei Lang eut à peine le temps de se jeter sur le côté, quand un sanglier un peu moins gros qu'un buffle jaillit du sous-bois en grognant, mieux, en barrissant de plus belle. Le lieutenant ne savait plus s'il devait éblouir la bête ou l'éclairer, ou encore, s'éclairer lui-même...

Le cochon — il n'avait pas de défenses —, le cochon mordoré au crépuscule s'était tu aussi soudainement qu'il avait surgi. Il n'avait pas de dents, certes, et à la place des yeux, c'étaient deux bouquets de fleurs fanées qui pendaient ; haletant, il semblait scruter de ses orbites évidées, blessées, maculées de croûtes noirâtres, le lieutenant immobile lui aussi, armé d'un crache-feu puant.

La lumière du couchant traversait à peine les frondaisons fluides. Le cochon aveugle poussa un affreux cri de gorge et, les naseaux frémissants, se jeta, en trois puissantes foulées, sur le canon du P. 38 de Wei Lang, avant de rouler contre les colonnes noires de la bambouseraie, pour expirer en grognant une dernière fois. Le cul dans les fleurettes du soir, le déserteur bénissait... bénissait quoi ? Il se redressa en s'époussetant ; son arme lui avait sauté de la main ; il la chercha sans la trouver un trop long instant, le temps de jurer, de choir un peu plus, jusqu'à fixer le rond de la lumière sur la troisième orbite sanglante qu'il avait creusée dans le front de la bête. Il se pencha pour examiner ses yeux : ils avaient été arrachés, et la blessure cautérisée et fleurie de gentianes, de violettes.

Où était-on ici ?

Sous le groin du cadavre brilla un mufle, plus petit mais plus fort — le bec du tube à feu de Wei Lang, le cadeau pourri de son père, le suprême argument de la survie qui tue. Du pied il poussa l'énorme tête, essuya le sang noir qui engluait l'arme aux feuilles des bambous plus noires encore et, comme si soudain il se reprochait son acte, il retomba sur son séant, les jambes croisées, les yeux fixés sur les trois yeux de la première victime de sa « barbaraison ».

Des images de jambon fumé, des parfums d'épices, l'ombre d'un boudoir trouble où il s'était abandonné dans le corps d'une fille voletèrent près de son front ; la fraîcheur le fit frissonner ; il éteignit la lampe-torche et constata le noir absolu de la nuit en frissonnant encore. Il n'avait ni sommeil, ni faim, ni soif. Peut-être était-il déjà endormi, ou mort, ou bien n'avait-il jamais existé. Tout cela, il se le demanda en moins de temps qu'il ne faut pour n'en avoir que l'idée. Une autre idée, déjà, recouvrait toutes les autres : au prix de la vie de son ordonnance, ce crétin de Ng Tchoi-loi — le bon libérateur en personne —, il s'était libéré de tout ce qu'il croyait être. Libéré ? Etre ? Entre les bambous il surprit les étoiles : qu'était-il donc à présent ? Il palpa les biscuits de survie, le carnet, les allumettes, et chaque objet qui habitait son ambak, avant de rallumer la torche pour examiner une autre fois l'épais cadavre à côté duquel il montait cette garde métaphysique. Puis il ramena le col de sa tchouba au-dessus de ses oreilles et, serrant ses genoux contre sa poitrine, s'affaissa sur le côté gauche. Parallèle au cadavre du cochon, il s'endormit.

Bambouseraie

Une étoile douloureuse éclata dans la tête du lieutenant Wei Lang, assez douloureuse pour qu'il se crût livré à un supplice insupportable et, immédiatement, il retomba dans l'inconscience du sommeil. Ce n'est qu'un peu plus tard qu'il se réveilla pour de bon ; il frissonnait encore. L'herbe ployait sous la rosée, vert d'absinthe étincelant. De nouveau, la douleur éclata dans son crâne, tolérable et saccadée, puis lancinante. Dans l'herbe, à côté de sa douleur, deux pieds nus trépignaient, deux solides jarrets frémissants et crottés.

Wei Lang écarquilla les paupières ; il voulut étirer ses membres courbatus, mais une ombre fondit sur lui, un gros turban noir, un visage tanné ; une bouche aux dents confuses s'ouvrit à deux doigts de son nez, d'où il tomba une haleine fortement aillée. A la percussion rythmée qui lui taraudait le bas du crâne s'associa un haut-le-cœur foudroyant qui contracta tout son être en une espèce de nœud sonore qui lui jaillit du larynx :

— *Hidjômou nöta !*

Sa gorge avait crié. Le turban s'éloigna, la denture et l'haleine en firent autant. La gorge de Wei Lang avait crié « bas les pattes » en langue nossoue. Derrière son front l'effroi pilonnait des tombereaux de porcelaine pensante. *Nga nossouhô hima ngölô*, c'est vrai, radotait en lui un éclair de givre : « Ma langue est aussi le nossou. » Rien d'extraordinaire...

L'instant d'après — car le cri et les perceptions qui le suivirent avaient à peine débordé l'espace d'un instant —, les jarrets glabres, musculeux, puissants se démultiplièrent autour de son regard brouillé. Au troisième instant, il comprit ce qui lui arrivait. Il se rappela qu'il avait déserté deux jours auparavant et que, la veille, il avait tué un énorme cochon aux yeux crevés et s'était endormi à l'entrée d'une singulière bambouseraie.

On l'avait retrouvé ! Les vrais ennuis allaient commencer... Mais les ruses de son esprit lui réservaient d'autres surprises. Il pensa de nouveau en chinois et à une vitesse vertigineuse pour constater que l'expression *hidjômou nöta* lui avait échappé : *hidjômou*, rapidement, et *nöta*, lâche-moi... *Hidjômou* et *nöta* : deux vocables nossous qu'il connaissait aussi bien que, par exemple, *zypêthou*, chien viverrin ; *khalakou*, un arbre qui ne doit avoir d'existence et de nom qu'en nossou ; ou encore : *vatchêpi*, cette divination qui se pratique à l'aide d'un œuf de poule... Bref, il possédait le vocabulaire d'un Nossou ordinaire à qui le quotidien et ses mots ne manquaient pas.

Le temps de la pensée se précipitait dans le chaos : le temps pour Wei Lang de retrouver une autre clarté et de voir qu'ils étaient trois, trois enturbannés aux pieds nus, les jambes à moitié couvertes de courts pantalons blancs, larges ainsi que des jupes et crasseux depuis la nuit des temps. Leurs tuniques noires, fermées à la tibétaine et serrées haut sur le ventre par une ceinture chargée de nœuds et d'organes en tout genre — bourse et briquet, poche à musc et dent de tigre, poignard, blague à tabac... — l'impressionnèrent moins que leurs longs visages aux grands yeux, au nez franc, à l'oreille alourdie de pendants, beaucoup moins que leurs turbans méticuleux et massifs, et moins que les pèlerines à longues franges que tous trois portaient comme des ailes. L'un d'eux, justement, écartait du coude sa cape si particulière pour dégager un gros poing où le lieutenant Wei Lang reconnut son P. 38.

Une autre terreur l'envahit, qui semblait jaillir d'un point précis de son crâne endolori pour s'enrouler autour de ses cordes vocales ; une autre fois, son être entier se replia dans sa gorge, dans un boîtier scintillant qu'il crut apercevoir un bref instant à la place de sa glotte, et sa voix envahit le présent :

— *Thô li mou mà dji* (Je montai, mais le ciel n'existait pas encore...).

Il avait chantonné.

Ma voix, se demanda-t-il, cette voix, de *qui* sort-elle ? D'un autre en moi ? Absurde. D'un double héroïque se détachant de moi terrorisé ? Absurde encore. Mais ne suis-je pas là, ridiculement terrassé, aux pieds de trois Nossous qui m'ont déjà brisé un morceau d'occiput et me tiennent en joue avec mon propre pistolet ?

La tête appuyée sur sa douleur, Wei Lang découvrait un peu plus les trois hommes qui le menaçaient. Le plus petit des trois, celui qui s'était penché sur lui, s'adressait au plus grand, lequel caressait le pistolet avec un plaisir manifeste.

— Bien sûr, Khötchy, que c'est un Henga. Mais explique-moi ce qu'il fait ici, dans cette tenue...

— C'est un espion ! aboya le plus grand.

Le troisième enturbanné y alla de sa voix haut perchée :

— Il a tué le cochon expiatoire.

— Les Hengas passent leur temps à bouffer du cochon.

— Rien que pour ça il mérite la mort !

— Tu ne vas quand même pas gaspiller une précieuse cartouche de ton nouveau pistolet pour un Henga à moitié crevé...

— *Mou dji tchy mà ndi* (Le ciel exista, mais les étoiles n'y brillaient pas encore...).

La chanson devait tomber à point : elle leur cloua le bec. N'était sa position pour le moins misérable, tout paraissait extraordinaire à Wei Lang : il comprenait le nossou, suivait la conversation des trois hommes et connaissait des poèmes dans leur langue, comme ce fragment de Genèse ; il lui semblait qu'il avait toujours pratiqué le nossou, comme une autre langue maternelle, mais, pour sûr, il ne l'avait jamais appris.

Cela, les trois bandits qui le dominaient pour l'heure ne pouvaient pas le concevoir et, profitant de son effet, le lieutenant s'assit sur son derrière. Les trois hommes reculèrent d'un pas. Il porta la main à sa nuque et la ramena ensanglantée.

— C'est un Henga pourri. Ecrasons-le !

— Ne fais pas ça, Khötchy ! Il parle comme nous. Il faut lui demander d'où il vient.

Le plus petit, l'homme à l'haleine d'échalote, était un bon avocat, et Wei Lang saisit l'occasion de cette bonté pour poursuivre le récit de la Genèse :

— *Ô li dö mà dji* (Je descendis, mais la terre n'existait pas encore...).

Ces vers-là, ces cinq syllabes tonales qu'un Henga plus chinois par les bottines que par les traits, un Henga bizarre assis à ses pieds, les mains désolées de sang, psalmodiait lentement, eurent la vertu de toucher un tant soit peu le nommé Khötchy, ce grand dadais à la grande boucle d'oreille qui n'aurait jamais gaspillé une seule cartouche, car de ses lèvres le dernier vers du quatrain s'échappa en même temps que des lèvres de Wei Lang :

— *Dö dji jy mà dzoû* (La terre exista, mais l'herbe n'y poussait pas encore...).

Touché, il devait l'être, car il recula d'un autre pas et se prit les pieds dans les pattes du cochon mort. De ses mains aussi l'arme s'échappa : Wei Lang retrouva sa chère terreur. Il y avait tant de signes. Des images confuses se télescopèrent dans son esprit. Le Nossou petit — c'étaient en fait trois géants, des Lolos du Caucase, eussent déliré les savants ethnologues — ramassa l'arme en éclatant de rire.

— Hé, Khötchy, qu'est-ce qui t'arrive ?

Khötchy — dont le respectable nom signifie « Crotte de Chien » — se releva en fulminant.

— Ce gars est possédé par un démon. C'est un Henga possédé par un démon nossou...

— Il a quand même une drôle de tête pour un Henga, se permit le géant intermédiaire. Mais il pue vraiment comme un Henga.

— Et alors, risqua la voix nossoue de Wei Lang, pourquoi m'avez-vous assommé pendant que je dormais ?

— Où est-ce que tu as appris notre langue ? siffla le plus grand en guise de réponse.

— Je ne l'ai pas apprise. Je la parle. C'est tout. Et j'ai mal au crâne, dit le Chinois du fond de sa terreur.

Khötchy persista dans son énervement :

— Donne-moi ce pistolet, Moundô !

— Viens le chercher, bavard !

Et Khötchy de se jeter sur Moundô comme si Wei Lang n'existait plus entre leurs pieds agités : d'ailleurs, le pauvre Henga doutait de lui-même au plus haut point, et de tout. A sa connaissance, aucun Wei Lang, fils de Wei Tchen-yi, ne parlait nossou. Wei Lang n'était qu'un déserteur ignare et poétique en train de faire une pirouette, pour plagier Tsa-t'ou-la, par-dessus sa propre tête. Jamais il ne s'était intéressé à la linguistique, sinon à deux ou trois mots d'allemand et de japonais, par esprit de contradiction. Mais ici — pourquoi raisonnablement le nier ? —, il parlait nossou.

Il comprenait ainsi pourquoi les deux hommes se battaient : pour son P. 38, une arme parfaite comme les Nossous en raffolent. Il comprenait pourquoi on l'avait joliment assommé. Hier soir, se disait-il, en effet, j'ai tué un énorme cochon, mais ce cochon, bête expiatoire, avait été chargé des puissances morbides ou démoniaques qui importunaient un pauvre homme, une femme nossous, et escorté, plus que conduit, du village à la bambouseraie.

La main gauche péniblement collée au sang séchant au bas de son crâne, Wei Lang savait qu'il avait dormi à l'orée d'une bambouseraie inhabituelle, sur un territoire réservé que les Nossous appelaient « Grotte-Bambouseraie » et où ils cachaient l'âme de leurs ancêtres morts depuis plus de trois ans. Cette forêt de bambous représentait le Nimou, l'espace nossou, un lieu perdu entre ciel et terre, un ciel plutôt — allez savoir !

Inexplicablement au fait de ces simples vérités

nossoues, Wei Lang n'en savait pas moins que, officier de l'Armée populaire de libération chinoise, il ne valait rien, ou presque, dans le cœur de ces hommes, et il ne pourrait jamais se féliciter assez de les avoir empêchés de le tuer comme on tue un ennemi mortel.

Entre-temps, Moundô avait cédé aux coups et aux cris de Khötchy; ce dernier avait définitivement remisé l'arme dans sa ceinture et reprenait l'interrogatoire, le front plissé, les sourcils tordus.

— Tu ne nous as toujours pas répondu, Henga : comment se fait-il que tu parles aussi bien notre langue?

— Je ne sais pas.

Quel soulagement que de dire la vérité aussi simplement!

— Tu mens... Les démons et les Hengas mentent toujours...

— Alors, à quoi bon parler?

Khötchy se renfrogna un peu plus : il semblait aux prises avec un raisonnement interminable.

— Eh bien, moi, dit Moundô, je pense que nous devrions l'emmener chez le *pimô*... Si ce Henga n'en était pas un, ou alors, si c'était un Henga extraordinaire, un *djihly* peut-être... Il faut consulter les Anciens. Imaginez que nous ayons levé la main sur un djihly!

Les trois hommes se turent. Le regard aveugle du lieutenant se glissa entre leurs trois regards. Moundô et le moyen géant se penchèrent ensemble sur lui et le soulevèrent par les aisselles. Ils le dépassaient, l'un d'une tête, l'autre d'une tête et demie.

— Allez, fit Khötchy, on rentre!

Ils poussèrent le Nossou malgré lui — et malgré

eux — sur un sentier qui les mena au-dessus de la cuvette. Sur le plateau, trois chevaux broutaient l'herbe rare ; ils hennirent en les apercevant et s'approchèrent.

— Moundô, tu le prendras en croupe, puisque tu l'aimes tant.

Khötchy était le chef.

A califourchon derrière Moundô, Wei Lang, la tête endolorie, visita son ambak : vide. Pour le pistolet, il comprenait, pour la lampe-torche aussi, et même pour les cigarettes. Mais on lui avait pris son carnet de notes, son bout de crayon, son canif... Oh, puisqu'on va chez le pimô, pensa-t-il, on verra bien...

Le pimô, l'Homme qui lit, n'aurait rien contre un crayon et du papier. Jour et nuit, on avait recours à lui pour sa connaissance des écritures, sa science des grimoires, sa pratique des traités médicaux, sa fréquentation des chroniques historiques... Les Nossous allant pieds nus vénéraient les mille huit cents signes de leur écriture syllabique et n'en usaient que selon les magies nécessaires du Nimou, leur Espace pour les vivants et les morts.

Moins dans les misères de son crâne qu'aux limites les plus aiguës de son regard, Wei Lang s'excitait derrière Moundô et finit par lui secouer les épaules.

— Hé, Moundô, bon Moundô, où est-ce que nous allons ?

— Tais-toi, Henga ! Je n'ai pas à te parler.

— Dis-moi seulement où nous sommes !

Moundô haussa les épaules et resta coi.

Ils marchaient vers un autre sommet blanc ; le plateau était parfaitement nu. Wei Lang était parvenu à ralentir son cœur ; les trois hommes l'ignoraient depuis des heures. Il faisait si chaud, le ciel était si bleu — quel essoufflement de vieillard ! Les Nossous avaient laissé leur prisonnier se débattre avec ses conflits intérieurs, ses états d'âme de Chinois d'en bas, de citadin aux petits pieds : qu'il s'amuse d'abord avec l'affliction d'être Henga en ces lieux, à cette heure, ensuite avec l'affliction d'être prisonnier, et enfin avec l'affliction — il s'agissait plutôt d'un mystère légèrement inquiétant — de parler aussi bien nossou...

Mystère de salut, pirouette magnifique : le lieutenant se laissa aller aux premières joies d'une désertion qui prenait un tour « intérieur ». Le début d'une conversion. Une intériorité qu'accentuait le naturel croissant du paysage. Intime de l'immensité : toute la terre et ses convictions dans l'insaisissable mercure du ciel. Moundô lui-même en frémissait.

A bout de souffle intérieur, le lieutenant ne put retenir son youyouyou d'enfant, son cri de guerre puéril. Puéril et tout-puissant au point d'arrêter les trois chevaux et d'arracher à Khötchy un rugissement de colère.

— On l'avait presque oublié, celui-là !

Il talonna sa monture, s'approcha de Moundô et du prisonnier en détachant un morceau de feutre qui pendait à sa ceinture.

— On va lui mettre ça sur les yeux... Il ne doit pas voir les chiens...

— Mais je n'ai pas besoin qu'on me bande les yeux...

— Tais-toi, Henga, sinon je t'assomme !

Téméraire de rares fois et couard toutes les autres, le lieutenant Wei Lang n'avait de courage que poétique. Il n'aurait pas voulu gâcher une aussi belle promenade pour des futilités : s'il ne fallait pas voir les chiens, que Crotte de Chien lui bande les yeux, après tout ! Mais quels chiens ?

— Aïe, cria-t-il en repoussant le grand bandit qui s'activait dans son cou. Vous le serrez trop, ce bandeau... Justement là où vous m'avez blessé.

— Je ne t'ai jamais blessé, moi, rit Khötchy en s'éloignant. Plains-toi plutôt à ton protecteur Moundô.

Celui-ci, sans broncher, remit sa bête au pas.

La cluse de Hêtsy

Perché sur la croupe du petit cheval de Moundô et aveugle pour de bon, Wei Lang tendait l'oreille, tendait le nez ; il déglutit goulûment : il avait faim et entendit qu'on parlait de lui, de la Pouthimô, l'Armée populaire de libération, d'un déserteur, d'un officier. L'écran noir de ses paupières lui renvoya, comme il ne l'avait jamais aussi bien vu, le spectacle magnifique et subtil des Pa-yen-ha-la, de la « Grande Faille Ancestrale », qui se tordait comme un python irisé dans un feuillage de néant. Ses narines se remplirent de résine poivrée, de musc et de violette. Le déserteur de la Pouthimô avait faim. Il le dit à son pilote, et il ne se passa rien que l'éternel déhanchement de leur robuste monture.

— J'ai faim, répéta Wei Lang, un ton plus haut.

Le léger sifflement des hauteurs seul lui répondit. Etranges Nossous qu'un rien lançait sur leurs petits chevaux et qui, soudain, s'apaisaient, rentraient en eux-mêmes au point de ressembler à des vieillards assoupis. Ils se taisaient encore et le prisonnier retendit la joue au baiser de ses pensées : j'ai été sauvé par une crise extraordinaire, marmonnait-il en étirant les bras. Ces gars-là ont compris d'où je venais et ils ne m'en veulent pas au point de m'éliminer sur-le-champ. Va donc savoir ce qu'ils se disent dans leurs drôles de caboches !

Brusquement inquiet, ou conscient, ou crétin, le lieutenant Wei Lang porta la main à son bandeau. Clac ! Il ne s'y attendait guère, il reçut une gifle du ciel dans la nuque.

— *Nöta, Henga* — touche pas, Chinois !

Tout s'écroula une autre fois sous la voix de Khötchy.

— Patience ! gronda Moundô. On est bientôt arrivés... Fous-lui la paix, Crotte sauteuse !

— Turlute-chinetoque !

En plissant le front, crispant les lèvres et le nez un bon moment, Wei Lang avait fait glisser le bandeau suffisamment pour apercevoir un fin triangle de ciel à l'extrémité externe de son œil gauche. Un ciel violacé à l'approche du soir. En penchant la tête sur le côté, il se crut sur une dune vert saxifrage et gris caillou.

Khötchy et Moundô en avaient fini avec les différentes monstruosités de leurs arbres généalogiques respectifs et, comme leur troisième compère, ils se turent.

Par le vague entrebâillement du bandeau, Wei Lang ne vit plus de jour. Les voix soudain reprirent. Ils descendaient.

— Retire ton bandeau, Henga, dit Moundô en arrêtant le cheval, et regarde, si tu parviens à y voir !

Le ciel était rouge et les montagnes, une pénombre grandiose. A sa gauche, le lieutenant regarda rosir une cime d'argent ; devant lui : un lac ovale suspendu dans les airs, où les sapins descendaient se baigner comme les Indiens dans le Gange — un à-pic sans fond disparaissait derrière les arbres, au bas de la prairie pentue qu'ils descendaient. A droite, encore l'infini — les tremblements gris d'une plaine fluviale et, cœur battant, mille chaînes de montagnes, tout un spectre du blanc-rose au violet-noir ; derrière : la pente et une crête molle et nue, l'orée du plateau.

— On est à Hêtsy...

Apparurent des chalets de bois et de torchis. Ils traversaient une sapinière clairsemée ; ils longèrent d'autres maisons aux toits de tavaillons maintenus par des pierres blanches où les dernières lueurs du jour s'accrochaient.

Puis il fit noir et des feux s'allumèrent de toutes parts. A présent ils longeaient une haute palissade en troncs de sapin à peine dégrossis en haut de laquelle un flambeau parfois surgissait. Un quartier de lune se détacha de l'ombre du grand sommet comme ils s'arrêtaient à la porte d'une vaste demeure murée.

Aidé de Moundô, le prisonnier mit pied à terre tant bien que mal : sa tête ne l'obsédait plus mais, dès qu'il eut glissé au bas de la croupe du cheval, tous les vertiges de la nuit s'abattirent sur lui. Suspendu à Moundô et au moyen géant, Wei Lang vit à peine la cour : il faisait trop noir et ses pensées, folles derechef, l'affolaient.

— Où m'emmenez-vous ?

En haut de trois marches, sous un auvent de bois sculpté, Khötchy poussa une porte et passa la tête dans l'entrebâillement.

— On a un prisonnier, entendit Wei Lang.

Khötchy se retourna.

— Entrez ! dit-il à ses amis embarrassés du grand Henga — celui-ci n'avait qu'une tête de moins qu'eux : c'était sans aucun doute possible un Henga exceptionnel...

Wei Lang se trouva soudain à l'entrée d'une grande salle enfumée, où l'air était étouffant, où l'on n'y voyait goutte. Ses yeux se firent à l'obscurité ; ses porteurs le laissèrent retomber sur ses pieds. Sous ses bottines la terre était ferme. Tout au fond de la pièce, à droite, autour d'un foyer où bouillonnait un chaudron, il distingua deux hommes coiffés de turbans à corne : accroupis, les traits figés, ils le dévisageaient sans mot dire. Une vieille s'activait derrière le chaudron, comme si personne n'était entré chez elle. Cela sentait l'étable, le purin, le lait ranci, le vieux fromage — comme dans certaines boutiques tibétaines de K'ang-ting — et le bon bois qui brûle.

Debout immobiles à la porte, les trois ravisseurs de Wei Lang semblaient attendre que leurs hôtes aient achevé un premier examen du prisonnier de l'APL. Mais l'examen dura encore quelques minutes avant que le vieillard à masque de bélier et son voisin, un borgne d'âge mûr avec une barbichette et des traits princiers, décident en cillant que c'en était fini.

Ces deux-là, pensa le lieutenant, plus encore que les trois autres, ressemblent aux chimères et aux bêtes sculptées de-ci de-là, à l'extrémité des piliers suspendus et des poutres de cette drôle d'écurie...

— Qui êtes-vous, étranger ? fit le borgne.

— J'ai déserté la deuxième armée de route de la Pouthimô au col du Kia-pou-la... Je ne veux plus être ce que j'étais jusque-là : tout mon être a déserté son passé...

Quel était ce brusque ton de confidence ? Etait-ce son antique obsession de se surmonter ? Wei Lang ne savait pas clairement où il se trouvait, ni même ce qui se tramait en lui et autour de lui, mais il était sûr, clairement sûr, de ne plus rien avoir à faire avec « en bas » : fini la Chine, fini la civilisation innée, l'art facile, la fin du monde...

Dans la pénombre, le borgne sourit. Les trois géants et leur prisonnier se tenaient encore debout contre la porte ; à leur gauche, un bouc bottait les murs de sa chambre. Plus de vendettas héréditaires, de tares familiales : fini le patriotisme et la patrie, le communisme si intelligent et si juste, la lutte des classes si bien inventée, les militaires sanguinolents, les ethnies qui s'éteignent, la République populaire, les armes nouvelles, l'Occident, la logique, les sciences de la matière : au trou !

La vieille coiffée d'un gros chiffon continuait de s'activer autour du feu. Sa coiffure énorme, que le lieutenant observait en poursuivant sa litanie intérieure, ne semblait pas l'incommoder. A mieux y regarder, c'était un rectangle de coton noir, peut-être brodé, replié en accordéon et maintenu en place par ses cheveux nattés, ses vieux cheveux blancs et longs, entremêlés de mille petites choses scintillantes.

— Comment se fait-il qu'un Nossou appartienne à l'armée de ceux qui violent le Ciel nossou ?

— Je ne suis pas nossou, mais sseutchouanais, de Tch'ong-k'ing...

— Où avez-vous appris notre langue ?

— Je ne l'ai jamais apprise.

L'étonnement de Wei Lang, ce disant, profita de l'étonnement de son interlocuteur pour s'épanouir tout à fait :

— Je parle nossou.

— *Tchong-kouo-houa nö ?* fit le borgne avec un terrible accent pour s'assurer que le prisonnier parlait aussi le chinois, en théorie sa langue maternelle.

— *Kiang-tö*, répondit machinalement le lieutenant à qui la ruse parut de bonne guerre.

Le borgne sourit une autre fois puis, invitant les gardiens de Wei Lang à prendre place autour du foyer, il commanda à la vieille femme de porter un bac d'eau chaude au prisonnier. Avec le bandeau sale de Khötchy, le Chinois lava sa plaie en gémissant, tandis que, dans son dos, les trois hommes contaient les faits aux deux anciens, avec plus de précisions et de détails que Wei Lang n'en eût jamais rapportés sur une maudite carte d'état-major.

Le mont Hêtsy, tiens ! Quel colonel géographe et mangeur de Tibétains en aurait jamais eu l'idée ? Et le village de Hêtsy, où on avait emmené le prisonnier ? Encore moins. Et encore moins les individus Khötchy et Moundô, ces sauvages aux pieds nus, et leur pimô, leur Borgne qui lit, car, borgne et barbichu, le respectable interlocuteur de Wei Lang n'était autre que le pimô.

— Asseyez-vous, homme de Tch'ong-k'ing. Comment vous appelez-vous ?

Ne lui laissant pas le temps de répondre, le pimô campa son œil unique contre les deux yeux du prisonnier ; il plissa le front et, le baissant un peu comme s'il regardait une idée, poursuivit :

— Moi, je m'appelle Akho Lazö, et je lis pour les gens de Hêtsy. Lui — il leva la paume de la main droite pour désigner son vieux voisin, plus hautement encorné que lui —, c'est Chalô Apou ; il est Vieillard de la Terre au Conseil du village. Nous vivons au Tibet depuis cinq générations seulement ; nous sommes des sujets du prince du Tongkor... Vous connaissez Khötchy, Moundô et Dövou... La vieille femme, c'est ma mère. Elle a plus de soixante-dix ans.

L'Homme qui lit était moins borgne qu'il n'en avait l'air. Son œil mort absorbait les rares lumières du foyer comme sables mouvants le soleil ; son œil vif en valait dix : d'un seul regard il avait fait dix fois le tour de Wei Lang de Tch'ong-k'ing et de ses problèmes existentiels. Avant de reprendre sa mine de loup, il sourit une troisième fois.

— Je ne veux pas encore savoir qui vous êtes vraiment, et peut-être ne le voudrai-je jamais, dit-il en écartant les narines — à son oreille droite pendait une perle lumineuse... Il est dommage que, parce que vous êtes chinois, et moi nossou, nous soyons forcés de nous mentir ou, du moins, de ne pas nous croire... Vous pensez certainement que la guerre est injuste et qu'il faut la fuir à tout prix.

Cet homme parlait bien : car en parlant il pensait.

— Pas du tout : je suis lieutenant parce que mon père est général, un célèbre général, et si je crois que la guerre est mauvaise, je suis loin de croire que toute guerre est injuste. Ce n'est pas la guerre que je fuis, mais la bêtise humaine.

— Vous vous êtes dit que les montagnes et les cimes vous débarrasseraient de vos tourments, de votre passé...

— Je ne me suis rien dit, seigneur Akho Lazö — emporté par l'émotion, le lieutenant se leva presque. Les choses se sont passées ainsi, malgré moi.

Il oubliait l'essentiel.

— Mais je ne veux plus être ce que j'étais

— Qu'étiez-vous ?

— Ce que je ne veux plus être.

Il n'y avait rien à comprendre, ou alors, Wei Lang n'était pas un prisonnier ordinaire. Tout ce qu'il disait, il en doutait autant que le pimô. Aussi perspicace qu'il parût, celui-ci ne pouvait pas croire que Wei Lang ne fût pas chinois ni qu'il le fût. Il parlait trop bien nossou, langue rare, inhabituelle, méconnue, mésestimée, « en voie de disparition », et ce n'était guère le fait des habituels prisonniers chinois : exécutables vite exécutés, vagues pourvoyeurs de renseignements inexacts.

Pris dans le jeu des fumées de l'être, Wei Lang croyait que la compagnie avait accepté de sauter par-dessus sa propre tête, s'il ne se trompait : dans la pénombre de cette maison nossoue, il persistait à chercher des « cloches d'azur », ainsi que Tsa-t'ou-la nomme les plus profondes prises de conscience.

— Que voulez-vous que nous fassions de vous ? demanda soudain le pimô. Ne vous croyez pas notre hôte... Nous n'avons pas à vous craindre, mais nous n'avons pas non plus à vous croire : vous le savez bien, tous les Hengas sont des menteurs !

On ne ment que pour garder un secret qui en vaut la peine, se dit Wei Lang. Que je reste henga, menteur comme un Henga, henga malgré soi, et voilà !

Le Vieillard de la Terre n'avait pas prononcé un mot. Parfois il remuait la haute corne spiralée de son turban noir. Parfois bougeaient ses oreilles, les ailes de son nez. Dans un parfum de chrysanthèmes se frayant quelques voies dans cette sombre foire olfactive, le vieux à tête de bélier avait laissé s'éteindre sa longue pipe ; ses doigts avaient bougé, ses lèvres s'étaient crispées, mais il n'avait rien dit : ses vieux yeux, dans leurs vieux plis, pétillaient.

On jouait à qui devinerait mieux l'autre : mieux qu'un interrogatoire à coups de latte, c'était supérieur. Wei Lang menteur ? C'était vrai. Pourquoi les trois gaillards qui l'avaient arrêté — son comité d'accueil en Barbarie — n'avaient-ils plus dit un mot ? Dans une chavirante vision de mythes confondus, le lieutenant ne savait plus que croire, sinon rien ou, péniblement, subtilement et théoriquement, se faire à la nécessité de survivre dans l'or et la soie. L'or des glaciers, s'entend, et la soie des hauts pâturages... Une sensible propension au délire colorait toujours son bavardage intérieur.

Epuisé, la fatigue le gagna d'un coup. Il en avait même oublié sa faim. Moundô, lui sembla-t-il, l'emmena derrière une paroi de planches, sur de la paille, sur une moelleuse natte de bambous nains, où il s'endormit sans soucis, et en quelque sorte émerveillé.

Prisonnier, puis esclave

Entre les rondins et les planches filtraient mille rayons de jour. Wei Lang s'assit sur la natte molle ; un relent de lait ranci traversa l'odeur de foin de son sommeil. Soudain réveillé, il se souvint que des Nossous l'avaient arrêté, qu'il s'était endormi chez l'Homme qui lit de Hêtsy, et qu'ils avaient causé.

— *Tsynö khömoudji ?*

A peine eut-il sorti le nez du réduit où il avait passé la nuit que le pimô, assis de toute éternité dans la même position et au même endroit, le saluait, lui demandait quelque chose, mais quoi ?

— Excusez-moi, dit Wei Lang en chinois, je ne vous ai pas compris.

Le pimô cligna de son œil unique, du bout des doigts saisit sa barbichette et fit signe au prisonnier de s'asseoir.

— *Tsynö Henga, khömoudji nö njô ?*

Intérieurement Wei Lang répéta la phrase : elle se laissait chanter, certes, mais ne voulait rien dire. Pourquoi cet homme s'obstinait-il à s'adresser à lui en nossou ? Et il n'en avait pas fini.

— *Andihi nö djengoû dôma chi djihnö amy kô à djêngoû lô ?*

Comme le borgne parlait, la vieille dame posa deux bols en bois devant Wei Lang : dans l'un il y avait trois épais beignets dorés, et dans l'autre du thé à la fumée rance et aux yeux jaunes.

— Je ne vous comprends pas, répéta le prisonnier dans sa langue, en accentuant chaque syllabe.

— Comment ? s'exclama le pimô, en chinois aussi. Hier soir nous avons parlé longuement en nossou, et vous avez parlé comme un Nossou, avec les mots d'un Nossou qui sait lire.

— Ah !

Wei Lang se le rappelait tout d'un coup. En effet, hier il savait le nossou ; aujourd'hui, toutefois...

— Je n'en sais plus un traître mot.

— Un traître ? demanda le pimô dont le chinois, bien qu'excellent, était sommaire.

— Pas un seul mot, glosa le prisonnier, de nouveau bouleversé, pris sous les feux croisés de cent anomalies, dont le regard déçu du pimô, le goût bizarre et brûlant — mais si bon — du premier beignet au sarrasin, l'âcre saveur du thé gras...

— Je suis votre prisonnier ? demanda-t-il comme s'il restait la possibilité qu'il en fût autrement. Puis, derechef préoccupé par les langues : Vous parlez chinois, seigneur A..., seigneur O...

— *Akho Lazö !* prononça le pimô dans sa langue ; puis, à la chinoise : *A-ho La-tsö*. Oui, vous êtes notre prisonnier. Mais comment avez-vous oublié toute notre langue que toute vous saviez ?

— Je ne la savais pas. Je l'ai juste comprise et parlée hier, il me semble. Je vous jure que je n'avais jamais prononcé un seul mot de nossou jusque-là ! Et vous, comment avez-vous appris le chinois ?

— Je l'ai appris comme j'ai perdu mon œil.

D'abord les mots « sous-chien lolo », « croque-cru », « quadrupède écervelé », « avorton de putain », « chacal esclavagiste », « va-nu-pieds »...

Impassible, le pimô fit un instant silence sur « maudit géant », et ajouta :

— Mais nous vous garderons prisonnier seulement si vous me dites qui vous êtes vraiment. Sinon, les Nossous vous reconduiront à la Grand-Route : par ces jours, il ne peut rien arriver de pire à un homme.

— Rien de pire, soupira le déserteur en écho.

Ses sentiments à l'égard de l'armée, de la Chine et de lui-même n'avaient guère changé : tout cela, il le haïssait de tout son cœur et de toutes ses forces.

— Je m'appelle Wei Lang, dit-il. Je suis cartographe dans la Deuxième armée de campagne de l'APL et j'ai le grade de lieutenant. Je n'ai jamais fait la guerre, et l'idée même de « libération pacifique » du Tibet ne saurait en aucun cas me convenir. Je suis monté au Kham parce que je ne pouvais pas faire autrement ; je ne pouvais plus rester à K'ang-ting, pour des raisons... des raisons de famille...

— Justement ! l'interrompit Akho Lazö. Qui est votre père ?

— Mon père ? Euh... C'est le général Wei Tchen-yi, mais je n'ai jamais été d'accord avec lui. Je...

— Chez nous, les fils sont toujours d'accord avec leur père.

— Mon père est un soldat avide de pouvoir...

— Ne faisait-il pas partie de l'état-major de Tchao Eul-fong ?

— Si... Mais je vous le répète, je ne veux plus rien avoir à faire avec ces gens-là...

— Que vous a fait votre père, que vous ont fait vos parents pour que vous les appeliez « ces gens-là » ?

— Pour ne pas les appeler assassins, racistes, crétins. J'ai toujours été en conflit avec eux. Et à K'ang-ting, j'ai eu quelques démêlés avec pire que mon père, avec mon oncle Han Min-tsang, le colonel Han Min-tsang...

Le pimô hocha la tête comme s'il connaissait aussi le colonel.

— Vous voyez, dit Wei Lang, je ne vous cache rien... C'est à cause de cette ordure de colonel que j'ai dû partir. Un vrai monstre, celui-là, un vampire, un exterminateur de la pire espèce dont on ne peut que souhaiter la mort.

» Coincé à K'ang-ting, à l'extrémité occidentale du Sseutchouan, je n'avais plus le choix : je ne voulais plus de la Chine, j'étais à deux pas du Tibet ; j'ai alors décidé de rejoindre le Haut Plateau avec les camions et les hommes et, à la première occasion, de déguerpir.

» Seigneur Akho Lazö, tuez-moi plutôt que de me renvoyer chez les miens !

Wei Lang cria ce dernier mot avec assez de haine, ou du moins d'intensité, pour que le pimô sursaute.

— Vous êtes donc le fils du général Wei Tchen-yi, reprit ce dernier. Admettons que je vous croie. Vous êtes alors le fils d'un homme responsable de la mort d'innombrables Khampas, les gens d'ici... Vous avez de la chance que nos guerriers nossous n'aient jamais eu affaire à lui, ni à votre oncle prétendu, le colonel Han, que nous connaissons aussi de réputation... Et vous, contre qui vous êtes-vous déjà battu ? Qui avez-vous tué ? Combien de Tibétains, de Nossous, de Chinois ?

— Je n'ai jamais tué personne, moi, mais je me suis toujours battu contre les idées de ma famille et de mes faux amis.

— Se battre contre des idées, ce n'est pas se battre : vous êtes une mauviette, lieutenant Wei Lang, et vous avez déserté par peur et par hasard. Je ne sais vraiment pas si nous pourrons vous garder prisonnier... Et puis, nous n'avons pas de prison... *Aji*, cria le pimô, *aji thi la !*

Un gamin en culottes courtes et à la tête rasée apparut dans l'encadrement de la porte. Lumineux comme une vision, il sautilla jusqu'au pimô qui lui dit :

— *Khötchy kou si ts'y thi la !*

Le gamin repartit aussi vite qu'il était apparu, le temps pour le pimô de presser Wei Lang de finir ses beignets et son thé.

— Je ne sais pas non plus si après vous en aurez d'aussi bons... Khötchy — vous connaissez Khötchy ? — va vous emmener chez Jêjô : Jêjô a besoin d'un serviteur. En attendant que le Conseil décide de votre sort — s'il faut vous garder ici, vivant ou mort, ou bien s'il faut vous reconduire là-bas —, vous obéirez à Jêjô. A la moindre tentative d'évasion, un Nossou vous abattra. Sachez qu'ici, derrière chaque arbre, chaque rocher se cache un Nossou...

Pour preuve de cette omniprésence, Khötchy apparut, Khötchy le chef dont le nom signifie « Crotte de Chien » — Wei Lang en eut le brusque souvenir — et qui, après un vague salut au pimô, attrapait par les épaules le prisonnier qui obéit sans bien saisir la tournure des événements et gémit en reculant vers le jour étourdissant du dehors :

— Je ne sais plus. Tout cela me dépasse. Je suis désolé, confus, je n'ai plus de place nulle part — j'implore votre pardon...

Mais le pimô avait clos son œil unique, de même que tous les traits de son visage ; seule la corne de son turban se tordait de lumière en répétant au Henga qu'un vrai fils ne pouvait en aucun cas haïr son vrai père.

La demeure du pimô se composait de trois corps de bâtiment disposés autour d'une cour de terre battue, dans une enceinte en bois toute de billes mal équarries. La bâtisse du fond, plus haute et plus grande que les deux bâtiments latéraux, abritait le maître de maison, ses proches et ses bêtes préférées. A droite et à gauche, comme ils traversaient la cour, ce devaient être des granges, des dépendances, des étables, des écuries.

Des femmes à la coiffe compliquée, au visage lisse et hâlé, aux yeux ronds et vifs, qui battaient l'orge, s'arrêtèrent pour apostropher le grand Khötchy. Elles portaient de superbes jupes longues, plissées de mille plis, qui les moulaient à la taille et s'évasaient aux jarrets en soulignant les hanches et la bipartition des fesses. Voilà des femmes vêtues avec intelligence, pensa furtivement le prisonnier.

— *Henga tsyma khadi ngö ? Khakô chybô lô ?*

— *Tsôkô malyly ma, andjymou djihly ngö, pimô apou môdi Jêjô kô hôhma ta lô...* Elles voient bien que toi Henga, ajouta, ou traduisit, Khötchy dans son chinois rudimentaire.

Toute une ribambelle d'enfants surgis des rochers

et des arbres les accueillit comme ils sortaient de la demeure du pimô.

Ils dominaient la forêt, l'abîme et les montagnes à jamais répétées. Depuis plus de dix jours qu'il avait quitté K'ang-ting, le temps était resté beau et Wei Lang, ébloui, ne pouvait croire qu'à cette altitude il y eût encore des arbres, des fleurs, des champs. Étincelante de reflets d'argent, la cime du Hêtsy, qui coiffait le paysage, avait depuis le seuil d'Akho Lazö, des airs de dragon : les naseaux fumants, les écailles, le sourire dentu — il ne devait pas être midi, car des barbillons de brume rose dérivaient encore, prêts à se dissoudre dans l'azur, au bord des célestes babines.

Le village de Hêtsy n'avait rien d'un village tibétain, où toutes les maisons se blottissent au pied du temple ; ici, pas de monastère, pas de rues ni de ruelles, mais de la pente inspirée, des bouquets de sapins, de la pente herbue à l'envi où paissaient chèvres, yacks et chevaux, et où, de replat en replat, une demeure en bois — cabane ou trois corps — planait, couverte de tavaillons, murée, enclose ou nue, jusqu'à l'orée de la forêt, en bas de la pente qui absorbait le regard de Wei Lang. Prisonnier, mais moins que poète, pour l'heure il contemplait la sapinière émeraude et noire : quelque chose d'obscur et de rassurant au cœur de tant d'immensité, qui jaillissait en rampant, en moussant, de gorges invisibles... A la pointe ouest de la forêt brillait, ruban de soie blanche, une cascade : elle tombait d'un lac turquoise cerné de champs qui planait au-dessus du village épars, de la forêt profonde et des mille pentes d'en face, un lac turquoise comme une lentille grossissante posée sur un trou de ciel dans l'énorme montagne. Et dans ce lac plongeait une autre cascade, un long trait de bave scintillante que, inlassablement, versait la commissure des lèvres du dragon.

Wei Lang et Khötchy tournèrent le dos à l'abîme pour grimper un peu plus en direction du Haut Plateau et du Kia-pou-la.

Ils croisèrent quelques femmes qui allaient en groupe coloré, pépiant ; les enfants les entouraient toujours en scandant d'incompréhensibles chansonnettes qui les secouaient de rire. Wei Lang n'avait pas l'âme à leur faire les gros yeux ; c'est cependant tout ce qu'ils attendaient, l'épiant de leurs clowneries, pirouettant devant lui pour capter son regard de Henga, de Chinois bizarre, et faire à merveille enrager le grand Khötchy.

Ils ne rencontrèrent pas un seul homme. Où les gars se cachent-ils ? se demandait Wei Lang comme ils arrivaient à mi-chemin du Haut Plateau, non loin des hautes terres où les barbares avaient cueilli leur lieutenant. Sans montre, sans boussole, sans carnet, ce dernier ne reconnaissait plus, sans toute sa tête non plus, l'endroit où hier soir on avait détaché le bandeau de ses yeux. Ce devait pourtant être par ici.

Ils franchirent l'entrée d'une autre enceinte en bois, un peu moins grande que la première, qui abritait trois bâtiments aussi. Trois jeunes femmes qui s'occupaient d'herbes et de grain dans la cour vinrent à leur rencontre en criaillant. Khötchy les repoussa comme on écarte des broussailles et leur demanda, vraisemblablement, sur un ton de semonce, si Jêjô était là. Wei Lang avait le sentiment que les trois filles, l'air de ne pas y toucher, l'examinaient minutieusement : les imitant un fragment de seconde, il les trouva jolies.

De la bâtisse du fond, la maison du maître, sortit un homme plutôt rond, la tête serrée dans un turban blanc, vêtu d'une espèce de pyjama de même couleur que barrait une ceinture alourdie de colifichets et de lames, les pieds noirs et nus.

— Lui Jêjô, dit Khötchy. Toi : son esclave.

Ledit Jêjô venait à leur rencontre en souriant débonnairement. Il n'avait pas du tout l'air nossou : court et dodu, moins hâlé que les autres, il était même un peu rougeaud. Wei Lang le dominait d'au moins une tête et demie ; il serait son esclave... C'était absurde ! Mais le petit homme aboya un ordre et les filles retournèrent à leurs travaux. Puis il sembla demander à Khötchy ce qui se passait et la grande brute dut tout lui raconter car, à la fin du rugueux monologue, Jêjô reprit son air jovial et déclara en chinois, avec un accent bien meilleur que celui de Khötchy et un vocabulaire plus précis encore que celui du pimô :

— Vous arrivez à temps, lieutenant. Nous allions partir pour le Chentchô — il n'y a que là qu'on trouve des khalakous au Tibet...

À Wei Lang, le mot *khalakou* évoqua des mystères de bouche, rien d'aussi précis que cette envie de rire et de pleurer qui le clouait là, au-dessus d'un turban blanc, sous un grand soleil barbare.

— Jêjô, mon nom, entendait-il, c'est le chinois *yang-yu* prononcé à la nossoue : « pomme de terre ». Je m'appelle Pomme de Terre, et vous, mon « prisonnier », quel est votre « précieux nom » ?

— Wei. Je m'appelle Wei Lang.

Les petits yeux noirs du maître scrutaient les grands yeux noirs de l'esclave ; les lèvres du Nossou copiaient celles de son interlocuteur chinois. Jêjô ne se retint plus... Il ne se retiendrait jamais : c'était un vrai, un grand bavard.

— Vous êtes grand pour un Chinois !

— Et toi, Yang-yu, tu es petit pour un Nossou, grogna Khötchy en faisant signe qu'il s'en allait.

— Crotte de Chien... Vous saviez que cette grande gigue s'appelle Crotte de Chien ?

Wei Lang ne l'avait, miraculeusement, pas oublié, mais à cette heure, dans cette situation, peu lui importait que son gardien s'appelât Crotte de Chien et son maître Pomme de Terre.

— C'était un trop joli bébé, poursuivait Jêjô. Hé, salut, Jolie Crotte ! cria-t-il à l'adresse du grand Khötchy qui, en trois enjambées et autant d'aboiements à l'adresse des jeunes femmes, avait rejoint la porte de la demeure.

» Un bébé, disais-je, que tous les démons voulaient croquer. Or les démons attachent beaucoup d'importance aux noms, autant qu'aux choses, et il suffit de donner un nom dégoûtant à un objet attirant pour que celui-ci cesse immédiatement d'être attirant. Ainsi, son nom aura sauvé le beau Khötchy de bien des malheurs qu'occasionnent les démons...

Les paroles de Jêjô coulaient sans anicroche autour de la conscience de Wei Lang. Celui-ci n'en était qu'à Pomme de Terre, pas encore aux démons. De prisonnier, il était passé esclave, l'esclave de ce Nossou bavard et ventripotent, de ce moulin à paroles vraisemblablement intarissable, que le retour de ses trois filles ne sembla point troubler cette fois. Muettes, les yeux agrandis par la curiosité, elles dévisageaient le nouvel esclave de leur père, qui en était justement à une autre exégèse de son nom. Les bottines d'ordonnance du lieutenant paraissaient fasciner les jeunes femmes : elles étaient toutes les trois penchées sur les pieds de Wei Lang, et leurs cheveux tressés, nattés, noués par-dessus leurs petits couvre-chefs carrés scintillaient.

— ... si bien que, disait Jêjô dans son surprenant chinois, je n'ai rien à craindre des bêtes féroces... Quoi que j'aie failli, à deux reprises, être piétiné par les sangliers du Chentchô...

Jêjô et ses filles

L'air était doux le jour comme la nuit; l'atmosphère, le paysage et les instants, proprement paradisiaques. L'eau du torrent avait un goût parfait; toutes sortes de baies savoureuses rutilaient dans des buissons dépourvus d'épines.

Ils étaient partis à pied, tirant un yack chargé de deux hottes déjà pleines de vivres, de poulets ligotés, de paniers d'osier gigognes et de sacs de toile vides. En plus de son nouvel esclave, Jêjô avait emmené ses deux filles aînées, laissant à la maison la cadette et sa mère. Désarmé au-dehors comme au-dedans, le prisonnier chinois avait résolu de ne plus se poser de questions d'ordre général comme : « Pourquoi ne m'ont-ils pas exécuté ? », « Pomme de Terre, en dépit de son nom ridicule, n'a-t-il pas reçu l'ordre de me pousser dans un ravin ? », « Pourquoi n'ai-je pas du tout envie de m'enfuir ? » Dégagé de ces questions, Wei Lang ne pensait plus qu'au yack noir qu'on lui avait confié, dont l'énorme front s'ornait d'un trident blanc, et dont il tenait la corde du bout des doigts, se demandant si la drôle de vache allait le mordre, ou encore si c'était elle qu'on avait chargée de l'entraîner au fond du ravin qu'ils longeaient par la même corniche depuis plusieurs heures.

Hier midi, sans déparler le moins du monde, Jêjô avait convié le prisonnier à entrer chez lui. Il lui avait présenté son épouse, encore plus belle que ses filles — un visage de Cybèle d'altitude aux formes tropicales —, et son foyer, l'âtre aux trois pierres, l'endroit le plus sacré de la maison. Ensuite il s'était assis à droite du feu, avait invité Wei Lang à s'asseoir à sa gauche et, sans crier gare, lui avait craché au visage un vaporisat d'eau gazeuse, *thathandjy*, une espèce de petite bière extrêmement enivrante que les Nossous ont toujours en réserve et utilisent pour parler, penser, prier, conclure un accord, prononcer un serment, sceller une fraternité — ici : pour accueillir un esclave. Soudain plus méfiant qu'étonné, le Chinois au visage ruisselant d'alcool s'était détendu lorsque Jêjô, lui tendant la coupe encore à moitié pleine, lui avait dit :

— Allez-y, faites comme moi ! Et seulement après avoir bien mélangé le vin à votre salive : ce n'est pas rien que d'accueillir un nouveau serviteur... ou un nouveau maître.

Wei Lang y était allé de bon cœur. Il ne connaissait guère la portée symbolique de ce geste, mais l'idée de bafouer l'hygiène l'enchanta. Non seulement il recracha l'alcool mêlé de salive sur les grosses joues de son hôte, mais il avala d'une seule traite le reste du gobelet. Immédiatement, le sentiment de tout avoir compris s'empara de lui.

Aujourd'hui, doucement il s'habituait au yack, à son souffle brûlant, bruyant — la pauvre bête devait suffoquer —, et à son increvable lenteur. Lentement l'esclave admettait que la politique la plus sage en ce qui le concernait, et avec un maître aussi aimable que Jêjô, consisterait à obéir sans tergiverser...

Autre chose l'occupait encore : il avait remarqué, moins hier que ce matin, que tous les mots nossous que Jêjô lui traduisait ou lui expliquait en chinois, il les retenait — des monosyllabes pourvus de tons, comme dans sa propre langue —, et en ce moment même, où l'intarissable Jêjô exerçait son merveilleux défaut avec Vêtchou, l'aînée et la plus jolie, le Henga décryptait certaines phrases avec une facilité qui, à son tour, elle aussi, l'étonna. Ainsi, un jour il avait parlé couramment le nossou, le lendemain il n'en savait plus que deux syllabes, et le surlendemain il le réapprenait avec une facilité peu coutumière.

En aucun cas Wei Lang n'était linguiste. Fils aîné de Wei Tchen-yi, et rien d'autre, il avait en apparence obéi aux ordres de son père jusqu'à l'âge de trente ans : il n'était rien devenu par lui-même. Ni linguiste ni rien. Ou alors, lieutenant par naissance et cartographe par plaisanterie. Ses goûts et ses tendances avaient systématiquement ignoré l'essentiel ; ses boutades poétiques lui étaient pourtant constitutives mais relevaient, selon lui, du loisir, pur et impur.

Pépiant, non, ne pépiant guère, puisqu'il la comprenait, la deuxième fille de Jêjô, Bouhlou, vint marcher à côté de lui sur l'étroite corniche. Les yeux rieurs, elle sautillait comme une biche.

— Vous n'avez pas faim ? demanda-t-elle du haut de ses seize ou dix-sept printemps. Puis : Vous n'avez pas *chou môdi ?*

Ignorant le sens des derniers mots sortis de la petite bouche aux lèvres pulpeuses, le prisonnier subodorait quelque loisir très pur en l'expression *chou môdi*.

Il était rare que Wei Lang regardât une femme sans imaginer la forme de ses seins, la pilosité de son pubis, la géométrie de ses creux poplités... Mais Bouhlou ne lui laissa le temps ni de la déshabiller ni de lui répondre. Elle se renvola en chantant de sa voix suraiguë, idéale diva du Chinois lettré, en canon avec l'écho plus clair encore que sa voix :

Chounyi vôlö,
Choumô adi,
Choussou adji,
Ts'y Henga ghì...

L'histoire d'un paon qui ne voulait pas *chou,* qui ne savait pas — un foutu Henga...

À la halte suivante, le Henga interrompit un instant son maître pour lui demander où ils passeraient la nuit, et le sens du mot *chou.*

— *Chou !* répéta Jêjô en éclatant de rire avec ses filles.

Il en avait plein la bouche, comme de son homonyme chinois, qui veut dire « livre ».

— *Chou,* en nossou, c'est une poule d'eau.

— Ah...

— Ça signifie aussi « faire », « se faire »...

Bouhlou et Vêtchou se tordaient de rire ; la petite reprit son refrain :

Le faire, il ne sait pas :
Foutu, foutu Henga...

— Qu'est-ce donc que je ne sais pas faire ? demanda Wei Lang, pris entre chèvre et loup. *Choussou àdjima khádì ló ?*

Les oreilles brûlantes, il comprenait enfin. Mais cela ne lui donna guère envie de rire. Ni aucun désir, ni aucune nostalgie pour toutes les femmes qu'il avait eues. Un nom éclata dans sa mémoire : Lo-cha, le nom de sa promise, une jeune fille de la bonne société de Tch'ong-k'ing. Mais Wei Lang lui préférait les putains de son père et des amis de son père, des filles vivantes, instruites, pas des cadavres à petits pieds, petits doigts de sage couturière comme cette demoiselle que ses parents avaient choisie pour mère de leurs petits-enfants, pour matrice de leur éternisation ici-bas...

« Faire » et « se faire » n'avaient plus le moindre sens : les rires de Jêjô et ses filles dépitèrent un instant le lieutenant, avant qu'il ne découvre soudain qu'il les adorait tous les trois...

— Vous êtes bons, souffla-t-il, puis il enfouit sa tête dans ses mains, du bout des doigts se pressant les paupières comme pour écraser les images qu'elles enveloppaient.

Lo-cha, Lo-cha dans un jaillissement de phosphènes, Lo-cha qui l'aimait, lui, le fils du général, et qu'il s'efforça de haïr jusqu'à la mort, la mort de Lo-cha...

Qu'arriverait-il si cette enfant de Bouhlou le séduisait ?

Les Nossous séduisent-ils, pieds nus et gueule hilare ? Tous les Nossous que Wei Lang fréquentait depuis quelques jours par la force des choses étaient aussi beaux, vigoureux, charmants, donc séducteurs, que le paysage, le fond de l'air, le moelleux des groseilles, la prestesse des oiseaux et des cerfs qui ne s'enfuyaient qu'au dernier moment. Le gros Jêjô lui-même était gros avec finesse. Quelle différence avec l'embonpoint congestionné des riches d'en bas, l'angoissante maigreur des pauvres !

Le monde d'en bas n'existait plus : ils allaient herboriser au Chentchô, dans un site inconnu des états-majors chinois, et rien d'autre n'avait d'importance. Ils passeraient la nuit sur la rive occidentale du Datchou, le torrent de la Lune, avant de le traverser pour s'enfoncer dans les sous-bois médicinaux.

— Le torrent de Hêtsy — *Tchiltchou* en tibétain — que nous avons descendu toute la journée se jette dans le torrent de la Lune qui, lui, se jette dans le Chétchou, lequel rejoint le Nyaktchou pour former votre Ya-long-kiang, le principal affluent du haut Yang-tsé...

Encyclopédique, Pomme de Terre baptisait le monde incessamment. Entre les hautes parois qui se resserraient autour du Hêtsy, il criait, répétait ses tirades rythmées, ses mélodies-rafales de monosyllabes, pour que Wei Lang lui réponde, imite ses vocalises, se reprenne et apprît...

Ce n'est qu'avec la fin du jour que le défilé s'élargit ; l'air paraissait moite aussi bas, à quelque trois mille cinq cents mètres d'altitude, mais l'immensité n'en avait pas diminué pour autant.

Bouhlou prépara un feu pour la nuit. Les premières flammes crépitaient à peine que son père débouchait un tube d'eau gazeuse et consacrait le feu en l'aspergeant bruyamment ; l'esclave tendit la main pour boire.

— Que non ! s'exclama Jêjô. Il ne faut jamais boire d'eau gazeuse sans raison. Pour étancher sa soif, il y a l'eau normale ; pour s'enivrer, il y a le cœur. A présent, il faut manger pour ne pas vieillir et dormir pour rêver. Demain nous nous raconterons nos rêves...

Vêtchou ouvrit un sac odorant, plein de biscuits, *babas, momos,* boulettes, morceaux de viande séchée et *tchoura* tibétaine, ce fromage déshydraté, insipide et nourrissant, sur lequel les Nossous trouvaient délectable, eux aussi, de s'user les dents en salivant des heures durant. Jamais Wei Lang n'avait pris autant de plaisir au simple fait de mastiquer. Par les petites portes du sens, le monde prenait un goût que le manque d'altitude et la promiscuité ne lui avaient pas permis d'exprimer jusque-là : le goût, le simple goût clair et brûlant du condiment qui imprégnait tout ce qu'il mangeait, le « secret », selon Jêjô, du « féroce appétit de sa race ».

Vrai, on était là pour *le* Condiment, pur objet alimentaire, poétique et philosophique. Poète et amateur d'effervescences, le lieutenant Wei Lang mélangeait à souhait son chaos intérieur et la fascinante extravagance des discours de Jêjô, plus réels, presque, que leur lente, dansante, riante progression entre la roche verticale et l'eau, la grondante béance de l'eau qu'ils avaient rejointe avec le soir.

— Seigneur Jêjô, dit soudain Wei Lang, aussi confortablement vautré sur la terre que dans un boudoir de Tch'ong-k'ing, je ne crois pas aux fantômes, aux revenants, aux démons dont vous parliez tout à l'heure. Je ne crois pas non plus aux dieux, ni aux bons esprits.

— Pas besoin d'y croire : un jour ou l'autre vous vous rendrez compte par vous-même qu'ils existent bien au-delà de votre opinion à leur sujet... Nous autres Nossous, nous n'avons pas trop d'opinions : nous laissons ça aux démons et aux Chinois.

Ce que Jêjô exprimait là n'était pas tant que les

Nossous éprouvent du mépris à l'égard de la pensée, mais plutôt que leur mode de pensée relevait du métabolisme, et non du psychisme. Extrapolant les propos translexicaux de Pomme de Terre, le cartographe chinois, qui était amateur de belles idées, crut comprendre que les barbares étaient encore des barbares : des loups, comparés aux caniches de manchon qu'on rencontrait dans les hautes sphères de sa civilisation.

Il était venu se barbarer, ce dont il rêvait depuis toujours, et découvrait que cette idée de la « barbarie » était sa raison d'être, du moins pour lors. Autant Jêjô parlait, autant Wei Lang pensait : pas un instant de vrai silence dans la tête de ce dernier ; plus ou moins de bruit, seulement, et parfois, très rarement, plus ou moins d'harmonie. Wei Lang n'avait pas encore trouvé la pirouette qui permet de jouir de la paix au sein du mouvement, de l'absence de pensée erronée au sein même de la pensée erronée. Il ne demanderait pas à Jêjô ce qu'il pensait du trop de pensée : son avis était flagrant ! Eux autres Nossous pensent comme ils respirent, comme ils digèrent, comme ils marchent : sans y penser particulièrement, et sans, surtout, s'admirer pour avoir pensé de telle façon plutôt que de telle autre.

— Vrai, bâilla Jêjô, vous, vous existez depuis au moins trente ans, mais ce n'est que depuis deux jours que je vous connais, que je connais votre existence, que je vous vois. Pareil pour les fantômes. J'en connais beaucoup, parce que j'en ai beaucoup vu et qu'il en existe un nombre incalculable... Mais il faut être nossou, ou tibétain, pour voir ces choses-là. Il n'y a qu'en Chine qu'on appelle « fantôme » ou « démon » ce qu'on craint et que, pourtant, on n'a jamais vu... Vous n'avez pas froid dans votre tchouba de sauvage ?

— Non non, quoique...

— Eh bien, quel problème? Bouhlou va vous trouver une pèlerine et, puisqu'on dit que la pèlerine est la maison du Nossou, vous vous croirez chez vous... et nossou.

— Mais je suis nossou aussi, dit, en nossou, la voix de Wei Lang, ou plutôt, un peu plus que sa voix — une douce, une insaisissable certitude...

Une phrase nossoue avait directement jailli de lui, mais il n'y avait rien là d'extraordinaire : des mots que cette seule journée lui avait permis d'emmagasiner, et de combiner, en toute logique.

— Ah bon, souffla Jêjô, avant de bâiller encore à s'en décrocher la mâchoire.

Bouhlou réapparut de la hotte, près du yack assoupi, où elle avait plongé quelques instants, ombre lutine à la lisière du feu, chargée d'une vaste pèlerine de feutre sombre dont les franges dansaient avec la lumière, et qu'elle déploya comme un drapeau en la faisant claquer ; les flammes du petit feu se couchèrent, serpents-éclairs, et délirèrent un instant, tandis que le prisonnier se levait pour décharger la fillette de la lourde cape que son père, ou elle-même, avait eu l'obligeance d'emporter. Revoyant les effets de drapé du géant Khötchy et de son frère ennemi Moundô, Wei Lang tenta de déployer la pèlerine en forme de cloche où il se glissa d'un bond maladroit pour n'aboutir qu'à une singerie de drapement.

Bouhlou se plia en deux pour mieux rire.

Chí chou à djii Héngà ghí, se dit le prisonnier en pinçant les lèvres, foutu Chinois qui ne sait rien faire.

Premiers pas dans le Nimou

La journée du lendemain commença par une baignade forcée dans le torrent de la Lune.

Le temps était toujours aussi beau, aussi chaud, mais il n'y avait ni pont, ni câble, ni gué pour traverser l'abondant cours d'eau. Il fallut reconstruire le bas-fond que Jêjô avait, précisa-t-il, « bâti déjà neuf fois ».

En effet, depuis quinze années qu'il vivait à Hêtsy, neuf fois déjà il s'était rendu dans les jungles alpestres du Chentchô. Les rares chasseurs tibétains qui s'étaient aventurés dans cet autre massif apparemment désertique du Tongkor, au Kham oriental, en étaient vite ressortis, effrayés par la vision — clamaient-ils — du *migö*, de l'homme sauvage — bien plus extraordinaire et effrayant encore, celui-là, que le barbare aux yeux du civilisé.

Pour sa part, Jêjô pensait que le Chentchô, de même que les monts Méto et Takra, ses voisins du nord, n'abritait que des esprits, des bêtes et des plantes rarissimes, certes, mais point de migö, à moins que les pauvres chasseurs ne les eussent confondus, lui, le petit singe blanc, et ses amis, les gorilles à turban, cueilleurs de simples aux pieds nus, avec je ne sais quel effroyable homme des neiges. C'était purement hilarant. Jêjô riait, ses filles aussi et, moins confus ce matin-là, mais trempé des tempes aux bottines, le prisonnier les imitait.

Il s'efforçait de transporter des pierres de plus en plus lourdes, il voulait briller aux yeux de ces demoiselles, et sa force le surprit. On pouvait, avec des bras, des mains, des doigts, embrasser autre chose que sa propre image, tripoter plus vivant que des phrases sans matière. Rebâtir un gué pour que le seigneur yack pût traverser à sec, ainsi que les poulets vivants, ligotés, résignés, une douzaine au moins, répartis dans les deux hottes que le seigneur yack daignait transporter : voilà qui, foi de Wei Lang, fleurait la belle libération pacifique du Tibet !

Et quand, les humains mouillés, le yack et ses passagers impeccablement secs, eurent traversé, Wei Lang comprit plus clairement encore le sens de ce travail qu'il n'avait osé trouver absurde : aux génies du sol du Chentchô Jêjô n'aurait en aucun cas voulu sacrifier une poule mouillée.

À peine désentravée, la volaille blanche que le bonhomme avait choisi de saigner prit ses jambes à son cou et, battant de l'aile, d'un bond sauta dans le torrent. Cette fois, ce fut Wei Lang qui rit le premier. Il n'y avait certainement pas de quoi, mais le goût du rite ne manquait pas de sel, ni les génies locaux d'humour. Ils se bagarrèrent avec Bouhlou le plaisir de repêcher l'oiseau, qui n'avait rien d'une *chou*, d'une poule d'eau — et chantonnant « Viens ma poule, Laisse-toi, laisse-toi faire », ils repêchèrent l'animal que Jêjô, fermement, attacha par un fil à la queue du yack indifférent. La poule en piètre état fit la folle un instant, puis elle regrimpa dans la hotte où elle se blottit en tremblant au-dessus de ses congénères entassés.

— Sèche : une poule sèche, maugréait Pomme de Terre en maltraitant un deuxième oiseau.

Puis, maintenant du coude la bête serrée contre son flanc, il s'agenouilla au bord du torrent en ânonnant des prières, insensible aux criaillements de Bouhlou et au regard bavant de curiosité du Henga qui s'était accroupi à côté de lui, la tchouba et les bottines lâchant des pets de mousse gorgée d'eau.

Haussant le ton de la voix, Jêjô choisit à sa ceinture un couteau effilé et, d'une espèce de chiquenaude, égorgea le poulet blanc dont le sang, décrivant des arcs éphémères, alla rougir l'écume du torrent, la roche et la poussière, devant les genoux du Chinois.

Aussi prestement, et toujours dans une aura d'incantations rythmées, le petit bonhomme se releva et, brandissant le poulet inanimé sous le nez de Wei Lang, déclara soudain en chinois, comme si quelque génie du sol l'inspirait :

— Le premier poulet m'a échappé : nous ne sommes pas les bienvenus. Le deuxième poulet s'est laissé saigner : nous sommes les bienvenus. C'était un bon poulet : nous le mangerons ce soir.

Bien entendu, le disciple de l'exigeant Tsa-t'ou-la demanda à l'excellent Jêjô pourquoi il était nécessaire que ni le yack ni les victimes ne se mouillent.

— Nous non plus, dit Jêjô en faisant la moue, nous n'étions pas censés nous mouiller — ni même traverser quelque cours d'eau que ce soit. Cela, on le fait en accord avec les forces du Nimou, notre ciel, seulement le vingt-cinquième jour du mois, quand la lune rend visite aux étoiles du Grand Rhinocéros. Ce jour-là, on se lave en grand...

— Aujourd'hui on est quel jour ? Pourquoi n'a-t-on pas attendu le jour du Grand Rhinocéros pour franchir le torrent de la Lune ?

Wei Lang frissonna de poésie.

— Les circonstances, seigneur Henga.

— Mais vous étiez sur le départ quand Khötchy m'a amené chez vous...

Jêjô posa la main sur son turban blanc, la gardant levée un instant, immobilisée par une pensée qui ne voulait pas passer.

— En effet, en effet — il cherchait ses mots : eh bien, aujourd'hui la lune se repose sur le dos de l'Ours, mais ce n'est pas trop grave, et quand nous aurons mangé le poulet nous serons purifiés.

Le bon Jêjô croyait-il à ces histoires ? Non, il ne croyait rien : il était sûr ; et ce n'étaient point des histoires. Les mystères du Nimou, l'espace nossou qui envahissait Wei Lang, allaient le titillant et envoûtaient sa déraison de poète.

— Alors, dit-il comme ils cheminaient de nouveau le long d'un autre torrent, vous ne vous lavez qu'une fois par mois ?

— Nous ne sommes pas de nature sale, nous autres Nossous, et puis, vous qui avez lu beaucoup de livres, vous devez savoir que la saleté n'est pas réservée au corps.

— Ce qui n'empêche que je ne parviens toujours pas à comprendre pourquoi vous teniez tant à ce que le yack et les poulets ne soient pas mouillés.

— Hé, sourit enfin Jêjô : parce que nous, nous pouvons nous purifier en offrant des sacrifices, mais les poulets et les yacks en sont incapables.

Wei Lang aurait bien demandé comment l'eau d'un torrent pouvait souiller quoi ou qui que ce soit, mais à son insu, son questionnement portait sur un autre sujet, quelque chose avec quoi un être humain normal, si cela existe, n'aurait pu vivre sans en avoir le cœur net.

— Pourquoi, seigneur Jêjô, m'avez-vous emmené avec vous ?

— Parce qu'il n'y a pas de prison à Hêtsy — et puis, vous n'êtes pas tout à fait comme les autres Hengas : vous méritez que je vous initie au khalakou.

La montée dans le Chentchô, qui leur prit tout le jour, était en tout point comparable à la descente du Hêtsy qui les avait occupés la veille. On aurait dit que, passant le torrent de la Lune, ils avaient traversé un miroir et s'enfonçaient dans le reflet des gorges du bas Hêtsy.

Quand ils eurent dévoré la victime rôtie, la lune du 9 apparut dans le ciel et Jêjô montra à Wei Lang les étoiles qui composent le dos de l'Ours, puis celles de l'honorable Wôssitou, le dieu Ours, sur le *tsythi* duquel la lune culminerait ce soir-là, puis les étoiles de la constellation Wôssima, l'adorable déesse Ourse, sur la précieuse coiffe de laquelle, le lendemain, la lune pleine aux trois quarts irait se poser. Le discours de Jêjô déborda sur le tabou de l'eau, mais la naissante conscience linguistique de Wei Lang avait achoppé sur le mot *tsythi*.

— Le tsythi, oh, le tsythi, répéta Jêjô avant de bâiller superbement comme il savait le faire : ça, je vous l'expliquerai demain. Maintenant, faites comme nous : faites-vous rêver les yeux !

Enroulé dans sa pèlerine et sa tchouba — qui avait séché sous l'ardent soleil des hauteurs aussi vite qu'elle s'était mouillée dans le torrent —, allongé sur le dos, les bras le long du corps, Wei Lang ne savait plus si le ciel planait au-dessus de lui ou bien s'il était en train de chuter dans l'immense moire bleutée, criblée de fulgurances, et toujours, d'étoiles nouvelles derrière les étoiles nouvelles qu'à chaque seconde débusque la vraie contemplation du ciel. Immergé dans la sphère céleste et l'insomnie, Wei Lang osait à peine se féliciter de ne pas réfléchir. Ni raisonnement ni souvenir ne peuplaient les salons généralement si bruyants de son esprit.

La lune pendait-elle au tsythi du dieu Ours ?

Le prisonnier sourit en constatant que son tsythi à lui, s'il s'agissait bien de cela, était dur, tendu, posé comme une grenade à fusil entre le fin duvet de sa tchouba et son ventre de soldat. Mais ce tromblon-là n'avait peut-être rien à voir avec le tsythi... Et si la petite Bouhlou au ramage égrillard, ou encore sa sœur Vêtchou, plus réservée et plus belle, s'avisaient de le rejoindre, lui l'esclave, elles le détromperaient, le cas échéant... Si l'une de ces deux femmes, filles, créatures que la grivoiserie amusait sans la moindre honte, comme leur père, avait la bonne idée, l'ardent désir, de se glisser entre l'insomniaque et le ronfleur — car Jêjô ronflait autant la nuit qu'il parlait le jour —, l'insomniaque, au moins, n'aurait pas perdu sa nuit.

Comme son tsythi se détendait en le chatouillant, Wei Lang comprit qu'il était en sursis, en sursis magique, et voulut fêter la chose en fumant « une bonne cigarette ». Depuis qu'on l'avait arrêté, il n'en avait plus été question... Plus d'A-che-ma depuis deux jours : quelle inconscience, quel manque de sensibilité ! Rien, pourtant, n'eût été plus doux que de savourer une A-che-ma sous ce ciel parfait. Jêjô ne fumait pas, ni Bouhlou, mais Vêtchou, la grande fille, avait à sa ceinture une pipe à très long tuyau et une blague contenant un mélange de tabac chinois et de feuilles de chrysanthèmes. Dès demain matin, se jura Wei Lang, à moins que Blanche-Fleur ne s'éprenne sur l'heure et se jette sur moi maintenant, dès demain je lui emprunte sa pipe et me remets à fumer. Vrai, autant Bouhlou est vive et jolie, autant son aînée Vêtchou mérite qu'on la connaisse... Et, pensait le lieutenant, à nouveau prisonnier de son jeu préféré, la ratiocination, Vêtchou, ce me semble, est beaucoup plus séduisante que Bouhlou. Pourquoi, d'ailleurs, ne sont-elles pas déjà mariées, mères, vieillies ? Que dirait, que ferait le père Pomme de Terre si je portais la main sur ses filles ? Ces gens-là, qui croient aux démons, doivent bien croire que la virginité de leurs filles est sacrée... Sacrée connerie, oui ! maugréa-t-il soudain ; et cette poussière de mauvaise humeur enraya, vite et bien, toute la mécanique de sa pseudo-contemplation du ciel nocturne.

Il ferma les yeux et se recroquevilla sur le côté. Tout d'un coup, chaque aspérité du sol pressa sur ses os, ses tendons, ses nerfs. Que faisait-il ici, esclave consentant d'un rêveur et de deux jeunes filles ? Il y avait un fusil dans l'une des hottes. Ces innocents n'avaient pas même pris soin de le cacher à leur prisonnier...

Il était debout dans la nuit lumineuse et, à pas de loup, plié en deux comme s'il ne voulait pas que les dernières braises qui avaient rôti le poulet le voient, il s'approcha des hottes. Il eut même la grande chance que le yack, déjà habitué à lui, ne grogne point. Mais il n'y voyait pas assez clair et ne trouva ni fusil ni munitions dans la hotte aux provisions. Par acquit de conscience, il s'approcha de l'autre hotte où les poulets dormaient sans un bruit. Mais l'esquisse d'un caquètement l'effraya tant qu'en deux enjambées et, rien que d'attendre que son cœur ralentît sa terrible chamade, son esprit occupé comme par un manque de nobles distractions, fléchit, accueillant la fatigue, et l'infatigable bavard intérieur enfin, brusquement, bascula dans le sommeil.

— Le tsythi, dit Jêjô, non non, ce n'est pas — comment dites-vous en chinois ? — la queue du coq. Les poules d'eau ne sauraient que faire d'un tsythi. Non, la chose à laquelle vous pensez, nous l'appelons *bê*, ou *jizö*, le gamin...

Ces apparents jeux de mots ne faisaient pas rire le professeur Jêjô ; ses filles non plus, qui marchaient devant avec le yack. D'une main, Vêtchou serrait le fourneau brûlant de sa longue pipe, de l'autre le fusil. Fatiguée peut-être, ou pensive, Bouhlou ne chantait pas. Seule la forêt s'égosillait au-dessus des confidences de Jêjô le cueilleur, qui n'avait pas encore cueilli ni observé le moindre trèfle, la moindre joubarbe, la plus charmante des violettes.

— Le tsythi, seigneur Wei Lang — ou dois-je vous appeler camarade ? —, c'est la partie visible la plus sacrée de l'homme noble. Rappelez-vous le pimô, et Khötchy, et Moundô : au-dessus de leur turban, ils ont une corne plus ou moins élaborée, comme au front d'un cheval-licorne. Eh bien, ça, c'est le tsythi. On pourrait traduire par « fourreau à chignon »...

» Le chignon, *tsy*, est encore plus sacré : c'est la partie la plus sacrée de l'homme. *Tsy* veut dire « chignon », mais avant tout « lignée ancestrale ». Ainsi, dans la corne du tsythi est concentrée toute l'énergie de la lignée familiale. Cette corne est pour nous la présence constante des Ancêtres — ces dieux — d'une noble lignée.

Turbans noirs, Turbans blancs, têtes nues : d'une mémoire inconnue de lui émergeaient des souvenirs que Wei Lang reconnaissait à moitié, ignorait autant, mais la conviction et la voix, comme exaltées, de Jêjô lui laissaient entendre qu'une vérité, une bonne vérité barbare tentait de se glisser en lui.

Les Turbans noirs étaient les guerriers, les maîtres, des dieux en puissance, les vrais hommes : eux seuls pouvaient arborer un tsythi, une corne, et cette corne était l'unique lieu tabou de leur corps. Célèbre, l'histoire de ce prince qui avait lui-même tué sa propre fille parce que, prise d'ivresse, elle avait porté la main au tsythi de son père...

Les Turbans blancs, dont Jêjô faisait partie, n'étaient pas de vrais hommes. Ils étaient indispensables cependant, car eux seuls savaient tirer de la terre ce que le sang versé par les nobles y avait fécondé. Mais il fallait être un peu inhumain, un peu plante ou animal, pour obéir de façon si servile aux saisons, au sol, aux avalanches et aux pluies. Pour manger une terre, il fallait d'abord la circonscrire, en prendre possession et en garantir la jouissance. Les Turbans blancs soignaient donc les territoires que les Turbans noirs, toujours entre eux guerroyant — le moins possible contre des non-hommes du type henga ou des quasi-hommes du type tibétain —, pacifiaient à grands cris : n'étaient-ils pas ces Caucasiens des Petits et des Grands Monts Frais qui, eux aussi, probablement, descendaient d'un fécond soldat des armées d'Alexandre ?

En plus des Turbans blancs et noirs et de leurs épouses respectives, il y avait les esclaves, moins esclaves que « pieds et mains » de leurs maîtres : des esclaves publics en charge de toutes les tâches indignes de la communauté enturbannée, et des esclaves privés, attachés à une maison et, généralement, à peu de droits près, considérés comme des membres de la famille.

Bien qu'ayant nécessairement des ancêtres et un petit chignon, pour le prouver, sous son turban blanc, Jêjô n'avait, lui ni tous ses inférieurs, paysans, serfs et esclaves, aucune raison d'arborer un tsythi, un ostensoir, pour ainsi dire, pour vanter la gloire de ses aïeux plante-choux...

— Nous aussi, nous pratiquons le culte des Ancêtres, s'était, en quelque sorte, récriminé le Chinois Wei Lang.

Et immédiatement, les grands hommes de la lignée des Wei, dont le lieutenant se voulait le négateur, l'abjurateur et l'apostat, avaient envahi son imagination.

Pendant qu'au sud-ouest le général Wei Tchen-yi, son père qui n'était alors que commandant, assassinait une génération de Khampas, au nord-est, Wei Eul-kang, le frère aîné de son père, s'adonnait à ses vices préférés : le dollar et la métallurgie. Il montait des hauts-fourneaux en Mandchourie pour les Japonais, des fabriques de rails pour les Allemands à Tientsin, démontait une aciérie à Yi-pin pour la céder aux Soviétiques en échange de Simonov qu'il revendait tant aux rouges qu'aux nationalistes — hauts faits qui lui valurent, à la retraite par ces premiers jours de la République populaire, de jouir d'éternels loisirs entre ses jardins de Tch'ong-k'ing et la propriété qu'il louait à Repulse Bay, sur le versant sud du Victoria Peak de Hong Kong.

Le père de ces valeureux ancêtres, Wei Ya-siao, le grand-père paternel de Wei Lang, était lui aussi un héros dans son genre : occidentaliste avant l'heure, il fréquentait Wang Kouo-wei et l'intelligentsia anti-obscurantiste. Il était étrange, hélas, que cet esprit d'ouverture l'ait mené, bien avant tous les théoriciens fascistes, à inventer — aussi anti-impérialistes et révolutionnaires qu'elles parussent à leur époque — les plus sanglantes théories sinocentristes, nationalistes et racistes. Le général Wei Tchen-yi trouvait toujours dans les écrits, publiés ou non, de son père, « ce grand patriote », toutes les plus intelligentes façons de justifier ses exactions et ses crimes — ce que, à la table familiale de Tch'ong-king, on appelait son « travail ».

La table familiale : l'expression donna à Wei Lang l'envie de se couper ce que, cette nuit, il avait pris pour son tsythi : celui-là et le vrai, s'il en avait eu un. Il concevait l'horreur d'ajouter au bipède naturellement carnassier qui dominait la terre le génie destructeur de quelques autres Wei... Le père de son grand-père passa aussi derrière son front, éminent porte-sabre en la Forêt des Plumes de Gauche, disons, membre de la garde personnelle de l'empereur Kouang-siu... Quelle transcendante ascendance : une lignée de charcutiers cabotins et criminels, savants et redoutables, des gens aussi attachants que les Han, le clan maternel du glorieux Henga !

— Moi, je n'ai pas du tout envie d'arborer mes ancêtres au-dessus de mon front. Mais dites-moi sérieusement, seigneur Jêjô : le pimô m'aurait-il tué si j'avais porté la main à sa corne ?

Portant la sienne à son turban — ce devait être un tic, ou un geste soulignant la gravité de certaines paroles —, Jêjô prit, autant qu'il le pouvait, un air grave.

— Si vous posiez ne serait-ce que le bout d'un doigt sur mon chignon, mon petit chignon à moi, qui ne suis qu'un paysan sans ancêtres véritables, puisque je suis pour un quart chinois..., eh bien, je vous tuerais sans hésiter. Quant au pimô, certainement l'homme le plus sage et le plus juste que je connaisse, c'est lui aussi un Turban noir, et il lui est arrivé de tuer pour moins qu'un tsythi...

C'était pour le coup une façon bien barbare de s'énerver, que Wei Lang le pacifiste ne saisissait pas tout à fait :

— Seigneur Jêjô, vous me parlez de sacré, de tabou, d'interdit... Regardez plutôt !

L'air inspiré, il fit un grand geste pour montrer la forêt sous leurs pieds et, autour, les hautes cimes cabossées de lumière.

— Eh bien ? demanda goulûment Jêjô.

— Cette beauté, cette grandeur..., dit Wei Lang. C'est parce que tout est grand et pur et parfumé que vous voyez des esprits, ou de l'esprit, partout !

— Ah bon ! douta Jêjô. Mais sur ce terrain, *khövy* — car vous êtes poète, semble-t-il —, je ne vous suivrai pas... Nous allons aux khalakous. Nous y serons demain. Demain vous comprendrez peut-être. En tout cas, cette nuit, si vous avez besoin du fusil, demandez-le à Vêtchou plutôt que de réveiller les poulets. Peut-être vous le cédera-t-elle plus facilement que son tabac et sa pipe.

Confidences

Je crois que mon père, le général Wei, me détestait autant que moi je le détestais, lui et ses semblables. A présent, je ne veux plus savoir et penser de lui que ceci : il m'a donné la vie. Il aurait dû m'adorer, puisque j'étais son fils unique, mais le Destin auquel il s'efforçait de ne pas croire voulut qu'il en soit autrement.

J'étais d'un naturel paisible : il me voulait combatif. J'étais rêveur : il me voulait réaliste. J'aimais la poésie : la poésie le mettait hors de lui. C'était un militaire : une main qui tue parce que je ne sais quel roi l'en a prié, ou l'y a contraint. Il me semble pourtant que ce goût du sang lui était inné, et que nulle instance supérieure ne l'avait jamais prié ni contraint de manifester autant de zèle à la tâche de trucider.

Dès que j'eus atteint l'âge de raison, si l'on peut dire, mon cher père entrevit combien je le ferais tourner en bourrique — sans mauvaise volonté de ma part, dans un premier temps, avant que les choses ne se compliquent. En bourrique je le faisais tourner, parce que j'étais naturellement incapable de comprendre l'absolue nécessité des massacres plus ou moins officiels qui lui tenaient lieu de gagne-pain, absolue nécessité dont je ne voyais guère en quoi — même un tantinet — elle aurait pu me concerner.

A trois pénibles reprises, qui commencèrent chacune par d'interminables raisonnements, se poursuivirent par quelques coups de ceinture et s'achevèrent dans ma chambre où il me consigna, la dernière fois, plus de deux jours sans me faire porter à manger, à trois reprises, donc, mon père tenta de me convaincre de l'existence d'ennemis absolus.

Ce furent d'abord les républicains, nationalistes et communistes confondus, car l'unique gouvernement légitime de la Grande Chine ne pouvait être que le gouvernement impérial. Or, tandis qu'il m'exposait les dangers non de la république mais des républicains, cela faisait déjà vingt ans que Sun Yat-sen et ses ouvriers avaient succédé à l'empire et payaient grassement mon père pour mater les Khampas : quels ennemis absolus voulait-il que je me fasse ? La terre entière ?

Quand les Japonais envahirent la Chine, le futur général Wei décida de me convaincre que les Nains, comme nous les avions toujours surnommés, étaient, bien qu'obéissant à un empereur, plus nuisibles que les républicains. Il ne faisait là, pour une fois, que penser comme tout le monde. Pour ma part, j'ignorais tout du Japon et des Japonais, et je n'avais nul besoin d'apprendre de mon père que les envahisseurs n'étaient pas des amis. Evidence qu'il me renversa dans la figure en déclarant que les ennemis, à défaut de les supprimer, il fallait les haïr.

— C'est la seule chose dont je veux te persuader mon garçon : la haine est une nécessité vitale, et il faut toujours la cultiver : elle te donnera des pouvoirs surhumains...

Ce qui finit, comme je vous le disais, par une volée de coups de ceinture et un séjour prolongé dans ma chambre.

Les temps qui suivirent, je ne sais plus par quel concours de circonstances je me retrouvai un sabre de bambou à la main, devant mon professeur de kendô, un maître d'arts martiaux qui avait étudié au Japon avant la guerre et qui était rentré au pays, mon pays, le Sseutchouan, où il enseignait avec sagesse à ceux que le mot « Japon » ne rendait pas irrémédiablement hystériques.

Moi, j'étais aux anges. J'avais découvert un art martial, je jouais avec une lame, j'apprenais à tuer — ainsi mon père s'imaginait-il que je pensais. Mais cet art était japonais — il rougissait, s'étranglait avec son cigare...

— Enfin, les Nains sont de bons soldats.

Ce qui n'empêche — n'en déplaise à mon géniteur — que mon professeur de sabre, qui était chinois et vénérait les Japonais — au Japon —, n'avait rien du soldat-charcutier dont mon père voulait que je possède jusqu'à l'âme. Non, j'apprenais à me poser dans mon ventre et à frapper plus vite que ma pensée... Du moins, je m'efforçais de l'apprendre. Je n'avais de cesse, après l'entraînement, de faire l'éloge de l'escrime nippone, si élégante, si poétique, si sage... Et mon père jetait son cigare, sonnait son ordonnance, traitait ma mère de pondeuse de traîtres en défaisant sa ceinture.

— Sale petit merdeux ! Tu vas arrêter de me

chercher avec l'escrime de tes nabots ! C'est nous qui leur avons tout appris : à écrire, à penser — et même à faire la guerre...

Comme il levait le poing où ses doigts de machine serraient la boucle de la ceinture, je sautai dans le pire en ricanant :

— Nous ne leur arriverons jamais aux genoux en matière d'élégance...

Et tchac !

— De finesse...

Tchac encore.

— D'efficacité...

Et tchac, tchac, tchac ! Vas-y, mon général, après tout c'est ton fils : le petit impertinent qui croit malin de frayer avec l'ennemi !

Une fois convaincu que Tchang Kaï-chek serait l'imbécile qui succéderait le moins mal possible aux Dragons — même mandchous — du fait que le Généralissime en personne lui avait remis quelques médailles en échange d'obscures tueries dans le Kham, l'imminent général Wei décréta que, tout bien réfléchi, les communistes, les communistes à eux seuls valaient les Nains en fait d'abjection. Nous n'avions plus d'ennemis extérieurs, déclara-t-il un jour de mes seize ans, nous avions les « bandits rouges » — des « êtres sans individualité »...

Sur-le-champ je devins communiste, marxiste-léniniste, mais en théorie seulement, c'est-à-dire en rien : il n'y avait que des gens comme mon père pour s'attacher à ces nœuds de contradictions. Je n'avais pas encore admis que derrière la philosophie se cachaient nombre de vérités poétiques à ma convenance.

De nos ennemis les Nains et de leurs alliés les Allemands, j'allais faire, par pur esprit de contradiction vis-à-vis de mon père, de grandes cultures stigmatisées qu'il fallait absolument que j'étudie.

Féru de lecture — les poètes avant tout et les auteurs taoïstes, des gens comme vous, en plein Nimou —, j'avais déniché chez un bouquiniste une anthologie de Ni-ts'ai publiée au Japon, un philosophe allemand apparemment exceptionnel, superbement traduite en chinois classique par Wang Kouo-wei. La moitié de l'ouvrage, que je sais encore par cœur, était un recueil des plus inspirantes vitupérations d'un long poème appelé *Ainsi parlait Tsa-t'ou-la*.

Ledit Ni-ts'ai, disciple en philosophie de certain Chou-pen-houa, dont Wang Kouo-wei disait seulement qu'il connaissait le bouddhisme, m'apparut tout de suite comme le critique des critiques, celui qui pouvait démonter n'importe quelle construction intellectuelle jusqu'en ses composantes les plus minables, les plus ridicules : toutes les idées que l'homme peut se faire sur la vie. Ni-ts'ai critiquait donc impitoyablement ce qui devait être la philosophie occidentale. En philosophie, vous pensez bien, je n'entendais pas grand-chose à l'époque, encore moins qu'aujourd'hui, et aujourd'hui je me sens heureux comme un simple d'esprit, confus comme un malade, clair par éblouissements... Je voulais simplement dire que Ni-ts'ai m'illumina l'esprit : bien que philosophe, il me montrait que même au plus profond du désespoir la poésie dégageait toujours un parfum de grand rire.

Tsa-t'ou-la, le porte-parole de Ni-ts'ai qui « parlait ainsi », était une sorte de Turban noir greffé d'une imagination de poète. Comprenez-moi : un gueulard princier qui parfois s'envolait de la montagne pour se recueillir dans l'arc-en-ciel, *au-dessus de lui-même.* Je n'avais jamais, même dans Tchouang-tseu, le plus déchaîné des sages, entendu pareilles merveilles de révolte. D'un seul coup, ma rêverie se nourrit toute de mon esprit de contradiction, et ma haine du concept d'ennemi se tourna vers un idéal idiot : je voulais, d'une pirouette par-dessus ma vieille tête d'adolescent, me surmonter, devenir un surhomme...

Vous imaginez facilement ce que mon clan de militaires pensa de mon illumination. Quoi qu'ils m'opposent, je leur prouvais de mon mieux que je n'avais jamais trouvé « dans les philosophes allemands » la moindre phrase pour justifier cette pratique de l'inondation des terres qui venait de faire un million de morts en Chine centrale, que les Japonais, certes, avaient utilisée les premiers, mais que, à présent, les bons Blancs utilisaient pour « intimider » les méchants Rouges.

— Tu ne vas pas recommencer, grogna le général — il l'était enfin, général... Après les Nains, les nazis maintenant...

— Rien à voir, père ! Vous confondez tout... Les hauteurs tibétaines ont dû vous... tourner la tête.

— Lang chéri, intervint ma mère — dont je ne dirai que le moins de mal possible, mais qui, elle aussi, et à sa façon, m'a torturé autant que mon père... Lang chéri, ne provoque pas ton père... Tu sais bien que vous ne serez jamais d'accord.

— Les monstrueux débiles, fis-je alors pour plaire à cette femme, qui confondent la guerre et le louche plaisir de tuer, fussent-ils japonais, ou communistes, comme vos ennemis, ou encore nationalistes, comme nos amis, ma chère mère, ne trouveront jamais le plus petit philosophe pour les justifier.

Mon père se leva de son fauteuil sans un mot et vint vers moi, son éternel cigare pointé sur mon ventre, comme s'il voulait me le plonger dans les tripes.

— Hors d'ici ! gueula-t-il soudain. Hors de ma vue !

J'avais dix-sept ans bien frappés et, nourri comme un riche, j'avais bien grandi. Vous pouvez le constater. J'avais, l'haleine en moins, la taille et la carrure de mon père, et il jugea préférable de me maudire plutôt que de me rosser avec sa ceinture.

Ce qui ne l'empêcha pas, en hurlant « Irrécupérable petit con » de m'envoyer dans la figure un coup du dos de la main droite qui me donna envie, un instant, de le tuer.

Il m'avait fait mal, mais je m'en moquais. Ma mère y alla d'une sorte de cri qui cessa immédiatement lorsque je repris la parole :

— Si vous l'aviez pu, père, vous auriez coulé l'îlot des Nains par le fond...

Le général tomba de ses sales nues.

— Mais il vous reste les barbus du Turkménistan, les déguenillés du Koukounor et les croqueurs de marmottes crues du Si-k'ang — c'est ainsi que nous appelions alors le Kham...

Inutile de vous dire que je pris un autre coup, que je saignai légèrement du nez, que ma mère cessa ses hululements ridicules quand mon père l'eut giflée à son tour, et que je fus consigné dans ma chambre trois jours et trois nuits — ce qui m'exalta plutôt que de me punir.

Dans ma petite tête d'incompris et d'opprimé, le sabre était un art, le Tsa-t'ou-la de Ni-ts'ai un maître à penser en poésie, et mon père, l'unique ennemi absolu. Pardonnez-moi, seigneur Jêjô, pardonnez-moi, demoiselles... Intelligent, mon père était bête; grand et fort, c'était un nabot; et s'il n'était pas en train de guerroyer ou de me « former », c'est qu'il était trop occupé à se tuer lui-même en tétant son odieuse pipe à opium.

A partir de la « libération » de 1949, les communistes devinrent les maîtres incontestables, donc les amis de mon père. Négligeant les médailles que l'immonde Tchang Kaï-chek lui avait remises, l'Armée populaire de libération le renomma général pour le remercier des services qu'il avait rendus au peuple chinois en maintenant la paix aux difficiles frontières du Sud-Ouest — en contrôlant efficacement les princes-brigands des Alpes du Sseutchouan...

A présent, il vieillit à Tch'ong-k'ing, sa ville de toujours, et les communistes ne l'ont pas privé de son nécessaire à opium. Sa chair fond à vue d'œil; il souffre de ne plus courir les montagnes à la chasse au Khampa... Il rêve de ses « plus beaux jours », de ces aventures qu'il partagea avec un autre fou dans son genre, celui qui deviendrait mon oncle, le futur colonel Han Min-tsang. Ils étaient les plus jeunes officiers de l'état-major du tristement célèbre général Tchao Eul-fong. Vous savez, celui que les gens d'ici — des survivants — appellent « l'Equarrisseur du Kham ».

Il est vain que je vous répète, amis, les monstruosités que ce soi-disant grand seigneur de guerre a commises un peu partout sur ces hautes terres. Rien que d'entendre son nom, les moines les plus doux finirent par rêver de mousquetons. Mais Tchao Eul-fong, le modèle et l'idole de mon père et de mon oncle, ne rêvait jamais. Il voulait régner sur la totalité du Sseutchouan. A moitié morts de toutes les morts possibles, les Sseutchouanais se souciaient peu du nouveau vampire qui viendrait s'asseoir sur leur misère, mais les Khampas, que l'air pur des hauteurs rend si vigoureux — c'est bien connu —, ne l'entendaient pas du tout de la sorte. Les troupes chinoises avaient pour elles le *nombre*; les Khampas avaient la *montagne* : on aurait pu parler de forces équivalentes. Mais le général Tchao Eul-fong, obsédé par la conquête, ne voyait même pas ce qu'on lui apportait à manger, s'habillait n'importe comment et refusait de circuler en palanquin comme un homme de son rang. Il se moquait de ce qu'il mangeait, peut-être, mais mon père me raconta qu'un jour le général trouva une crotte de rat dans son riz : le cuisinier fut décapité sur-le-champ.

— Quel génie ! s'exclamait alors Wei Tchen-yi, mon exécrable père.

Ah, il me semble que vous commencez à en convenir : un fils peut exécrer son père sans attaquer l'ordre des choses...

Je crois que depuis 1905, année du siège de Sampiling, au Nyarong, qui dura six mois et s'acheva par l'extermination des cinq mille habitants de la ville, moines et laïcs, a sonné le glas de l'équilibre de la montagne et du nombre qui laissait en vie les Khampas. Tchao Eul-fong avait frappé comme il le voulait, sans l'ombre d'un sentiment humain : les gens du Kham oriental n'étaient plus que d'indésirables cancrelats qui produisent un vilain craquement quand on les écrase, et laissent de sales taches ambrées sur les verdoyants degrés de l'escalier chinois baptisé Si-k'ang — Kham occidental...

Je vous raconte cela, mes amis, pour seulement vous dire que, à la fin du printemps dernier, il y a donc un peu moins de cinq mois, mon nouvellement communiste de père, un général que seule la mort mettra à la retraite, s'est lassé de ce qu'il appelait mon « désœuvrement ». Etais-je lieutenant de l'Armée — aujourd'hui « populaire de libération » — ou uniquement profiteur ?

C'est vrai... Quand j'en avais eu l'âge, on m'avait habillé en soldat et, à intervalles réguliers, tous les deux ou trois anniversaires peut-être, je jouissais d'une promotion. C'est ainsi qu'à vingt-huit ans je me suis retrouvé lieutenant.

Cependant, je ne prétendais en aucun cas traîner mes guêtres sur quelque champ de bataille que ce soit et, enrageant comme à l'accoutumée, mon père me fit successivement engager comme bibliothécaire à l'Académie militaire de Tch'ong-k'ing, siège de notre palais familial, ensuite comme secrétaire de je ne sais quel mandarin militaire toujours absent, et enfin comme documentaliste au service cartographique de l'armée. Je suis donc lieutenant-cartographe — pour vous servir... Hélas, j'ignore tout de la cartographie — et qu'importe !

J'étais bon gré mal gré l'héritier du général Wei. Intérieurement, c'était pour moi plus qu'une tare : c'était une torture ; extérieurement, toutefois, cela me donnait un statut social élevé qui me permettait de me livrer impunément à mes activités préférées : le sabre d'art et les putains pour la poésie *sans* pensée, Tsa-t'ou-la et les grands anarchistes classiques chinois — Tchouang-tseu, Si K'ang, Jouan Tsi... — pour la poésie *avec* pensée. Déguisé en officier et me mêlant à l'engeance officière le plus rarement possible, je forniquais, sabrais et philosophais le plus fébrilement du monde pour contredire avec une invention toujours renouvelée ces êtres anormaux qui m'avaient donné l'existence pour que je me délecte de leurs déjections.

Un beau jour du printemps dernier, mon père me convoqua dans son fumoir ministériel pour m'annoncer qu'il me « couperait les vivres définitivement » si je ne me décidais toujours pas à devenir un vrai soldat.

— Tu as trente ans, dit-il, et maintenant tu bois, à ce qu'il paraît...

— L'opium me donne mal au foie.

L'opium avait remplacé le sang dans son cœur et ses veines : il ne répliqua rien, mais je sentais qu'il m'aurait volontiers trucidé. Il ne le ferait jamais parce qu'il attendait encore le petit-fils que je ne lui donnerais jamais...

On m'avait fiancé à une bourgeoise obéissante, une malheureuse esclave ensorcelée par leur pensée de machines — elle est morte, la pauvre, avant que je n'aie même songé à l'aimer... Je préférais les putains et connaissais toutes les filles que mon père et ses vieux amis louaient certains soirs pour agrémenter leurs fumeries de ridicules échecs que les filles, après, me racontaient.

Si je voulais survire à ma façon, il semblait nécessaire, ce jour-là, que j'acquiesce à tout ce qu'il me proposerait, et promette que je serais, enfin, un militaire digne de ce nom.

— Ton oncle Han Min-tsang a besoin d'un secrétaire, de quelqu'un qui pourrait l'aider dans ses projets. Si tu acceptais de te mettre à sa disposition, tu rattraperais peut-être les années que tu as perdues à grossièrement me contredire, et tu pourrais continuer de te payer tes... livres.

— Certainement, père.

J'étais aussi bon menteur que provocateur : mais, croyez-moi, à présent, tout cela est fini — à quoi bon ?

— Dès demain, ton ordonnance t'emmènera à K'ang-ting, au pied des montagnes.

— Bien, père.

— Petit veinard, chuchota le général — il esquissait même un sourire —, tu crois que je te punis en t'envoyant au bout du monde. Qu'est-ce que j'aimerais être à ta place...

— Ah...

Ne trouvant rien d'autre à ajouter, je lui tournai le dos pour m'en aller. Il ne me rappela pas, je ne lui fis aucun au revoir. C'est la dernière fois que je l'ai vu. Et s'il faut que je vous dise un mot de ma mère, je pris alors la lettre qu'elle me confia pour son frère, le colonel Han Min-tsang; je l'embrassai pour lui montrer combien elle ne me manquerait pas, puis passai une nuit blanche et agitée avec une fille que je ne connaissais guère.

Aux lueurs de l'aurore, mon dévoué sergent Ng Tchoi-loi était au rendez-vous avec sa Jeep et mes bagages, et nous prîmes la route de K'ang-ting.

Khalakou

Enfer que d'être né, né de ça : non seulement des Wei mais des Han aussi, de Han Jouei, haute traînée, traînée haut, féconde et maligne, l'idéale mère des petits monstres que le culte ancestral avait imposé au général de lui faire. La sœur de Han Min-tsang, le plus abominable des colonels, une sorte de caricature sadique, un plumitif lui aussi comme le grand-père, qui usait son inépuisable cervelle à concocter des plans d'extermination, des stratégies sordides et raffinées, les scénarios nihilistes les mieux ficelés que le lieutenant Wei Lang eût intellectuellement appréciés dans sa vie. Celui-là n'inspirait que haine et regret de le connaître, pleurs et lamentations de l'avoir rencontré : Han Min-tsang qui, depuis la Libération, servait le peuple pour les communistes, comme il ne manquerait pas d'anéantir le peuple, dès qu'on lui en donnerait, sous forme d'ordre, la possibilité. En attendant, on lui avait confié l'éradication des pires éléments subversifs de la région, les indécrottables contre-révolutionnaires du Sud-Ouest : les religieux de tout crin, ânes chauves, profiteurs, les lamas et autres moines armés, dont le grand Tchao Eul-fong lui-même n'avait pu avoir raison...

Wei Lang s'échauffait. Bouche bée, Jêjô et ses filles le regardaient serrer les poings, les dents, et tressauter, mal accroupi devant le petit feu du soir.

— Je hais mes ancêtres, moi, Nossous ! Ils ne m'ont pas mis au monde, ils ne m'ont pas donné le jour et encore moins la vie : ils m'ont inventé pour perdurer, eux, pour éternellement perpétrer leurs crimes.

» Haïssez-moi, Nossous ! Je suis le fils de centaines de Hengas qui se prennent non pour des hommes mais pour des dieux et qui vous prennent, vous, non pour des sous-hommes ni même pour des bêtes, mais pour des choses, de la matière brute, de la terre et du bois, de l'argent toujours, et parfois des idées... Du plus petit au plus grand, la même haine les anime, mais moi, c'est la haine de cette haine qui m'anime. Je me suis toujours débattu pour ne pas leur appartenir. Je n'aurais jamais voulu que, du haut du ciel des poètes et des philosophes, Tsa-t'ou-la, Tchouang-tseu et tous les grands hommes impossibles — non qu'ils fussent bons, mais en aucun cas monstrueux, et toujours géniaux et passionnants — me rejettent, parce que je me serais rangé du côté des tripiers.

» Haïr aveugle et j'ai été aveuglé jusqu'à ce jour à Piri, à Piri où, comme dirait Wang Wei — pardonnez la poésie ! —, j'avais assez de départ en moi pour qu'éclate le paysage... C'est à Piri que me sont venus l'idée et l'acte de déserter. A une heure de là, dans la solitude des pierres, mon ordonnance a été tué, par je ne sais quel tireur invisible, d'une balle dans la tempe droite. Sans m'attarder auprès de son cadavre, j'ai enfourché la moto pour battre en retraite. Trois balles sifflent à mes oreilles tandis que je remonte la piste défoncée. A la quatrième, je fais demi-tour dans un terrible sursaut et fonce droit devant moi, dans la direction du mont Hêtsy...

» Depuis, il m'est arrivé tellement de choses extraordinaires que, je crois, c'est tout mon être que je suis en train de réformer...

— A vos souhaits ! bâilla Jêjô que les profonds pleurnichements et les belles aventures du lieutenant Wei Lang n'émouvaient pas outre mesure. Si ça vous chante, mon pauvre garçon, ce soir je veux bien vous laisser boire un peu d'eau gazeuse. Vous, ça vous endormira. Il faut dormir : votre imagination bout. La pensée sert à agir, pas à penser !

Wei Lang arracha des mains de Jêjô l'entre-nœud de bambou que lui tendait le bonhomme sans tsythi — le petit gros avec un chignon minuscule qu'il défendrait comme une citadelle — et avala une lourde gorgée d'eau gazeuse. L'œsophage et le ventre en flammes, il s'agrippa au bambou que lui reprenait Jêjô pour se brûler une autre fois, jusqu'à l'âme, et, le visage dégoulinant de sueur et de vin, il cria l'ivresse qui le gagnait comme un orgasme.

Lo-cha mourait Toutes les amoureuses mouraient.

Ne jamais rien faire : Lao-tseu avait raison ; et ne pas se laisser faire : Tchouang-tseu dansa sous les laquiers plutôt que marcher sur le ventre du peuple en le « servant » !

Lo-cha mourait d'amour idiot : Wei Lang la tuait de toute sa haine imbécile. Dame Han Jouei, sa mère, le semonçait, l'exquise sœur du colonel, fardée comme une toile de peintre, dont les longs ongles pourpres cliquetaient impatiemment sur la laque noire de son éventail :

— On ne tue que par intérêt, Lang chéri, pas par conviction...

Le prisonnier ouvrit d'un coup les yeux. Comme la veille, il était ventre à ventre avec le ciel étoilé, à cette différence près que la lune, presque ronde, s'était arrêtée sur le cœur de Wôssima, entre les seins duveteux de la déesse Ourse. Comme hier, son sexe épanoui pesait sur son pubis, pointant sa tête endolorie, son front en nage, ses mâchoires crispées. L'alcool l'avait plongé dans une espèce de cauchemar familial et familier : il y avait vingt-cinq, sinon trente ans — toute sa vie — qu'il se rêvait victime, otage, bête de somme ou d'agrément de ses parents. Mais à la différence de la nuit précédente, il n'était pas allongé seul sur la terre du Tibet : Vêtchou, sa pipe et son fusil dormaient, indubitablement oniriques eux au moins, à côté de lui.

La tête lui faisait si mal : il en avait toujours été ainsi avec l'alcool. Au moindre verre, l'ivresse le gagnait sans attendre, immédiatement suivie par l'abrutissement, un sommeil bref d'où il ressortait cuit de sueur et la cervelle, tous les nerfs faciaux, crâniens et autres, à vif. Chaque fois qu'il se réveillait la face torturée par quelque lourde semelle cloutée, il se jurait de ne plus jamais boire, mais, parjure émérite, il buvait de plus belle, toujours aussi peu, et par nécessité existentielle. Il buvait pour s'abrutir et détestait l'opium dont chacun, dans la bonne société comme dans la mauvaise, faisait souvent usage.

S'il bougeait, il vomirait tant et plus. Il resta donc immobile, regrettant que le présent ne soit que longue gêne ou plaisir fugitif. Son sexe s'était détendu : rien d'érotique dans l'érection d'un cadavre ! Vêtchou était trop proche, la lune trop lointaine, et entre ses tempes le prisonnier croyait entendre rugir les torrents du Chentchô.

Plus tard dans la nuit, la lune et la Divine Ourse Wôssima avaient disparu et les étoiles brillaient moins fort : le front de Wei Lang n'était plus ce plancher martelé de méchants pas qui le torturait tout à l'heure. La grande Vêtchou avait posé sa joue sur son épaule gauche et dormait en exhalant un parfum de chrysanthème. Cette fois non plus, l'héroïque Wei Lang ne broncha pas. Il ne bandait plus mais ne put se rendormir.

Quand Vêtchou entrouvrit les yeux, les secrets de la nuit se délayaient dans l'aurore. La jeune femme, comme glacée, paraissait vraiment étonnée de se réveiller là, contre le prisonnier, et Wei Lang ne la retint pas lorsqu'elle se releva d'un seul mouvement, ramassa sa pipe, son fusil, et trébucha sur son père, l'excellent Jêjô qui s'activait à rallumer le feu.

Wei Lang s'assit à son tour en tailleur, refaçonna sa pèlerine en cloche bancale, et dit à son maître dans un nossou des plus corrects :

— Bien le bonjour, seigneur Pomme de Terre ! Alors, ce khalakou, c'est aujourd'hui qu'on va le cueillir ?

Jêjô n'avait pas encore tout à fait entamé sa journée de grand bavard. Le nossou de son esclave, cette phrase anodine au petit matin, pour dire vrai, l'avait stupéfié. Les sourcils arqués, les narines dilatées, les lèvres en avant comme pour un baiser, il dévisageait Wei Lang dont la tête aux cheveux courts émergeait seule de la vaste cape, de l'autre côté du feu.

Un Henga pas comme les autres, pensait Pomme de Terre. Moi, le peu de chinois que je baragouine, il m'aura fallu toute mon enfance au Yunnan pour l'apprendre. Lui, ce fils d'officier chinois, il apprend notre langue en quatre jours. Tout ce que j'ai dit — et j'en dis pas mal ! —, il l'a retenu dans son esprit, et il a compris comment on alignait les mots dans nos phrases, nos pensées... Peut-être lit-il dans mon cœur comme le pimô dans un œuf de poule. Il est forcément possédé par un esprit, un drôle d'esprit, un génie des langues... Je n'en connais pourtant aucun de ce genre. Le pimô Akho Lazö est prêt à croire que cet homme est un djihly — et moi, je crois que je vais le croire aussi...

— Vous n'avez jamais appris le nossou auparavant ? demanda-t-il enfin, en nossou, à Wei Lang.

Précédé par sa voix, et par une pointe d'indéfinissable bien — immédiatement oublié —, le lieutenant répondit dans la même langue :

— Jamais. N'est-ce pas merveilleux ?

Pendant que le Henga, souriant aux anges, s'émerveillait, Jêjô s'excitait. Pris, lui aussi, d'un délire linguistique à sa façon, il réfléchissait à haute voix, mêlant à plaisir nossou et chinois.

— Ça y est : j'ai compris ! C'est un esprit tibétain, la pensée d'un lama qui s'est emparée de lui. Les lamas ont de grands pouvoirs magiques... Généralement, ils sont bons, même avec les démons... Mais pourquoi auraient-ils fait à un Henga, à un soldat chinois, le don de la langue nossoue ?

Vêtchou, que d'autres prodiges et une apparente mauvaise humeur préoccupaient, n'avait aucune réponse à fournir à son père. Celui-ci s'agita de plus belle, haussa le ton de la voix, réveilla la petite Bouhlou... Et Bouhlou commença sa journée en gratifiant chacun, même le Henga, d'un sourire enchanteur, dont elle seule avait le secret.

— Non, poursuivait Jêjô, ça me paraît trop farfelu. Mais, dès que nous le pourrons, nous demanderons quand même à un lama ce qu'il en pense. Peut-être parlerez-vous tibétain avec lui. J'aimerais voir ça... C'est vraiment extraordinaire! Tout à l'heure, dès avant midi, je vous le promets, nous trouverons des khalakous.

Pointant de l'index le nez de Wei Lang assis de l'autre côté du feu, il se prenait pour un prophète :

— C'est vous qui nous montrerez les khalakous, puisque vous savez tout, puisque, peut-être, vous êtes un *djichy djihly*...

De ses rayons d'or liquide, l'éternel soleil trouait la sapinière.

Flanqués des deux filles, Jêjô et le prisonnier se tenaient côte à côte, immobiles et muets, devant le tronc d'un grand sapin. Prévenu par une autre perle cachée dans un repli de son esprit tourmenté, par une autre pointe de certitude insaisissable, aimante et jouissive, Wei Lang s'était soudain exclamé qu'il avait vu des khalakous et, comme si cet étrange Chinois avait prononcé le nom secret d'un dieu ou d'un démon redoutables, Jêjô, ses filles et le yack s'étaient en même temps figés sur place. A présent, ils contournaient le grand sapin et avançaient, les Nossous légèrement en retrait du Henga, vers une futaie plus frêle, haute aussi, et plus claire.

Wei Lang désigna une grappe de longues feuilles

pendues à des branches recourbées qui tombaient d'un tronc hésitant, d'une espèce de saule des chaudes forêts alpines, et il dit dans sa nouvelle langue :

— Ces feuilles-ci.

Comme à son habitude de Henga, il allait inconsidérément arracher une poignée de feuilles à l'arbrisseau malingre que semblait le khalakou, comme à son habitude aussi, Jêjô lui saisit le poignet en lui soufflant qu'il fallait d'abord sacrifier un poulet à l'esprit du khalakou, et demander pardon à tous les individus qu'on allégerait de leurs humbles joyaux, ces feuilles oblongues, vert foncé, qui devaient, à défaut de briller par leur apparence, resplendir pour d'autres qualités.

— Tous les arbres ont un esprit, bien entendu, y allait Jêjô en coinçant un poulet affolé entre son coude et son ventre — vieux geste tant de fois répété. Mais l'esprit du khalakou est, lui aussi, extraordinaire : le goût, le délicieux, l'exquis, ce n'est pas rien !

Il saisit son petit couteau.

— Je commence toujours par demander pardon au poulet... Il me faut pourtant son sang : son esprit est d'accord, l'esprit de l'arbre l'accueillera dans le Nimou...

» Merci à toi, poulet cent fois utile,

» De te prêter à la maladresse des bons Nossous...

Le sang gicla sur les feuilles de l'arbre à condiment. Jêjô tendit l'oiseau inanimé à Vêtchou et avança entre les arbustes en chantonnant des formules. Il s'arrêta sous un bouquet de feuilles plus fourni, s'empara du bambou à eau gazeuse qui pendait toujours à sa ceinture, saliva dûment, se rinça la bouche en gonflant démesurément les joues et, avec un bruit de pet hilarant, aspergea de cette eau lustrale tout ce qui l'entourait. Alors seulement sa fille Bouhlou le rejoignit avec une courte épée à lame épaisse et recourbée, très semblable au khoukri des Gourkhas du Népal, et Jêjô entreprit la coupe tant attendue en reprenant son gazouillis mystico-encyclopédique.

Wei Lang se débrouillait en nossou comme il était inconcevable qu'il le pût et, entre mille plantes, il avait, ce Chinois des plaines moites, reconnu le khalakou... Aussi bruissant et chuintant et sursautant qu'il parût, Jêjô n'avait pas besoin d'interrompre son ouvrage pour pécher à la manière du Henga : par excès de questions sans réponses. Il fallait bien admettre, après tout, qu'il y avait du merveilleux dans l'air, ce qui d'ailleurs corroborait en plein l'existence des esprits et de ces choses invisibles qui donnent un contenu aux jours et aux nuits, aux vallées, aux rivières, aux grandes forêts, à la dure vie...

N'empêche, poursuivait Jêjô, que tout djihly qu'il puisse être, ce Henga ne trouve guère naturel de saigner une bête avant un acte d'importance. Il semble aveuglé par ses propres aventures, qui le dépassent, au point de ne pas savoir que tout, dans le Nimou, tout ce qui peuple notre espace nossou est animé, a un esprit, est un esprit, comme nous, corps dehors et dedans : esprit... S'il était vraiment nossou, ou djihly, je ne sais plus, il connaîtrait les esprits ; pourquoi, moi, n'ai-je d'autres certitudes que des histoires d'arbres et de fleurs ? Je ne sais même pas ce que mes filles, mes propres filles, pensent d'être mes filles et de vivre sous ce ciel...

Le bonhomme arrêta un instant de sabrer le feuillage. N'ayant pas pris une minute de repos depuis la collation de midi, il suait abondamment ; le turban desserré, le chignon en évidence, il laissa tomber sa lame et se frotta les yeux en invoquant les Trois Vômou. Il n'avait jamais rencontré de génie malgré soi, du genre de Wei Lang, et il éprouvait, chose rare, comme le désordre d'un doute dans la coutumière régularité de son esprit. Un doute dont il n'oserait se moquer.

— Dis-moi, Bouhlou, que penses-tu de la vie ?

Philosophe et poète, la jeune fille éclata de rire.

— Quelle drôle de question, père !

— Cela te plaît-il d'être ma fille ? reprit Jêjô, confus, en ramassant le coupe-coupe.

Riant, puis ne riant plus, puis éclatant de rire à nouveau, il repartit tailler les khalakous.

Bouhlou et Vêtchou emplirent de feuilles chacune des deux hottes, puis elles les tassèrent en les foulant de leurs pieds nus, et replacèrent dessus, dans l'une les poulets, dans l'autre le reste, dont ces fameux sacs de toile et ces paniers gigognes qu'on remplirait de simples en rentrant à Hêtsy.

La cueillette du khalakou proprement dite avait pris fin : ce n'était pas grand-chose. La fameuse feuille, quand vous l'écrasiez dans votre paume, ne dégageait aucune odeur particulière. Quelle était donc cette épice qui ne sentait rien ? Combinée au *moukhou* et au *tchépitchékhö*, avait réexpliqué Jêjô, l'humble feuille du khalakou révélerait son génie, sans lequel les deux autres plantes ne seraient pas grand-chose, elles non plus, prises ensemble ou séparément...

Maille du filet d'Indra aux mailles débordant des cieux d'ailleurs, le condiment était plus métaphysique encore que cette promenade. A présent, il restait à cueillir les autres simples — ceux de la pharmacopée, ceux de la gastronomie —, dont les esprits allaient décroissant, en termes de puissance et de dignité, dans les complexes hiérarchies du Nimou. Mais avant tout, il fallait se rendre à certain rocher des hauteurs du Chentchô, plus sacré que les autres, pour sécher au soleil pendant une journée le khalakou récolté dans la moiteur des bois. Après quoi, au fur et à mesure qu'ils redescendraient le Chentchô, puis remonteraient le Hêtsy, ils procéderaient à une cueillette ample et systématique qui ne prendrait fin que lorsqu'ils seraient de retour au village : dans cinq jours précisément, quand la lune décroissante s'arrêterait dans le cœur du Léopard des étoiles.

Ils dormirent à côté des khalakous et au petit jour reprirent la montée du Chentchô.

Inconscient et frais comme l'atmosphère, Wei Lang pissait dans un fourré quand Pomme de Terre, aussi fortuit mais plus vrai qu'un lutin, apparut soudain derrière lui et entreprit de lui secouer vigoureusement les épaules en déclarant :

— Henga ! Si vous voulez être djihly, apprenez d'abord les bonnes manières ! Un Nossou ne pisse pas debout.

Joignant l'exemple à la leçon, il s'accroupit en farfouillant sous sa ceinture et se mit à uriner aux pieds de Wei Lang, estomaqué, qui ne savait plus où poser les yeux.

— Un vrai Nossou pisse accroupi, dit Jêjô. Vous

allez me demander pourquoi. Alors je vous réponds : le Nossou ne pisse pas *sur* la nature, mais *dans* la nature, avec elle et comme elle.

Il se releva en se secouant, impudique et innocent.

— La pisse, expliquait-il à l'esclave éberlué comme ils regagnaient le sentier, c'est de l'eau, et avec l'eau il faut toujours se méfier.

Le soleil approchait de son zénith dans l'azur impeccable lorsqu'ils sortirent de la forêt pour gravir un raidillon qui les déposa, Wei Lang en nage et se dénudant la poitrine, au bord d'une épaule de hautes graminées fleuries. Ils marchèrent dans les plantains géants, les bourses-à-pasteur, les ombelles de carotte et de valériane d'où les criquets s'envolaient en crépitant. Les applaudissements des perdrix se turent et ils arrivèrent sur le plat. Jêjô, le souffle revenu, allait reprendre son monologue lorsqu'une espèce d'aboiement nasal lui cloua le bec, suivi d'un chahut dans les herbes, à leur droite. Il s'éleva alors à grand-peine un énorme oiseau pansu et brun, sauf au cou, que parait une collerette de plumes vert phosphorescent.

— Un mâle, chuchota Jêjô, un mâle seul.

Il chuchota, car l'envol de cet oiseau-là semblait fasciner les trois Nossous. Mais l'oiseau retomba dans les herbes : il avait le ventre trop épais, les ailes trop courtes. Après un autre bruyant combat contre la gravité, il se renvola cependant, lentement, lourdement, et prit même un peu d'altitude. Aboyant une deuxième fois, il disparut derrière la pente verte, à leur gauche.

— Une grande outarde barbue, dit Jêjô. C'est comme les chiens, nous n'en mangeons pas. Mais je ne suis pas content.

Il bougonnait en effet :

— Voir une seule outarde, ce n'est pas très auspicieux, alors que surprendre un couple d'outardes, rien ne peut être de meilleur augure... Le problème, avec ce genre de signes, c'est qu'ils vous disent de vous méfier, mais pas de quoi... Seigneur Wei Lang, d'après vous, de quoi devrions-nous nous méfier, moi et mes filles ? Contre quoi l'outarde mâle nous aurait-elle mis en garde ?

Le seigneur Wei Lang n'en avait aucune idée, mais, un signe en chassant un autre, les augures et les fantômes surgissant à tout bout de champ, Pomme de Terre en était déjà à penser — donc à dire — qu'une seule outarde, finalement, ce n'était pas si mal : le maître s'était en quelque sorte épris de son esclave et il ne parvenait pas à saisir par où cet étrange prisonnier péchait sérieusement contre le Nimou, le monde vu des montagnes.

Sous l'ardent soleil de midi, le grand cueilleur de khalakou, assisté de ses filles, et observé de façon quasi sentimentale par le Chinois Wei Lang, saigna, à l'ombre d'un grand rocher pyramidal où les lézards multicolores se pourchassaient, le seul poulet noir qu'ils avaient emporté. Il dirigea le jet de sang sur une protubérance évocatrice qui frémissait au creux d'une crevasse plus suggestive encore et que des siècles avaient honorée d'infinies offrandes blanches et rouges.

Derechef Jêjô saigna un deuxième poulet, blanc comme les trois malheureux oiseaux qui restaient, et dirigea son sang sur une crevasse symbolique analogue à la première mais plus humble ; et une troisième bête y passa : caquètements d'effroi, tempête de plumes, giclée de sang orientée sur un troisième moignon de puissance.

Quand il parut avoir fini ses invocations, auxquelles le bon étudiant en nossou n'entendait proprement rien, Jêjô ne put retenir son plaisir d'expliquer : ils venaient de procéder au sacrifice central de leur promenade, dont le rituel avait été écourté et simplifié, dans sa version de voyage, justement. Un sacrifice aux Trois Vômou, aux trois divins ancêtres de l'univers et des Nossous, les dieux qui avaient, après eux-mêmes, conçu les Cinq Latchö, ces génies qui commandent aux esprits des animaux et des plantes proches de l'homme — dont l'un, Vôngôdou, inventa la Neige, que son épouse Khöngôdji façonna en Chien, chien qu'en jouant leur jeune enfant Tsôngôzö remodela en Homme : en Nossou, pour tout dire, car les autres humains ne descendaient pas de la Neige, mais d'un peu toutes ces choses dont l'esprit n'est pas *tchoutsytsyy*, blanc comme neige.

Wei Lang n'eut aucune peine à admettre qu'il ne descendait pas de quelque chose d'éminemment blanc, puis il ne put s'empêcher de penser que toutes ces histoires étaient idiotes. Comment, cependant, mythologie quotidienne, manie magique à chaque instant, sous tous les prétextes, folie aussi précise, aussi contraignante était-elle parvenue à façonner des hommes aussi nets que Jêjô, des femmes vivantes et belles comme ses filles ? Et de nouveau, le Henga trouva tout cela admirable, merveilleux, bouleversant.

Après l'incontournable rituel sanglant, ils déchargèrent le yack et vidèrent les hottes. A quatre, ils eurent vite fait d'étaler les feuilles de khalakou humides et flétries sur une aire naturellement dallée de granit noir où, répéta Jêjô, il avait déjà neuf fois mis le khalakou à sécher. Ensuite il décida que chacun ferait ce qui lui chanterait, et lui-même s'assit au milieu de la récolte, pour surveiller le vent ; la main au turban, il repartit du cœur et de la voix dans ses interminables prières.

Vêtchou voulait se promener, monter, toujours monter, pour regarder la montagne et l'eau ; elle connaissait non loin de là un petit sommet d'où, disait-elle en nossou, lentement, à Wei Lang prêt à la suivre où elle voudrait, on voyait tout l'Orient. Cinq fois déjà, elle avait accompagné son père en ces lieux, deux fois de plus que sa petite sœur Bouhlou qui rognonnait :

— Et pourquoi je ne pourrais pas venir avec vous ? Moi aussi, je veux le voir, tout l'Orient. Tu ne m'avais jamais parlé de cet endroit, Aînée...

Maladroit, Wei Lang crut malin de bégayer dans son nossou naissant qu'il fallait emmener Bouhlou. Vêtchou déclara immédiatement qu'elle n'avait plus envie de se promener, et Bouhlou fit la grande dame en haussant les épaules : elle n'avait rien à faire d'un Henga qui ne savait rien faire ; l'Aînée n'avait jamais eu de goût ; et il n'y avait rien d'intéressant à voir du côté de l'Orient.

— Disparaissez sous terre si ça vous amuse ! cria-t-elle pour conclure en leur tournant le dos.

Et elle redescendit à petits bonds dans la prairie, sans un regard en arrière.

Wei Lang avait les oreilles rouges, brûlantes ; il regardait Vêtchou en train de se bourrer une pipe rageusement...

— Allez, dit-il en chinois. Puis en nossou : Fais-moi voir les montagnes et l'eau d'Orient !

Tchépitchékhö

Ils se tenaient sur un étroit promontoire, large pour deux personnes assises les genoux repliés sur la poitrine, tout en haut d'un éperon battu de lumière et de vent. La vue était incomparable : dunes bleutées, les montagnes formaient un houleux désert d'horizons successifs s'affinant jusqu'aux nuées éternelles, à l'extrême fin du regard, et immenses, du souverain mont Minyak Gongkar, qui domine le Tchakla, K'ang-ting et le Gyalmorong — tout le Kham oriental.

Battus de lumière et de vent, serrés l'un contre l'autre à la cime de l'instant, Wei Lang et Vêtchou, muets et presque immobiles, ne faisaient rien d'autre que se serrer toujours plus fort l'un contre l'autre. La jeune femme en avait oublié de rallumer sa pipe et le prisonnier chinois, de réfléchir à son incompréhensible situation.

Il y avait tant de façons de se déclarer à une femme... Mais Wei Lang ne devait guère se déclarer à la solide Vêtchou : la tendresse avait déjà tout dit et tout joué. Blanche-Fleur ne l'aurait pas invité là, aussi à l'étroit, si elle n'avait eu envie d'être avec lui. Ils étaient seuls dans une tourmente de clarté, dans les tièdes rafales d'un vent d'en haut, et Vêtchou se demandait par quel bout elle attraperait le joli Henga. Ainsi, elle ni lui n'avaient de vrais soucis : leur tête aussi, douchée par tant de ciel, bleuissait avec les camaïeux de l'Orient.

Peut-être se seraient-ils caressés, embrassés, blottis l'un dans l'autre, si certain papillon, qui se dit Bouhlou en nossou, n'était venu se poser entre eux : derrière eux deux tendrement collés l'un à l'autre la petite vint à genoux se coller aussi. Au point qu'avaient atteint ses amours avec Vêtchou, Wei Lang ne détesta pas l'arrivée de la petite chipie, mais il sentait que l'Aînée s'était raidie, qu'elle ravalait sa colère, tandis que de son côté la nouvelle venue se mordait les lèvres pour ne pas déclencher une dispute qui, dans ce nid d'aigle, eût été fortement périlleuse.

Devant toutes ces hésitations, l'air et le soleil se ressaisirent de l'âme des deux filles et de leur prisonnier pour y déployer d'autres combinaisons de couleurs et de vide.

Autant ils n'avaient rien cueilli pendant la première partie du voyage, autant il parut à Wei Lang que, en redescendant des hauteurs du Chentchô, et dès avant la profonde forêt, Jêjô et ses filles, coupe-coupe au poing, sacs de toile au coude et paniers à la ceinture, dépouillaient la montagne de ses phanères les plus secrets, de ses cornes, de ses écailles, des différents accidents et parures de sa peau — mousses, lichens, saxifrages, herbe machin, plante chose : Jêjô récitait ce qu'il faisait, et il faisait tout. Le plus possible, Wei Lang aidait Vêtchou, lui demandant sans répit comment on disait ceci en nossou, si cela prononcé ainsi était correct, à quoi servaient ces arbustes qu'elle venait de déshabiller... Moins prolixe que son père, Vêtchou était déjà une grande cueilleuse, mais elle ne parlait que le nossou et Wei Lang peinait à suivre un petit tiers de ce qu'elle ajoutait, en mots, à ses regards, ainsi qu'aux mimiques de ses lèvres au joli dessin et de son petit nez rond, vaguement retroussé.

Mais tout cela, ce n'était rien : en bas du Chentchô, deux heures avant le torrent de la Lune, poussait le *tchépitchékhö*, le deuxième ingrédient du condiment magnifique, et celui-là, jurait Jêjô, même le Henga le trouverait extraordinaire.

Il fallait bien qu'il comprenne ce qu'il y a de si extraordinairement banal dans le Nimou. Le Nimou ressemblait au condiment : il y fallait tous les ingrédients, en justes proportions, pour en sentir le vrai goût. Vrai, le Nimou, ce sentiment d'être celui qu'il faut là où il faut et quand il le faut, n'avait rien d'un espace vulgaire, un territoire circonscrit par des frontières. Le ciel nossou n'était qu'une façon de voir les choses.

— En tout cas, seigneur Henga, notre Nimou n'obéira jamais à aucun *tchöfou* — ce qui était la prononciation nossoue du chinois *tcheng-fou*, Etat.

Rien sans céleste ascendance.

— Seriez-vous anarchiste, seigneur Pomme de Terre ?

— Tous les Nossous le sont, et les Turbans noirs seront toujours des chefs, justement parce qu'ils ne forment aucun Etat. Et les Turbans blancs, pour ne pas mentionner les serfs et les esclaves, obéiront toujours à leurs chefs. Ce qui n'empêche...

» Hé ! s'exclama-t-il, comme s'il venait de découvrir une pierre précieuse, les chefs commandent, les autres obéissent : n'est-ce pas dans la nature des choses ?

» L'Etat n'a rien d'un chef : lorsque j'étais en Chine, l'Etat, ce n'étaient que soldats, policiers, bourgeois et autres mandarins trafiquant jusqu'à leur âme, qui me traitaient comme un paillasson. C'étaient des chefs, d'une certaine façon, mais des petits chefs — et votre empereur, le grand chef invisible, l'opium et l'amour en ont toujours eu raison. Et l'Etat-chef, ce ne pouvait pas non plus être la vieille impératrice que tous haïssaient, redoutaient, mais dont les crimes servaient toujours une moitié de l'Etat contre l'autre.

» L'anarchie, comme vous dites, le bons sens de n'admettre aucun Etat pour chef, me convient parfaitement : je suis un anarchiste qui honore ses chefs, les Vieillards du Ciel, ceux de la Terre, le pimô et tous les Turbans noirs, les valeureux guerriers, sans lesquels je n'aurais pu visiter neuf fois ce paradis.

Chinois pour un quart et nossou pour trois, Jêjô n'avait pas cinq ans lorsque, en 1905, il avait quitté Tchao-kiue, au Sseutchouan, où il était né, pour le Yunnan : n'était-on pas aux temps heureux de la victoire de So-so Liang-tseu, laquelle avait éphémèrement donné aux Nossous des frontières contre leurs protecteurs chinois ? Sa famille était pauvre et son père rêvait de s'installer dans la forêt des Grands Monts Frais pour, espérait-il, vivre de la culture et du commerce de la cire de cochenille. Ses espoirs furent comblés. Cette cire n'était pas qu'un rêve et les acheteurs chinois payaient toujours rubis sur l'ongle, en fusils et en munitions que les parents de Jêjô échangeaient contre tout ce qui est nécessaire pour vivre confortablement. Cependant, ils n'étaient pas les seuls à puiser au pactole des *bouma*, ces cochenilles merveilleuses qui, sur certains cyprès qui ne poussaient que dans les Grands Monts Frais, produisaient une cire belle comme l'ambre à laquelle les Chinois trouvaient des qualités surnaturelles.

La concurrence, la mort de son père, les colons, la guerre contre le Japon, tout ce désordre, ces tueries, cette épidémie de mort à quoi se résumait la Chine au début du siècle, contraignirent Jêjô à se vendre comme esclave, de même que sa mère et ses frères, à un notable sino-nossou, insignifiant pré-industriel de Tch'ou-siong, dont il supporta les mauvais traitements pendant près de vingt ans, jusqu'à ce jour de 1936 où il s'enfuit au Kham, dans le Tibet voisin, avec sa femme et ses trois fillettes.

Un frère nossou qui connaissait le Toit du Monde jusqu'à Lhassa lui avait parlé de la bonté de certain Sogda Ongdi, prince du Tongkor, grand ami des nobles guerriers de Mouli et protecteur des exclus du Gongkar, qui avait offert, depuis près de trois générations, une vallée de son royaume désertique à trente ou quarante familles de courageux Nossous, afin qu'ils y trouvent la paix et reprennent leur vie que les Hengas voulaient moderniser ou, plus précisément, abolir. Or, cette vallée dans le Cercle Vide du Tongkor n'était autre que la verdoyante cluse de Hêtsy.

La fleur du tchépitchékhö dépassait l'exotisme de son nom, une fois admis que l'union de la joubarbe et de l'oursin pouvait produire ces rosaces grises, grosses comme le poing, qui collaient de-ci de-là leur flasque pulpe inodore à la verticale de certains rochers blancs « qui respirent », selon Jêjô. Ce n'étaient pourtant pas ces voyantes babioles qui importaient au cueilleur, mais leurs racines, lesquelles leur étaient reliées par une tige ligneuse infiniment longue et, de la taille d'une main d'homme ouverte, présentaient la couleur et la forme d'un pâtisson. Quand il eut déterré, à cinq mètres des rochers, sa première racine de tchépitchékhö, Jêjô la débarrassa de sa terre, la lustra contre son ventre et la tendit à Wei Lang.

— Sentez donc et dites-moi si vous ne trouvez pas ça extraordinaire !

Le Chinois porta la chose un peu collante, moins lisse qu'il n'y paraissait, à son nez : surconcentré de pisse de matou ! s'exclama-t-il à l'intérieur en grimaçant au-dehors.

— Ça sent fort, trouva-t-il à dire.

— Non non, ça pue, et en plus, ça emporte la bouche, fit Jêjô en éclatant de rire. Au travail ! Il m'en faut trois douzaines, au moins.

L'étonnant travail de suivre une tige en l'extrayant sans la casser, en écartant la terre jusqu'à parfois deux pieds de profondeur, en contournant les cailloux, les pierres coupantes et les réseaux de fibres dont le sous-sol regorgeait, l'étonnant travail de déterrer des racines de tchépitchékhö leur prit plusieurs heures, et jusqu'au soir Pomme de Terre eut le loisir d'éclairer la lanterne du lieutenant sur un mot nossou dont ce dernier n'avait, depuis quatre ou cinq jours que sa mémoire en reconnaissait le son — deux tons, deux consonnes initiales, deux voyelles finales —, trouvé ni retrouvé le sens mystérieux : l'intraduisible vocable *djihly* des expressions tout aussi incomprises mais retenues de *djichy djihly* et *soucha djihly*.

— Un djihly, résuma l'omniscient Jêjô, ce n'est pas seulement un porte-bonheur, puisque, si quelque chose d'impur, un rat par exemple, souille un djihly, celui-ci peut, et souvent le fait, se retourner contre son propriétaire et devenir un porte-malheur.

» Ce n'est donc pas non plus un talisman protecteur uniquement. Ce n'est pas forcément un objet, précieux ou non, mais ça peut être un animal, un arbre, ou même quelqu'un. Les gens sont toujours quelque chose de particulier. Tout, en fait. Mais les djichy djihly sont encore plus flous : il s'agit de n'importe quoi, n'importe qui ayant le pouvoir, la vertu, la magie d'apporter la victoire à son maître en quelque combat que ce soit.

» Les djihly ne sont pas des dieux ni des démons. Ce sont — comment dire ? — des vallées magiques dans la haute lande du Nimou : quelque chose là où il n'y a rien, la vie quand tout est mort, la force quand il ne reste plus que la faiblesse. Une espèce de claire lumière qui éblouit le Nossou : mais de la vie surtout, de l'action et de la tempête...

Tout ouïe, Wei Lang ne perdait pas une goutte du nectar des paroles de Jêjô. C'était bien lui, l'indigne fils de l'indigne Wei Tchen-yi, que ces hommes, plusieurs fois, et même à maintes reprises, avaient appelé « djihly ».

C'était bien moi, se dit-il.

Cela aussi, il en aurait volontiers fait son réel, mais, raisonnablement, il n'y parvenait pas, ou si peu, et avec tant d'ironie...

Déserter : plus même ! « Se barbarer » : si l'on veut. Il y avait tellement mieux : devenir djihly. Pas un talisman mais un protecteur, pas un porte-bonheur mais le garant de toutes les victoires — un sauveur, une dimension, quelque chose d'assez indéfini mais de bon, de bizarre, une « cloche d'azur » à la démesure du monde conceptuel de Wei Lang.

L'esclave crevait d'envie de se l'entendre dire, de se l'entendre chanter : le sage Jêjô répéterait-il, à présent que son prisonnier entrevoyait le sens de cet arcane, que le Henga était un djihly ?

Chut !

Comme ils remontaient la cluse de Hêtsy par l'escalier des détails tropicaux, le jour, l'infatigable soleil les fatiguait et la nuit, la lune décroissante les rafraîchissait.

L'astre de la nuit chuta dans une constellation carnivore : il se posa d'abord sur le *crâne* du Léopard, et Wei Lang qui veillait avec ses pensées pensa que la grande Vêtchou viendrait le rejoindre d'un moment à l'autre sous sa pèlerine. Le lendemain soir, la lune qui se mourait entre les *sourcils* du Léopard suggéra à Wei Lang d'aller lui-même se glisser sous la cape de feutre de Vêtchou. Mais il n'en fit, n'en fut rien. Puis, comme une dernière lunule se fichait entre les *crocs* du Léopard, le prisonnier ne veilla pas, ne pensa plus : la cueillette l'avait épuisé et le miracle, le miracle universel du Nimou devait opérer — cette pureté ! —, car les deux nuits qui suivirent, les dernières de la promenade — après, c'était le village —, Wei Lang plissa les yeux, allongé sous le ciel, pour mieux voir l'ongle de lune s'effiler plus encore en doublant le *cœur* du Léopard, puis il découvrit qu'il était libre de toute pensée, arrière-pensée, et s'endormit comme une souche.

Mais c'était hier, toujours hier.

Tout à l'heure, vers midi, ils étaient arrivés au village par la forêt et, à peine sortis du ravin, ils approchaient des deux cyprès géants entre lesquels on procédait aux grands sacrifices publics, quand deux Turbans noirs étaient venus à leur rencontre, signifiant des plus froidement à Jêjô qu'il ne devait en aucun cas s'arrêter là et au plus vite rentrer chez lui, tout là-haut, au-dessus du village, avec ses filles, ses plantes et son esclave. Quant à celui-ci, il resterait dans les limites de la demeure de Jêjô jusqu'à nouvel ordre.

Wei Lang s'était quelque peu assagi ces derniers jours : le désir mécanique qu'il éprouvait pour Vêtchou et pour toutes les femmes n'était qu'un rêve, un pianotement des gammes de son intarissable discours intérieur : à présent, ce désir confus, ce cri de la fibre, des hormones et des nerfs, avait opté pour moins d'agitation et se muait en une sorte d'admiration poétique pour Vêtchou la Nossoue, et pour toutes les femmes.

Toutefois, en apprenant qu'on l'assignait à résidence comme un prisonnier ordinaire, comme s'il n'avait plus un atome de djihly en lui, comme s'il n'avait pas appris le nossou miraculeusement, Wei Lang douta de sa sagesse. Ces deux gars, pas même aimables avec leur frère Jêjô, lui firent oublier le Nimou, et il se vexa, se retenant d'enrager. S'il était le fétiche que Jêjô et Moundô et les autres avaient laissé entendre, pourquoi ne le laissait-on pas aller où il voulait ? Cette histoire de djihly ne devait, en effet, être qu'une histoire : pour mieux circonvenir le naïf et le couard, le Henga désorienté. Wei Lang n'avait pas la moindre intention de s'enfuir mais, si ces guerriers hautains le prenaient sur ce ton, il irait chez les sauvages des monts Bayankhara... Ces hommes croyaient-ils qu'il prendrait ses jambes à son cou, qu'il courrait jusqu'à la Grand-Route pour rameuter les libérateurs ? Wei Lang n'avait pas l'intention d'importer de nouveaux démons dans le Nimou, cette perfection de la nature.

Ce qui le vexait le plus, néanmoins, c'était le ridicule de sérieusement se prendre pour un ange magicien, une espèce de vertueux malgré soi — de qui fuseraient des garanties de victoire et d'autres signes de vertu : ridicule ! Grotesque : un fuyard aux abois pouvait-il devenir un héros, un vrai héros ? L'histoire était puérile, un rêve d'innocent.

Naïf mais vexé, le lieutenant constatait son incapacité à trancher entre blanc et noir sans épiloguer des siècles sur les nuances du gris. Il était pourtant sûr que, dans le Nimou, c'est-à-dire avec le regard d'en haut, seule comptait la perfection des choses. Ni Nossou, cependant, ni voyant, le poète était vexé : son retour à Hêtsy lui avait paru le début de l'emprisonnement. Et il trouvait cette triste idée-là ô combien raisonnable. Raisonnable, certes, mais tellement frustrante : il enrageait.

A défaut de la toucher, de la posséder, de la faire jouir, il pria Vêtchou de lui apprendre toutes les injures qu'elle connaissait dans sa langue — et elle en connaissait qui la firent moins rougir que rire. Tandis qu'ils rangeaient le khalakou, le *moukhou*, le tchépitchékhö au soleil, ainsi que toutes les étoiles de leur pêche miraculeuse, le Chinois devenu linguiste par la force magique des choses décolérait en répétant obsessionnellement *môghí, louzö, tsobi, zökö* — et d'autres expressions aussi charmantes signifiant « fin de race de cadavres », « fils de caillou », « demeuré », « crétin »... Comme il se devait, Bouhlou apporta son grain de sel à la pâte du Henga, assez salé pour la faire rougir jusque dans le blanc des yeux.

— *Bêgou,* chuchota-t-elle dans l'oreille de Wei Lang qui connaissait le sens de *bê,* mais pas celui de *gou,* et encore moins celui de *bêgou.*

Ce qui lui permit d'y aller d'un bêgou à chasser les trois corbeaux qui lorgnaient la viande mise à sécher sur un fil dans la cour.

Bouhlou et Mbohê, sa petite sœur, éclatèrent franchement de rire à la tête affolée de Vêtchou qui rougissait encore et s'en prit à Wei Lang : comme un niais, il amusait les petites, et se désénervait en répétant :

— *Bêgou, bêgou, bêgou...*

Ce qu'il venait de traduire, dans son chinois châtié, par l'expression « pine torve ».

« Le monde ne vient-il pas d'être parfait ? s'exclama Tsa-t'ou-la. Rond et mur ? Ô ce cerveau d'or bien rond — où va-t-il s'envoler ? Vais-je le suivre ? Chut. »

Confiné dans la cour du seigneur Pomme de Terre, Wei Lang n'enrageait plus. Car il avait enragé. Non seulement Jêjô ne l'avait plus une seule fois taxé de djihly, mais il n'avait plus été question de fétiches vivants ni d'autres sornettes merveilleuses. Seuls comptaient les simples, et le maître cueilleur n'avait plus entretenu son esclave que de cueillette.

Le calme revint au prisonnier le surlendemain de son retour à Hêtsy : toujours pris par les herbes médicinales, dont ils avaient rapporté une centaine d'espèces, Wei Lang avait retrouvé la sérénité. Djihly ou pas, il vivait : pour un libérateur entre les mains des Nossous, le fait était remarquable. Mais ce n'était pas tout : il rêvait de se barbarer, autrement dit de tout quitter et de n'arborer plus que les qualités du barbare : voilà que cette barbaraison avait eu lieu et se poursuivait avec ces filles rieuses et Jêjô qui, lui, ne jurait pas par *bêgou*, mais plutôt par *boughí*, une variété d'asticot dégénéré...

La présentation du Nimou, ou du moins ce que le lieutenant amoureux de Tsa-t'ou-la en avait compris, n'était-elle pas précisément le principe de toute barbaraison ? C'est pourquoi, prisonnier sous le grand soleil, il se demandait : « Le monde ne vient-il pas d'être parfait ? » Le fils du général n'était probablement plus ce qu'il était et qu'il ne voulait plus être : son moi avait laissé le monde se manifester autrement que comme l'esclave de ce moi. Le monde esclave d'aucun ego était le Nimou ! Wei Lang sursautait à cette philosophie. Ni nossou ni djihly, il osa se demander s'il s'était surmonté, s'il avait fait le pas de danse folle qui dépose le singe dans les vergers du surhomme. Ni djihly ni surhomme, Wei Lang désirait paisiblement Vêtchou et toutes les femmes.

Le jour du Dépassement, le vingt-deuxième du mois lunaire, dame Lune, presque invisible, traverse le vide qui sépare le Léopard du Porc-Epic, et c'est ce jour-là, le plus auspicieux du mois, que choisit le pimô Akho Lazö, l'Homme qui lit du village de Hêtsy, pour convoquer le prisonnier.

Enfin, ressortir de cette aimable et maudite cour, pensa celui-ci. « Ce cerveau d'or bien rond — où va-t-il s'envoler ? » Le sage pimô allait sans doute lui faire des révélations. Mais, au bras du grand Khötchy toujours aussi sérieux et imbu de sa mission de Turban noir, le prisonnier découvrait que le riant village de Hêtsy riait, certes, mais jaune : ce n'étaient que chevaux harnachés qui piaffent, hommes armés jusqu'aux dents, caisses de fusils, vieux fusils — oh, toutes ces armes ! Les Nossous étaient-ils sur le pied de guerre ? Allaient-ils fondre sur les camions des Hengas ? Wei Lang frissonna ; il entrevit pourquoi on l'avait envoyé herboriser. C'était donc ça qu'on ne voulait pas qu'il voie : des hommes en armes et des armes — les mêmes vieux fusils que dans les rapports, des mousquetons à bipied, pas l'ombre d'un Simonov — et mon P. 38, se dit-il en jetant un coup d'œil à la ceinture de Khötchy.

Quand ils passèrent le seuil de la maison du pimô, les armes cependant et la froideur du grand Khötchy préoccupaient déjà moins le lieutenant que la parfaite rondeur, l'étonnante maturité du cerveau d'or qui s'installait dans son crâne à la place du sien. En traversant la cour du pimô, il se demandait s'il était vraiment l'heureux possesseur de ce cerveau non-cerveau qu'avaient doré les premiers paragraphes de l'évangile du Nimou : et s'il l'était, serait-il capable de suivre ses fulgurantes pensées d'or ? Désormais le silence interrompait ses questionnements oblongs. Comme il sifflait « chut ! » à sa pensée, il reçut en pleine figure le regard de l'œil unique du pimô qui lit entre les lignes.

L'accueil fut aussi glacial que le thé brûlant et l'examen, long et silencieux. Chalô Apou, le Vieillard du Conseil, était assis dans l'ombre. En rougissant, le fourneau de sa pipe allumait parfois deux étoiles dans son regard invisible. Wei Lang voulait annoncer au pimô qu'il avait tout compris, mais il n'aurait osé interrompre le silence des chefs.

Akho Lazö inspira profondément avant de dire en chinois :

— A présent, lieutenant, vous savez peut-être ce que vous faites là...

— Le seigneur Jêjô m'a montré...

Le borgne leva la main pour l'arrêter; il plia légèrement l'index et la vieille dame, sa mère, qui était assise derrière le feu, s'en alla dans le réduit qui ouvrait à droite du foyer, la chambre du maître de maison, d'où elle revint avec un paquet sans forme enveloppé d'un tissu de coton rouge qu'elle déposa cérémonieusement devant le prisonnier. Celui-ci reposa son bol de thé en dardant un regard interrogateur dans l'unique pupille d'Akho Lazö.

— *Pôta hö pá* — ouvrez voir ! dit la vieille dame en reprenant sa place derrière le feu.

Le prisonnier souleva les coins du tissu rouge : deux paquets et demi d'A-che-ma, tels qu'on les lui avait pris quelque dix, douze jours — seulement — auparavant, trois grosses boîtes d'allumettes, son cher carnet de notes, le petit morceau de crayon, le canif de dame, la lampe-torche, la montre... Ne manquait, bien entendu, que le pistolet...

— *Khachacha*, dit-il en nossou : merci.

— Il semblerait que vous parliez de nouveau notre langue, commença Chalô Apou, lequel s'adressait à Wei Lang comme à un être humain pour la première fois.

— C'est vrai, répondit le Chinois en nossou, mais très imparfaitement.

— Les Hengas qui parlent nossou sont rares, dit le vieillard au visage de bouc — son tsythi massif en était ébranlé.

— La langue, dit le Henga inspiré par son cerveau d'or, ce n'est rien : c'est ce qu'elle dit qui importe, et comment elle le dit.

Le pimô ni le vieillard n'acquiescèrent, n'exprimèrent non plus un quelconque désaccord — ils se figèrent dans la pensée. Mais Wei Lang y alla d'un « n'est-ce pas ? » des plus sseutchouanais qui tira l'Homme qui lit de son mutisme exagéré.

— En effet, vous avez raison, dit Akho Lazö en chinois ; puis en nossou et comme à une assemblée de disciples invisibles : Mais le bien dit est la preuve du bien pensé. S'il faut dix ans pour faire un arbre et cent pour faire un homme, combien faut-il de siècles pour faire un vrai guerrier ?

Wei Lang connaissait une réponse et, comme il cherchait à la formuler en nossou, ses doigts s'attardèrent sur les cigarettes, les A-che-ma dont il avait sans trop de mal oublié le goût et l'envie. Immédiatement, il sortit une cigarette du paquet entamé et la tendit au pimô qui grimaça pour refuser.

Si ce n'est que ça ! se dit Wei Lang, nous offrirons les prémices d'un paquet neuf au seigneur pimô — qui refit la même grimace. Le Chinois emboucha donc la cigarette dont le pimô ne voulait pas et, en jetant un regard au vieux qui tétait sa pipe, il s'empara d'une boîte d'allumettes, en craqua une et alluma sa cigarette. Comme il allait secouer l'allumette pour l'éteindre, la rose qui parfumait sa gorge lui rappela que, du haut du Nimou, on trouvait le feu adorable. Il tendit l'allumette presque consumée au pimô et celui-ci tourna son œil vers le foyer : le feu avec le feu. Il sembla à Wei Lang que, tout au bout de l'infini tuyau de sa pipe, le vieillard souriait. La mère du pimô vint remplir le bol du Chinois. Au même moment, la deuxième bouffée de tabac qu'il venait d'avaler lui donna une violente quinte de toux, et il découvrit, sans l'ombre d'un doute, que la cigarette le dégoûtait. *Nga à da, touei-pou-tch'i* — en chinois, en nossou, il bredouilla des excuses. Patient, Akho Lazö lui prit la cigarette des doigts, tira une immense bouffée en creusant ses joues déjà creuses et jeta le mégot qui restait dans le feu sous la marmite. Sans un mot de commentaire, le pimô recracha alors la fumée qu'il avait ingérée, et cela parut n'avoir jamais de fin. Les trois hommes se taisaient, la vieille dame chantonnait. Wei Lang pensa « chut ! ».

De retour chez Jêjô, le Chinois méditait. On n'avait guère élargi ses quartiers ; le pimô l'avait cependant reconduit jusqu'au seuil en l'assurant que, dans quelques jours, il pourrait sortir de chez son maître pour assister à la danse du Roi des Yacks.

Il n'était plus esclave ni simple prisonnier, pas hôte non plus, mais ami en quelque sorte, et il attendait que quelque chose d'essentiel, d'initiatique se passe. Quoi ? Les idées de djihly et autres surhommes ne l'amusaient plus du tout. Les démons et les dieux existaient certainement, à en croire Jêjô, mais Wei Lang n'avait rien à faire avec les dieux et les démons. Le surhomme de Tsa-t'ou-la était un idéal, sans plus — l'homme ne serait jamais qu'un homme sur le pont des nuits d'ignorance qui transforment les jours en leurs lendemains. Tsa-t'ou-la lui-même n'était qu'un « surbonhomme » :

« Tsa-t'ou-la divinement frivole », récitait le prisonnier, et « Tsa-t'ou-la qui dit vrai, Tsa-t'ou-la qui rit vrai, ni impatient ni absolu, quelqu'un qui aime les bonds et les écarts... »

Le Nimou allait de pair avec la langue nossoue : les mécanismes et les mots de cette dernière paraissaient à Wei Lang, en train non de se les approprier, mais de les retrouver par quelque anamnèse de magie, émaner tout autant des belles lèvres de Vêtchou, de sa mère et de ses sœurs, ainsi que de la bouche d'or du seigneur Pomme de Terre, que de sa propre capacité de parler. Sa gorge n'imitait pas la gorge de Vêtchou, par exemple, mais façonnait en même temps qu'elle les mots et les tournures nouvelles qu'il n'avait de cesse d'ajouter à son vocabulaire déjà vaste et varié, mais surtout *inoubliable.*

Quelque part dans sa glotte, autour de sa luette, le long de son palais, quelque part dans son cou, Wei Lang était capable de fondre en un seul objet le beau sourire de la jeune femme et certain nœud de puissance, de transparence et de paix : une espèce de fleur, une marguerite immatérielle et parfumée s'épanouissait dans son pharynx alors que de toute son attention, de toute sa présence, il étudiait le nossou.

— *Nö tchê sá àhímou djô jìpá* — vous avez infiniment raison ! lui répétait Jêjô. Apprenez, apprenez bien. J'ai ouï dire qu'un de ces jours prochains le Conseil aimerait vous mettre à l'épreuve, vous faire passer une sorte d'examen...

— En nossou ?

— Précisément. Vous devrez alors montrer *comment vous pensez* bien *en nossou.*

Vers le surbonhomme

Le matin de la fête du Roi des Yacks, toute la maisonnée se réveilla avant le jour. On offrit de la graisse au Feu et Jêjô vaporisa de l'eau gazeuse sur les flammes. Après une interminable prière, on avala quelques galettes de sarrasin amer et plusieurs bols de thé luisant. Le maître de maison chargea la plus petite d'enrouler un turban blanc autour des cheveux courts et sans chignon du Henga. Alors, chacun enveloppé dans sa lourde pèlerine, ils descendirent au village chargés d'offrandes de bouche et de colifichets destinés au seigneur Roi des Yacks.

Ils n'étaient pas les seuls à se rendre à la grotte du Yack, ainsi nommée à cause de sa forme, disait Jêjô, qui précisa :

— Tous les Nossous du Kham viennent à cette fête, pas seulement les gens de Hêtsy. Vous serez étonné de voir comme nous sommes nombreux à préférer le Tibet à la Chine...

Dans l'aurore limpide, en effet, nombre de silhouettes à cheval et à pied arrivaient de toutes parts, toutes moulées dans la même pèlerine, le même turban. On se doublait en saluant, chacun y allait d'une phrase joyeuse. Et tous étaient armés, sinon d'un vieux fusil en bandoulière, au moins d'une épée. La plupart des arrivants étaient chargés de branches de sapin et d'autres arbres, des feuillus aux feuilles d'argent, presque blanches. Et tous descendaient vers le centre du village, sur ce terre-plein flanqué de deux grands cyprès, droits comme des pinceaux, et marqué d'une grande pierre plate que des centaines de sacrifices avaient rougie. Là, ils prirent un petit sentier qui montait vers le lac, lequel, juste à cet instant, capta le premier rayon du soleil.

Il devait y avoir plus de quatre cents personnes devant et au-dessus de la grotte dont l'entrée principale, au bout d'un vaste replat rond, dominait le lac et le versant nord, le village lui-même, de la cluse de Hêtsy. La grotte était en effet coiffée d'un surplomb évoquant le large mufle, les yeux, les cornes et le toupet, entre les cornes, d'un yack, un grand yack que les Nossous de Hêtsy et d'ailleurs escaladaient comme des enfants en criant : « Roi des Yacks, réveille-toi ! Roi des Yacks, réveille-toi ! »

— Cet endroit, disait Jêjô, n'est autre que le Roi des Yacks lui-même sous l'aspect d'une grotte... Nous autres Nossous, nous adorons les cavernes. Et peu importe l'aspect du dieu Yack, tant qu'il nous reste le yack : c'est cela que nous fêtons aujourd'hui !

Sur une longue table s'entassaient des montagnes d'offrandes et, dans l'entrée elle-même, les branches que les gens avaient apportées. Le désordre était parfait ; chacun criait que le Roi des Yacks s'était réveillé, ou qu'il n'allait plus tarder. Deux, trois salves de fusils ramenèrent les Nossous au silence. Ceux qui pouvaient voir quelque chose, tant la foule et les pentes étaient denses, virent qu'un vieillard au tsythi énorme, assisté du pimô Akho Lazö et d'un autre Turban noir, mettait le feu aux branches. Les flammes prirent d'un seul coup et, bientôt, des rochers et des arbres qui dominaient la grotte, jaillirent des fumerolles de toutes tailles, blanches et bleues, qui glissèrent sur les bois et sur les champs jusqu'au-dessus du lac turquoise éblouissant en contrebas.

Le feu prit toutefois un peu plus qu'il ne devait en entamant l'énorme tas de nourriture, mais toujours invoquant le Roi des Yacks on forma vite une chaîne jusqu'au torrent, et les seaux de bois passés de main en main, gens de Hêtsy, Nossous d'ailleurs, eurent raison des débordements du seigneur Feu.

D'autres détonations retentirent et la foule s'éclaircit par magie : au milieu du terre-plein qui s'étendait au-delà de l'autel croulant sous les offrandes en partie carbonisées, un autre feu brûlait, un feu de flammes pures qui ne dégageait aucune fumée, autour duquel un géant porteur d'un masque de yack et d'une robe tout en peaux de la même bête dansait en bondissant, à chaque bond arrachant à la foule un hoquet de bienvenue. Avant longtemps, d'autres danseurs firent leur apparition : des hommes, pour sûr, mais certainement pas des Nossous, dont le premier, vêtu en Chinois, arborait un licol qu'il voulait à tout prix passer au cou de la bête : l'homme au licol fit au moins dix fois le tour du feu en poursuivant le danseur masqué ; suivirent un homme et une femme — des Tibétains, ceux-là —, chargés d'une grosse baratte à thé. Ils poursuivirent le Roi des Yacks, parvinrent à presser contre son ventre la baratte, comme pour y verser tout son lait. Mais le Roi ne se jugeait toujours pas satisfait. Il rua, se cabra, et d'un coup de botte envoya la baratte dans la foule qui se l'arrachait. Les spectateurs se jetèrent à la rescousse des Chinois et des Tibétains. Vraiment, ceux-là ne savaient pas s'y prendre. Et chacun, faisant de son voisin de droite un yack, montrait à son voisin de gauche comment on lui passait la bride au cou. A un ordre tacite que la tradition venait de chuchoter, les Nossous fouillèrent dans leur sac pour en sortir une poignée de grains d'orge. Le Roi des Yacks, le malheureux danseur assailli par toutes ces bonnes volontés, se retrouva seul sur l'aire, près du feu qui pétait : chacun lui lança une, deux, trois poignées d'orge, une grêle qui, claquant sur son masque de bois, lui monta jusqu'aux genoux. Silence. Silence que rompit encore une salve d'armes annonçant l'arrivée d'un autre éminent personnage.

Un pâtre longiligne, un vrai Nossou celui-là, coiffé d'une sorte de grand tamis plat et vêtu d'une simple peau de bique, dansait autour du Roi des Yacks pris dans sa dune d'orge en faisant tournoyer au-dessus de sa tête un bâton de berger. Tout à coup, le Roi des Yacks sembla sortir de sa léthargie. Il bondit, littéralement, au-dessus de l'orge qui lui couvrait les sabots et reprit sa course folle, poursuivi par le grand gars en peau de bique, autour du feu. Tous d'encourager l'un : « Ne te laisse pas attraper ! » et l'autre : « Attrape-le ! »

Dans un redoublement de vivats et un vacarme de coups de fusil tirés en l'air, une douzaine de jeunes femmes coiffées comme des reines et vêtues de brocarts sur de chatoyantes robes aux mille plis firent leur entrée. Elles incarnaient les bonnes intentions du pâtre nossou à l'égard du seigneur Yack. Elles le prouvèrent en ensevelissant définitivement le grand acteur sous des bouquets et des couronnes de fleurs bariolées.

Séduit, comme ivre de toutes ces femmes, de toutes ces fleurs, le Roi des Yacks accepta enfin de s'étendre sur une litière de branches que quatre bons Nossous emportèrent aux quatre horizons principaux, puis aux quatre horizons intermédiaires : le Roi des Yacks bénissait la foule qui se tut derechef, avant d'éclater en nouveaux vivats.

Plus nossou que ces enfants rassemblés devant une grotte qui fumait, Wei Lang crut effectivement recevoir les bénédictions du Roi des Yacks : clairement convaincu que « sans yack il n'y aurait pas de Tibet », il suivit Jêjô qui s'en retournait chez lui en causant avec tout le monde. Et comme ils arrivaient aux deux cyprès, deux Turbans noirs vinrent de nouveau à leur rencontre. L'un d'eux n'était autre que l'excellent Moundô que le prisonnier n'avait plus revu : un bon sourire illuminait son visage de guerrier.

Le pimô Apou invitait chez lui Jêjô et les siens, ainsi que leur serviteur chinois, à partager les nourritures d'offrande que le Roi des Yacks ne pourrait manger seul.

Lorsque Wei Lang se retrouva dans l'enceinte de la cour d'Akho Lazö, il resta glacé de surprise un instant : autour du pimô et de sa mère, assis au fond de la cour, au pied de l'escalier de la maison principale, il y avait une vingtaine d'hommes en noir, tous âgés — les Vieillards du Ciel et de la Terre qui formaient le Conseil du village —, et, autour d'eux, une trentaine de Turbans noirs, arborant tous une corne à leur front.

Wei Lang traversa leurs rangs en marmonnant des

« pardon » et des « salut » que les hommes lui renvoyaient, le visage dénué d'expression. Quel était le sens de cette assemblée ?

Le Henga s'inclina devant l'Homme qui lit, puis devant les vieux chefs. Akho Lazö l'invita à s'asseoir à sa droite, face à l'assistance, et lui demanda au débotté :

— Chinois ou nossou ?

Aussi vivement, Wei Lang répondit :

— Nossou.

— Bien, fit alors le pimô en esquissant un sourire de sympathie que le prisonnier ne lui avait jamais vu aussi franc. Nous croyons tous ici que vous n'êtes pas un Henga ordinaire. Et puisque, par extraordinaire, vous parlez notre langue, le Conseil de notre village voudrait vous poser quelques questions... extraordinaires.

Les yeux, les oreilles et les cœurs étaient tournés vers la bouche du pimô. Tous attendaient qu'il formule la première question extraordinaire.

— Que pensez-vous de nous ? demanda simplement Akho Lazö.

Sans hésiter un seul instant, Wei Lang répondit en nossou :

— Je pense que vous avez vous-mêmes créé votre monde...

— Comment ? l'interrompit le pimô en levant la main.

— *Nga ngòkô* — je pense que..., répéta Wei Lang.

L'Homme qui lit l'arrêta une autre fois.

— J'ai bien compris, dit-il, mais il faut que tout le monde entende... Il pense, cria-t-il en se tournant vers l'auditoire attentif, que nous autres Nossous avons nous-mêmes créé notre monde.

— Créé notre monde, répétèrent une majorité de lèvres.

— Ce n'est pas tout, fit Wei Lang en secouant la manche du pimô.

Et il parvint, en excellent nossou, à lui faire entendre la suite et la fin de sa réponse, que le pimô, la main en l'air, répéta en détachant chaque syllabe, comme s'il récitait une incantation très particulière :

— Il dit que notre monde est devenu notre raison, notre image et notre félicité. Il dit que nous cherchons la connaissance...

Dans l'assemblée, le seigneur Jêjô — le seul Turban blanc — comprenait enfin pourquoi ces derniers jours le Henga lui avait demandé les équivalents nossous de nombreux mots rares comme *raison, image, félicité, connaissance :* il préparait consciencieusement son examen.

— Félicité, connaissance...

Les cornes oscillaient aux fronts des Turbans noirs : ce Henga pensait que les Nossous avaient inventé le Nimou parce qu'ils étaient des chercheurs de connaissance. On hochait la tête en cillant lentement : d'aussi nobles paroles devaient être vraies.

— Pimô Apou ! intervint le grand Khötchy en se levant d'entre les siens. Pourquoi le Henga ne nous parle-t-il pas directement ? En gagnant notre langue, aurait-il perdu la sienne ?

Arrêtant net les rires qui fusèrent, Wei Lang se permit de lever la main comme le pimô et de crier à son tour, en nossou :

— « Si vous ne pouvez pas être les saints de la connaissance, soyez-en du moins les guerriers ! »

Tsa-t'ou-la le possédait complètement.

Au mot de « guerriers », Khötchy se rassit : le

froissement spiralé de son front indiquait qu'il venait d'accéder à une vérité pour le moins terrassante. Mais le Henga n'en avait pas fini. Il criait et, en écho, en canon, Akho Lazö répétait ses grandes déclarations.

Il n'était apparemment plus question d'interrogatoire.

— « Cherchez votre ennemi, faites votre guerre, une guerre pour vos pensées. Et si votre pensée est vaincue, que votre loyauté crie encore victoire ! »

Tsa-t'ou-la avait trouvé en ces guerriers nossous son meilleur auditoire, et en ce déserteur chinois un ardent porte-parole. Tandis que la rose, le lotus ou la marguerite d'immatérielle lumière déroulait de la gorge de Wei Lang les phrases comme des brocarts, celui-ci se reconnaissait dans chacun de ces hommes qui le dévisageaient bouche bée.

— « Haut les cœurs, mes frères, clamait-il, haut, plus haut ! Et n'oubliez pas les jambes ! Levez les jambes, bons danseurs, et mieux encore : sachez aussi vous tenir sur la tête ! »

Il se leva pour danser : les vieux Apou le suivirent des yeux jusqu'au milieu des Turbans noirs, émus et fascinés par autant de légèreté de la part d'un Henga, de profondeur et d'enjouement.

— « Avez-vous du courage, ô mes frères ? leur demandait-il. Etes-vous intrépides ? Non pas le courage que l'on a devant témoins, mais le courage du solitaire et de l'aigle dont aucun dieu n'est plus le spectateur. »

Le taxant de poète, Jêjô ne s'était pas trompé sur le compte de Wei Lang ; et ce Tsa-t'ou-la, comment donc, dans son lointain pays *Tö*, était-il parvenu à nous parler aussi clairement, à nous Nossous idiots ?

— « Qui voit l'abîme, mais avec des yeux d'aigle — qui saisit l'abîme avec des serres d'aigle : celui-là est courageux. »

L'assemblée médita bruyamment sur cette exaltante définition, avant que Wei Lang ne retrouve un peu de calme et, levant les bras pour ramener le silence, lâche cette déclaration que son père, le général Wei, détestait par-dessus tout :

— « Je vois beaucoup de soldats : puissé-je voir beaucoup de guerriers ! »

Khötchy, Moundô et d'autres Turbans noirs se levèrent comme un seul homme.

— Tu en vois peu, mais tu ne vois que des guerriers, Henga, dit Khötchy. Il n'y a pas de *soldats* dans le Nimou !

— A la bonne heure, rit Wei Lang. C'est bien ce qui me semblait... Rasseyez-vous, mes frères — il se croyait djihly, prophète, réincarnation de Tsa-t'ou-la : il ne prétendait plus se taire.

— Et voici ma bénédiction, dit-il en retournant s'asseoir à côté d'Akho Lazö : « Etre au-dessus de chaque chose comme son propre ciel, comme son toit rond, sa cloche d'azur et sa certitude éternelle : et bienheureux qui bénit ainsi ! »

La cloche d'azur si chère à Wei Lang, ce Nimou que chacun porte au bout de sa volonté, il l'avait appelée *vôvou vala* en nossou, pèlerine d'azur.

D'abord le Roi des Yacks, ensuite ce Henga habité par un génie poétique : les bons Nossous croulaient sous les bénédictions. Comme chacun causait d'intrépidité et de connaissance avec son voisin, de pirouettes et de pèlerines d'azur, on fit tourner des coupes d'eau gazeuse et passer des fruits, des galettes, des morceaux de viande et de fromage séchés. Chacun mangea, but, rota et donna son avis sur le Henga : pas comme les autres.

Comme le soir tombait, on alluma des flambeaux et l'on établit un petit foyer à trois pierres devant le pimô. Celui-ci était en train de confier au prophète que les belles paroles ne suffisaient pas, qu'il était l'heure de passer aux beaux actes. C'était fort simple : ce que le pimô ferait, le Henga devait le faire aussi. Après quoi, on verrait.

Akho Lazö leva la main. Chacun se cala sur ses fesses et ouvrit grand les yeux. Tous regardaient la vieille femme, la mère de l'Homme qui lit, laquelle avait posé devant son fils, sur le petit foyer qu'on venait d'allumer et de bénir à la hâte, une casserole d'eau où étaient trois œufs de poule. Bientôt l'eau bouillait, les bulles claquèrent à la surface, les œufs s'entrechoquèrent. Sans la moindre cérémonie, Akho Lazö plongea la main droite dans la casserole pour en ressortir un œuf qu'il brandit au vu de tous. Un murmure parcourut les Turbans noirs. Le pimô ne manifestait aucun signe de brûlure ou de douleur. Il gratifia Wei Lang d'un regard d'encouragement et plongea une deuxième fois la main dans l'eau bouillante, avec lenteur, sans que l'ombre d'une grimace ne déforme un seul trait de son visage, et y prit le deuxième œuf, qu'il montra au Henga et aux siens sans desserrer les lèvres.

Son œil lança une autre étoile au poète chinois ; l'assemblée marmonnait son admiration avec une force accrue. Le pimô se saisit du dernier œuf dans les bouillonnements de l'eau comme s'il cueillait une fleur au bord du chemin : avec grâce.

Puis il le posa, fumant, par terre, à côté des deux autres qui fumaient encore.

Les Vieillards du Conseil tinrent messe basse quelques instants — chacun devait y aller d'une opinion fantastique, puis Chalô Apou s'approcha, bossu et comme accroché à sa pipe, pour demander à Wei Lang s'il acceptait de se soumettre à cette épreuve où il risquait de perdre, s'il perdait, tant l'estime des Nossous que la peau de la main ; en revanche, s'il refusait de se soumettre à cette épreuve, il serait nécessaire, toutes circonstances considérées, que les Nossous raccompagnent leur hôte extraordinaire jusqu'au col du Gyapla, d'où il venait, et où il faudrait bien qu'il s'arrange avec les siens...

En un seul instant, tout le courage de Wei Lang s'envola, papillon d'un mot qui s'était trompé de fleur et que le vent rejetait dans les chardons !

Mais le Vieillard du Ciel parlait encore :

— Le pimô Akho Lazö et nombre d'entre nous croient que vous êtes un djichy djihly — Jêjô vous aura expliqué ce que nous entendons par là... Le pimô ne s'est pas brûlé en prenant les œufs dans l'eau bouillante, non pas parce qu'il est pimô et que nombre de dieux et de démons le protègent, mais parce qu'il avait décidé que s'il avait raison de voir en vous un djihly, il ne se brûlerait pas.

Le vieil homme achevait à peine sa phrase que, dragon et non papillon, un courage élevé comme les plus hauts idéaux s'empara de Wei Lang. Le vieil Apou replaça les œufs dans la casserole. On rajouta de l'eau, et déjà elle bouillait, les œufs reprenaient leurs entrechocs.

Wei Lang sortit avec réticence la main droite de son giron et la porta dans la vapeur qui tourbillonnait au-dessus de la casserole. Se jetant dans le vide qu'il crut voir alors, il laissa lentement descendre sa main grande ouverte jusqu'aux bulles furieuses. Il oubliait les mâchoires de cristal qui, un fragment de seconde, s'étaient renfermées sur sa peau. Ses doigts serrèrent à leur tour un œuf qu'il brandit en toute hâte dans son poing fumant, mais nullement brûlé.

— La serre de l'aigle ! rugit-il.

Khötchy et Moundô jaillirent de leurs places et se faufilèrent jusqu'au premier rang. Le plus grand aida le plus petit à dérouler son infini turban noir. Nu-tête, Moundô s'approcha du Henga dont le poing intact fumait encore.

— Tu as mal, frère ? demanda-t-il, le front plissé.

Sans laisser au héros le temps de répondre, il reprit son turban au grand Khötchy que l'émerveillement faisait délirer.

— Un œuf sans se brûler, drôle de Henga : ça vaut bien le turban de Moundô !

Akho Lazö et le guerrier aidèrent le Chinois à échanger le turban blanc que Jêjô lui avait prêté le matin contre le turban noir d'un guerrier du Nimou.

Cependant, deux œufs dansaient toujours en claquant dans l'eau bouillonnante.

Sous sa nouvelle couronne, le cerveau d'or de Wei Lang dit « chut » et deux fois la serre de l'aigle plongea dans l'eau bouillante pour en ramener les œufs. Il n'avait rien senti. Pas même de souffrance à surmonter comme un héros.

Tous ceux qui assistaient au prodige s'ébrouèrent ; tous sautaient de joie en criant au djihly. C'est à peine si l'on entendit le pimô déclarer solennellement que le Henga Wei Lang n'était plus leur prisonnier mais leur hôte. Quand les voix baissèrent, l'Homme qui lit annonça que l'assemblée était levée, et que le lendemain, le lendemain matin seulement, les Sages sauraient si leur hôte chinois, sans aucun doute un djichy djihly, était prêt en tant que tel à prendre part aux affaires de Hêtsy.

Eclosion d'un fétiche

Ils étaient quatre dans la maison d'Akho Lazö, lequel avait prié sa mère de les laisser. Assis en face de Wei Lang flanqué à droite de Jêjô et à gauche de Moundô tête nue, le pimô remplit d'un puissant alcool de maïs une coupe serre-d'aigle — dont le pied n'était autre que celui de l'oiseau —, où il trempa les lèvres pour recracher un vaporisat sonore de l'intime mélange autour de lui, avant de tendre la coupe à Jêjô qui fit de même. En aspergeant le pimô à son tour, Wei Lang eut l'impression de reprendre un souffle rectiligne après s'être noyé dans un cercle vicieux.

— Par ces temps difficiles, dit l'Homme qui lit, le Nimou s'est ramolli. Jamais un Chinois, jamais un Turban blanc n'auraient vu ce que je vais vous montrer.

Il y avait déjà cinq générations qu'un petit groupe de Nossous, pâtres et bouchers du Gyalmorong à Kandzé, s'était établi dans le haut désert du Tongkor, au nord du Hor, dans la cluse cachée de Tchiri, que les Nossous appelaient Hêtsy. Deux générations plus tard, le roi du Tongkor, Sogda Ongdi, qui avait du sang nossou par sa mère, une princesse de Mouli, avait offert à tous les Nossous — qu'on appelait alors Lolos, va-nu-pieds — qui en avaient besoin sa protection tant contre Lhassa que contre Tch'engtou et les seigneurs de la guerre, fussent-ils de la race des démons. Alors, une cinquantaine de familles, aussi bien blanches que noires, avaient émigré à Hêtsy. Les Vieillards du Conseil, dont Chalô Apou, étaient des descendants des premiers Nossous du Tongkor, mais le pimô n'avait émigré qu'à l'âge de vingt ans, et il en avait quarante-cinq. Bref, la société nossoue de Hêtsy était un peu spéciale et, par ces temps dégénérés, répétait Akho Lazö, même les paysans comme Jêjô pouvaient faire de bons guerriers, même les démons hengas pouvaient incarner des djihly.

Fermant son œil unique, il invoqua les Ancêtres des gens de Hêtsy et du peuple nossou, puis adressa une longue et violente prière à certain totem qu'il appelait *Djichykhou,* le « Bandit des Mouches Jaunes ».

Ensuite, d'un panier qu'il avait à son côté, il sortit un œuf blanc et un autre, noir.

— Noir, dit-il, c'est le guerrier ; blanc, le soldat. L'un se bat par désir, l'autre par obéissance ; l'un pour la vérité, la connaissance ou la terre ; l'autre pour sa solde.

L'œuf noir entre les doigts de sa main droite, le blanc dans la gauche se rapprochèrent. Le pimô les cogna doucement, puis moins doucement. Ils s'accolaient par le haut, par le bas, par un peu partout, puis l'œuf noir prit le dessus et renversa l'œuf blanc pour ardemment le besogner.

Le pimô joua un instant et dit :

— Le sang pour féconder la terre !

D'un ultime coup de reins, l'œuf noir fracassa l'œuf blanc dont le jaune et la glaire s'écoulèrent, étincelants, sur le sol. Le pimô s'essuya la main sur son pantalon et reprit la parole :

— Buvons ! — il remplit la coupe de bois perchée sur sa patte d'aigle. Nous ne sommes pas de pauvres pâtres nossous, primitifs et analphabètes comme les Hengas nous considèrent en général, de même que les gens de la bonne société tibétaine. Nous sommes des guerriers ; Hêtsy n'est qu'un état-major, et nous partageons tous le même désir secret : que les envahisseurs chinois qui, aux défauts naturels des non-hommes ont ajouté ceux des démons, périssent.

» Issus de clans divers et puisant l'énergie ancestrale à nombre de totems différents, les gens de Hêtsy, pour s'unir dans un Nimou hors du Nimou, se sont depuis un siècle trouvé un totem commun, qui est l'emblème secret de nos guerriers, et que nous appelons « Mouche à guêpes ».

» C'est très simple : les guêpes sont des parasites carnassiers qui affectionnent les ruines. Eh bien, nous, ce sont les guêpes et leurs ruines que nous affectionnons. Nous les imitons pour les surprendre ; nous restons nous-mêmes pour les effrayer. Dès que nous le pouvons, nous fondons sur leur butin. Or, en ce moment précis, il ne peut y avoir pires guêpes que les envahisseurs chinois et ceux, Nossous et Tibétains, dont nous savons qu'ils collaborent d'une manière ou d'une autre avec les envahisseurs.

» Buvons !

Ils burent à la ronde ; ils devaient être soûls. Se contorsionnant, le pimô rapporta de son panier à malice deux invisibles pincées de graines.

— Sarrasin doux, dit-il en montrant ce que pinçaient son pouce et son index gauches. Sarrasin amer — la même chose à droite.

Les becs que formaient ses doigts se bécotèrent de plus en plus vivement ; quelques grains s'envolèrent. Quand le sarrasin amer eut assouvi son désir entre les reins du sarrasin doux, le pimô écarta les doigts, et ce qui restait de grain se répandit sur le sol, dans la glaire de l'œuf blanc qui, pensivement, coagulait.

— Nous sommes l'amer, ils sont le doux : à eux les fêtes, à nous le labeur ! Mais nous avons le condiment et ils n'ont rien. Qu'ils crèvent de faim quand nos démons auront pourri les mauvais champs que leurs colons imposent à notre terre !

Akho Lazö serrait une grosse aiguille entre ses doigts.

— Ils piquent, dit-il, mais ils ont des défauts.

Aux trois hommes il montra le chas de l'aiguille. De la main droite, il sortit du panier une alêne d'acier noir.

— Nous n'avons aucun défaut, mais nous avons la force et la couleur de la force.

Tricotant une laine invisible, il croisait le fer comme s'il voulait produire des étincelles. Soudain le poinçon embrocha l'aiguille par le chas et la lima, la lima...

Son unique œil fermé, le pimô marmonnait un charme en agitant les pointes. Captivé comme ses voisins, Wei Lang ne se demandait rien et s'attendait à tout. L'aiguille se tordit, son chas se déforma : sans défatiguer le poinçon l'acheva — à terre, avec la glaire, avec le grain !

— Ils voudraient nous imposer leur Etat, leur hygiène, leur bonté. Voilà comment nous leur répondons.

Cette fois, un pompon blanc subissait les assauts d'un épais fil de laine noire qui finit par l'étouffer.

Ils burent encore et Akho Lazö versa dans une tasse d'alcool blanc, une goutte, puis deux, trois, d'alcool noir, jusqu'à ce que l'incolore s'assombrisse, que la juste colère ait raison de l'injuste cynisme des libérateurs pacifiques du Tongkor, du Kham et du Tibet tout entier.

— Nous sommes des insoumis, non des résistants !

Des figurines de feutre s'accouplèrent ensuite jusqu'à la mort, et enfin, des fourches de bois. Les propres mains du pimô se livrèrent assaut pour se féconder, puis ses mots se chevauchèrent comme dans un poème fanatique.

Au petit matin, Wei Lang savait tout. Il n'avait rien soupçonné de pareil.

En un mot, les braves Nossous de Hêtsy étaient effectivement des braves, au sens fort du terme, le seul qu'ils connussent. C'étaient des terroristes aux yeux ouverts. Brigands parmi les brigands, ils ne s'en prenaient qu'aux mauvais brigands, aux Chinois et à ceux qui persistaient à détrousser aveuglément les innocents, alors que, de Tch'eng-tou à Lhassa, les camions de la libération pacifique regorgeaient de trésors qu'il fallait piller en toute probité : des armes et des munitions, et différentes babioles dont Akho Lazö ne soupçonnait pas même l'usage, mais qui se troquaient facilement contre de belles pierres, de belles lames, de beaux chevaux, ici, sur le Haut Plateau.

Pendant que le prisonnier herborisait au Chentchô avec Jêjô et ses filles, les Mouches à guêpes avaient lancé une attaque contre les hommes du Dragyal

Léong, le prince des fripouilles sans jugeote, dont le capitaine Limikkya, qui se prenait aussi pour un roi, et était, plutôt qu'un concurrent, un ennemi personnel de Moundô et Khötchy, avait son grand repaire non loin de Hêtsy, à la limite du Dergué, du Chardza et du Ga. S'il était impossible de faire entendre raison au Dragyal Léong, les Nossous ne supportaient plus les humiliations de son capitaine Limikkya.

En plus d'appartenir à ces têtes brûlées qui n'usaient point leurs vieux tromblons contre les envahisseurs, Limikkya et ses mauvais garçons s'en étaient pris à un minuscule village nossou, dans le Tchakla, près de K'ang-ting, et avaient fui sans faire de morts mais en emportant les dix fusils et la seule caisse de munitions qu'ils avaient trouvés là. Khötchy, Moundô et d'autres braves étaient partis à leur poursuite ; ils étaient descendus bien au-delà de la Grand-Route, jusqu'à Nyaktchoukha, dans le sud du Nyarong, mais en vain. Demain, après-demain, ils partiraient pour le Chardza : s'ils n'étaient pas dans le Sud, les brigands seraient bientôt dans leur repaire.

Les quatre hommes avaient somnolé sur place, assis le menton sur la poitrine, pendant que l'aube accueillait la lumière. Wei Lang ouvrit soudain les yeux. Il remarqua tout de suite le rayon de soleil qui tombait sur le tsythi d'Akho Lazö, dont l'œil unique le regardait. Les deux autres se réveillèrent à leur tour en souhaitant toutes sortes de bonnes choses à la terre entière.

— Sortons, dit le pimô, allons dans la cour voir le ciel et nous doucher de soleil.

Dehors, quatre de ses assistants peinaient à maintenir par les cornes un argali de deux mètres d'envergure. Les yeux exorbités, l'énorme bélier était terrorisé.

— Nous allons le sacrifier en votre honneur, dit le pimô à Wei Lang. Un djihly mérite mieux qu'un poulet. Ce bouc-là a conduit mes troupeaux pendant près de cinq ans.

Ce n'est donc pas fini ! se dit le Chinois. Ces gens, ces hommes, les disciples de Tsa-t'ou-la — des guerriers — sont des hommes supérieurs ! Et la rose dans ma gorge, ce lotus est un pur bonheur, la joie de parler la langue de ces êtres sans l'avoir vraiment apprise ! Vraiment, je dois être le djihly qu'ils disent... Il me faut bien croire quelque chose d'étrange s'il est vrai que je survis d'aussi étrange façon !

Comme d'habitude, Wei Lang constatait la vanité de ses ratiocinations ; mais, contrairement à son habitude, il ne se raidit pas ; il se laissa faire : il repensa simplement que, depuis qu'il avait déserté, le soleil n'avait pas manqué une seule fois son rendez-vous avec le jour immaculé. C'était plausible, mais était-ce vrai ?

Avec un art plus élaboré que Jêjô et ses poulets, Akho Lazö saigna le grand argali qui s'effondra sur le côté en crochetant d'une corne les jarrets de deux assistants, lesquels se relèverent souriants et navrés. L'Homme qui lit se lava les mains et lut un long exorcisme qui laissa au soleil le temps de se poser sur la première pointe du Riwongtchen. Il procéda ensuite à une autre lecture, longue, chantée, rythmée, coupée de raclements de gorge, de martèlements de clochette en bois — de très puissants vœux de bonheur.

Pour finir, le pimô confia ses livres à un assistant ; on lui apporta une paire de petits ciseaux chinois et il pria Wei Lang de pencher la tête.

— Je vous prends une mèche de cheveux comme à l'enfant nouveau-né que ses parents présentent au ciel et nettoient dans la lumière du soleil.

» Et comme à un enfant, je vous donne un nom de Mouche à guêpes : *Wedji,* qui signifie « Victoire » ; et un nom de djihly, de fétiche vivant qui nous apportera la victoire grâce à la magie des mots : *Khövy,* poète.

— Wedji Khövy, répéta Wei Lang abasourdi.

Sa tête tourna dans un sens, le reste du monde dans l'autre...

— Tenez ! le réveilla le pimô. Vous êtes guerrier, voici votre arme !

Il lui tendit son P. 38.

Gyami

Tchagori

Ayant doublé la belle et blanche ville de Kandzé, le chef-lieu des Cinq Districts du Hor — dont le Tongkor et la cluse de Hêtsy —, la Grand-Route de Tch'eng-tou à Lhassa poursuivait sa traversée du Kham, hauts plateaux ras et lisses, gigantesques murs d'éboulis et de lames, le long du torrent Chardza, ce fleuve énervé que les Chinois appelaient Ya-long, du nom tibétain qu'on lui donnait à partir de Kandzé, Nyaloung, torrent du Nyarong, autre désert pentu où il se déversait.

La Grand-Route quittait le pays de Hor pour entrer dans le Dergué, le plus alpestre des royaumes du Kham, par le bourg de Manigango où, fendue par le stoûpa naturel du mont Tséou, elle bifurquait — vers l'Amdo, le Tsaïdam et le Koukounor à droite, vers Gyamda et les provinces de U et Tsang, à gauche.

Au sud du Tséou, donc, la Grand-Route obliquait vers le haut fleuve Bleu, Tchamdo et le Tibet central : elle grimpait en resserrant ses lacets sur les flancs du monstre minéral, pour reprendre vertigineusement haleine au col du Throla, à quatre mille neuf cents mètres au-dessus du niveau de la mer, le

Throla, dont le nom signifie « Passe Colérique », la montagne sacrée du Dergué.

De sa cime, à quelque sept mille cinq cents mètres d'altitude, un rapide tour d'horizon eût permis à des yeux clairs de survoler le Haut Plateau du Gyalmorong jusqu'aux neiges éternelles du Minyak Gongkar, de remonter la chaîne des Chalou, miroitants et lunaires, et de puiser au Dritchou, le haut fleuve Bleu, un peu d'eau ayant encore la couleur de son nom — des cimes comme des dents, des rides, des seins et des boutons : le Namtché Barwa embrasé à l'ouest et, au nord, splendeur des splendeurs, les iridescents glaciers des monts Amnyé Matchen.

Trône des génies montagnards, des *tsen* les plus puissants, le Throla se dressait au cœur du Kham, protégeant de sa lame à trois tranchants les rhododendrons et les sapins du Menchö, le piémont des Simples, ainsi que, derrières les ailes de son casque d'airain, le bourg de Dergué et son immense monastère qui abritait la plus célèbre imprimerie du Tibet.

Après le col du Throla — barrières, papiers, soldats —, les camions en file indienne contournaient, essoufflés, la montagne par le nord avant de redescendre, moteur coupé, chauffeur debout sur la pédale de frein, l'ahurissante corniche qui dominait le haut Yangtsé, jusqu'à Dergué.

En quittant la Grand-Route après le col, au lieudit grottes du Kholo, on remontait une vallée garnie de petits champs d'orge fraîchement rasés jusqu'à un autre col où les reliquaires, les murs-de-mantras et toutes sortes de stoûpas formaient avec les cairns les plus hétéroclites une espèce de nef des fous où le vent, la lumière, l'essoufflement et la dévotion trouvaient assez d'harmonie pour que chaque franchissement d'un col soit pour l'homme une victoire des dieux sur les démons.

De ce col-là, on apercevait en face, au plus haut d'une autre vallée, une forteresse ocre qui, si elle n'avait été hérissée de mâts de prière blancs frémissant au-dessus d'elle comme un essaim de papillons, serait restée invisible tant ses arêtes épousaient les lignes du paysage. Cette forteresse n'était en fait que le village de Tchagori, au-delà duquel, après un autre col, on redescendait sur Dzoktchen, le grand centre monastique des Anciens, ou Nyingmapas, et sur la branche nord de la Grand-Route, au bourg de Tchassoum.

Tchagori : passons le regain des champs, les pâtures et les troupeaux blancs, les troupeaux noirs, les troupeaux noir et blanc. Remontons l'unique ruelle, loin de son fossé central, sans craindre la morsure des molosses jaunâtres qui ne font que gronder. Ces maisons à l'aspect de cubes, de pylônes égyptiens en taille réduite, rose pâle de pisé, se ressemblent toutes, et on aimerait savoir ce que cachent ces hauts murs aveugles, ces toits plats dont on ne voit d'en bas que les balcons parfaits, murets de bûches et bûchettes entassées et méticuleusement ajustées. Au coin de chaque terrasse, toujours le même, se dresse entre les mâts de prière le téton fuligineux d'un four à offrandes de fumée parfumée...

En haut de la ruelle, ces trois cubes dominant le village et la vallée ne sont autres que la demeure du *ngakpa* Namtchö Gourtchen et de son petit clan.

A Tchagori, on était tibétain, certes, mais surtout khampa ; on était bouddhiste, bien sûr, mais forcément de l'école des Anciens ; des Anciens, soit, mais de ceux qui adhéraient à la conviction Non Sectaire. En effet, quelle autorité et quelles bénédictions attendre d'un Etat lointain, brouillon — absent ? C'est avec une extrême prudence que les hommes du gouverneur de Tchamdo, capitale du Kham pour les seuls Khampas de Tchamdo, tentaient de faire avaler au peuple la dragée ardente de la Libération pacifique : pour ne pas irriter l'envahisseur, expliquaient-ils honteusement.

A Tchagori, en plein Dergué, il n'y avait pas de bureau d'Etat, tibétain ni chinois, mais des paysans et quelques *ngakpas*, des adeptes laïcs du bouddhisme ésotérique : paysans et adeptes n'admettaient d'autre autorité que les bénédictions de Tsendjö Rimpotché, le Bouddha Primordial du Kham, connu aussi sous le nom initiatique de Doux Protecteur. Agé de quarante et un ans, celui-ci était un yogi, un amoureux de la simplicité absolue, que son maître, Intelligence du Réel, avait arraché à la vie érémitique pour qu'il ébranle la roue du Dharma, autrement dit, qu'il guide des disciples sur la Voie — qu'il dévoile sa réalisation intérieure.

Tsendjö Rimpotché s'était établi à Dzongsar, sur les flancs occidentaux du Throla, dans la féerique sapinière du piémont des Simples, non loin de la grande imprimerie de Dergué, et, sans jamais dévier du recueillement toujours souriant où ses pratiques l'avaient amené, il s'adonnait tout le jour à la sympathie, à l'impartialité et à la transmission des quatre-vingt-quatre mille méthodes d'accès au réel.

Dans le cœur des gens de Tchagori, comme dans le cœur de la plupart des Tibétains, nul n'était plus précieux ici-bas qu'un authentique pratiquant, mais autant que pour ses qualités de visionnaire accompli, les gens de Tchagori vénéraient le Doux Protecteur et l'appelaient *Kyapdjé*, Sa Sainteté, parce qu'il se trouvait être la troisième réincarnation du fondateur de la paradoxale école Non Sectaire.

Premier Eveillé, Non Sectaire, dit un tantra, et l'esprit de sagesse du premier grand Non-Sectaire poursuivant son œuvre terrestre dans les œuvres de Tsendjö Rimpotché, celui-ci était tenu par les plus grands sages des quatre grandes écoles du bouddhisme tibétain pour leur maître incontesté. Il détenait *L'Unique Révélation de Tous les Bouddhas* — comme dit le même tantra —, l'universelle clé de la connaissance transcendante, et chacun avait l'impression en l'écoutant d'entendre son propre langage spirituel, métaphysique ou, tout simplement, quotidien.

Extraordinaires ou banales, les paroles de Tsendjö Rimpotché n'allaient jamais contre le réel. Il y avait déjà six mois qu'il avait conseillé à tous les adeptes en possession de trésors, religieux et autres, de les cacher en lieu sûr, car les envahisseurs ne dissimulaient déjà plus leur envie de faire main basse sur toutes les merveilles du Tibet libéré. En plus d'être raisonnable, pour certains de ses disciples directs, tels Namtchö Gourtchen et sa fille Tchöntso, ce précieux conseil regorgeait d'intentions précises : des Doux Protecteurs, il n'émanait que vérité, prescience et œuvres d'Eveil.

Le quatrième jour de la huitième lune de l'an du Lièvre de Fer, le ngakpa Namtchö Gourtchen convoqua les siens dans son oratoire et, les traits suranimés, avoua que, bien que tolérablement pauvre, sa famille était inconcevablement riche.

— Pardonnez ma vulgarité, dit-il, mais le Gourou

Rimpotché et le Bouddha Amitâyus qui trônent au milieu de notre autel valent à eux seuls plus qu'aucun travail, plus que les champs de votre mère ne nous rapporteront jamais. Seulement, ils ne sont pas à vendre. Mais ce n'est pas tout...

Il alla dans le coffre aux mystères où il était convenu que lui seul avait le droit de fouiller ; priant Tchöntso, sa fille aînée, de l'aider, il lui tendit un petit paquet de brocarts vifs, plus lourd qu'elle ne s'y attendait, et lui demanda de le déballer devant la famille réunie.

C'était un Yamântaka d'or à trois visages, six bras et quatre jambes ; il se dressait, flamboyant et armé, son épouse collée à lui, sur une lune et un soleil empilés au-dessus de la bosse d'un buffle occupé à écraser un démon représentant les trois poisons — ignorance, désir et haine.

— Toute la sagesse en une seule statue, soupira Namtchö Gourtchen.

— Elle doit valoir bien plus qu'Amitâyus, dit Tchöpal, sa deuxième fille à qui le mariage tardait.

— C'est un objet unique, expliqua le ngakpa : l'unique statue, à ma connaissance, représentant le Glorieux Bourreau d'après le Texte-trésor du vénérable Rangchar Össer — nous l'avons exécutée ensemble, il y a déjà vingt ans.

Tchöntso déballa ensuite deux statuettes de Djambhala, le dieu des Richesses, sous le regard muet, se troublant, de son père. Ses deux sœurs ne cessaient de s'exclamer qu'ils étaient « vraiment riches », et l'aînée se demanda à quoi ces merveilles pouvaient servir au fond d'un coffre interdit... Estimant son père plus que tout, elle ne doutait jamais de lui et pensa que ces merveilles étaient restées là uniquement pour qu'on les déballe à cet instant précis.

— Ça, Tchöntsola, ce n'est pas la peine de le déballer. Ce sont trois thangkas qu'on ne déroule pas pour se distraire seulement. Ce sont différentes choses de la Grande Complétude, dont une planche de *tîlakas* peints et annotés par le grand Trachi Össer lui-même, le maître de mon maître.

— Jamais, se permit Namdak, le cadet, qui était moine au monastère de Dzoktchen, les libérateurs ne s'occuperaient de ce qui, rayonnant de sens, ne dégouline pas d'or.

— Ce qui n'empêche que ces trésors de sens doivent eux aussi partir d'ici, s'éloigner de la Grand-Route — Namtchö Gourtchen était grave. Je pense que nous devrions sans plus tarder les emporter chez votre oncle Yangthoula de Gongma, au cœur du pays de nos ancêtres, le haut Chardza : on ne doit pas encore voir trop d'envahisseurs par là-bas... Mais ici, ils y sont déjà... Ils parlent même de fermer l'Imprimerie. On n'y produirait que de la « propagande contre-révolutionnaire » et des « folies superstitieuses ».

Il y avait plus de quinze ans qu'il connaissait le communisme : à l'origine, l'idée l'avait presque séduit ; depuis, Namtchö Gourtchen avait eu le temps de découvrir l'Etat communiste qui, comme n'importe quel Etat, qu'il fût communiste ou le contraire, demeurait un Etat, autrement dit le prédateur, officiel et autorisé, du peuple. L'Etat tibétain n'échappait guère à cette critique : on n'avait jamais vu organisation aussi débile, chefs aussi passionnés, aussi inconscients du danger d'annihilation du Tibet.

Au grand désarroi de Sa Sainteté le XIIIe Dalaï-lama, qui laissa à sa mort une régence des plus tumultueuses.

Vers la fin du printemps 1935, Namtchö Gourtchen se rendit à Kandzé où les gens du gouverneur de Tchamdo avaient recueilli des *koungthrempas*, mot tibéto-chinois pour « communistes », de piteux héros qu'une poursuite infernale avait portés jusque sur les hautes terres. La population des Cinq Districts du Hor avait eu pitié d'eux ; comme ces soldats perdus ne parlaient que d'égalité et de fraternité, Namtchö Gourtchen et d'autres adeptes du Dharma leur avaient posé des questions assez précises. Les koungthrempas se prétendaient matérialistes : pour eux, la pensée était le plus haut produit du cerveau, et le cerveau le plus haut produit de la matière. Vision humaine, s'il en est... Ils perdaient patience quand le ngakpa au petit chignon leur demandait en brandissant son chapelet de quoi la matière était le plus haut produit, et ils invoquaient certain Lie-ning et ses *Cahiers sur la dialectique de Hei-ko-eul*. En réponse, Namtchö Gourtchen leur parlait de « l'état naturel de l'homme et du fondement universel de la liberté », en citant l'Omniscient Longtchen Rabdjampa qui, déjà au XIVe siècle, écrivait dans le premier chapitre de son *Histoire du Réel* :

« Tous les phénomènes que l'on trouve dans le cycle des réincarnations comme dans le nirvâna ont un fond, une réalité, un mode d'être absolu originel, une essence naturellement parfaite, le Pur Eveil infini de la bouddhéité, une dimension totalement pure d'être en soi, qui n'est ni le fait de la sagesse des Bouddhas, ni une invention de l'intelligence des êtres animés, qui n'est le produit de nulle cause et qu'aucune circonstance n'abolira, quelque chose qui, indépendant de la causalité, se présente comme une sagesse spontanée, quelque chose de très précis que le langage ne peut décrire : une vérité qui ne relève pas du mental, qui échappe à la sphère des concepts... »

En guise de morale, qui est pour les adeptes tantriques mise en pratique de la « vue », ou métaphysique, assimilée par la méditation, les koungthrempas juraient que les peuples tibétain et chinois étaient frères, et que l'injustice sociale avait fait son temps.

Namtchö Gourtchen crut comprendre, osa penser, et chuchota en famille que le Dharma était parfait, certes, mais qu'un peu de communisme n'enlaidirait pas l'égoïsme de la plupart des adeptes.

L'année suivante, il se réjouit de la réunion des nationalistes et des communistes contre les Nippons : les eût-on laissé faire que ces derniers eussent envahi l'île aux Djambous tout entière... Mais en 1937, quelques koungthrempas sino-tibétains qui étaient parvenus à s'implanter à Kandzé, dressèrent la moitié de la population contre les gens du Kouo-min-tang. Or, au lieu de désigner l'envahisseur chinois en tant que tel, ils n'en avaient plus que contre les nationalistes « pourris » et précisaient déjà que, lorsque la Chine serait entièrement communiste, elle libérerait le Tibet tant des agents de Tchang Kaï-chek que des démons occidentaux.

Namtchö Gourtchen comprit : son concept d'égalité n'avait rien à voir avec celui de ces communistes-là ! En fait, il avait cherché de toutes ses forces à réhabiliter les Chinois dans leur ensemble ; il avait cru que les communistes au nom de leur pensée matérialiste lutteraient avec eux pour la liberté et l'autonomie du peuple khampa, et contre les exactions sans pareilles de Tchao Eul-fong, le célèbre Equarrisseur du Kham qui ne cherchait qu'à l'asservir. Mais rien n'était sûr dans ce filet d'illusions et, une chimère en chassant une autre, Namtchö Gourtchen renonça définitivement à toute espèce de recherche en psychologie ordinaire et en politique comparée.

En plus de ces thangkas, statues et statuettes, il voulait emporter toute sa bibliothèque, et la mère de ses enfants dut modérer les intègres folies de sa sagesse. Certains textes plus ordinaires, disait-elle, ou plutôt, moins extraordinaires que d'autres, existaient dans toutes les bibliothèques ; Namtchö Gourtchen en connaissait plus de la moitié par cœur. En revanche, lui accorda-t-elle, certains de ses manuscrits, et la copie de tous les Textes-trésors de Rangchar Össer, le premier maître du ngakpa, méritaient qu'on les mît à l'abri deux fois plutôt qu'une.

Bref, l'un dans l'autre, et considéré qu'aucune statue, aucun thangka ne se déplacerait hors des brocarts, des coffrets et des énormes étuis qu'on leur avait amoureusement confectionnés, le yack de la famille, blanc à taches noires, se trouva chargé de quelque cent kilos de livres et d'objets, et le cheval de Namdjong, le fils aîné, qui lui venait de son épouse, écopa d'une tente et d'un nécessaire de survie pour trois personnes et dix jours dans la montagne...

La barrière en plastique

Le lendemain, ils prirent la route aux aurores.

Du voyage étaient Namtchö Gourtchen, dont le dos légèrement voûté masquait une intarissable vigueur intellectuelle et physique, son fils Namdjong, un barbu robuste en charge du yack mais plutôt enclin à la prière, et sa fille aînée Tchöntso qui tenait par la bride le petit cheval surchargé.

Surchargés, les voyageurs l'étaient aussi — d'autres reliques et de tsampa.

Tchöntso était la préférée de Namtchö Gourtchen, car autant le ngakpa de Tchagori était-il tenu pour un yogi par ceux qui le connaissaient, autant celui-ci tenait-il sa fille aînée pour une *yogini* — une amoureuse éperdue de l'extrême simplicité du réel.

Le *yoga*, tel qu'on le concevait dans les tantras les plus élevés, n'était guère « l'arrêt des tourbillons de la pensée » de la tradition indienne, mais au contraire la découverte infinie de la paix, de l'arrêt, du non-mouvement inhérents à l'essence même de la pensée *en train de tourbillonner*. Cette découverte engendrait un art qui n'avait rien d'un rêve, moins encore d'une rêverie : une magie d'amour et de volonté, plutôt, et une puissance de l'esprit, auxquelles

Tchöntso, qui n'était pas nonne mais yogini, à l'instar de son père, qui n'était pas moine mais yogi, consacrait, sans bondieuseries et comme lui, sa vie.

Gamine, alors que ses petites camarades jouaient à toc-toc-qui-est-là, elle apprenait à verser des grains de riz safranés sur les plateaux d'or d'un mandala d'offrande en imaginant des univers par millions. Adolescente, le ngakpa, son père, poète mystique et visionnaire, lui montra comment se transformer spirituellement en Glorieux Bourreau de la Mort, quelque chose de surpuissant, de purissime et d'ineffable, pendant que les filles de son âge, quand elles ne travaillaient pas avec leur mère ou leurs tantes, couraient les garçons et les retrouvaient dans les torrents où ils cherchaient des paillettes d'or.

Ils descendirent à travers champs jusqu'à Dzoktchen, où quelques moines vinrent saluer Namtchö Gourtchen. Tout à son exode, celui-ci refusa de leur expliquer ce qu'il transportait, où il comptait se rendre, s'il avait des ennuis. En effet, que faisait le ngakpa de Tchagori, habituellement caché dans son oratoire, sur la route et en tenue de voyage, avec ses deux aînés et deux bêtes surbâtées ?

— Je vais à Gyamda vendre un superbe lot d'encens du Menchö, dit-il pour s'en sortir. Puis, dans l'oreille de sa fille : Il paraîtrait que même les Chinois de la Grand-Route sont moins curieux que ces Khampas-là...

Rallongeant le trajet pour éviter la Grand-Route, ils prirent par la montagne, ce qui les amena au bourg de Tchassoum à midi, déjà, où ils devraient passer le pont que les Chinois avaient jeté sur le torrent Lhossu. Là ou ailleurs, il fallait traverser la colonne ininterrompue des envahisseurs.

Pare-chocs contre pare-chocs, caisse verte et bâche grise contre caisse verte et bâche grise, roues noires et roues noires : tous identiquement ternes, les camions roulaient au pas, conduits par d'invisibles maigrichons matérialistes à qui leurs nouveaux chefs avaient promis, dit-on, deux repas par jour. Et, disait-on encore, des camions et des camions, il y en avait comme ça de Tch'eng-tou, et même de Pékin, juraient certains, jusqu'à Lhassa et au-delà, jusqu'au Ngari, au pays du mont Kailash et des abricotiers.

Les libérateurs roulaient au pas dans Tchassoum à midi, entre les auvents de toile claquant de lumière et de vent, entre les vieilles maisons plates en pierres titanesques hérissées de bannières de prière quinticolores, les boutiques inondées de trognes vives, de soleil cru et de poussière, cernés par une curieuse foule de pasteurs au regard transparent, de têtes chauves se grattant sous la casquette à longue visière jaune, sous d'autres coiffes impossibles, de dignes messieurs en feutre mou, chapelet, moulin à prières au poing, la tchouba poliment enroulée autour des reins — qui tous cherchaient à voir derrière les reflets que la vie collait aux vitres des camions si les libérateurs qui les envahissaient avaient des traits de Han d'un type nouveau.

Pour franchir le pont, de part et d'autre de la chaussée large de deux camions, il y avait un trottoir pour deux hommes de front contre les parapets haut perchés au-dessus du torrent cascadant. Un bel endroit sans tout ce tapage, ces camions puants, ces libérateurs prisonniers de leur Grand-Route... Les barrières du pont étaient ouvertes ; machines, gens et bêtes traversaient : pas plus de deux camions à la fois, certes, pas plus de vingt à vingt-cinq piétons, hommes ou bêtes.

Namdjong marchait en tête avec le yack ; son père suivait, s'arrangeant pour que l'encolure du cheval, dont Tchöntso tenait toujours la bride en retrait, s'interpose entre son profil un peu voûté et les yeux du garde en poste à l'entrée du pont. Ils n'étaient pas les seuls à pousser des bêtes lourdement chargées. Les transports sont difficiles au Tibet ; on ne s'y déplace jamais les mains vides. Les chercheurs de simplicité eux-mêmes, qui se cachent dans les montagnes, possèdent toute une panoplie d'objet rituels, des joujoux, comme Namtchö Gourtchen les appelait le plus gravement du monde.

Ce dernier s'étonnait des Chinois plus que des brigands, par exemple : en plus de piller les gens, les Chinois leur contestaient, pour se justifier, le droit à l'existence ; les bandits ordinaires, en revanche, n'assassinaient leurs victimes qu'en dernier recours, et leurs motifs étaient clairs comme de l'eau de roche...

Ces pensées idiotes occupèrent l'esprit de Namtchö Gourtchen jusqu'à la moitié du pont. Là, il marqua une légère pose pour s'émerveiller : non seulement on ne les avait pas arrêtés, mais en plus la vue était splendide. Au loin, le joyau constamment renouvelé des hautes cimes ; en dessous, une cascade en quatre ou cinq terrasses d'écume et de giclures irisées...

— Père, dit Tchöntso, à la fois plus lente et plus vive que lui, comment vous sentez-vous ?

Elle se réjouissait d'avoir passé la première barrière ; son père frôlait l'extase — sa silhouette en vibrait ; ils s'arrêteraient à la sortie de la ville, avant de remonter vers le col de Langto.

— Ils nous libèrent, sourit le vieux yogi. Ils ont construit un pont. Voilà qui est bien...

Devant, son fils s'était arrêté lui aussi : deux soldats verts, fusil au poing, inspectaient, des yeux seulement mais sous toutes les coutures, son yack. Il semblait plus pratique pour le père et la fille de passer leur chemin et d'attendre Namdjong, en le surveillant du coin de l'œil, un peu plus loin, où la foule était plus dense et les camions formaient à nouveau une grondante, une étouffante muraille. Au moment où Namtchö Gourtchen doubla le yack, son vieil ami, il ne put s'empêcher de lui donner une puissante claque sur le flanc. L'animal sursauta vaguement et reconnut son maître, mais cela n'eut point l'heur de plaire à l'un des deux soldats qui retenaient Namdjong : le fusil pointé sur le ventre de Namtchö Gourtchen, sur l'ambak gonflé de vivres du voyageur, il s'immobilisa. Tchöntso ne pouvait voir le visage de son père, mais elle savait que les deux hommes se regardaient dans les yeux sans souffler mot. Cela dura. Derrière la yogini interdite, on s'étonnait sur le pont que cela n'avance plus.

Le deuxième soldat intervint.

— Où allez-vous ? demanda-t-il en chinois à Namtchö Gourtchen.

Celui-ci ne broncha pas. Pas une parole, pas un geste. Il se tenait juste devant sa fille, laquelle ne percevait à présent que son profil, mais savait avec certitude qu'il faisait ses « yeux de poudjâ » au soldat, comme ses enfants appelaient le regard à la fois plus-que-présent et plus-que-parti qu'il avait lorsqu'ils pratiquaient ensemble. Toujours est-il que les deux soldats chinois, celui qui avait posé la question et l'autre, l'homme armé, semblèrent tout d'un coup de caoutchouc, ou plutôt de plastique, cette merveille que la Libération pacifique avait apportée : ils plièrent, littéralement. L'un baissa son arme en regardant ses bottes et l'autre fit signe à Namtchö Gourtchen de passer. Alors celui-ci donna une autre tape au yack, sur la croupe cette fois, et tout reprit comme si ces deux empêcheurs n'avaient jamais existé.

Pour les siens et nombre d'autres, le ngakpa de Tchagori était un magicien : souvent il les avait émerveillés. Sans tapage, il s'adonnait aux humbles prodiges qui corrigent les humbles injustices. Namdjong et sa sœur devaient être les seuls, en fait — avec les soldats et le yack —, à avoir remarqué cette petite escapade dans la liberté.

— Sans vous, père..., dit Namdjong en revenant de ses émotions.

— Sans moi, fit le ngakpa — il le criait presque —, tu serais quand même allé porter cet encens à Gyamda.

Ils passèrent la nuit dans une jolie grotte agrémentée d'une terrasse d'où l'on voyait Langto, leur prochaine étape, un village autour d'un temple qui rougissait avec le soir, à la confluence du Lhossu et du Chardza, le torrent des mythes familiaux.

La route était simple : deux jours de marche dans les gorges du Chardza, parfois au bord de l'eau, parfois sur les aériennes corniches des flancs ouest du Trangsu Kamma — très vénérable montagne que le Trangsu Kamma, refuge, selon Namtchö Gourtchen, d'innombrables esprits et formes de vie ni animales ni humaines qui dépassaient l'imagination. Pour lui, comme pour les êtres accomplis, lutins et farfadets, aussi insubstantiels que le monde manifeste, étaient aussi réels que lui : une autre dimension encore que l'absolue dimension.

A la limite des épicéas et de la pelade vitrifiée qui marquait l'entrée des terres d'Assu, ils s'arrêtèrent pour préparer une offrande de fumée ; pendant qu'ils disposaient les pierres du foyer et le petit bois, Namtchö Gourtchen choisissait de belles branches de genévrier bien vertes en décrivant à ses enfants les plus pittoresques des « prétas », ces malheureux êtres animés qui toujours ont faim et soif, qui nous entourent et que nous ne voyons pas. Chaque fois qu'ils ont à boire et à manger, disait-il, ils ne peuvent s'exécuter : soit leur bouche est trop petite, leur gorge trop étroite et leurs dents trop molles, soit l'eau qui les rafraîchirait se dégrade soudain en pus, les fruits qu'ils cueillent explosent de larves écœurantes, les gazelles qu'ils vont abattre se transforment en monstres qui les déchirent

Bref, le massif du Trangsu Kamma regorgeait de ces pitoyables créatures qu'une seule et unique chose consolait, sustentait et pansait : l'amour, sous forme de fumée parfumée, et, dans chaque particule de fumée, les généreux étals de la Sagesse.

C'était la première fois qu'ils se recueillaient de la journée : quel envol de l'âme au fil des étonnantes visions d'un rituel si simple, si visionnaire ! La fumée fournie, colonne bien droite dans l'azur, parut tout à coup s'effondrer, puis, s'effilochant, dériva en direction de la longue cime du Trangsu Kamma.

— Nous aurons de la distraction, dit Namdjong.

La forme de la fumée, en effet, indiquait ce qu'on appelle plus techniquement des « obstacles ».

— Qu'est-ce d'autre, sourit Namtchö Gourtchen, que la vie ? Ne serions-nous pas distraits que nous dépasserions infiniment la naissance et la mort.

» Les prétas ont certainement grand-faim.

Les prétas

Depuis la dernière fois qu'elle s'y était promenée, il y avait au moins cinq ans, le paysage des gorges d'Assu, que Tchöntso connaissait assez pour y avoir fait une douzaine de voyages, lui parut s'être dilaté.

D'abord, il n'en finissait plus. Chacun de ses pas était un pas de danse sur une corde épaisse, certes agrémentée de plates-formes de repos mais corde seulement, prétexte à une attention si concentrée qu'elle frôlait le naturel.

Tout en bas, le Chardza s'éclaircissait la voix : *Hrîh* d'abord, puis *Hoûng,* et *Phat Svâhâ.* Mais les repères que la yogini croyait atteindre en une heure ne l'avaient pas été en deux ni en trois, et déjà le soleil allait perdre l'équilibre. C'était la fin du troisième jour de leur pèlerinage aux sources et il fallait trouver un recoin auspicieux pour la nuit.

Le matin, ils avaient procédé à une autre offrande de fumée, mais la colonne s'était de nouveau immédiatement scindée en trois rubans aux contours flous qui s'étaient dispersés, selon Namtchö Gourtchen, l'un vers Denkhok, le berceau du Doux Protecteur, l'autre vers Gongma, où ils allaient, et le troisième, vers la plus élevée des cimes du Trangsu Kamma, vénérable univers sur la peau duquel ils évoluaient, vermisseaux, avec une lenteur qui, malgré tous ses yogas, commençait à porter sur les nerfs de la jeune femme.

Ce matin-là, donc, Namtchö Gourtchen s'était empressé de distraire ses enfants de leurs préoccupations symboliques.

— Pauvres prétas ! avait-il crié à la montagne. Vous avez décidément plus que grand-faim, mais que vous êtes naïfs !

» Jaloux et orgueilleux, glosait-il, ils s'imaginent que la souffrance et ses mauvaises blagues sont aussi réelles qu'eux-mêmes. Et nous, mes enfants, ne sommes-nous pas comiques avec nos pensées nobles et nos ventres pleins ?

Notre père est ainsi, sourit Tchöntso. Une sorte d'excentrique recentrant. Non seulement je l'aime, mais je le vénère... Ce matin-là, elle l'aimait, alors qu'il les instruisait de l'arc-en-ciel, et cet après-midi, lasse de ces gorges qui n'en finissaient plus, c'est encore grâce à lui que son ennui se transmua en joie tranquille.

— Plus longue la route, plus vaste son terme ; plus lent le voyage, plus vive l'arrivée : Tchöntsola, rêves-tu souvent de grottes sans fond, de boyaux souterrains ?

— De boyaux souterrains ? répéta-t-elle en scrutant l'abîme du coin de l'œil. Non, je ne m'en souviens pas.

Namtchö Gourtchen se retourna pour la regarder — il avait ses yeux de poudjâ.

— Et maintenant, es-tu en train de te souvenir ou bien de rêver ?

Il détourna la tête en accélérant le pas ; quand il

eut rejoint Namdjong et le yack qui marchaient assez loin devant, Tchöntso découvrit non que le paysage était grandiose, mais que l'idée de grandiose fusait de sa propre paix. Imparfaite et patiente, elle jugeait que tout était toujours à recommencer; patiente, elle l'était extrêmement, et distraite, juste un peu, en tout cas bien moins que la plupart.

Elle revit son père lui expliquer, pour la première fois, le yoga du Maître, le seuil de toutes les pratiques du bouddhisme tantrique. Le yogi au petit chignon posait son index sur le cœur de la fillette.

— Là, Tchöntso, tu trouveras toujours ton absolu maître spirituel.

Désignant ensuite son propre cœur, il disait le plus doucement du monde :

— C'est mon maître absolu à moi aussi. Moi, je serai ton maître sur la Voie jusqu'au moment où tu rencontreras ton maître principal, l'incarnation, à tes yeux et au-delà de tes yeux, des Trois Joyaux, des Trois Racines, des Trois Corps, des Trois Sagesses de la Présence...

Il en avait fallu, à la yogini, des séances de yoga, pour percevoir le sens de cette déclaration d'apparence hautement technique. D'abord, elle fut trop enfant; ensuite, trop adolescente; mais dès qu'elle sut s'abandonner à la vraie méditation, elle ressentit que leurs esprits, l'esprit de son père, l'esprit du Doux Protecteur et le sien, étaient les mêmes en leur essence véritable : la science généreuse de ses deux maîtres de même que sa propre ignorance débordaient, éclairs et vagues, du même creuset d'insubstantielle sympathie, et cette confiance irrationnelle s'exprimait dans des accès d'évidence, des bouffées d'inspiration, des raisonnements infinis qui, toujours, finissaient par ramener l'apprentie yogini, ce petit flou conceptuel, à l'ailleurs parfait qui tapisse l'ici. Intarissable chanson de la véritable essence de leurs esprits, vacuité, qui n'était ni vraie ni fausse : le corps de la yogini, et ses hésitations, ses cabrements, ressemblaient aussi à la toute perfection.

Elle avait maintes fois entrevu le mystère des mystères, l'étonnante simplicité de l'essence de toutes choses, la vérité joyeuse que les graves philosophes appellent « substance » : c'était pour elle une ouverture illimitée. Sa foi n'était plus inspiration seulement, ni désir de salut ni conviction, mais irrémissible confiance en soi : l'évidence d'incarner toute la sagesse et la sympathie du monde, de façon pure et simple, et spontanée. Avec une fierté adamantine, disait la tradition.

Maintes fois entrevue, la vérité absolue ne lui appartenait pas en propre ; elle ne l'avait pas enfouie sous terre dans un coffret d'acier incorruptible. Elle frôlait les passions, mais l'Eveil était infini : pourquoi la Voie qui le parcourait aurait-elle eu une fin ? Un début ? Au fond de la vacuité, au fond du presque-rien de tout cela, battait un cœur, une immensurable volonté appelée « compassion », et cette compassion empruntait les canaux du yoga, de l'intime union avec l'état de nature, pour libérer toutes ses énergies, les jeunes, les saines énergies du corps vigoureux de la yogini et de son esprit clair et profond comme le ciel.

Un instant d'attention, deux instants de distraction. Passion et inexistence de la passion, extase et fantasmagorie, matière pure et pure illusion des corps : Tchöntso invoquait son maître spirituel, le Doux Protecteur, le Refuge des trois mondes.

Imparfaite et patiente, elle jugeait que tout était toujours à recommencer.

Ils n'allaient plus tarder à quitter les gorges pour redescendre sur le territoire de Gongma, mais il était tard et, après la danse céleste des ors et des rouges du couchant, la nuit s'abattrait comme un voile sur leur vue.

Le repère de Tchöntso était une espèce d'immense table en pierre adossée à un abrupt vertical retenant le Haut Plateau autour du col. Le col, ils le passeraient le lendemain matin par un escalier en colimaçon naturel que Lama Youngdroung, célèbre dzoktchempa du haut Chardza, avait imprimé avec son esprit dans le rocher. En tout cas, ladite table était un abri bien trouvé, un lieu de repos où maint pèlerin avait calligraphié des syllabes multicolores, ainsi que des mantras de Gourou Rimpotché et de Chenrap Miwo, le premier maître de la voie du Bön.

L'offrande de fumée matinale est généralement une fumigation purificatrice. Le soir, les adeptes préfèrent joindre à leurs prières les fumées d'une autre offrande, appelée *sour,* l'occasion « théâtrale » de partager son repas avec les *bardowas,* les morts en mal de renaissance. Ils avaient donc emporté provision de certain mélange sec de tsampa et de ces aliments qu'on appelle les « trois blancs » — yaourt, lait et beurre — et les « trois rouges » — de la viande.

Au soleil couchant, ils procédèrent à un sour débordant de bénédictions, puis, dans le noir qu'illuminait un lait d'étoiles, poursuivirent ensemble leur méditation. Le moment venu, Tchöntso se leva pour vider le thé des Protecteurs. Dans l'obscurité lumineuse — trois seizièmes de lune et beaucoup de concentration —, elle choisit un rocher accueillant, y trouva une crevasse proprette, y versa le thé, mais en replaçant le calice de cuivre sur sa soucoupe, elle sentit que quelque chose clochait dans le rituel du monde.

A cet instant précis, cinq silhouettes bleu profond surgirent des ténèbres. Namtchö Gourtchen continua de psalmodier la dédicace des mérites et les bons vœux. Son fils Namdjong avait instantanément fait silence. Comme les cinq silhouettes s'approchaient du petit feu, l'apprentie yogini se reprit. Elle regagna la haute table de pierre à l'abri de laquelle ils avaient délicatement entassé leurs trésors pour que les bêtes se reposent.

Entre les précieux ballots et les cinq hommes armés, Namtchö Gourtchen chantait les yeux grands ouverts, presque blancs ; Namdjong serrait les lèvres ; les narines dilatées, les yeux fixes. Il allait bondir, quand les cinq hommes se retournèrent à l'arrivée de Tchöntso.

— Il y a une femme, dit l'un d'eux. Approche !

Du bipied biscornu de son mousqueton, il montra à Tchöntso où il voulait qu'elle aille : là même où elle comptait se rendre. Elle se rassit donc à la gauche de son père devant le feu et, soucieuse de ne pas les agacer, se força à contempler le spectacle des brigands.

Ces cinq-là, non pas les premiers qu'elle croisait dans sa vie, mais les premiers qui l'attaquaient, ne parvenaient pas à lui faire admettre le sérieux qui s'imposait. Elle ne pouvait, durant ces secondes dilatées par l'ombre et le silence, que détailler leur accoutrement sans laisser la peur la gagner. Et c'est l'inconscience, probablement, qui chantonnait dans sa tête : « Du bourgeois les brocarts ; du cavalier la monture et les bottes ; du marchand la tchouba de bonne laine ; du pasteur la crasse vive ; du guerrier l'arsenal et les froncements ; du barde la frimousse ; de la brute les crevasses... »

— Nous ne vous ferons aucun mal, l'interrompit celui qui parlait, si vous nous laissez vos bêtes et votre chargement, et si vous vous en allez en nous oubliant vite. Sinon...

— En aucun cas ! fit Namtchö Gourtchen dont les yeux, à nouveau noirs de jais, réfléchissaient les rougeoiements du petit feu. Nous ne vous laisserons rien et vous passerez votre chemin avec mes bénédictions.

Le ngakpa s'apprêtait à reprendre la situation en main, quand son fils bondit sur l'une des ombres muettes qui le narguaient. Aussitôt, les quatre autres se jetèrent sur lui. Le vieux yogi ne broncha pas. Sa fille était déjà debout.

— Reste où tu es, toi ! lui cracha le brigand qui parlait.

Puis les autres s'écartèrent : Namdjong gisait sur les cailloux, inanimé. Tchöntso retomba assise devant ses prières.

— Père...

— Tu veux qu'on t'assomme à ton tour, lama ?

— Non.

— Alors va-t'en ! Va-t'en avec la fille !

Namtchö Gourtchen se leva lentement. Les brigands s'écartèrent devant lui en silence et ne firent rien pour l'empêcher de s'agenouiller à côté de Namdjong en marmonnant des mantras. La gorge nouée, Tchöntso le rejoignit.

— D'accord, dit le brigand soudain rasséréné. Vous, vous resterez là. C'est nous qui partirons.

Il fit un geste et les quatre autres s'activèrent, sans même y avoir jeté un coup d'œil, à recharger les trésors sur le cheval et le yack. Namdjong n'était pas mort, pas visiblement blessé non plus ; il ne saignait pas. Les lèvres tuméfiées, il paraissait endormi. Son père récitait prière sur prière et arrêta la main de la yogini lorsqu'elle voulut desserrer les vêtements de son frère.

Sous la grande table de Lama Youngdroung, les brigands avaient fini leur chargement et, comme ils croisaient leurs victimes pour redescendre sur les terres d'Assu en détournant leurs visages dans un pesant silence, Namtchö Gourtchen les interpella :

— Pardonnez-moi, messieurs, dit-il avec enjouement — l'un d'eux approcha sa torche de son visage —, j'avais préjugé de mes capacités. Vous savez certainement que « bien mal acquis ne profite jamais » : acceptez donc mes bénédictions ; peut-être vous aideront-elles à moins souffrir des flammes du karma.

— Vieux fou ! rit le bandit qui parlait. Bénis ton ami, plutôt, et réjouis-toi d'être encore en vie !

Namtchö Gourtchen sourit à son tour.

— Le vieux fou te bénit, brigand, toi plus particulièrement... Tu as un nom bouddhiste ? Qui est ton lama ?

Instantanément énervé, le brigand glapit :

— Aux chevaux !

Et il disparut avec ses comparses, les trésors et les deux bêtes.

Namtchö Gourtchen souriait encore quand il vit le

regard de sa fille. Elle devait avoir l'air effrayé, car il lui dit avec plus de douceur que jamais :

— Apaise-toi, Tchöntsola. C'est fini. Regarde !

Namdjong ouvrit un œil, puis l'autre, et les reconnut.

— Aïe ! fit-il, les prétas n'y sont pas allés de main morte...

— Ils sont partis, souffla Tchöntso. Ils ont tout emporté.

— Si cela pouvait être vrai, murmura Namtchö Gourtchen, puis, de toute sa voix : Namdjongla n'est pas mort, mais a-t-il mal quelque part ?

— Un peu partout, père, mais ce n'est rien.

D'un coup, il s'était assis ; il voulait se remettre sur ses jambes.

— Je vais les rattraper, dit-il. Aïe aïe aïe...

Il retomba sur son derrière en soupirant de dépit.

— Laisse-les courir, mon fils. Nous allons réactiver le feu et réfléchir. Mais avant de réfléchir, nous pourrions quelques instants nous délecter de pureté primordiale. Vous le savez bien, « il n'y a jamais rien eu », dit le sixième patriarche de l'école Ha-chang de Chine. Nos trésors, comme tu le penses, ma fille, ne sont plus des trésors — quelques grammes d'or, au mieux, un carré de soie précieuse, en tout et pour tout. Les statues et les livres sont des symboles du corps et du verbe éveillés. Tout ce qui a été fait peut être refait. Ces brigands ont-ils emporté ton esprit ? Peut-être auraient-ils dû... Entre leurs mains, nos trésors n'ont aucun sens, aucune valeur... Ces brigands-là, de plus, étaient particulièrement ignorants puisqu'ils n'étaient même pas curieux : ils n'ont guère cherché à connaître notre chargement avant de nous en dépouiller... Ils auraient dû me demander plus de bénédictions ; j'aurais dû leur en imposer plus...

Tchöntso était abasourdie ; un fort sentiment d'irréalité l'accompagna comme elle attisait le feu.

— Nous n'avons plus rien à manger ni à boire, remarqua Namdjong.

— J'ai gardé ce qu'il fallait pour les prétas, déclara, victorieux, son père, en tirant de son ambak un gros sac de tsampa préparée pour les offrandes.

Frère et sœur eurent alors la même pensée, mais cette pensée aurait certainement déplu à leur père, et Namdjong ni Tchöntso n'osèrent l'exprimer. De toute façon, le surlendemain au plus tard, se rassura la jeune femme, nous serons à Gongma, en famille... Et comme elle les imaginait contant leur mésaventure à son oncle du haut Chardza, elle sentit comme un sourire à l'intérieur de son malaise.

— Demain matin, disait son père aux ombres de la nuit, nous vous offrirons ce sac de tsampa tout entier. Votre frustration est si grande...

Il aida son fils à s'asseoir près du feu.

— Oui, les enfants, dès la pointe du jour, nous déjeunerons de générosité... Trêve de bavardages ! Comment se sens-tu, Namdjongla ? Oh, ta pommette a enflé. Tu as mal ?

— Ça ira, père, prononça péniblement Namdjong dont le visage tout entier était enflé à présent.

— A la bonne heure, mes grands ! Si vous le permettez, je vais méditer un peu.

Aussitôt dit aussitôt fait : il s'approcha du feu, ajusta sa tchouba et ne bougea plus. Namdjong lança à sa sœur un regard résigné et se prépara, lui aussi, à méditer. Tchontsö les imita par la posture, revivant derrière ses paupières alourdies de sommeil le petit orage qui leur était tombé dessus. Comme ils seraient étonnés, à Gongma, de les voir arriver les mains vides, comme ils seraient inquiets !

Par habitude, elle déroula le chapelet de son poignet droit et entama la méditation de Tchenrézi, le Bouddha de la compassion.

Trésors

Une dizaine de cavaliers nossous galopaient dans la forêt, entre les flots tumultueux du Chardza et les premiers abrupts des sommets méridionaux du Trangsu Kamma. A leur tête, Khötchy et Moundô avaient enroulé leur turban autour d'un casque dont la pointe leur tenait lieu de tsythi. Armés de vieux fusils qui leur plaquaient la pèlerine sur les reins, sous la même pèlerine ils cachaient une ceinture et deux bandoulières de cartouches. Epée, poignard et volonté de reprendre au capitaine Limikkya ce qu'il avait volé à leurs frères nossous les poussaient vers l'ouest, insouciants de toute indésirable rencontre.

En queue du peloton, Wei Lang devenu guerrier avait quelque peine à être, en sus, bon cavalier. On lui avait offert le petit cheval blanc qui s'efforçait de le secouer le moins possible sans trop se laisser distancer. On avait fait tant de cadeaux à Wei Lang une fois qu'on avait pu l'appeler Wedji Khövy. Lui réservant le présent de son corps pour d'autres calendes, Vêtchou lui avait néanmoins offert un pendant d'oreille, une superbe *monö*, perle à l'aspect d'ambre qui n'était autre que cette fameuse cire de cochenille dont ses aïeux avaient vécu ; et en guise de baiser d'au revoir, elle lui perça elle-même l'oreille avec un poinçon rougi au feu.

Ballotté sur son petit cheval, Wedji avait mal à l'oreille et aux fesses. On ne l'avait pas laissé mettre un casque sous l'ancien turban de Moundô, et l'on s'était forcé à rire lorsque, au-dessus de son front, il avait imité le tsythi avec son pouce. Jêjô avait prié le Chinois de garder la pèlerine qu'il lui avait prêtée et de faire de son turban blanc une deuxième ceinture, lui-même devant rester à Hêtsy pour préparer le Condiment et les autres médecines

Ils traversèrent le Chardza au nord de la ville de Tchassoum, et, protégés par le djihly poète, ils n'aperçurent pas un seul garde chinois. Quelque part dans les monts Lhossu, qui se dressaient entre le haut fleuve Bleu et le haut Chardza, Limikkya avait l'un de ses grands repaires, mais, s'en étant prudemment rapprochés, les Nossous ne trouvèrent qu'un haut cul de vallée plein de grottes vides.

Ils décidèrent alors de rebrousser chemin et de rentrer à Hêtsy en poursuivant le tour sacré du Trangsu Kamma. Bien leur en prit, car, au village de Langto où ils étaient arrivés au petit jour et où ne traînait aucun Henga, un couple de vieux Nossous qui paissaient les chèvres d'un riche propriétaire local leur apprit que le capitaine Limikkya et quatre hommes étaient passés de l'autre côté de la rivière : on aurait dit, juraient les vieux, qu'ils voulaient s'engager sur la corniche d'Assu. Peut-être avaient-ils à faire à Gongma — mais ce n'étaient pas des endroits où se promener la nuit !

— Parfait, parfait ! se réjouit Moundô. Si notre djihly est dijhly, et si ces deux Noussous-là ne se sont pas trompés, nous devrions nous précipiter sur la corniche d'Assu et nous tenir sur nos gardes : je ne serais pas étonné si, plus tôt que plus tard, nous tombions sur ce *khoukö* de Limikkya.

Dans la pénombre du petit matin, ils passèrent le Chardza en bac et attaquèrent la pente qui menait à la corniche. Confiant en Moundô, croyant au djihly, les cavaliers nossous avaient empoigné leurs fusils, dégagé leur épaule droite et, la pèlerine ramenée sur le pommeau de la selle, ils fonçaient à en perdre haleine.

Soudain, Khötchy qui avait pris un peu d'avance revint au triple galop en se retenant de crier qu'il avait vu Limikkya et ses hommes : leur butin était tel que le cheval et le yack qu'ils en avaient chargés ne pouvaient avancer qu'à pas de tortue.

— Vite, dit-il. Demi-tour ! Je sais où nous pourrons cacher les chevaux.

Cela fait, ils escaladèrent les rochers comme des singes : bientôt ils dominaient la corniche et, Limikkya en tête — un Khampa botté de cuir, dans une tchouba bleue doublée de panthère, sous un chapeau-feutre de cowboy —, apparurent le cheval et le yack surchargés, puis les quatre autres brigands.

— Qu'est-ce que tu ferais, toi, maintenant, Wedji ? demanda Moundô au Chinois.

Peine perdue ! Khötchy avait poussé un terrible rugissement et lâchait les deux coups de son vieux fusil sur Limikkya, ne touchant apparemment que son cheval qui s'écroula, manquant entraîner dans le ravin son cavalier. Vite sur pied, celui-ci leva les yeux en direction des Nossous dont il ne vit pas même la pointe des casques.

Khötchy avait déjà rechargé son vieux tromblon.

— Allez, djihly : c'est le moment de te servir de ton superbe pistolet, dit-il à Wei Lang.

Mais celui-ci ne jugeait pas du tout utile de tirer sur ces brigands qui s'agitaient plus bas sur l'étroite corniche. Il plongea toutefois la main dans son ambak, vérifia — non sans admiration, et pour la centième fois depuis qu'on le lui avait rendu — que le chargeur était plein, moins une balle, celle qui avait occis le cochon expiatoire, et tendit l'arme au grand Khötchy.

— Vas-y, toi, essaie !

Le géant ne se fit pas prier deux fois : au mépris du risque, il se dressa de toute sa hauteur et pressa la détente avant même d'avoir bien vu sur qui ou quoi il tirait. Le fusil que Limikkya serrait dans son poing vola en l'air, puis deux chevaux blessés on ne sait où se cabrèrent avec tant de vigueur qu'ils finirent par sauter dans le précipice avec leurs cavaliers.

— Arrête, Khötchy ! cria Moundô en le tirant par les genouillères. Tu es en train de vider l'arme du poète.

— Oui, fit le grand en retombant à l'abri, mais ils ne sont plus que trois, maintenant, les *zökö*. Il y en a deux qui se sont jetés dans le vide, mais le capitaine Limikkya a la vie dure. Attendez...

— Non ! fit Moundô en retenant une autre fois Khötchy. Ils sont trois, nous sommes dix. Allons les arrêter en douceur. Imagine que tes manières de rustaud effraient les porteurs : adieu le butin !

Le grand Khötchy se défendait bien mieux en tibétain qu'en chinois.

— Qu'est-ce que vous transportez là ? demanda-t-il au chef des brigands.

Comme Limikkya tardait à répondre, Khötchy alla voir par lui-même.

— Des livres, s'exclama-t-il, des tas de livres tibétains : ce yack porte une bibliothèque de lama sur son dos.

Il inspecta ensuite le chargement du cheval : statuettes et peintures sacrées.

— Des *soucha djihly* ! s'écria-t-il. Nous ne pouvons pas voler des objets aussi sacrés, aussi puissants... Nous nous attirerions les malédictions du Ciel et de la Terre...

Les cavaliers en convinrent.

— Il n'y a qu'à voir ce qui est arrivé à ces voleurs idiots.

— Qui as-tu détroussé, démon ? demanda Khötchy à Limikkya.

Le démon n'entendait pas desserrer les lèvres, ou peut-être en était-il incapable. Khötchy pressa la pointe d'une dague sur sa joue. Limikkya ne broncha pas. Il fallut que le grand l'entaille par trois fois pour qu'il réponde enfin :

— A un lama, pas loin d'ici, un peu plus haut...

— Où, un peu plus haut ?

— A la table du Lama Youngdroung, répondit cette fois l'un des deux autres bandits auquel un bon Nossou était en train de judicieusement tordre le bras.

— Eh bien, soupira Khötchy, brigands plus mous que des œufs de grenouille, il n'y a que les petits que vous sachiez écraser sans vous faire mal au pied... Allez ! Montrez-nous le chemin de la table du Lama Youngdroung, nous vous suivons.

Depuis trois jours ils galopaient; la nuit dernière avait été particulièrement brève, et chacun somnolait sur son cheval quand ils arrivèrent, trois minutes avant le soleil, sur l'épaule d'herbe que dominait la table du Lama Youngdroung.

Les Nossous avaient mis pied à terre et Khötchy parlait à un homme assis au fier visage, coiffé d'un bonnet de feutre rouge, que les rochers de la fameuse table du Lama Youngdroung paraissaient encadrer comme les animaux chimériques de la mandorle d'un Bouddha.

A l'instant précis où il allait mettre pied à terre, les yeux de Wei Lang furent happés par ceux de la jeune femme qui était assise à côté du lama. Happés, ses yeux ne cillèrent pas et ne se détachèrent des yeux qui les fascinaient que lorsqu'il fut devant le lama au regard vertigineux, et qu'il le salua en s'inclinant légèrement.

Cinq cavaliers nossous en armes, les pieds bottés de paille enfoncés dans les étriers en demi-sabots, s'arrêtent à quelques pas de Namtchö Gourtchen et, repoussant leurs longues pèlerines frangées, mettent pied à terre. Pendant qu'ils saluent le vieil homme en silence et s'inclinent avec des grâces de cape et des bosses d'épée, Tchöntso ne peut croire ce que voient ses yeux.

Essoufflés comme des vieillards, trois des brigands qui les ont dépouillés marchent vers elle, poussés par quatre autres cavaliers nossous qui descendent de cheval à leur tour. Le premier de leurs prisonniers n'est autre que le bandit qui parle : la mine pitoyable, il détourne les yeux ; les autres fixent les cailloux en rentrant les épaules. Le plus grand des Nossous — ils paraissent tous gigantesques aux trois grands Khampas assis — se penche vers Namtchö Gourtchen et, dans le tibétain sommaire des pasteurs revu par le larynx des Nossous, lui demande :

— Ces gens ne vous ont rien pris, lama ?

— N'étaient-il pas cinq ?

— Ils ne sont plus que trois : deux ont vieilli tout d'un coup.

Tchöntso ne voit pas le yack non plus, ni le cheval, ni les fameux trésors : ces Nossous les auraient-ils volés aux voleurs eux-mêmes ? Tchöntso suppute tant et plus quand le cheval de Namdjong apparaît à son tour entre les rochers — le pauvre semble toujours aussi surchargé —, et le vieux yack le suit, bâté comme il se doit.

Derrière eux vient un dixième cavalier : sous un épais turban noir, son grand visage aux traits solides et fins, presque chinois, est indubitablement princier. Sans descendre de cheval, il contourne ses compagnons et, quand il le rencontre, son regard se referme sur celui de Tchöntso, dont les yeux s'envolent dans les siens. Le grand gaillard qui parlait à Namtchö Gourtchen se redresse pour crier quelque chose au dernier venu. Sans quitter la yogini des yeux, celui-ci repousse sa cape et met pied à terre avec un large sourire.

Dans l'aube, les yeux de ce Nossou au turban noir semblent des crochets de fer à l'extrémité des rayons lumineux de sa pensée, et sa pensée doit être la liqueur solaire d'un creuset blanc de flammes, car le désir bouleverse la yogini, un désir de chair auquel aucune fleur, aucun lac, aucun nuage ne résisterait : à tous les étages de son corps, la jeune femme se sent éclore, s'évaporer, retomber en pluie — comme sur la joue de l'immensité.

— Lui, disait Khötchy, c'est Wedji Khövy, notre djihly...

Comme Wei Lang avait un quart d'instant détourné les yeux d'elle, la jeune femme remarqua ses bottines, des bottines de soldat chinois : ce qui ne changeait rien au sentiment bouleversant qui l'avait envahie. Mais déjà le Nossou en bottines — les autres, quand ils n'allaient pas pieds nus, portaient des bottes à semelle de feutre et tige de paille — l'enveloppait à nouveau de son regard. Il n'avait rien dit et c'est à peine s'il semblait porter attention à l'étrange scène. Venant se placer devant la jeune femme, toujours les yeux dans les yeux, il s'inclina en lui adressant un salut en nossou. Comme il s'inclinait, sa pèlerine s'entrouvrit et la Tibétaine s'aperçut qu'il était vêtu d'une tchouba noire en poulou ordinaire — et doublée de fin agneau blanc.

— *Trachi délek*, dit-elle — ce qui, plus que « bonjour », signifie « bonheur et bonne chance ».

— *Trachi délek*, répéta Wei Lang.

Il fit un pas en arrière et pria Khötchy, avec une impatience d'enfant, de demander à ces gens qui ils étaient.

— Ceux que Limikkya a dépouillés.

— Pourquoi transportent-ils tout ça ?

— Je crois qu'ils voulaient emporter leurs trésors à Gongma, dit Moundô, mais on va le leur demander... Crotte de Chien, traduis !

Bon enfant, Khötchy s'exécuta, et les hommes en profitèrent pour s'asseoir ; Wei Lang resta près de l'interprète mais, lui tournant le dos, il n'avait d'yeux que pour la jeune femme qui n'avait d'yeux que pour lui. Un quart de seconde, il vit le visage de Vêtchou, il vit ses longs doigts noirs, sa coiffure compliquée ; puis cette vision s'estompa : le regard vert de la Tibétaine venait de jeter ses filets de menthe vive sur toute sa personne.

— Lui, disait Khötchy, c'est le lama Namtchö Gourtchen, et eux, son fils et sa fille aînés. Ils portaient effectivement leurs objets et leurs livres sacrés à Gongma, à un jour au nord, quand Limikkya et ses *nyitsyzö* les ont attaqués — volés sans même s'inquiéter de ce qu'ils volaient. Hé, Limikkya, dit-il brusquement en tibétain, les champignons et les cailloux ont plus de cervelle que toi !

— *Déta yinneï*, l'interrompit Namtchö Gourtchen. *Limikkya téla'ang ngarangi djin khyèpatchengi yongsou dzokpa lappa yin.*

— Qu'est-ce qu'il a dit ?

— Holà ! râla Khötchy, je n'ai pas cinq oreilles et six bouches. Je ne sais pas ce qu'il a dit... Euh, quelque chose à propos de ce *tsybô* de Limikkya... Qu'il l'avait aspergé, entièrement aspergé de bénédictions spéciales...

— *Tch'ò à soù jìpá* — spéciales ? firent en chœur Wei Lang et Moundô.

— *Khyèpatchen la*, répéta le lama à leur adresse — oui, spéciales.

Offrant aux Tibétains l'indescriptible spectacle d'une palabre à leur façon, les Nossous décidèrent que le village de Gongma étant plus ou moins sur leur route, ils escorteraient le lama et ses trésors jusque-là, puis ils poursuivraient par le nord du Trangsu Kamma pour rentrer à Hêtsy avec leurs prisonniers — même dûment bénie par sa victime au cœur compatissant, cette crapule de Limikkya avait quelques comptes à rendre aux Mouches à guêpes.

Avant qu'ils ne se mettent en route, Namtchö Gourtchen et ses enfants procédèrent à une offrande de fumée parfumée, puis les Nossous, un par un, vinrent demander au lama une bénédiction spéciale. A son tour, Wei Lang s'inclina devant le lama, lui, le djihly de Hêtsy, le déserteur chinois. Emu, il rougit et des larmes lui montèrent aux yeux. Les doigts du vieux Khampa étaient si frais sur son front qu'il oublia son trouble et loua le ciel d'avoir été béni par le père d'une femme qu'il trouvait plus que belle, une femme qui l'avait conquis sans rien dire, sans rien faire : oh, pensa Wei Lang, que pensait-elle donc ?

Il était midi passé quand ils se mirent en route et Namdjong, le fils de Namtchö Gourtchen, se perdait en remerciements auprès des Nossous pour leur intervention, leur honnêteté, et ces galettes au goût bizarre qu'ils avaient offertes à la ronde.

Cinq cavaliers prirent la tête du convoi ; suivaient les prisonniers, leur chef en dernier, avec lequel Khötchy avait engagé, du haut de son cheval, une conversation où, à son tibétain apparemment très efficace, la grande brute mêlait des *nyíghí*, des *zökö* et d'autres injures en nossou. Juste derrière le cheval de Khötchy marchait Namtchö Gourtchen suivi de son fils Namdjong qui menait le yack, et de sa fille qui tenait le cheval. Immédiatement derrière la jeune femme, le djihly Wedji Poète crevait d'envie de lui offrir sa monture, à elle si parfaite, ou même à son vénérable père, plus parfait encore. Muet comme une carpe et patient comme un fauve, il rêvait tout simplement de marcher à côté d'elle et de lui raconter de sublimes sornettes. Derrière leur fétiche vivant, Moundô formait l'arrière-garde avec deux autres cavaliers.

Parfois le lama prenait la parole à Khötchy ; il semblait lui faire la morale, autant qu'au capitaine Limikkya. Et chaque fois, comme son père haussait le ton de la voix, distordait une syllabe ou martelait ce qui devait être un vers, la jeune femme se retournait pour lancer un coup d'œil furtif à Wei Lang qui n'épiait rien d'autre.

Les Khampas qu'il voyait enfin — des brigands, des lamas, une belle femme —, non plus que les Nossous, les Nakhis, les Païs, les Barbares noirs et blancs et bariolés, n'étaient les cannibales bâfreurs de poils et de sang qu'on lui avait dit — rien de ces aborigènes que les Han taxaient aujourd'hui de minorités ethniques, terme pseudo-scientifique et réellement méprisant dont le racisme donna un instant la nausée à Wedji.

Ce lama, cet homme à l'étrange stature, à la voix claire, aux idées assurées — son visage impeccable, trait à trait, grain à grain —, dont chaque mouvement évoquait une offrande, ce Namtchö Gourtchen n'avait rien d'un vampire de Tourfan, d'un zombie violeur de pieds-petits, d'un ours, ou d'un loup préhistorique ! Ô petits Han ignares, étouffante majorité ethnique, mes frères, avez-vous jamais chargé le buffle familial d'autant de livres que ce yack et ce pauvre cheval n'en portent ? Des livres sur un yack, me direz-vous, des sottises de barbare perchées sur de la viande à fourrure — ce gros organisme soufflant qui précède un superbe chasse-mouches. Ricanez, mes frères ! Le rire vous tuerait, pensait Wei Lang dont la tête et les paupières brusquement s'affaissaient, à moitié endormi sur son petit cheval blanc... Car, poursuivait son entre-veille, le regard d'en haut, qu'il s'appelle Nimou en nossou et je ne sais quoi en tibétain, n'est-ce pas précisément ce regard qui anime, suranime le visage du lama, les irrésistibles yeux verts de sa fille ? Eux, ces Khampas-là, n'évoluent-ils pas spontanément au cœur du Nimou ?

Wei Lang n'était pas en train de se raconter que tous les Tibétains et tous les Nossous étaient des êtres idéaux, éveillés et éveillants, de même que ses frères han étaient exactement le contraire : non, il pensait plutôt à sa chance, à sa bonne fortune, à son monde, et sans cesse il se rappelait que, à sa manière, *son* monde était parfait. C'était la perfection du monde que ses pensées d'or avaient reconnue dans la paix radieuse, oui, la paix radieuse qui émanait de cette jeune femme.

Bien que la voyant de dos, Wei Lang connaissait par cœur l'ovale de son visage, la parfaite horizontalité de ses yeux, ses pommettes hautes et délicates, son petit nez fin, sans arêtes ni angles, sa bouche aux lèvres charnues, aux commissures légèrement remontées. Deux grands anneaux d'or pendaient à ses oreilles et à son cou un lourd collier d'ambre et de *zi*, que Wedji Poète sentait sur la chemise jaune à haut col et la tchouba d'épaisse laine grenat serrée à la taille par une ceinture d'arc-en-ciel d'où elle avait, comme il était coutume, dégagé son bras droit. De la main droite donc, la jeune femme tenait la bride du cheval surchargé ; de la gauche, invisible tant ses manches étaient longues, elle égrenait un chapelet de lotus dont quelques grains apparaissaient.

Ils passèrent la nuit à l'abri du froid dans une vaste grotte, et chacun dut trouver son compte de repos, car, réveillé dès l'aurore, le petit convoi redescendait sur Gongma avant que les premiers rayons du soleil n'illuminent les champs.

Le lama et ses enfants avaient absolument refusé de monter sur les chevaux des prisonniers, de même que sur le cheval blanc de Wei Lang, qu'il se faisait une joie de leur prêter. Il était jeune, disait-il, bien chaussé...

— *Djihli khorang mitchigi gangtchir gyalham gyöndouga ?* demanda le lama à Khötchy : pourquoi votre djihly est-il le seul à porter des bottines de l'armée chinoise ?

— Parce qu'il est notre djihly, justement, et qu'il est très spécial...

Namtchö Gourtchen parut satisfait de la réponse ; sa fille, en revanche, ne l'était pas tout à fait. Cet homme aux traits chinois, au bottines militaires qui semblaient avoir été taillées juste à sa mesure, avec cette tchouba qu'aucun Nossou ne portait habituellement, son turban sans casque, le fait qu'il n'ait pas de fusil et encore moins de cartouchière — était-il un guerrier désarmé ? Etranges Nossous... —, bref, tout aussi surprenant et étrange qu'il fût, le djihly suscitait en elle un émoi proche des sensations que provoquent certains yogas du souffle — une vibration qui, par-delà les pieds chaussés ou nus, les yeux ronds ou bridés, et tous les langages les plus acrobatiques, s'épanouissait en joie, désir de joie, simple appel de l'étreinte amoureuse.

Un lotus rouge à seize pétales

Trangsu Gongma, village de quelque vingt foyers, avait son monastère bömpo-nyingma, ses deux rivières et ses deux sources au pied d'une sapinière clairsemée, parmi les champs d'orge à moitié moissonnés. Pas de route, donc pas de Chinois, et un paysage de collines pelées qui fuyaient vers le nord, face aux crêtes du Trangsu Kamma peuplé d'un milliard d'esprits frustrés.

A peine les Nossous, leurs protégés et leurs prisonniers furent-ils en vue du village depuis la corniche qui redescendait sur le Chardza que, du village, on les vit aussi. Au bas de la rue centrale, une vingtaine de moines et de laïcs mettaient la dernière main à un stoûpa entièrement composé de bannières de prière en coton imprimé — un reliquaire multicolore, plus haut qu'une maison, et frémissant.

Quand les gens de Gongma comprirent que ces cavaliers étaient des Nossous, et qu'ils avaient des prisonniers, laïcs et moines se précipitèrent sur leurs bâtons et leurs faux ; ceux qui avaient des fusils se postèrent derrière les rochers.

Comme les importuns sortaient de l'ombre du Trangsu Kamma, un moine à la vue perçante, un

Bömpo qui avait quelque temps étudié avec lui, reconnut le ngakpa Namtchö Gourtchen de Tchagori et le cria.

— Il n'est pas prisonnier, fit un autre moine, un Nyingma qui serrait un mousquet. Regardez : il agite les mains, On dirait même qu'il plaisante avec le cavalier nossou qu'il a derrière lui... Par contre, les gars qui le précèdent ont les mains liées !

Rassurés, ils coururent chez le ngakpa Namtchö Yangthou, le cousin germain de Namtchö Gourtchen, que tous appelaient Yangthoula. Ce vieux myope aux lunettes épaisses et son épouse, qui n'avaient pas d'enfants, étaient les derniers Namtchö du haut Chardza. Yangthoula avait fait un rêve trois nuits auparavant, un rêve particulièrement clair où son cousin du Dergué lui confiait d'importants secrets, des « secrets en soi », et, quand il apprit l'arrivée de Gourtchen, il invoqua Gourou Rimpotché en déclarant que tout était « lié ».

Quel débarquement soudain dans ce paisible village du Kham profond — les « Alpes du Sseutchouan », disent les vieux Larousse : les chiens s'en firent une extinction de voix.

Imaginez quinze hommes dans la poussiéreuse blancheur du ciel, dont dix Nossous à cheval, déboulant sur les terres tannées de Gongma. Le passeur craignait pour son bac et dut faire cinq voyages pour que tout ce petit monde traversât à sec le Chardza que grossissait déjà un affluent.

Namtchö Gourtchen et son cousin Yangthoula restèrent longtemps embrassés, puis, une heure durant, tandis qu'on plaisantait en les observant, et en ne les observant plus, ils se donnèrent du « après vous », du « je n'en ferai rien », de ces inutiles civilités dont il est bien connu qu'abusent les sauvages. En fait, tous deux élèves du même maître défunt, le grand Rangchar Össer, chacun estimait que l'autre en avait été le meilleur disciple, le vrai fils spirituel, et ni l'un ni l'autre, après s'être tout naturellement embrassés, n'aurait osé s'asseoir le premier.

Au bout d'une heure, cependant, ils finirent par tomber le cul par terre en même temps, par terre et non sur les coussins que dame Drölma Tséring, l'épouse de Yangthoula, avait pris soin de placer à la même hauteur rituelle. Dehors, les gens et les moines de Gongma s'étaient rassemblés autour des Nossous et écoutaient le grand Khötchy leur narrer les aventures du lama Namtchö Gourtchen, ainsi que les fourberies du capitaine Limikkya tout tordu de honte, ce larbin du redoutable Dragyal Léong.

A présent, Namtchö Gourtchen et Yangthoula, repus de nouvelles et de thé, s'appliquaient avec Namdjong et sa sœur à décharger le yack et le cheval. Les Nossous et leurs prisonniers avaient été également invités à s'asseoir dans la cour de Yangthoula dont l'épouse, aidée de Khötchy et Wei Lang, aimables avec elle comme des frères cadets, leur préparait du thé.

— Ils sont tous pimôs ici, glissa Wei Lang à Khötchy chargé d'une douzaine de bols en bois. On ne va quand même pas laisser nos chevaux dans la cour...

Débordant de sollicitude, le Chinois parvint à arracher à l'hôtesse l'énorme baratte à thé que les moines étaient allés chercher à la cuisine du monastère et, en faisant rire ses frères nossous, servit le thé à tous. Puis, leur tournant le dos, il se prit à la contemplation exclusive de la fille du lama : de ses mains de femme qui pressaient respectueusement les livres épais, enveloppés de brocart, contre sa poitrine ; de son visage concentré, comme elle revenait, ses belles mains vides, saisir un précieux paquet à la forme imprécise, au contenu inconcevable. Wei Lang contemplait la jeune femme qui, contemplée, redoublait de grâce naturelle, de simple beauté.

Quand les lamas en eurent fini avec leurs rangements, Namtchö Gourtchen vint prier Khötchy de traduire : il souhaitait que ses hôtes, *tous* ses hôtes, installent des tentes pour la nuit, des tentes qu'on leur prêterait, ici dans la cour, ou dans les alentours : il les invitait *tous* à un festin où serait convié le village. Il insista particulièrement sur le mot « tous » : il voulait qu'on libère Limikkya et ses deux sergents.

— Non, non, assurait-il à Khötchy, ils ne vous feront aucun mauvais coup, ils ne s'enfuiront pas non plus : je puis vous le jurer.

Contre son gré, le grand Khötchy parvint à convaincre les Mouches à guêpes que ce lama-là avait raison, qu'il avait même *toujours* raison — c'est précisément ce « toujours » qui les convainquit — et qu'il valait mieux, chez lui par surcroît, suivre ses conseils. Comme il libérait lui-même les brigands de leurs liens, Wedji Poète jugea opportun d'ajouter qu'il se portait garant, en tant que djihly, de la bonne conduite du capitaine Limikkya.

— *Thoudjé tché,* dit le capitaine —« votre compassion est plus grande que la mienne », ce qu'il est d'usage de traduire par : merci.

Avant que l'ivresse et la fatigue ne les emportent tous dans le sommeil, Namtchö Gourtchen lança une autre invitation à la compagnie : sans eux, leur courage et leur bonne volonté, les inestimables trésors qu'ils avaient escortés jusqu'ici auraient à jamais été perdus : les Mouches à guêpes étaient en quelque sorte les gardiens des merveilles que contenaient les livres et représentaient, ou symbolisaient, les statuettes et les thangkas.

Il y avait tant de puissance et de magie dans ces objets que, dès le lendemain, Namtchö Gourtchen irait les cacher dans la montagne, comme jadis Gourou Rimpotché et d'autres grands maîtres avaient enfoui des trésors pour les écarter du poing séculier, les dérober à la convoitise des Etats aveugles et de leurs soldats automates. Mais avant de les cacher dans le plus grand secret, il rendrait à ces précieux symboles du corps, de la parole et de l'esprit de tous les Bouddhas le très tantrique hommage d'une cérémonie appelée cercle d'offrandes, à laquelle il conviait tous les gardiens du Dharma, les guerriers de la connaissance qui, à leur manière, en étaient déjà les saints.

Cet écho de Tsa-t'ou-la — les guerriers et les saints — porta le joyeux émerveillement de Wei Lang à un autre comble : sous la tente de feutre noir qu'il partageait avec Moundô et qu'ils avaient dressée au bord de la rivière, le djihly, comme la rivière, était intarissable : trouver ce qu'on cherchait, expliquait-il, c'était trouver ce qu'on ne cesserait jamais de chercher.

Clair et frais, le matin les enveloppait de cristal.

Au milieu de la cour se dressait un autel peu coutumier : une pyramide d'or lisse, tous les trésors de Namtchö Gourtchen entassés sous un superbe drap de brocart jaune à entrelacs de svastikas — invisibles trésors, mais évoqués avec d'autant plus de splendeur — , des statuettes pour le corps, des livres pour la parole et des tîlakas, des sphères de lumière multicolores, pour l'esprit, la sagesse de tous ceux qui s'éveillèrent, s'éveillent et s'éveilleront.

Au pied de la montagne d'or, les offrandes débordaient de larges plateaux, de paniers posés à même le sol. Namtchö Gourtchen et son condisciple et cousin Yangthoula étaient assis à quelques pas de l'autel côte à côte — châle blanc à bordure prune sur les épaules. Ils dirigeaient la cérémonie, entourés par les moines de Gongma à leur gauche, leur famille à droite, les Nossous et les brigands derrière. Sinon les maîtres de cérémonie, nul n'avait de texte, mais tous les Tibétains semblaient connaître par cœur ce qu'il fallait réciter — et il n'y en avait pas peu — car, pendant les quelque quatre heures que dura la cérémonie, ils chantèrent. Wedji et les Nossous, assis en tailleur, restèrent parfaitement silencieux, rêveurs et charmés. Les Khampas chantaient, les lamas faisaient crépiter leurs damarous, tinter leurs clochettes ; Namdjong se levait pour, les yeux absents et le visage concentré, asperger les offrandes à l'aide d'un bouquet de plumes, purifier l'assemblée avec la fumée bleue d'un faisceau de bâtons d'encens cravatés d'une khata de gaze, déplacer lestement une demi-douzaine d'assiettes au contenu en perpétuel remplissage symbolique, puis, aidé par dame Drölma Tséring et sa sœur, répartir toutes les offrandes entre tous les participants visibles et invisibles — car les deux maîtres avaient convié en plus des Nossous, des brigands et des gens de Gongma les innombrables êtres du sous-sol, du sol et de l'air, ainsi que l'infinité des êtres animés qui peuplent les trois mondes et dont la foule déborde de l'espace...

Les lamas procédaient à un *tsok,* une communion où, idéalement et en secret, l'offrande, ou le culte, consistait, comme dans toute pratique tantrique, à dissoudre sa petite personne dans l'ouverture immense que suscitait, vision d'éclair, le *plaisir.* Les Nossous dans leur Ciel ignoraient-ils vraiment que, tandis qu'ils se régalaient de toutes ces victuailles dont les Tibétains les honoraient, au moment même où ils faisaient claquer leur langue après une bonne lampée d'ambroisie, ils entrevoyaient « l'indistinction du plaisir et de la vacuité » ?

Au cœur de ce sens-là, au-delà des phrases qui tentent de le dévoiler, les Nossous appréciaient vivement le rituel, et Wei Lang, leur djihly en plein conte de fées, imaginait ce qu'il voulait, mais ce qu'il imaginait était certainement aussi inimaginable que cette indistinction du plaisir et de la vacuité.

Namtchö Gourtchen ni son cousin n'avaient pris la peine de leur expliquer le sens de la cérémonie, mais le lama de Tchagori avait quand même parlé de Compassion, de Grande Compassion et, dans la bouche du grand Khötchy, ces mots qu'il rendait en nossou par *hênoulà,* grand cœur tendre, avaient un éclat sans pareil.

Le lama avait prié les Nossous de « penser que, en communiant à cette offrande, ils opéraient une magie extrêmement bénéfique à tous les être animés, vivants et trépassés, humains et animaux... » Wei

Lang, qui n'avait jamais saigné un poulet de sa vie — sinon un cochon —, se demanda comment les Mouches à guêpes, les plus grands saigneurs d'innocentes bêtes qu'il connût, entendaient la magie de Namtchö Gourtchen, laquelle portait secours à *tous* les être animés — jusqu'aux plus petits insectes... Et il se demanda ce que lui-même entendait par là : quelle compassion, et à l'égard de quels êtres ? C'était en tout cas à la compassion et à la compassion seule que le lama, ce pimô tibétain tombé de l'azur, semblait vouloir tout rapporter. Cela, Wei Lang ne devait pas être le seul à l'imaginer ou à le ressentir : dans les traits du capitaine Limikkya, le brigand spécialement béni, il crut lire un paradoxal désir de compassion.

Sans méchanceté précise, et sans bonté non plus, Wei Lang se sentait aveugle et paresseux, confortablement aveugle dans un ajournement essentiel toujours renouvelé. Le jeu des questions sans réponses avait toutefois été mis fort à l'épreuve entre le torrent de la Lune et la grotte du Roi des Yacks, et le fils du général Wei Tchen-yi ne trouva rien de plus naturel que ces mots, prononcés sur le ton du plus vif étonnement, que lui adressait le grand Khötchy :

— Le lama voudrait que toi, Wedji Poète, et toi seulement, tu l'accompagnes à deux heures d'ici dans la montagne. Il veut cacher ses trésors et que, toi, tu l'aides et fasses le guet — il a parlé de bras : peut-être connaît-il l'efficacité supérieure de ton pistolet automatique...

La cérémonie s'était achevée vers midi et les lamas, avec un zèle tout particulier, avaient rechargé les trésors, toujours aussi précieux et aussi invisibles, sur deux yacks.

Le plus naturellement du monde, Wei Lang s'était précipité vers Namtchö Gourtchen et, bouche bée, avait compris que c'était à trois qu'ils iraient cacher les trésors : la jeune femme, la fille du maître — dont elle avait au moins la moitié du rayonnement, l'autre moitié étant sa noble qualité de femme —, était du voyage pour quelque obscure et lumineuse raison.

Le soleil brûlait, les pentes penchaient et les éboulis boulaient. La main sur son pistolet, Wei Lang marchait derrière le yack mené par le lama. Tchöntso — il avait enfin osé prendre connaissance du nom de celle dont il s'était épris — marchait devant avec l'autre yack. Ils allaient — il n'avait pas la moindre idée de l'endroit où ils allaient, mais, c'était l'essentiel, personne ne les avait suivis et ils n'avaient rencontré âme qui vive dans cet absolu désert.

Ils marchèrent près de deux heures quand, arrivés à un col poudreux, ils s'arrêtèrent pour envisager une petite dépression nue, toute de minéraux étincelants, au milieu de laquelle était posé un étang, comme un miroir rond, d'où émergeait un haut rocher blanc. Ils descendirent en direction de l'eau : il n'y avait pas d'eau, c'était un pur mirage. Le lama échangea quelques paroles avec sa fille et Wei Lang comprit que c'était ici qu'ils allaient opérer. Il ne voyait guère comment, mais il lui semblait que, dépourvus de pelles et de pioches, il ne leur faudrait pas creuser pour enterrer le contenu des quatre grandes hottes.

L'étang avait disparu, certes, mais pas l'île qui se dressait en son centre. Il s'agissait en fait de trois grosses pierres dont la plus petite ne résista pas à la pression lorsque le lama la fit glisser sur le côté en découvrant un trou dans le sol. Aidé cette fois de sa fille et du djihly, Namtchö Gourtchen poussa les deux autres rochers — l'effort parut minime à Wei Lang, alors que les rochers étaient relativement massifs. A présent, ils dominaient un trou dans le sol, qui n'avait rien de naturel, assez large pour que Namtchö Gourtchen y descende sans rien dire et disparaisse.

Le temps qu'il refasse surface, Tchöntso et Wei Lang déchargèrent les yacks. La jeune femme disposait les paquets, savamment réemballés sous différentes couches de tissus protecteurs, dans un ordre précis que son père lui avait indiqué. De retour des entrailles de la terre, celui-ci se saisit des paquets que sa fille lui tendait un par un sans un sourcillement d'impatience, et tous deux récitaient des prières dont Wei Lang ne cherchait pas à deviner le sens — il avait confiance en eux et comprenait parfaitement qu'on protégeât de la rapacité de ses frères libérateurs tout ce qu'on voulait, et par toutes les magies qu'on voulait.

Lorsqu'il ne resta plus le moindre fil d'or au bord du trou, Namtchö Gourtchen disparut une autre fois, et sa voix s'éteignit elle aussi.

Tchöntso adressa un sourire à Wei Lang, rien de plus, puis, lui tournant le dos, elle s'assit en tailleur, bien droite, et resta immobile. Wei Lang tenta de l'imiter, mais il ne savait que faire de sa tête tout en haut d'un corps paralysé. N'y tenant plus, il se retint pourtant de descendre dans la mystérieuse fosse où le sage avait disparu avec ses trésors, se retint de sauter sur cette femme immobile pour la couvrir de baisers, se noyer dans ses longs cheveux noirs, qu'elle portait libres mais vaguement tressés à leur extrémité, un peu au-dessus des reins. Le Chinois se mordait les lèvres pour toutes les raisons que nous savons, et en même temps, quelque chose l'apaisait, lui assurant qu'il ne se fourvoyait pas, et que, douce ou amère, l'expérience avait toujours un goût : dans le goût, le goûteur muet retrouvait la prolixe et pure vision du monde.

Trop énervé pour rester assis comme Tchöntso, et résolu à ne pas déranger la jeune femme dans sa contemplation — contemplait-elle ? que contemplait-elle ? —, Wei Lang partit dans la direction du soleil qui penchait dangereusement sur la houle des montagnes de l'Ouest. Ils ne devraient plus tarder s'ils voulaient rentrer avant la nuit. Enfin, le lama sait ! s'exclama Wei Lang. Donnant des coups de pied dans les cailloux, il reprit le chemin de la petite dépression dont il s'était éloigné plus qu'il ne croyait. Comme il allait passer l'étroit col poudreux et redescendre dans le bassin, un aigle qui planait au-dessus du pinacle du monde vint un instant le distraire de sa distraction. Lorsqu'il rabaissa les yeux, au fond du bassin, en son milieu, il lui sembla voir de nouveau l'eau de mirage, le petit étang rond dans la lumière du couchant.

Tchöntso était assise dans la position où il l'avait laissée, et toujours elle lui tournait le dos. Il s'approcha de l'eau : elle n'avait rien d'un mirage. Les trois rochers, remis en place, formaient la même île en son milieu. Il ne se trouvait là que la silhouette de Tchöntso méditant — et un seul yack, sans ses hottes vides, qui dormait debout en oscillant légèrement.

L'autre avait disparu, et Namtchö Gourtchen avec lui !

Inquiet et bizarrement serein, Wei Lang tira la jeune femme de son immobilité.

— Où est votre père ? dit-il.

En tibétain.

Mais avant même de s'en rendre compte, il demanda encore :

— Où sont passés les mirages ?

Tchöntso parut suffoquée un bref instant. Pas un seul de ses traits ne bougea — sinon ses yeux qui s'agrandirent comme des soucoupes.

— Quels mirages ? souffla-t-elle.

Wei Lang tomba assis devant la jeune femme. Avant de reprendre ses esprits, il défit le turban qui lui entourait la tête. Il le défit sans intention précise et, plongeant la main dans son ambak, il en sortit le carnet de notes, le crayon et le P. 38 qu'il posa dans le turban qu'il n'avait pas déroulé. Puis, comme Tchöntso, il se figea dans une espèce d'éternelle perplexité.

Quels mirages ? avait-elle soufflé.

— Oh, sursauta-t-il, mais — toutes sortes d'abîmes s'ouvraient sous ses mots — je ne sais pas ce qui m'arrive...

Il parlait dans la langue de la jeune femme.

— Vous le voyez bien, bégaya-t-il, vous entendez que je parle... que je parle...

— Ce doit être un autre mirage, sourit-elle. Pourquoi ? Vous n'aviez jamais parlé tibétain auparavant ?

— Quelle merveille ! s'exclama Wei Lang. Quelle merveille que nous puissions nous comprendre !

Emporté par l'émerveillement, il s'empara des mains de la jeune femme pour les embrasser avec ferveur.

— Qu'est-ce qui..., bredouilla-t-elle à son tour, sans pour autant se raidir ni reprendre possession de ses mains que Wei Lang caressait sans retenue. Vous n'êtes pas nossou...

— Oh non ! J'étais chinois, mais je ne le suis plus, plus rien de connu, djihly si vous voulez...

Djihly n'avait pas grand sens pour Tchöntso, alors que « rien de connu », elle connaissait ; c'était d'ailleurs ce qui la passionnait le plus.

— Vous parlez nossou, non ?

Ses légers sourcils s'arquèrent.

— Aussi bien que le chinois et le tibétain ! fit Wei Lang en se levant vivement.

Il dansait en criant :

— « Comme il est charmant que les mots et les sons existent ! Les mots et les sons ne sont-ils pas des arcs-en-ciel et des ponts illusoires jetés entre des choses à jamais séparées ? »

— Pourquoi « à jamais séparées » ? demanda Tchöntso en se levant elle aussi.

— « Les noms et les sons, chantait Wei Lang en manière de réponse, ne sont-ils pas donnés aux choses afin que l'homme trouve son réconfort dans les choses ? C'est une charmante folie que la parole : avec elle l'homme danse sur toutes les choses. »

Ce qu'ayant dit, le djihly se tut ; il resta là, figé, debout, la danse brusquement envolée : Tchöntso s'immobilisa à son tour.

— Mon père est reparti sans que je m'en rende compte, dit-elle. Nous n'avons rien à craindre ici : il y a plus de dix siècles que des maîtres accomplis viennent bénir cet endroit secret entre tous.

Avec le sourire le plus gracieux du monde elle poursuivit :

— Pourquoi avez-vous cessé de chanter et de danser si brusquement ? Vos paroles étaient inspirées. Si vous ne saviez pas le tibétain et que soudain vous le savez, c'est que la sagesse vous inspire...

Ce disant, elle prit à son tour les mains de Wei Lang pour les embrasser avec une ferveur si communicative que, emporté, comme l'écrit Longtchen Rabdjampa, par une « une vague d'étoiles se fracassant sur l'axe du monde », le djihly, rien de connu, tomba à genoux sur les pierres du sol, diamants et corindons irisés, en entraînant la jeune femme et ses lèvres ferventes vers les siennes, pour un baiser sans modèle.

Coraux et améthystes, les pierres du soir avaient la fraîcheur et le moelleux du sable mouillé.

— Mon père nous a jetés dans les bras l'un de l'autre, murmura Tchöntso en couvrant de baisers le cou, le haut du torse de Wei Lang.

— C'est un sage.

Il déboutonnait la chemise de Tchöntso, sa langue s'attardait près de son oreille. Une vigueur oubliée se ressaisit de toute sa personne. Poème égaré, il avait trouvé une bouche pour ses mots, une bouche qu'il baisait avec dévotion, une langue pour y enrouler la sienne et boire la salive du Nimou fait femme, une poitrine ronde et vierge qui se cabra sous ses doigts. — tambours du réel aux dix horizons. Tchöntso voile d'azur que gonflait un désir inouï.

Une houle inouïe qui l'enlevait dans le ciel des caresses, Tchöntso la yogini qui de l'homme ne connaissait vraiment que le sens et les mots, non la chose. Viril, pour elle, signifiait courageux. Une épouse était un halo de lumière, le vide même de l'époux ; pour elle, le plaisir amoureux n'était qu'une idée, une métaphore des embrasements et des cascades de *toummo,* exercice magnifique qui unit intimement le Feu d'en bas et l'Eau d'en haut, jusqu'à la culmination visionnaire portant le nom — métaphorique encore — de *lhenkyé gawa,* joie innée, qui n'est autre que l'expérience du Corps absolu de l'Eveil.

Mots, sens et choses s'étreignaient pourtant tout là-haut, à la fois dans le ciel et sur la terre : vierge absolue, Tchöntso caressait le sceptre secret de Wei Lang comme elle savait rituellement manipuler son sceptre de diamant, son vajra aux pointes étincelantes. Un amour magnifique la pressait contre la chaleur de ce Chinois qui n'était plus chinois ni rien de connu, pas même, en son langage de yogini, un Teneur-d'Eveil — sous l'aspect d'un yogi intimement uni à une jeune fille de seize ans incarnant *vidyâ,* la connaissance de la vacuité, la connaissance de toutes choses... Non. Et oui. Quelle différence dans l'Esprit où tout retrouve l'ambrosiaque saveur de sa perfection originelle ?

Wei Lang s'était pourtant redressé, assis, une jambe repliée sous lui, l'autre à moitié ouverte. Il amena la jeune femme à l'étreindre comme s'il était un grand arbre. Dénouée la ceinture d'arc-en-ciel, écartée la tchouba prune, remontée la sous-jupe orangée — sa main cherchait le Gyalmorong, le Ravin de la Reine où depuis toujours tant de grands hommes s'étaient illuminés. Sa main trouva un luth aux cordes de corail, l'immaculé passage, et son cœur se couvrit d'yeux et d'ailes pour ne plus jamais penser.

Tchöntso dansait contre lui ; la nuit était tombée ainsi que sa tchouba et sa chemise : elle avait encore son collier de grosses pierres et les anneaux de ses oreilles ; elle leva les bras comme s'envolait sa sous-jupe ; même la courte tresse de ses cheveux se dissolvait avec les dernières secousses de l'habitude d'être vierge. Lorsqu'elle sentit la pointe rayonnante du vajra de Wei Lang se presser contre ses petites lèvres, une joie dont elle ne savait plus le nom élargit son esprit jusqu'au centre de l'esprit de son amant, une joie pleine de sagesse qui la retint de se laisser empaler plus avant. Elle dansait, puisque son âme était son corps et tout corps, un ciel dansant. Léchées par la pointe d'une flamme jaillie de son ventre, de ce ciel secret où fusaient les bolides, huit gouttes d'ambroisie se détachèrent du sommet de son être, huit perles nacrées fondirent dans la roue de sa gorge, roue de Toutes les Jouissances, et sa joie redoubla.

Tchöntso vivait cette première étreinte comme une « mise en corps » de toummo et des pratiques de félicité solitaires : son corps était une enceinte vide où s'élançaient trois canaux de pure lumière noués à cinq endroits cruciaux par cinq nœuds, cinq engorgements dont la traversée signifiait conquête et arrivée dans une autre sphère de perception.

Quand ce fut le temps de la joie innée, joie simultanée, chaque pensée, chaque sensation n'était plus en elle qu'une évidence de l'indistinction du plaisir et de la vacuité, ce qu'on appelle dans les tantras « grande félicité ».

Alors, le lotus de Tchöntso, qui n'était autre que le ciel secret de la connaissance, accueillit tout entier le joyau du djihly, et la danse déploya ses ombrelles de paix, ses flots d'amour : un seul pas les conduisit aux confins de l'univers. Wei Lang n'avait jamais rien ressenti de tel, aucune image de plaisir ne l'avait emporté dans de tels paysages. La fleur, marguerite ou rose de sa gorge, palpitait comme une source.

Un réseau de comètes à présent les configurait : le ciel les avait emportés. Des syllabes tibétaines et sanskrites, des lettres latines, des caractères chinois, des signes nossous, des hiéroglyphes nakhis, égyptiens, mayas, et toutes les sténographies des étoiles s'allumèrent dans les canaux de leurs républiques subtiles.

Peau contre peau, pore contre pore, nerf contre nerf, ils dansaient.

Au cœur même des visions métaphysiques, Tchöntso prenait plus de plaisir encore, et sûrement plus en donnait : sa félicité consistait à trouver tout cela aussi vide que bon, aussi insubstantiel que les rêves et les hallucinations. Amoureuse au faîte de l'amour qui ne s'empare pas plus qu'il ne rejette, une fois que, toute pleine du sexe de Wei Lang mais le retenant, instinctivement, ou du fait de la sagesse qui déborde de l'instinct, elle ne se sentit plus prisonnière du plaisir, ni de l'autre, ni de l'ardeur de l'inconnu, elle dansa, car ainsi s'amuse la nature des choses.

Vierge par la chair et amante par l'esprit d'Eveil, pourquoi dans sa gorge le plaisir et la sagesse du plaisir, en l'honneur de la sainte vacuité, se concentraient-ils plus qu'ailleurs ? Sa gorge était la gorge de Wedji où elle déroulait, fée du réel, toute la poésie.

Dans sa gorge, Wedji voyait, sentait et contemplait la confluence de tous ces ruisseaux clignotants de syllabes, dans le lac d'une rose, non, d'une marguerite, non plus, dans l'océan d'un lotus rouge — rouge-couchant, rouge-désir, rouge-discernement, rouge-pouvoir et rouge-feu —, un lotus rouge à seize pétales, une roue à seize rayons, le chakra de Toutes les Jouissances, le siège en l'homme du Verbe adamantin...

Leur gorge inondée d'ambroisie se montrait comme l'abîme infini du Dire de diamant, l'ouverture infinie de tous les sons, de toutes les voix — ces entités à mi-chemin entre l'impalpable pensée et la matière tangible —, le lotus où dansent les Teneurs-d'Eveil et leurs épouses, étroitement enlacés, profondément unis — pour prouver que jamais les choses ne resteront à jamais séparées.

Dans la gorge de Wei Lang une fleur nouvelle était éclose, où les abeilles de ses pensées butinaient le pollen de cent milliards de mots.

Les mots et les sons ne sont-ils pas des arcs-en-ciel jetés entre des choses illusoires et très voluptueusement irisées qui, pure méprise, semblent à jamais séparées ?

Chaque magie en son temps

A Gongma, tout le monde dormait depuis longtemps, sinon Moundô et Khötchy qui, après un bout de conversation avec Yangthoula, avaient décidé d'aller au-devant du djihly, du lama et de sa fille à la clarté de la lune bientôt pleine. Namtchö Gourtchen avait promis qu'il serait de retour dans la nuit. Les Nossous, quant à eux, ne devaient plus tarder à rentrer à Hêtsy où l'on finirait par s'inquiéter s'ils traînaient encore. Par ces temps de Libération pacifique, il fallait se méfier comme en temps de guerre...

— Qu'est-il arrivé au capitaine Limikkya ? demandait le grand Khötchy au sage Moundô. C'était une brute inconditionnelle, un prédateur obtus... Tu as vu ? Libérés, lui et ses deux gars ont tout fait pour qu'on ne les remarque plus, et même, pour nous être agréables... Tu as l'impression, toi, qu'ils font semblant ? Quelle chance nous avons de vivre sous un ciel où les lamas sont aussi bons magiciens que nos pimôs ! Tu te rends compte, Moundô, nous voilà gardiens de leur connaissance !

— C'est vrai. Mais plus que nous encore, Wedji Poète a été emporté par la puissance magique de ce lama.

— Et par les beaux yeux de sa fille !

— Toi aussi, Khötchy, tu t'es laissé prendre ? Moi, elle me fait peur...

Au pas de leurs petits chevaux, les deux amis rêvaient leur rêve et leur conversation s'effilochait. Moundô s'était probablement endormi. Monologuant désormais, Khötchy veillait.

Il frémit. Dans la pâleur de l'horizon, il crut distinguer deux silhouettes. Il arrêta son cheval et réveilla Moundô.

— Chut, fit-il, il y a quelqu'un qui arrive.

Les silhouettes se précisaient ; le bruit de leurs pas parvint aux oreilles des Nossous. C'étaient un yack chargé de hottes flottantes, et un homme : Namtchö Gourtchen. Sa fille et le djihly ne l'accompagnaient pas, ni l'autre yack avec lequel ils étaient partis.

Khötchy se rua à la rencontre du lama. A deux pas de lui, il arrêta net son cheval et mit pied à terre dans le même mouvement.

— Tout va bien, lama ? demanda-t-il en s'inclinant légèrement.

— Oui. Mais vous, que faites-vous là ?

Tenant son cheval par la bride, Moundô s'approcha à son tour.

— Il est arrivé quelque chose à Gongma ? s'inquiéta Namtchö Gourtchen.

— Non, non, soupira Khötchy. Moi et Moundô, nous nous impatientions... Mais où sont votre fille et notre djihly ?

— Je les ai laissés en bonnes mains.

— Qu'est-ce qu'il dit ? demanda Moundô.

— Qu'il les a laissés en bonnes mains...

Le grand bonhomme se retourna vers Namtchö Gourtchen. On n'y voyait pas grand-chose ; la voix elle-même, loin de résonner, semblait atteinte de pesanteur et, pensa Khötchy en reprenant la parole, tombait sur le sol comme bouse.

— Euh, lama, vous voulez dire qu'ils sont en train de... euh...

— Je veux dire ce que j'ai dit.

La voix de Gourtchen n'avait rien d'une bouse.

— Et vous, qu'entendez-vous par « euh » ?

Dans le petit matin frileux, entre l'étang rond et le yack dont la masse hirsute dodelinait lentement, Tchöntso et Wei Lang se réveillèrent dans les bras l'un de l'autre. Nue, la jeune femme s'était réfugiée dans la tchouba de son amant — les tchoubas sont vastes et accueillantes. La rosée pesait sur ses vêtements épars, ainsi que sur le turban, le carnet et le pistolet du djihly.

Silencieux au-dedans comme au-dehors, ils se dévisageaient en souriant. Wei Lang se redressa sur son coude pour évaluer le mirage qui les entourait, dont ils faisaient probablement partie... Et tout d'un coup, il se souvint du ciel dansant, de l'amour qu'il avait fait avec une lionne...

En tibétain, la superbe langue qu'il savait toute et qu'il savait encore, à la différence du nossou qu'il avait dû réapprendre syllabe après syllabe, il dit :

— Que nous est-il arrivé ?

Elle frissonna : elle aussi se souvenait. Elle se souvenait qu'entre le plaisir et la félicité il y avait deux corps qui n'en faisaient qu'un — autant de vacuité... Et vide aussi, pensait-elle, cet excellent tibétain que l'inconnu, le parfait inconnu qui l'avait ouverte à la jouissance charnelle, parlait pour la première fois.

— Vous — elle sourit de tout son être et se pressa contre le djihly. Tu... Que nous est-il arrivé, en effet ?

Ils ressentirent, elle et lui, le picotement des choses simples en voie de se compliquer.

— Tu n'étais jamais allée avec un homme auparavant ?

— Jamais.

Il fit un tour rapide de sa perplexité.

— Parfois, dit-elle, quand nous nous détendons vraiment dans la simplicité de l'instant, notre glotte, notre larynx ressemble à un lotus rouge à seize pétales... Maintenant, Wedji, que vois-tu dans ta gorge ?

— Rien de spécial, sinon l'envie de te noyer de poèmes d'amour en tibétain : mais je crois que cette envie vient de plus bas que ma gorge. De mon cœur.

— Tout est possible, dit Tchöntso en se détachant délicatement de Wei Lang. Je crois que nous devrions nous préparer pour rentrer à Gongma.

Déjà elle avait réenfilé sa sous-jupe orange et boutonnait sa chemise jaune. A la disparition définitive des seins de Tchöntso, Wedji Poète se leva et remit de l'ordre dans sa tchouba. En ramassant son pistolet, il retint le flot des larmes qui remplissaient son cœur, mais lorsqu'il posa les doigts sur son carnet de notes, il explosa.

— Je suis bouleversé, hoqueta-t-il entre deux sanglots.

Tchöntso se jeta dans ses bras : le pistolet, dans l'ambak de son amant, lui blessa les côtes.

— Je n'ai rien fait de bien, sanglotait Wei Lang, et voilà que tous ces biens m'arrivent. Je n'ai pas envie de comprendre pourquoi. Je t'aime, mais je ne sais pas ce que cela signifie. Explique-moi ce qui se passe, Tchöntso : rien n'a l'air de t'effrayer.

» Te rends-tu compte ? Je suis chinois et les miens sont en train d'envahir ton pays : ils l'occupent déjà et le remodèlent à leur convenance. J'ai peur... J'ai si peur qu'ils détruisent tout chez toi. Je les vois interroger ton père, ton frère, n'importe qui... Interroger est un faible mot. Interroger jusqu'à la mort. Toujours la mort... Pourquoi, Tchöntso, ne vois-je que mort et souffrance partout ?

— Tu vois juste, Wedji, dit la jeune femme en l'embrassant davantage. Mais je crois que tout cela est purement illusoire.

— Illusoire ? s'exclama Wei Lang. Ça ne suffit pas ! Nous ne pouvons pas être seulement des illusions.

— Comment expliquerais-tu ce qui nous est arrivé hier soir ! Certainement pas à l'aide du principe de réalité...

— Je n'explique rien. Je n'y parviens pas. N'est-il pas illusoire encore de croire que tout est illusion ?

— Tout n'est pas *illusion*, Wedji, mais *illusoire* : la différence est grande. Ecoute !

L'aidant à remettre son turban humide de rosée, Tchöntso laissa la sagesse fuser de son cœur.

— Si les choses étaient des illusions, dit-elle, il serait nécessaire qu'elles soient l'illusion d'un sujet illusionné. Tu as raison : il faudrait alors considérer que le sujet s'illusionnant est lui-même une illusion, l'illusion d'un autre sujet — ce qui nous ferait régresser à l'infini sans nous permettre de connaître directement ce que sont réellement les choses. Tu me suis ?

— Je te suis.

— Illusoire veut dire « qui fonctionne comme une illusion », en bref : *comme* une illusion.

Elle était splendide : l'union parfaitement harmonieuse de la beauté féminine et de la sagesse folle — celle qui proclame que le monde est un poulain blanc en train de sauter un fossé, que l'être est une fumée, que rien n'est, somme toute, mais que tout ressemble à ceci, à cela, mais surtout, *n'est pas*.

Tchöntso était superbe.

— Tu vois la différence, Wedji ?

Il lui *sembla* que oui, mais rien n'*était* sûr.

— Je ne sais, dit-il. J'ai confiance en toi, Tchöntso, et je réfléchis... Tu crois donc vraiment que tout, c'est-à-dire, n'importe quoi, est possible ?

— Il semblerait, sourit-elle, que je le croie.

De nouveaux silencieux le temps de se mettre en route, ils s'arrêtèrent au petit col poudreux et se retournèrent pour envisager l'étang rond et l'île en son milieu. Wei Lang éclata de rire.

— Les trésors de ton père, dit-il, sont cachés sous l'eau de l'autre côté du miroir...

— Oui, fit-elle le plus sérieusement du monde. Pourquoi ris-tu comme ça, Wedji ?

— Eh bien, si tout est illusoire, pouffa-t-il, je ne peux qu'éclater de rire. Et toi, pourquoi ne ris-tu pas ?

Sérieuse un autre quart de seconde, Tchöntso rit à son tour, mais avec moins de folie que son ami.

— Elles ne sont pas toutes bien drôles, les illusions... Mais tu as raison, au fond, elles ne peuvent être que comiques.

Rien ne fut plus facile que cette redescente sur Gongma avant que les boutoirs d'or de l'increvable soleil ne reviennent assommer le monde.

Le village semblait encore endormi quand ils arrivèrent, mais en entrant dans la cour de Yangthoula, ils découvrirent non sans stupeur que les villageois et les moines, pour ne pas parler des Nossous et de leurs ex-prisonniers, les attendaient de pied ferme, les sourcils noués de questions indiscrètes.

Ils restèrent sur place, côte à côte, bouche bée un instant, puis Wei Lang joignit les mains en souhaitant à haute et distincte voix, en nossou d'abord, en tibétain ensuite, et enfin en chinois, bonheur et bonne chance à toute la compagnie. Tchöntso regardait son père qui marchait vers eux. Namtchö Gourtchen avait ses fameux yeux de poudjâ et cachait quelque chose dans son dos. Tchöntso et Wei Lang restaient immobiles, légèrement inclinés devant le lama, attendant qu'il fût assez près d'eux pour ouvrir la bouche mais, plus rapide, Namtchö Gourtchen déploya d'un geste une longue khata de soie blanche, une écharpe qui flotta, courbe, au-dessus de leurs têtes, avant de retomber sur leurs épaules en les réunissant. Les yeux toujours aussi flous, le lama fit un triple nœud avec les extrémités de l'écharpe et le plaça dans le vide qui séparait leurs mains jointes. Ses yeux alors se simplifièrent pour se river sur l'émerveillement de Wei Lang :

— A vous aussi bonheur et bonne chance, dit-il au djihly, et à sa fille : Bonheur à toi, et bonne chance !

Gongma dansa de joie, quelques coups de feu éclatèrent.

Entre les guerriers nossous qui riaient, Moundô et Khötchy avaient gardé leur sérieux et discutaient comme à leur habitude. Vraisemblablement, le lama recevait Wedji Poète comme son fils, pour ne pas dire son gendre. Certes, tout cela était par trop rapide, mais de toute évidence, ce qui concernait leur djihly, ce Henga extraordinaire, était toujours extraordinaire. Certes encore, le Henga n'en demeurait pas moins *leur* djihly, leur talisman de victoire, quand bien même il paraissait plus intéressé par la connaissance et ses incarnations que par la guerre.

Les Mouches à guêpes devaient rentrer à Hêtsy. Ils poursuivraient le tour sacré du Trangsu Kamma et, dans deux jours, redescendraient sur la cluse cachée, après le col du Riwongtchen. Ils ne reviendraient pas les mains vides : chargés d'arrêter le capitaine Limikkya, ils le tenaient. Mais était-ce bien le capitaine Limikkya, ce pirate à la fière allure, prince-brigand imberbe aux joues grêlées, à la voix plus grave que nécessaire, dont le comportement, depuis qu'il avait été « spécialement béni », avait incontestablement viré à quelque chose d'imprécis, rien de fourbe, pour sûr, mais quoi ? Il fallait que le Conseil des Vieillards du Ciel et de la Terre décide et parvienne à un arrangement avec le roi des brigands du Kham, le célèbre Dragyal Léong, dont Limikkya était l'un des trois capitaines.

Et Wei Lang, à l'écart de tous ces convertis, ces croyants, ces illusoires illusionnés, et de leur sagesse, leur inqualifiable sagesse, pensait à Tchöntso, à cette heure où ils devraient se quitter. Je dois suivre mes frères Mouches à guêpes : je suis leur fétiche. Ils le croient, et moi aussi. Cette illusion me plaît. Si je les abandonnais à présent qu'ils m'ont tout appris, pourquoi ne t'abandonnerais-je pas, toi, fille du Kham, pour une magicienne aussi parfaite que toi — oh, ce serait impossible ! — et qui m'écouterait en allemand... ou, pourquoi pas, en français ?

— Chaque magie en son temps. Mais pourquoi ne viendrais-tu pas à Hêtsy !

Cette fois il ne pensait plus, mais, en compagnie du lama et de sa fille, ainsi que de Moundô et Khötchy, il parlait, parlait nossou et tibétain.

Inébranlables dans leur vénération du merveilleux, les deux guerriers nossous avaient pris la soudaine tibétophonie de Wei Lang pour une preuve supplémentaire de sa qualité de djihly, et ils avaient d'autres préoccupations que linguistiques quand le djihly reprit dans leur langue :

— Pourquoi Tchöntso ne viendrait-elle pas avec nous ?

— Que de complications ! s'exclama Moundô.

— L'amour, l'amour, plaisanta Khötchy.

— Je ne peux pas te suivre comme ça, dit enfin la jeune femme en baissant les yeux.

Son père semblait comme au spectacle.

— Elle veut venir ? s'inquiéta le bon Moundô.

Wedji Poète n'aimait guère que son ami Moundô n'aime pas Tchöntso et croie qu'il ne s'était épris d'elle que pour les magies de son père. S'il savait... Mais quel rêve ! Et dans ce rêve, il semblait impossible d'ajourner, même d'une nuit, le départ des Nossous : tout le monde avait à faire et, pendant qu'on discutait, les envahisseurs envahissaient.

— Et vous, lama, demanda Khötchy, ne trouvez-vous pas raisonnable que nous gardions notre djihly et vous votre fille ?... Nous somme nossous, nous passons nos journées à égorger des poulets et à tirer des coups de feu sur tout ce qui bouge : nous sommes des guerriers, vous êtes des saints... Vous passez votre vie à réciter des prières et des formules magiques, à faire des miracles et à soumettre les démons. Vous ressemblez à notre pimô, et je crois que votre fille est exactement comme vous. Il est normal, après tout, que notre djihly à qui sourient toutes les magies s'entende avec une magicienne...

— Ma fille, se permit Namtchö Gourtchen, est en âge de faire ce qu'il lui plaît. Mais — il eut un sourire angélique — je pense que nous discutons en vain : tout est déjà décidé depuis si longtemps. Avez-vous déjà médité sur la notion d'éternité ?

— Je dois réfléchir, dit Tchöntso — nul n'avait l'air plus sérieux qu'elle. Mes sentiments ne doivent en rien interférer avec l'ordre des choses.

— Comment ? demanda Moundô en nossou.

Pendant que Khötchy traduisait pour son frère, Wei Lang se sentit défaillir en déclarant au lama :

— De toute façon — il avait l'accent khampa de Tchagori —, je suis chinois, Rimpotché... Un vrai Chinois.

— Et alors ?

Certaine dureté dans le regard du maître vint ébranler la sincérité qui habitait le Chinois.

— Etre chinois vous prive-t-il de l'essence absolue de votre être ? Votre race ne saurait empêcher votre intime vérité de s'exprimer : sa puissance créatrice est illimitée.

La dureté le céda à une bonté soudaine et enivrante :

— Nos maîtres éveillés, dit le lama, éprouvent beaucoup de tendresse pour les démons; ils vont jusqu'à se réjouir de leurs misérables joies. Alors, les Chinois seraient-ils des envahisseurs et non les pacifiques libérateurs que nous connaissons... Vous pensez bien que nos maîtres, dont la compassion ignore les limites, ont pour eux dans leur cœur plus de place qu'il n'en faudra jamais...

Pour le coup, Namtchö Gourtchen ironisait sans ironiser. L'illusoire dont Tchöntso avait presque persuadé Wedji tout à l'heure était à présent une évidence que toute sa petite personne incarnait à la perfection.

— *Emaho* — « merveille »! s'exclama-t-il en guise d'excuse, et il entraîna Tchöntso sur le côté. Tout n'est-il pas illusoire comme tu le disais? Si nous ne sommes pas ensemble quelques jours encore, ne le serons-nous pas d'autant mieux quand nous nous retrouverons? Où habitez-vous?

— A Tchagori, dans le Dergué.

Quelque chose vibra entre les fleurs invisibles qui s'étaient épanouies dans la glotte et le cerveau de Wei Lang.

— Je crois que je connais, déclara-t-il.

— Si notre amour est vrai, s'il veut « davantage que l'amour », dit Tchöntso dont le regard s'embua, nous nous retrouverons. Si tes amis te le permettent, viens me rejoindre pour la fête du Lhabap Dutchen, dans un peu plus d'une lune. Nous la célébrerons autour du Doux Protecteur, notre maître spirituel à tous.

Un sourire énigmatique apaisa les traits de son beau visage.

— Si mon père t'a fasciné, dit-elle en écrasant les

mains de Wei Lang dans les siennes, le Doux Protecteur t'illuminera.

Dès midi, abondamment bénis par les lamas Namtchö Gourtchen et Yangthoula, Wedji Poète, les Nossous et les trois ex-brigands reprirent la route de Hêtsy par le nord du Trangsu Kamma. Le bac les amena en trois voyages de l'autre côté du Chardza, puis ils disparurent derrière un rocher.

Ensemble, Tchöntso et son père baissèrent les mains qu'ils agitaient en signe d'adieu ; au ciel bleu, une araignée tissait une toile ténue.

— L'automne est là, dit Namtchö Gourtchen à sa fille. Regarde, Tchöntso, les crêtes du Trangsu Kamma seront blanches avant ce soir. Nous aurons froid cette nuit...

La jeune femme leva les yeux en frissonnant vers la cime déchirée : par vastes plaques, l'argent des abrupts bleuissait en plomb. Mais son regard était trop flou, trop encombré de larmes qui n'osaient couler. Elle remâchait cette pensée de yogini que, vraiment, sa « réalisation » manquait de la moindre stabilité. Tout ce qu'il fallait savoir pour tout savoir, elle le savait, et cependant elle n'était pas libre : attachée, elle souffrait.

Muet, son père contemplait les montagnes, réjoui de ce que le monotone et splendide azur de tout cet été s'altère enfin, se renouvelle — blanchisse aussi rapidement, car, déjà, l'araignée du ciel avait tissé une deuxième toile au-dessous de la première : on devinait les semeurs de neige s'approchant des plages de l'espace.

Muette aussi, Tchöntso sentait presque tout l'illusoire de cette situation d'amante soudainement séparée de son amant, de son merveilleux amant, rien de connu... A qui, à quoi s'était-elle attachée? Cet attachement lui-même, s'efforçait-elle de comprendre, est illusoire. Mais le plaisir! Elle frissonna encore. Son père frissonna avec elle — pour quelles météoriques raison? Le plaisir, version vive de la félicité : la jouissance était la félicité, et Wedji était reparti avec la jouissance, avec le plaisir, avec l'amour... Tchöntso! s'interpella-t-elle dans son cœur, dans quelles ratiocinations vas-tu te fourvoyer?

La voix fraîche de Namtchö Gourtchen la repêcha dans le brûlot de ses pensées.

— Que de rencontres extraordinaires nous avons faites! Qui aurait deviné que des Nossous nous sauveraient? Que tu t'éprendrais de leur djihly chinois...

Rieur, son regard voleta devant les yeux navrés de sa fille.

— Pense tout haut : que notre esprit n'en fasse plus qu'un! Peut-être y verrons-nous plus clair ensemble.

Un djihly? Pourquoi ne serait-ce pas une forme de corps d'apparition de l'Eveil? *Thoudjé mangak tchiryang nang* : « Indéfectible, la Sympathie s'offre à la perception sous tous les aspects possibles... »

— Tu admettras, mon enfant, que parler parfaitement une langue qu'on n'a jamais apprise, c'est une expérience, peu ordinaire, certes, mais une expérience seulement, comme l'expérience de marcher sous le soleil : le soleil n'est-il pas quelque chose d'extraordinaire? L'homme qui marche dessous aussi? Etre un homme, marcher, sentir la chaleur du soleil, voir sa lumière : ce sont des expériences extraordinaires, et pourtant bien ordinaires. Même les animaux les connaissent. Rien de plus, rien de moins que de parler et comprendre tout d'un coup une langue qu'on n'avait jamais apprise... De même, petite, partager sa couche est, pour une yogini, une expérience. Les yogis nourrissent leurs réalisations spirituelles de toutes les expériences que d'instant en instant la vie leur présente...

— Non, pensèrent-ils ensemble mais avec la voix de Namtchö Gourtchen, il ne t'a pas séduite parce qu'il vaut mieux que les autres : vous vous êtes désirés dès le premier regard, toi comme lui, et les choses n'ont fait que suivre leur cours...

L'esprit de Tchöntso se renfrogna.

— Plus que le désir, dit-elle, c'est une peur dont j'ignore l'objet qui m'opprime, père, qui m'empêche de retrouver la paix...

— Notre sens nous dépasse, petite, et nous ne soupçonnons même pas nos fins... Il faut que nous rentrions à présent, nous aussi : là-haut, sur la corniche d'Assu, nous aurons le temps de comprendre comment toute expérience, même la peur, l'appréhension secrète et l'angoisse, est le fait du rayonnement spontané de la simplicité.

Devant le stoûpa de coton qui tremblait comme une frondaison, les lamas procédèrent à une offrande de fumée en présence de tout le village, dont la colonne blanche rejoignit comme une flèche la troisième toile d'araignée que l'automne venait d'ajouter au ciel pâlissant. Puis, à leur tour, on raccompagna les cousins de Tchagori jusqu'au bac.

Avant que les premiers rochers ne les enlèvent à la vue des villageois, de Yangthoula aux épaisses lunettes et des chiens de Gongma qui aboyaient à s'en déchirer les cordes vocales, Namdjong, Tchöntso et leur père, de même que le yack et le cheval, joyeux et légers, se retournèrent cinq fois pour faire des signes d'adieu et lancer des bénédictions.

L'après-midi était déjà avancé quand ils se mirent en route et le soir tomba plus soudain que les jours précédents. Ils s'installèrent dans une grotte à l'abri du froid et allumèrent un feu devant l'entrée. Interrompant les prières qu'ils récitaient ensemble, Namtchö Gourtchen déclara que, avant de poursuivre, il voulait y aller d'un petit *gour*, un chant de réalisation mystique, qui lui était venu à l'instant. Il en dédia la valeur et le sens à sa fille avant de se tourner vers son fils Namdjong :

— Ecoute, toi aussi, même si tu te sens parfaitement serein...

Il chanta :

Nous autres, yogis, nous avons tout manqué,
nous sommes des ratés, c'est bien vrai !
Nous n'aimons que les choses vulgaires,
les choses dérisoires : l'ordinaire
Nous obsède — les nourrissons que nous peinons à être
ne rêvent que de téter leur Mère,
La Vacuité.
Nous somme trop idiots pour comprendre
quoi que ce soit : autrement qu'avec la raison
Nous méditons. Ô mes enfants, nous voici
entre ratés, et je vais chanter pour vous
Le Chant de la Méditation illimitée,
le sublime secret du grand échec :

Le sens du Grand Véhicule suprême,
C'est la nature même de l'esprit d'Eveil, ce joyau
Primordialement pur, spontanément présent et parfaitement incomposé,
Qui n'a jamais résulté de quelque modification ou de quelque effort que ce soit.

Alors, un objet sur quoi méditer, et quelqu'un qui méditerait, voilà deux limitations dont nous sommes libres !
Avoir un objet de méditation, c'est altérer le réel ;
Se prendre pour le sujet méditant, c'est dégrader la nature de l'esprit.
Ce qui ne dévie pas de la paix de l'insubstantialité, ne corrige pas les consciences qui défilent et n'altère point leur fondamentale pureté,
C'est la Voie médiane, la fraîcheur, le naturel,
La grande félicité, le réel comme un état méditatif,
Un état qui ne cherche pas à se modifier,
Un état qui n'est autre que ce qu'il est,
Autrement dit, la « méditation souveraine ».

Certes, certes, comme il est absolument nécessaire de mettre cette merveille en mots,
Nous dirons que la nature de l'esprit d'Eveil, ce joyau,
Peut être exprimée à l'aide d'une comparaison, du sens de cette comparaison, et d'une preuve.

La comparaison :
L'esprit d'Eveil est comparable au ciel.
Le sens de la comparaison :
L'esprit d'Eveil embrasse et pénètre tous les êtres et les choses.
La preuve :
L'esprit d'Eveil est l'impartialité même.

Voilà ce qu'est la méditation sans limites ni défauts, le grand échec qui fait de nous autres, yogis, de grands ratés.

Un tiers du Dragyal Léong

A Hêtsy, entre les deux grands cyprès de la place des sacrifices publics, les villageois ne voulaient pas croire que les deux bandits khampas qui se pressaient sur le même cheval, ainsi que le prince en tchouba bleue bordée de panthère, étaient des prisonniers : le fameux capitaine Limikkya en personne, un tiers du Dragyal Léong — ainsi appelait-on les trois chefs-brigands qui mettaient à exécution les ordres du princier Dragyal, ou Roi de Terreur, lequel, à ce qu'on disait, ne vivait que de l'honorable commerce des chevaux.

Bientôt, les Turbans noirs et quelques Vieillards du Conseil accueillaient Khötchy, Moundô et les autres Mouches à guêpes. Chalô Apou était là ; il boitilla à sa manière jusqu'à Wei Lang, le dernier arrivé, que les villageois n'avaient pas encore remarqué, bien que l'éclosion d'un fétiche eût alimenté mainte conversation ces derniers temps : plus encore que l'arrivée des premiers nuages et des promesses de neige sur les cimes du Hêtsy.

Chalô Apou s'approcha du djihly qui venait de descendre de cheval ; il le salua chaleureusement pour, d'une grimace de ses vieux traits de bouc et d'un haussement du menton signifier : « Et alors ? »

— Salut, Apou, dit Wei Lang. Je crois que ces brigands sans foi ni loi vont devenir nos amis...

— Non, non, l'interrompit le Vieux du Ciel, dites-moi seulement ce qui est arrivé d'extraordinaire !

— Regardez : nous leur avons retiré leurs liens depuis plus de quatre jours et ils n'ont pas fait signe de s'enfuir ou de nous menacer...

— En effet, dit Chalô Apou — il ne paraissait pas satisfait. Il ne s'est rien passé d'autre ?

Wei Lang n'avait guère envie d'en dire plus au vieil Apou, bien qu'il sentît que celui-ci, le prenant à la fois pour un enfant et pour un dieu, lui vouait une amitié des plus admiratives.

— Extraordinaire aussi, souffla le djihly, que nous n'ayons pu mettre la main sur les armes qu'ils avaient dérobées à nos frères du Tchakla...

Chalô Apou fit la moue et, rembouchant sa pipe éteinte, repartit en claudiquant interroger un guerrier plus bavard.

Déjà Khötchy avait proclamé que Wedji Poète « parlait tibétain aussi bien, sinon mieux, que nossou », et en moins d'une minute, le dernier arrivé recevait les caresses, les pincements, les poignées de main et toutes les félicitations de ceux qui se trouvaient là, à travers lesquels ce vieux malin de Chalô Apou parvint à se frayer un passage. Khötchy, Moundô et le capitaine Limikkya lui emboîtaient le pas.

— Place, place ! criait le vieillard en brandissant sa pipe comme un bâton, laissez-nous nous asseoir et écoutez sans faire de bruit !

Il appela Khötchy.

— Tu dis, guerrier, que Wedji Poète parle tibétain à présent. Montre-le-nous !

Acculé à révéler au moins l'un de ses secrets, Wei Lang, comme toujours, se prêta de bonne grâce au jeu des Nossous. Dès le lendemain de sa désertion, ils s'étaient chargés d'orienter sa « barbaraison » : dans leur simplicité, ils semblaient rarement se tromper; et leur amour du merveilleux expliquait en partie la justesse de leurs jugements.

— C'est très simple, disait Chalô Apou. Limikkya va dire quelque chose d'assez long en tibétain, Khötchy viendra me souffler dans l'oreille ce qu'il en aura compris, puis Wedji Poète fera la même chose à voix haute, et je vous dirai s'il a compris ou pas.

Dans le silence instantané, le capitaine Limikkya fit « *woya* », une manière très khampa d'entamer un discours, puis, d'un seul trait, prononça une longue déclaration à l'adresse de Wei Lang qui l'écoutait sans tension particulière et sourit, apparemment satisfait, lorsque l'autre se tut. A présent, le nez dans le turban de Chalô Apou, Khötchy marmonnait; il redressa la tête une seule fois, comme s'il cherchait un mot, puis reprit sa confidence. On pria alors Wei Lang de dire ce qu'il avait compris.

— Une très bonne chose, Chalô Apou, commença-t-il : je vous le disais tout à l'heure, quelque chose d'extraordinaire. Limikkya a déclaré qu'il reconnaissait avoir volé des Nossous à plusieurs reprises, ainsi que de pauvres Tibétains, et même des ermites, mais qu'il reconnaissait son erreur et ses crimes, et s'en repentait sincèrement : il demande aux Nossous leur pardon et, éventuellement, leur amitié...

— C'est exact, dit Chalô Apou : c'est bien ce que Khötchy m'a glissé dans l'oreille, mais moins joliment...

Le Vieillard du Ciel se releva en grimaçant et la clameur qui avait immédiatement suivi son approbation se tut.

— Cet homme, dit-il en désignant Wei Lang, est incontestablement le djihly de Hêtsy, mes frères ; quant à celui-là — il désignait le capitaine Limikkya — il faut voir.

Un brouhaha et quelques détonations accueillirent, indifféremment, les deux idées. Les Turbans noirs et les membres du Conseil montèrent ensuite chez le pimô qui, lisant un grimoire, les attendait.

Sous le ciel blanc de l'automne, ils prirent place dans la cour de l'Homme qui lit pour interroger plus avant Limikkya et ses deux compères. Avant toute autre chose, le capitaine déclara qu'il avait été spécialement béni par le lama Namtchö Gourtchen du Chardza, un être admirable qui, après avoir été dépouillé par lui et quatre de ses hommes, l'avait *vraiment*, *effectivement* béni — sans quoi le grand Khötchy l'aurait tué quand il tirait comme un fou avec son pistolet automatique. Khötchy qui traduisait acquiesça.

Dans les rangs des guerriers, on parla de la bénédiction spéciale du lama. Tous assurèrent au pimô et aux sages du Conseil que ce Tibétain-là savait bénir... Mais ils n'allèrent pas jusqu'à dire que sa magie avait transformé Limikkya en saint.

Ce dernier, traduit en nossou par Wei Lang et Khötchy, se présenta sans afféterie, et plus il parlait, plus sa sincérité gagnait en évidence. En tant que capitaine du Dragyal Léong, le énième roi des brigands du Kham, Limikkya était en charge des Cinq Districts du Hor — tout le Kham oriental —, et sous ses ordres il avait près de deux cents hommes, tous bandits de haute trempe qui tueraient père et mère si leur chef le voulait... Il possédait un nombre incalculable de cachettes et il était prêt à les montrer aux Nossous en échange de la paix. Pour preuve de sa sincérité, pour que les Nossous sachent qu'il n'était pas en train de les circonvenir à seule fin de sauver sa peau, il s'engageait à leur offrir ses hommes, ses « bêtes de guerre », et leur dévouement complet à la cause...

— Quelle cause? l'interrompit le pimô Akho Lazö.

— L'unique cause, fit Limikkya.

Il avait franchement l'air de croire, nouant et dénouant les manches libérées de sa luxueuse tchouba, qu'il n'était plus au monde qu'une seule cause pour laquelle il fallait vivre et mourir.

— La lutte contre les envahisseurs, dit-il.

— Ah bon, fit le pimô. Demande-lui, Khötchy, ce qu'il compte faire de son maître, le Dragyal Léong.

— Mes hommes ne le connaissent pas, répondit le capitaine, c'est à moi qu'ils obéissent. Le Dragyal sera très heureux que je lui rapporte ce que désormais je ne subtiliserai plus qu'aux envahisseurs. Pour lui, l'argent n'a absolument aucune odeur. Mais loin de moi l'idée de le convertir, lui ou ses deux autres capitaines : je sais qu'ils ont envie de traiter avec les malvenus... Laissons-les faire : ils comprendront vite qu'ils se sont accouplés avec une mante religieuse.

— Pourquoi ne vous battez-vous pas dans les rangs des résistants?

— Il n'y a pas de résistants au Tibet, dit Limikkya : chacun ne pense qu'à soi. L'armée tibétaine a été instantanément balayée par les Chinois à

Tchamdo. Lhassa est occupée. Quant aux résistants, ainsi qu'on pourrait appeler les petites armées levées par les princes, ils attendent que leurs maîtres reviennent de leurs pourparlers avec les envahisseurs... Regardez, le bon prince du Tongkor, Sogda Ongdi : lui aussi déteste les Chinois, mais sa situation l'oblige à transiger, et il s'est rangé du côté du gouverneur de Tchamdo, Ngapo Ngawang Djigmé. Il croit que les papiers signés valent mieux que le sang versé. Ce n'est pas du tout mon opinion.

— Ce n'est pas la nôtre non plus, ajouta le pimô.

Le capitaine Limikkya n'en avait cependant pas fini.

— Jusqu'à présent, dit-il, je me contentais de tendre la main et de prendre, ou plutôt, d'arracher...

Il sembla rêver un instant.

— Je ne me souciais même pas de regarder ce que je volais, soupira-t-il en rabattant son chapeau de cow-boy sur ses yeux.

— Et alors ? lui firent demander Chalô et d'autres Apou.

— Eh bien, dit Limikkya en se découvrant la tête — ses cheveux formaient un chignon bizarre où étaient piqués des coraux et des turquoises —, il m'est tout récemment venu une idée triste et lumineuse : le nouveau régime chinois ne vaut guère mieux que l'ancien, et les envahisseurs attendent l'ordre de brûler vifs tous les contre-révolutionnaires. Or, les contre-révolutionnaires, ce sont *tous les Tibétains, tous les Tibétains, tous les Tibétains.*

Les jours qui suivirent le retour des guerriers furent entièrement consacrés à l'affaire Limikkya. Tous ceux qui, à Hêtsy, formaient un *monggö*, appartenaient à une confrérie particulière, se réunirent pour discuter. Ce ne fut pas en vain puisque, pour finir, il fut admis à la quasi-unanimité que, aussi vrai que Wedji Poète était djihly, aussi vrai Limikkya était sincère et méritait d'entrer non dans la société des Mouches à guêpes mais dans celle des Insoumis.

Devant les guerriers et le Conseil, Akho Lazö consulta les sorts, les reconsulta et passa le tout au crible de différentes vérifications et contre-vérifications qui permirent de conclure à l'admission définitive du capitaine Limikkya dans l'Insoumission, laquelle avait pour but avoué, et partagé avec les Mouches à guêpes, l'expulsion de tous les envahisseurs du Kham — de Dergué à K'ang-ting.

A la différence des résistants, les Insoumis étaient totalement libres d'agir comme ils l'entendaient. Libres et sans appui, ils agissaient. Leur dette morale se ramenait à un simple hommage au bon sens : « Te sens-tu, mon frère, libéré par un soldat qui te parle comme à un arriéré, réquisitionne tes biens, t'éloigne de tes amis et traite ton maître spirituel de charlatan inculte et profiteur ? »

Le capitaine Limikkya jura donc soumission à l'Insoumission, jura et rejura que plus jamais un brigand des Cinq Districts ne lèverait la main sur un Nossou, et que le seul ennemi, le seul démon dont il fallait exorciser le Tibet, c'était l'envahisseur. Cela fait, trois poulets contresignèrent de leur sang ce nouvel aspect du Nimou et les trois brigands khampas apprirent à recracher avec art l'eau gazeuse sur les visages de leurs voisins enturbannés. Les Insoumis dévorèrent quelques cochons de lait façon *thotho*, savamment assaisonnés de Condiment, et nul ne recracha plus l'eau gazeuse et l'alcool qu'on se passait à la ronde.

Bouhlou avait-elle grandi en si peu de temps ? S'était-elle assagie ? Elle se taisait, en tout cas, le front plissé sous ses nattes et ses étoiles brodées, alors que Wedji Poète, qui n'osait pas encore s'adresser directement à Vêtchou, lui racontait à grand renfort de détails psychologiques comment il était tombé amoureux. Plus que cela, expliquait-il, et il parlait d'un amour qui voulait davantage que l'amour, d'un sentiment aussi incompréhensible que l'idée de djihly. Rien d'absolument volontaire cependant et pourtant, rien à quoi on l'avait forcé. Quelque chose sans quoi il ne pourrait plus vivre.

— L'amour, répéta Bouhlou, pensive.

Très vite son enjouement la regagna.

— Et avec elle, tu l'as *fait* ?

— Hé ! lâcha Wedji. *Bê gou dà à gou dà* : « parfois torve, parfois pas »...

Bouhlou éclata du rire de la maison de Jêjô, de l'omniscient Jêjô lui-même, de Djédjé son épouse, et de leurs filles... Wei Lang avait gardé sa paillasse dans l'écurie ; il faisait partie de la famille à présent et participait à la préparation d'un dernier panier de Condiment. Il s'était mis à pleuvoir par intermittence : les montagnes étaient blanches. Dès qu'il ne pleuvait plus, ils s'installaient dans la cour, et tous les six ils riaient, quelle que fût leur activité. Vêtchou, à qui Bouhlou s'était fait un devoir de répéter les confidences de Wedji, riait aussi. Elle avait même déclaré à Wei Lang qu'elle était fière de lui avoir offert le *monö* qui pendait à son oreille. Comme elle lui parlait avec douceur, le djihly se revit à côté du miroir de mirage ; il sentit l'étreinte de Tchöntso : il s'était défait de son turban, de son carnet, de son pistolet, pas de son pendant d'oreille — ni de ses bottines d'ordonnance. Il avait flirté avec Vêtchou : de toute évidence, ni elle ni lui n'en avaient plus le désir. Pourquoi eût-il fallu que tout inopinément se complique ?

En compagnie d'une douzaine de Mouches à guêpes, dont Khötchy et Moundô, le capitaine Limikkya était parti pour une tournée générale de ses hommes et repaires : les Insoumis souhaitaient procéder à un recensement systématique de leurs forces en guerriers, en bêtes et en armes. Juste assez méfiants pour ne pas être entièrement naïfs, Khötchy et Moundô observaient chaque parole, chaque mouvement de Limikkya et ses deux compères. Rien, pour lors, ne les avait alarmés. Et tandis qu'ils couraient contre la grêle sur le Haut Plateau, dans la cluse de Hêtsy, un peu en amont du village où la pluie commençait à verser des torrents de boue, Wedji Poète, le djihly amoureux, causait avec le pimô Akho Lazö.

— A présent que les envahisseurs ont posé leur colonne ininterrompue entre Tch'eng-tou et Lhassa, disait le pimô, il faut à tout prix empêcher cette colonne de se ramifier. Il faut empêcher le rachis matérialiste de pousser ses nerfs dans chaque vallée du Tibet... Comment se peut-il que la Lolotie soit la Chine, que le Kham soit la Chine, que le Tibet tout entier soit la Chine ! La Chine, toujours et partout ! L'Amdo, la troisième province du Tibet, est devenue le Ts'ing-hai et les déserts du Tsaïdam, le Sin-kiang, ce qui signifie

« nouvelles frontières » — certainement nouvelles, mais inventées pour le plaisir de qui ?

Plus que triste, éminemment désespéré, il conclut :

— De la plupart des Hengas que j'ai connus, que nous tous Mouches à guêpes, et vous-même, Henga extraordinaire, avons connus, il n'émane que mensonge et mort. Aucun arrangement pacifique n'est possible avec eux. Le seul rapport qui peut nous unir, c'est le conflit et la mort.

Un nuage passa devant son œil unique.

— Je voulais toutefois vous entretenir d'autre chose.

« Je connais la haine et l'envie de votre cœur », disait Tsa-t'ou-la dans le cœur du djihly. « Vous n'êtes pas assez grands pour ignorer la haine et l'envie. Soyez donc assez grands pour ne pas en avoir honte. »

— Qu'est-ce qui nous « fait envie » chez l'ennemi ? demanda brusquement Wei Lang.

— Rien.

Akho Lazö était catégorique.

— J'ai quelque chose pour vous, ajouta-t-il en souriant soudain.

Comme il savait si bien le faire, il ramena de derrière lui un long paquet enveloppé dans un tissu rouge et le présenta à Wei Lang.

— J'ai eu envie de vous offrir cette chose dès que j'ai appris que vous parliez le tibétain en plus du nossou.

C'était un katana, un sabre de guerre japonais dans un fourreau de laque rouge en état parfait.

— Où avez-vous eu ce sabre, Pimô Apou ?

— Oh, je suis vieux...

— Quel rapport avec la langue tibétaine ?

— Ah !

Tous les traits du pimô se figèrent.

— Je ne sais pas. Mais il y a un rapport.

Une ombre traversa l'esprit de Wei Lang. Sous son hâle il pâlit.

— Vous saviez que j'aimais les épées, et particulièrement les sabres japonais ?

La tirant légèrement du fourreau, il jeta un coup d'œil à la lame : pas une éraflure, et un fil pur comme le néant.

— Il est neuf, ce sabre, dit-il.

— Oh, pardonnez-moi, sourit le pimô, mais il me semble qu'il aura quand même décapité quelques Hengas.

A la pensée des envahisseurs japonais massacrant les Chinois, dont les survivants s'apprêtaient à massacrer les Tibétains, Wei Lang sourit aussi. Croyons à notre cause ! pensa-t-il. Croyons à tout, puisque tout est absurde — ou illusoire !

« Je vous le dis, glapit Tsa-t'ou-la, la bonne guerre est ce qui sanctifie toute cause. »

— Vous aimez le sabre, seigneur djihly... J'espère qu'un jour celui-ci vous sauvera.

Dix jours après leur départ de Hêtsy, quelques Mouches à guêpes rentrèrent au village. Tout se présentait sous le meilleur jour du monde, disaient-ils, et ils racontaient que les hommes de Limikkya qu'ils avaient rencontrés, les plus terribles brigands khampas qu'ils eussent jamais croisés dans leur vie, n'étaient que de grands cœurs tendres et obéissants. Le capitaine Limikkya était en effet le seigneur et maître de ces brutes et de leur destin : nombre d'entre eux attendaient depuis longtemps ce jour où leur devoir de brigands consisterait à dératiser le Kham de ses foutus libérateurs.

Dix autres jours passèrent, puis ce fut au tour de Khötchy de revenir : accompagné de deux brigands patibulaires, il rapportait quatre caisses d'armes. Une merveille : cinq Souo-mi M.31, des pistolets-mitrailleurs finlandais, avec leurs chargeurs circulaires, vieux de dix ans, certes, mais en bon état, que Limikkya avait trouvés dans une caravane qui rentrait au Tibet par Djyékoundo — et des munitions à ne plus savoir qu'en faire ; dans les trois autres caisses : des cartouches de Pa-la-pei-louen 9 mm — les mêmes que pour le P. 38 de Wedji Poète.

Il menaçait de neiger, mais il avait enfin cessé de pleuvoir, quand Moundô rentra à son tour, en compagnie du capitaine Limikkya dont la probité n'était plus à prouver. Ils rapportaient d'autres armes et la soumission d'autres hommes — d'autres guerriers de la connaissance... L'Insoumission avait pris cette manière noble et dégagée de ne pas accepter que la vie soit, quotidiennement, irrémédiablement, une peine. Contre les premiers froids, on procéda à maints sacrifices, à maints festins. Cette année, disaient les spécialistes, le Condiment est encore meilleur que l'an passé. Félicitez le khalakou ! répondait Jêjô que les compliments sur son art rendaient dubitatif.

On attendait la neige mais elle ne venait pas : ce serait bientôt la fête tibétaine du Lhabap Dutchen, et Wei Lang, depuis une semaine, visualisait toutes les versions possibles de ses retrouvailles avec Tchöntso. La fête aurait lieu le vingt-deuxième jour de la neuvième lune, et il ne fallait, même s'il se mettait à neiger sur le Haut Plateau, que trois jours de cheval pour atteindre le Dergué. Wei Lang voulait être sur place la veille — chez Namtchö Gourtchen de Tchagori...

Le dix-huitième jour de la neuvième lune, il rendit visite au pimô pour l'avertir de son départ, lui demander si son départ ne gênait rien ni personne. Il rentrerait vite à Hêtsy : c'est là qu'il voulait vivre... Peut-être même reviendrait-il avec Tchöntso, la fille du lama, une grande belle fille qui méritait d'être nossoue...

Djihly, c'est-à-dire talisman de victoire à la guerre, Wei Lang était libre : sa présence était souhaitable, mais en aucun cas obligatoire, lors des combats que les Mouches à guêpes, les Insoumis, ne manqueraient pas de livrer aux malvenus. Wei Lang promit au pimô qu'il serait de retour à Hêtsy quand les guerriers nossous auraient initié les brigands de Limikkya aux secrets naturels de la noble Insoumission.

— Allez au Dergué, jeune homme, fit Akho Lazö en secouant son tsythi, allez ! Si, ce même jour de la prochaine lune, vous n'êtes toujours pas revenu chez nous, nous penserons que vous avez choisi d'exercer ailleurs vos talents de djihly. Vous êtes une Mouche à guêpes, notre frère dans la paix et le danger, et tout ce que vous déciderez sera le meilleur... Allez donc au Dergué célébrer pour moi, ce vieil impotent, la descente de Bou Apou dans le sein de sa mère !

Avant de lui souhaiter bonne route, le pimô remit à Wedji Poète un *gambi* de sa fabrication, une pochette de toile bourrée de charmes qui, accrochée au cou du voyageur, lui garantirait une sécurité absolue dans les passes les plus périlleuses.

La neige

Chargé d'un sac de Condiment — cadeau fragrant de sens pour la famille de Tchöntso — et l'ambak gonflé de babas, de tchoura et de tsampa, sans oublier le carnet, les allumettes et le P. 38 au chargeur garni de nouveau, Wei Lang partit un peu avant le jour, le vingtième de la neuvième lune, dit du Dépassement chez les Nossous — ce qui était *minou ndra djy ndra,* des plus auspicieux !

Wei Lang, qui s'était prétendu cartographe, ignorait tout du Tibet, du Kham plus précisément, où le destin l'avait déposé, mais Khötchy lui avait expliqué la route du Dergué. Rien de plus simple : c'était la route qu'ils avaient prise alors qu'ils poursuivaient le capitaine Limikkya.

— Mais à partir de Langto, avait dit Crotte de Chien, là où les vieux Nossous nous ont prévenus qu'ils avaient vu Limikkya s'engager sur la corniche d'Assu, je sais seulement que tu dois longer un cours d'eau du nom de Lhossu, jusqu'à la ville de Tchassoum, sur la Grand-Route. Après, tu demanderas. Méfie-toi de tout le monde, pas seulement des Hengas...

Le soleil n'existait plus. Le froid se serrait contre toute chose, toute pensée. Wei Lang grimpa au petit trot jusqu'au grand stoûpa blanc, tout en rondeurs et en pointes, qui dominait le Haut Plateau entre les cimes du Hêtsy et du Riwongtchen. Parallèle à la montée du jour gris, l'ascension les mit en nage, lui et son cheval. A présent, ils redescendaient de biais une suite d'éboulis d'où ils ne pouvaient un instant lever les yeux sans risquer leur vie. C'était bien dommage, car, même écrasé sous le vélum du ciel sanieux, les massifs de l'Endok, à gauche, et du Trangsu Kamma, à droite, formaient un paysage réconfortant d'aise et de grandeur. Les yeux sur la rocaille et le regard aux pourtours de l'immensité, Wedji Poète éprouvait le trouble joyeux d'être parti, effectivement parti de l'irréelle cluse de Hêtsy pour les féeries inconnues d'un Dergué dont le nom, qu'il se répétait en tibétain, évoquait à lui seul les hauteurs les plus élevées jamais atteintes par l'invention poétique et philosophique de l'homme : un regard d'en haut qui élèverait ce qu'il voit en bas jusqu'à le percevoir dans l'égalité.

En arrivant au torrent Dazambou, il reconnut les trois tchortens blancs noyés dans les cailloux entassés, un à un, par les rares voyageurs qui passaient par là. Qui, dans ce désert pentu, cette magnifique solitude, avait pu construire ces trois reliquaires, ces mémoriaux du Bouddha, Bou Apou ?

Près de l'eau, le froid coupait ; par rafales, les lames du vent se glissaient sous la pèlerine du cavalier ; de loin en loin, Wei Lang inventa des manières de se tordre, se recroqueviller, se calfeutrer sur son petit cheval.

Au pied des cryptomères qui annonçaient les eaux

tourbillonnantes du Chardza, il s'installa entre deux rochers, se blottit contre sa selle, et croqua un beignet de sarrasin en regardant la nuit tomber, ou plutôt, s'élever de la terre comme une fumée. De l'autre côté de l'impraticable torrent, de faibles lumières scintillaient. Ce devait être le village d'Endok, mais transi, épuisé, et tout à coup affolé à l'idée de rencontrer d'autres humains que les gens de Hêtsy et les repentis de Limikkya, Wei Lang ferma les yeux et, chose rare, s'endormit sur-le-champ comme un juste.

Au village de Langto, Wedji reconnut les vieux Nossous qui les avaient renseignés sur les bandits. Par chance, ils connaissaient Tchassoum et Dzok-tchen, à une heure de Tchassoum par la Grand-Route, où il y avait un monastère très important où l'on pourrait lui donner d'autres renseignements sur Tchagori. Comble de chance, les vieux Nossous invitèrent le jeune homme à passer la nuit dans leur cabane, et le lendemain, dès potron-minet, Wedji Poète se remit en route.

Avant longtemps, hélas, sa chance se ternit légèrement. Ce qu'il avait jusque-là refusé d'envisager, il ne pouvait plus faire autrement, à présent, que de l'envisager. Le sentier qu'il suivait le long de la rivière Lhossu avait été récemment refait. Dès les abords de Tchassoum, il retrouva ce qu'il avait vu en dernier avant de déserter : une route en construction, des soldats chinois, des prisonniers tibétains et chinois en train de casser des pierres, tasser des cailloux, charrier de la poussière dans des soucoupes de fonte... Cohorte infinie de gars froidement vêtus, aux joues hâves, au crâne tondu avec méchanceté, que surveillaient des maigrichons en kaki, armés de lunettes noires et de pistolets-mitrailleurs.

Le déserteur frémit. Inconsciemment, il s'assura que son P.38 lui barrait bien le nombril. Son turban, son pendant d'oreille en cire de cochenille et sa pèlerine de feutre bleu foncé aux franges crasseuses — pas de fusil en bandoulière, pas d'épée en travers du pommeau de la selle... — faisaient de lui un pâtre nossou, et pour l'heure, tant qu'il n'avait pas en haut lieu été décidé que les pâtres nossous étaient de dangereux contre-révolutionnaires, tant qu'on les considérait encore comme des victimes de l'esclavage et du féodalisme, Wedji sur son petit cheval n'avait rien à craindre — sinon une crise de folie — des « siens », de ceux que le destin avait désignés comme les « siens » pendant trente ans. Mais les siens n'étaient pas les *tsizö,* les petits démons en gélatine qui occupaient cette maudite Grand-Route, la visible et grotesque colonne des camions, aussi visible de la Lune que la Grande Muraille, l'axe proliférant de l'anéantissement pacifique, par putréfaction profonde, du Toit du Monde, de ses habitants et de son unicité absolue.

A l'entrée du pont de Tchassoum, un soldat lui fit signe de mettre pied à terre : pas d'homme à cheval sur un pont ! Tenant sa monture par la bride, Wei Lang goûtait pour ainsi dire ses premiers pas au Tibet.

Il n'avait pas d'argent ; il ne lui aurait pourtant pas déplu de boire une bière en écoutant. Car il écoutait toutes les conversations — tibétaines et chinoises, pas de frères nossous à l'horizon —, les écoutait sans les comprendre ; il y en avait trop à la fois. Cependant, il s'attarda, l'air ailleurs, non loin d'un groupe de quatre soldats, de vrais pioupious d'occupation ceux-là, se demandant ce que l'idée même de guerrier avait à voir avec ces malheureuses petites choses qui rêvaient de tout, sauf d'être là, au Tibet.

Il les écouta se plaindre et rire si noirement qu'il se joignit, en partie et en secret, à eux. Leur désarroi avait été le sien, ce profond sentiment d'être malvenus, déplacés, superflus, nuisibles — à expulser avec pertes et fracas, pacifiques libérateurs ! Il ne haïssait plus ces petits gars malingres dans leurs tenues trop grandes, ces fumeurs invétérés qui ne cessaient d'échanger des cigarettes, allant parfois jusqu'à s'en coincer deux entre les lèvres... Quelles angoisses devaient les secouer pour que leurs mains tremblent ainsi, leurs voix à la virilité forcée tremblent de même, et toutes leurs idées tremblent aussi ? Wei Lang s'éloigna lentement d'eux, comme ils rendaient grâce au Parti et à ses chefs valeureux de les avoir contraints, contre deux bols de riz par jour, à répandre le bonheur dans cet invivable pays où tout était sale, tout le monde puait, dans ce désert où l'on respirait mal, ces montagnes qui n'en finissaient plus, pleines de contre-révolutionnaires et d'effroyables démons. Que foutons-nous ici ? entendait Wedji dans la bouche des imbéciles qu'il avait eu la chance d'abandonner.

Alentour, les cimes étaient blanches, plus blanches et pures que le ciel crémeux où la neige contredite gonflait des ballons violacés. Quelques vieilles bicoques à toit plat et nombre de bâtisses hâtives délimitaient le centre-ville, ce tintamarre de camions, de bêtes et de gens : Wedji remonta à cheval au sortir de Tchassoum et marcha sur le bord de la Grand-Route d'où s'élevaient les miasmes de décomposition de toutes sortes de détritus. Dans l'espèce de fossé qui séparait la route des champs qu'elle traversait, ce n'étaient que carcasses de bêtes, jerrycans défoncés, déchirures d'objets en plastique, et toutes les épluchures d'un quart de siècle en putréfaction, assaisonnées de la pisse, de la glaire et de la diarrhée des milliers et des milliers de libérateurs qui montaient à la queue leu leu sous le regard résigné des yacks et des cantonniers.

— *Dzokkhyengi lam dirong réba ?*

— *Ré.*

Sur son cheval aux tintants grelots, le cavalier au feutre noir écarquilla les yeux. Un Nossou lui avait demandé s'il était bien sur la route de Dzoktchen, en tibétain et avec l'accent local. C'était la bonne route, mais, pensait le cavalier khampa en s'éloignant, on ne l'avait jamais vu ici, ce Nossou-là.

La Grand-Route formait une sorte de diamètre au milieu de la plaine ronde du Haut Plateau qui planait entre Tchassoum et Manigango, d'où le chemin de Dzoktchen s'en allait vers le sud-ouest, empierré juste assez pour les motocyclettes et les Jeep. Le cheval de Wei Lang préférait trottiner dans la prairie d'automne à l'agonie. Ils avançaient vers le piémont du Throla, le géant du Dergué, le massif terminal et majeur des monts Chalou, lesquels bordent le plateau du Nyarong jusqu'à ce que le haut Yangtsé les interrompe dans un chaos d'abîmes apocalyptiques... D'où qu'on l'envisage, la cime du Throla présentait l'aspect d'une lame de *pourbou* — trois tranchants et trois faces. Les toits d'or des monastères de Dzoktchen illuminèrent le paysage, le village de Tchagori se trouvait au sud, vous voyez, après cette crête encore boisée, en haut de la petite vallée qui suit immédiatement.

— Vous savez, jeune homme, ajouta la paysanne au tablier multicolore qui l'avait renseigné, je n'ai jamais entendu un Nossou parler tibétain aussi bien que vous.

— *Kali chou a,* restez là tranquillement ! répondit Wei Lang.

— *Kali pep a,* allez-y tranquillement ! fit la femme en riant de toutes ses dents.

Tranquillement il y alla. Au col, il mit de nouveau pied à terre et contourna les stoûpas — il y en avait au moins deux douzaines — par la droite, comme tous ceux qu'il voyait faire, ces fascinants cow-boys aux prises avec leurs moulins à prières. La redescente sur le vallon de Tchagori eût éveillé la rêverie du cœur le plus stérile : aux branches des cryptomères et des sapins pendaient de splendides guirlandes argentées, appelées en tibétain « cheveux de fées », dont l'abondance était telle que d'abord Wei Lang crut qu'il avait neigé, là uniquement, puis il dut admettre, scientifiquement, que ces guirlandes qui reliaient entre elles les cimes des arbres n'étaient qu'une espèce de lichen, de parasite — d'envahisseur : mais au moins celui-là avait pour lui de posséder la beauté.

La divine pelade reprenait à la fin de la forêt, et les maisons roses de Tchagori apparurent dans le milieu du jour blafard. Wei Lang apprit que Namtchö Gourtchen et sa famille habitaient cet ensemble de trois cubes, aux fenêtres fermées de l'intérieur par des volets ajourés de svastikas et de spirales, que couronnait un bouquet de mâts de prières aux cinq couleurs de l'arc-en-ciel.

— *Trachi délek,* bonheur et bonne chance ! lui souhaitèrent-ils tous ensemble, les mains respectueusement jointes devant leur cœur, comme s'ils l'attendaient à ce moment précis, et avant que quiconque ne bouge ; sur le seuil où ils l'avaient accueilli, Namtchö Gourtchen avait déjà passé une écharpe blanche immaculée sur les épaules de Wedji.

Tous : Tchönsto, d'abord, plus tragique et plus belle que jamais ; son père, le lama Namtchö Gourtchen, dont la stature légèrement voûtée, le mouvement et les traits harmonieux révélaient l'ahurissante impartialité intérieure ; Namdjong, juste un peu moins large que haut, avec son collier de barbe et son chignon de guingois... On lui présenta la mère de Tchöntso, dame Trachi Tchödrön de Dzoktchen, dont le visage de lune rayonnait de douce attention, et ses deux autres filles, Tchöpal et Tchöndja, la plus jeune, que la dégaine de Wedji semblait amuser au plus haut point. Enfin, ce dernier salua l'épouse de Namdjong, une femme aux pommettes rouges et hautes qui serrait deux garçonnets contre son tablier de mère. Tchöntso avait un autre frère, Namdak, moine au monastère de Dzoktchen, mais il était déjà parti à Dzongsar où il préparait les cérémonies de la Descente du Dieu.

Timide plus qu'il n'eût fallu, Wei Lang remit le sac de Condiment à la maîtresse de maison en lui expliquant que c'était là un des trésors de la vie nossoue. Il ôta son turban noir et ses chères bottines d'ordonnance pour prendre place sur un coussin moelleux que le lama lui indiqua dans la pénombre en lui demandant s'il avait fait bon voyage.

Comme Wei Lang parlait, les filles se succédèrent pour apporter du thé brûlant, des kapdzés et autres sucreries. Tchöndja, qui avait à peine vingt ans, se permit de remarquer que *Wedjila* — il est courant et poli d'ajouter *la* à un nom en tibétain — avait tout à fait l'accent de Tchagori.

— Pour un Chinois...

— Tchöndja, plus bas, tais-toi! fit sa mère en s'excusant.

— Si tous les Chinois étaient comme lui..., insista la jeune fille, sur un ton franchement rêveur.

Tchöntso, l'aînée, buvait son thé en fronçant les sourcils.

— Nous célébrerons la Descente du Dieu, dit Namtchö Gourtchen, demain à Dzongsar.

Wedji dut faire une grimace, car le yogi ajouta :

— Non, ce n'est pas loin. A moins de six heures de marche d'ici. *Aho,* s'écria-t-il avec vigueur, notre maître le Doux Protecteur a convié tous ses disciples à un tsok, une cérémonie d'agapes comme nous en avons fait une à Gongma, rappelez-vous... J'espère que vous serez des nôtres.

— Je suis venu pour cela, dit Wei Lang, mais — vague, une honte l'échauffait — je ne sais pas de quelle fête il s'agit.

— La reine Déesse d'Illusion...

Le lama pencha son visage de statue sur celui de Wei Lang.

— Votre famille n'était pas bouddhiste?

— Pas vraiment.

Les Wei étaient confucianistes sur le champ de bataille, c'est-à-dire partout, et au moment de leur naissance, de leur mariage et de leur mort, ils aimaient qu'une foule de prêtres tant bouddhistes que taoïstes récitent pour eux le plus de prières que leur argent pouvait acheter.

— Et vous ? demanda Namtchö Gourtchen.

— Mon unique maître à penser aura été Tsa-t'ou-la, et lui seulement...

— *Tsa-t'ou-la* ? s'exclama Namtchö Gourtchen en exagérant les tons des trois syllabes chinoises. Qui ce Tsa-t'ou-la peut-il bien être ?

Tout ouïe, Tchöntso écoutait avec attention les confidences métaphysiques que Wedjila faisait au lama son père, confidences dont l'essentiel se ramenait à peu de choses : *Tsa-t'ou-la* était l'abréviation qu'il avait inventée pour *Tsa-la-t'ou-che-t'ö-la,* le héros poétique, provocateur et quelque peu nihiliste d'un ouvrage de *Ni-ts'ai* traduit de l'allemand en chinois au début du siècle et intitulé *Ainsi parlait Tsa-la-t'ou-che-t'ö-la.*

Ce Tsa-t'ou-la, jurait Wei Lang, malgré ses extravagances de mercenaire de la pensée, méritait qu'on l'étudiât sans répit, et il avait étudié Tsa-t'ou-la en pratiquant l'art japonais du sabre, le kendô : provocateur à l'égard de sa famille de militaires — des gens terribles ! se contenta-t-il de préciser — en s'adonnant à un art japonais en pleine occupation nippone, dans son cœur il ne faisait que pratiquer l'escrime contre les ombres dans la plus pure tradition chinoise ; mais au plus profond de lui-même, il lui arrivait de croire que les ombres qu'il tailladait n'étaient autres que les petits singes qui, grouillant en lui, faisaient de lui le petit homme qui jamais n'oserait, jamais ne serait capable de se surmonter en surhomme...

Pour dire « surhomme » en tibétain, il usa du mot

pâkpa, et à ce mot, le lama éclata d'un grand rire qui leur plongea le bec dans leur bol de thé constamment rempli par les deux petites sœurs. Namdjong ne disait rien. Tchöntso savait que son frère ne portait pas Wedji dans son cœur. Pour l'instant, son silence disait qu'il l'observait, qu'il cherchait ce qu'il pouvait y avoir de diaboliquement, d'indécrottablement chinois chez l'amant de sa sœur.

— Mais, reprit le lama, n'était-ce pas de la Descente du Dieu que nous causions ?

Wedji le pria de lui pardonner son insupportable distraction.

— Nous en sommes tous au même point, fit Namtchö Gourtchen en désignant du menton Namdjong et Tchöntso. N'est-ce pas ? Ce qui n'empêche que le Bodhisattva, l'Etre sublime, votre surhomme, cher Wedjila..., le futur Bouddha décida un jour que l'heure était venue pour lui de passer à la vie suivante. Il vivait alors dans le ciel des dieux Satisfaits, où il avait eu le temps d'instruire la déesse qui serait sa mère. Celle-ci renaquit sur terre. Epouse du roi de Kapilavastou, qui s'appelait Pures Nourritures, elle portait elle-même le nom de Déesse d'Illusion. Demain, Wedjila, nous célébrerons la descente du divin Bodhisattva, du grand être sous l'aspect d'un éléphanteau blanc, dans le sein de la reine Déesse d'Illusion.

Wei Lang ne savait plus par quelle question commencer, mais le lama coupa court à ses doutes en chantant :

Un éléphant blanc comme la neige et l'argent,
A six défenses, aux beaux pieds, à la trompe superbe,
A la tête bien rouge, est entré dans mon sein ;

Le plus beau des éléphants, à la démarche gracieuse,
Aux jointures du corps fermes comme le diamant...

Le tsok aurait lieu le lendemain au monastère de l'Auspicieux Divin Sommet de Dzongsar, dans le piémont des Simples, sur le versant ouest du Throla dont la dague dominait le paysage. Namtchö Gourtchen voulait qu'ils partent aux aurores pour arriver vers midi, un peu avant le début des mystiques agapes. Il pensait que la route des Chinois était plus sûre que la montagne, parce que la neige menaçait toujours plus. On laisserait le cheval de Wedji à l'étable, avec le yack — à pied, la promenade se transmuait en pèlerinage.

— Je préférerais, père, emmener Wedjila à Dzumpoudip..., dit Tchöntso.

— Eh bien, emmène Wedjila à Dzumpoudip, ma petite fille, mais surtout ne dérangez pas les éventuels retraitants et soyez à Dzongsar demain à midi précis.

— Nous y serons avant vous !

La Grand-Route que Wei Lang avait empruntée à Tchassoum était une prolifération nord, une branche à peine terrassée de la future route de l'Amdo et du Kansou. La vraie Grand-Route, celle qui monte les misères de Tch'eng-tou à Lhassa par Tchamdo, contournait le massif du Throla à partir de Manigango — que les Chinois s'obstinent à appeler *Yu-long*, Dragon de Jade. Elle grimpait en serpentant jusqu'au col du Throla, à près de cinq mille mètres d'altitude, et, après les grottes du Kholo, redescendait par mille virages sur le grand monastère et le bourg de Dergué, avant d'enjamber le haut Yangtsé — le Dritchou — et continuer vers l'ouest : Gyamda, Tchamdo, Lhassa.

Tchöntso et Wedji traversèrent la Grand-Route principale à l'un de ses points les plus vertigineux : sur ce replat créé à la dynamite, souillé de véhicules et de soldats étrangers, la montagne prenait un aspect menaçant. Mais de l'autre côté de la route, un étroit sentier, périlleux mais naturel, les emmena par différentes lumières et un grouillement de parfums au couvent désaffecté de Dzumpoudip. De là, on devinait au nord la crête de Tchagori, les collines de Dzoktchen, les premiers scintillements de Tchassoum. Au sud, c'était un gigantesque amphithéâtre d'abrupts et de conifères.

— Le Menchö, dit Tchöntso, le piémont des Simples : chaque pouce carré de cette forêt a été béni par un surhomme.

Wedji n'avait à cœur que de regarder, écouter, humer cette femme qu'il aimait. Les autres, toutes les précédentes, il les avait non seulement oubliées, mais les avait-il jamais aimées ? C'est-à-dire, selon Tsa-t'ou-la *et* Tchöntso, les avait-il aimées pour davantage que l'amour ? Il y avait suffisamment pensé lorsqu'il courait le khalakou ; à présent, il n'avait plus de conscience que pour Tchöntso. Pourquoi ? Question idiote : il suffisait de la regarder, de l'écouter, de la humer. Fille plus étrange et plus simple — ô purificateurs ethniques, offrez-nous plus pur qu'elle... Vos yeux s'en crèveraient !

Dzumpoudip, que l'on peut traduire par « Défoncer le mensonge », était le nom d'un petit couvent dont les quelque soixante-dix nonnes, les bouddhas et les livres étaient partis sous escorte chinoise, bien avant la Libération de 1949, à l'époque des seigneurs de la guerre et des opiomanes qui gouvernaient le Sseutchouan... Le Kham n'était que l'escalier qu'il fallait grimper en toute hâte pour rejoindre Lhassa — ou redescendre sur K'ang-ting et Tch'eng-tou : un lieu de passage, une sorte de perron boisé, peuplé de voleurs et de sorciers, que bon gré mal gré on ne pouvait que fouler au pied. Peut-être, se dit Wei Lang, mon père était-il de ceux qui ont pillé cet endroit tranquille, mais sa haine se perdit vite dans l'amour qui l'absorbait en Tchöntso.

Dans le vieux temple dont seuls les murs tenaient encore il n'y avait ni retraitants ni fantômes, et comme la nuit s'annonçait glaciale, ils firent du feu dans un coin du cloître en mâchonnant du fromage sec. Pendant quelques instants, ils restèrent sans mot dire, comme si chacun était perdu dans ses pensées. Wedji s'assit contre le mur, les genoux près du feu ; Tchöntso vint se blottir contre lui. Mâchonnant toujours, et salivant en proportion, ils échangèrent quelques tendres caresses, impatients de se baiser à pleine bouche. Quand la chaleur s'alluma dans son champ de cinabre inférieur, le vrai centre de l'épéiste, Wei Lang se sentit gagné par un bien-être qui lui secoua tout le corps et se transmit au corps de Tchöntso. Des mots comme « bonheur » et « toujours » voletèrent en trois langues derrière son front.

— Tchöntsola, dit-il soudain, maintenant je veux tout comprendre parfaitement.

— Qu'est-ce que tu veux comprendre ?

— Tout, répéta-t-il avec une moue d'obstination puérile.

— Moi aussi, sourit-elle. Je crois savoir ce qu'il faut faire pour tout comprendre, je me suis même pas mal exercée, mais je n'ai toujours pas tout compris...

Etonné qu'on pût s'exercer à tout comprendre comme on s'exerçait au sabre, ému qu'il se trouvât, en d'autres termes, une méthode d'omniscience, Wei Lang força Tchöntso à lui parler de son état de yogini...

— Tu n'es pas une nonne ? s'étonna-t-il encore.

— Si j'avais été une nonne, par exemple, tu ne m'aurais pas séduite : les nonnes font le vœu de ne jamais croiser le regard d'un homme.

— Comment as-tu osé me voir ?

— Ne plaisante pas ! Nous estimons nos moines et nos nonnes comme un joyau à part entière, le précieux joyau de la Communauté de ceux qui croient à l'Eveil du Bouddha et à la valeur de ses enseignements.

— Tu passes quand même le plus clair de ton temps à prier.

— Oh ! Je prie bien mal, quand je n'ai de force spirituelle que pour émettre des bons vœux. Autrement je médite, j'essaie de méditer, je m'entraîne... Il y a beaucoup à faire.

— Connais-tu Tchouang-tseu ? demanda Wei Lang. C'est un contemporain du Bouddha, ou presque... En tout cas, selon lui, on ne peut être sûr de rien, et le mieux à faire, c'est de ne rien faire.

— Je suis d'accord avec lui, dit la jeune femme en s'étirant avec grâce et d'autres caresses, mais je crois que le rien-à-faire n'a même pas besoin qu'on le justifie en disant qu'on n'est sûr de rien.

— Pourquoi ? s'exclama Wedji. Tu es sûre, toi, de quelque chose, absolument sûre ?

— Oui.

— C'est impossible.

— Je suis sûre que tout ce que je connais est illusoire.

— Tu me l'avais dit à Gongma, mais je n'en ai pas encore fait mon profit. Persuade-moi, Tchöntso, que tout est illusoire...

— Il n'y a que toi, murmura-t-elle en approchant ses lèvres de la bouche du poète, qui puisses t'en persuader.

Le feu menaçait de s'éteindre. Il ne faisait plus ni froid, ni noir, ni clair, ni chaud. Parcourus d'étincelles filantes, les amoureux oublièrent le monde pour retrouver la bonne vieille unité dans les replis de la tchouba de Wei Lang. En douceur, cette fois, ils murmuraient les aménités que le plaisir mêle aux baisers sur les lèvres. D'un soupir électrique, Tchöntso chassa les motifs géométriques, lumineux et sacrés qui voulaient avec le plaisir meubler l'enceinte vide de son corps de méditante, cette étrange vision de soi qu'elle avait tant de fois cultivée. Chassées les visions, elle se sentit absorbée dans l'âme de Wedji : et il l'accueillait, le grand Wedjila, le bel éléphant blanc à six défenses, dans les tourbillonnantes jouissances du lotus rouge à seize pétales où trônait la Voix.

Ils se réveillèrent sous la neige : bleutée, la nuit n'en avait pas fini ; avant de frissonner jusqu'aux os, ils allèrent, tout ensommeillés, se réfugier dans l'ancien petit sanctuaire des Protecteurs. Lovés l'un dans l'autre, ils se rendormirent jusqu'au petit matin.

Il ne neigeait plus, mais une douceur, une suavité dans l'air émanait de cette blancheur nouvelle.

Joyeuse comme une enfant, Tchöntso lança la première une boule de neige à Wedji — la bagarre s'acheva en fête folle dans la ouate fraîche et les cristaux... Un trou dans les nuages laissa passer un brûlant rayon de soleil et, riant de plus belle, Wedji et sa fée supplièrent l'astre du jour de les sécher avant Dzongsar. Nonobstant, ils s'enfoncèrent dans la sapinière et le soleil en profita pour remettre ses chaussons de feutre. Le sous-bois semblait tiède, où la neige n'avait pas encore pénétré, et de toute façon la neige bien prise ne mouillait pas outre mesure...

— Savais-tu, Tchöntso, que l'homme descend de la neige ?

— Ah bon !

— C'est ce que disent les Nossous.

— Nous, les Tibétains, rit-elle, nous descendons d'un singe et d'une ogresse... Et les Chinois ?

— Qu'ils redescendent du Tibet ! se contenta de répondre Wei Lang.

L'ex-lieutenant doublé d'un djihly amoureux s'énerva passagèrement.

— Parle-moi plutôt de l'illusion, reprit-il sur un ton plus émerveillé.

— Dis-moi d'abord pourquoi tu chantais, certain soir au-dessus de Gongma, que les mots étaient des ponts et des arcs-en-ciel tendus entre les choses.

— Ce n'est pas moi qui le dis, c'est Tsa-t'ou-la...

— Pourquoi des arcs-en-ciel? insista Tchöntso. Des ponts auraient suffi !

— Des ponts entre les choses concrètes, risqua Wedji, et des arcs-en-ciel entre les idées.

— Pour moi, dit Tchöntso, les ponts, les mots, les choses concrètes, les arcs-en-ciel et les idées sont également illusoires : on les perçoit, c'est indéniable, mais en soi ils ne sont rien, rien de rien. En fait — on aurait dit qu'elle empruntait aux rares oiseaux de la forêt les paroles de leurs chants —, je suis sûre que tout est illusoire, parce que rien de ce que je connais n'a d'essence, d'être, d'existence véritables, de solidité, de vérité, de probabilité... Et il y a des milliers de façons de le prouver, par la logique et par l'expérience directe. Pour moi — son ton laissait entendre qu'elle n'était pas en train de réciter une leçon, de nommer un concept dont elle ignorait le sens —, pour moi, chanta-t-elle encore, tout se ramène à la Claire Lumière, que les philosophes nomment vacuité.

Douce-Voix
Assoiffé-de-Suprême

Le complexe monastique de Dzongsar était l'un des plus importants centres sakyapas du Kham. Des quatre grandes écoles du bouddhisme tibétain, l'une était dite « ancienne » et les trois autres « nouvelles ». L'ancien et le nouveau, en l'occurrence, se rapportaient à la traduction des textes canoniques à partir du sanskrit, langue sacrée de l'Inde. Les Anciens, ou Nyingmapas, possédaient en outre deux collections de textes dont certains, parmi les Nouveaux, contestaient l'authenticité. Il s'agissait, d'une part, des tantras de la Grande Complétude, ou *Dzoktchen*, et, d'autre part, des *Termas*, ou « Textes-trésors », qu'avaient enterrés pour les générations futures Gourou Rimpotché, lequel introduisit le bouddhisme tantrique au Tibet, dame Yéché Tsogyal, sa compagne mystique, et nombre d'autres saints. Redécouverts au fil des siècles, les Textes-trésors ne parlaient que de Grande Complétude et d'une technique unique en son genre, toute particulière à cette sagesse : le Franchissement du Pic, qui, dans le plus pur rien-à-faire, laissait se déployer et se résorber en quatre merveilleuses phases visionnaires ce qu'on pourrait appeler la Claire Lumière de la Présence Spontanée.

Tchöntso expliquait tout cela à Wedji tandis qu'ils descendaient en glissant, en sautant, en s'étreignant soudainement, dans la forêt.

— Et les Sakyapas, demanda Wedji, ils y croient aux Textes-trésors ?

— Finalement, tous les Nouveaux y croient, mais il n'y a que dans l'entourage de certains maîtres Guéloukpas — l'école du Dalaï-lama et du Panchen-lama — qu'il faut se cacher pour écouter des enseignements sur la luminosité spontanée...

Couleurs du Nimou, priait Wedji, sages sans horizon, libérez-moi de la raison !

Tchöntso ne tarissait plus :

— C'est au monastère de Dzongsar, qui est sakyapa, qu'une cinquième école fondée au siècle dernier par une poignée de grands hommes des quatre traditions a installé son siège. Les Sakyapas sont férus de logique et vénèrent le bouddha Douce-Gloire par-dessus tout. Douce-Gloire personnifie la Sagesse de tous les Bouddhas, et mon maître, le Doux Protecteur, est pour moi le bouddha Douce-Gloire en personne. Doux Protecteur, troisième du nom, il est le chef de la cinquième école, appelée *Rimé,* Non Sectaire, car elle ne s'intéresse qu'à ce qui peut rassembler les traditions et les hommes plutôt qu'à les différencier, à les ériger les uns contre les autres, comme c'est maintes fois arrivé... Tu vas voir, dit-elle en tâtant ses vêtements puis ceux de Wedji, mon maître va t'illuminer.

Ils n'étaient plus mouillés et le soleil les attendait au sortir de la forêt — éblouissants reflets sur les toits d'or des monastères. Nombre de fidèles affluaient de toutes parts, multicolores et noirs sur la neige. Certains semblaient tomber directement des glaciers du Throla, d'autres arrivaient par la route dont l'affluence avait damé la neige.

Dans la cour de l'Auspicieux Divin Sommet, des moines vigoureux, cheveux en brosse et jupes retroussées, avaient dégagé la neige, disposé un sommaire parquet de larges planches de sapin et semé le tout de coussins bariolés. Au moment où Wedji et Tchöntso se présentaient à l'entrée du monastère, un jeune moine au crâne parfaitement rasé, aux traits évoquant Namtchö Gourtchen à s'y méprendre, s'approcha d'eux et salua la jeune femme.

— Vous voilà enfin, dit-il en adressant un sourire pressé à Wedji.

— La neige était un peu molle, plaisanta Tchöntso. Mon frère Namdak... Wedjila.

— Entrez vite, dit le moine, sinon vous suivrez le tsok debout derrière une colonne, au mieux... Père et mère sont déjà là : allez les rejoindre.

Ils retrouvèrent Namtchö Gourtchen et le petit clan au troisième rang, juste en face du trône étincelant de brocarts qu'on avait installé au bas des marches de l'entrée du temple et où le Doux Protecteur ne tarderait plus à prendre place pour diriger la cérémonie. De part et d'autre du trône s'alignaient, sur trois rangées d'autels hallucinants de couleurs, des monceaux d'offrandes de bouche, des lampes à la flamme dansante par centaines, et autant de *tormas*, ces symboliques pièces montées en pâte d'orge minutieusement modelées, ciselées et colorées. Entre les fines colonnes de l'auvent pendaient toutes sortes de bannières et d'oriflammes.

Précédé de ses proches en *kachâya* safran, le vaste rectangle de pièces rapportées que seuls arborent les moines pleinement ordonnés, le Doux Protecteur fit son entrée. L'assistance se leva pour se prosterner, dans le plus grand désordre, à trois reprises — oh, tous ces pieds déchaussés, ces nattes, ces chapelets... Wedji, non sans hâte, fit de même et contempla le maître.

Celui-ci évoluait sous l'auvent, le buste penché pour ne pas se cogner aux poutres. Il descendit les trois marches et, une fois dans la cour, se redressa. Wedji put alors constater que ce grand moine aux cheveux ramenés en chignon derrière le crâne était à proprement parler un géant, aussi grand, sinon plus, que le grand Khötchy de Hêtsy. En revanche, la douceur de son visage avait ici, au Kham, quelque chose de féminin. Combinée à la transparence turquoise de ses yeux bien ronds, la grâce de son sourire eût fait danser d'amour les pierres. A l'aide d'un escabeau, il grimpa sur le trône où il se tint debout, immense et souriant à la ronde, tandis qu'il réajustait ses trois robes, son châle et son kachâya. Après quoi, vertigineusement, il s'assit, toujours se réajustant, et son assistant lui apporta un *pèncha*, un chapeau d'érudit bouddhiste qu'il coiffa d'un coup, haut bonnet rouge pourvu de deux pattes latérales qui vinrent se poser, petites ailes, sur les épaules du maître.

Un livre au poing, un livre qui était grand dans la main de son assistant et minuscule dans la sienne, le Doux Protecteur toussa — timbre gravissime — et s'éclaircit la voix en feuilletant l'épais volume avant de s'emparer d'une clochette qu'il agita tout de go en entonnant une invocation. Des auvents latéraux jaillirent des coups de trompe et de tambour, de cymbales et de damarous, et autour du trône ce ne furent bientôt plus qu'arabesques de plumes de paon, fumées d'encens et opérations à ciel ouvert. Au goût de Wedji, les récitations n'auraient pas souffert de durer moins. Il avait l'impression que le rituel disait et redisait inlassablement — hélas, il ne savait pas de quoi il retournait : « ... devient vacuité. Depuis la vacuité... »

Malgré lui, les syllabes magiques, les formules cent fois redites et une couple de silences abyssaux achevèrent d'aiguiser sa sensibilité. Alors que chacun, ayant reçu sa part de communion, mastiquait en silence, Wedji sentit que ses déglutitions s'accompagnaient d'une espèce d'étincellement immatériel mais tangible, qui en lui évoquait, par éclairs et par vagues, diverses intuitions sur l'amour, la compassion, la joie et l'impossible équanimité... Quel rapport pouvait-il bien y avoir entre une fleur rouge éclose dans la gorge d'un déserteur et l'amour, disons, l'amour de l'humanité ?

La cérémonie achevée, les fidèles portèrent leur offrande au Doux Protecteur. Namtchö Gourtchen échangea avec lui quelques mots, puis sa tête, qui n'était pas des plus réduites, disparut un instant entre les mains du géant sur son trône. Ce fut au tour de Wedji Poète. Il ôta son turban, déroula trop vite son écharpe et regarda le maître droit dans les yeux — qu'ils étaient clairs ! — avant de baisser d'un coup la tête comme s'il était coupable. Entre les mains du Doux Protecteur, le temps et ses avanies s'arrêtèrent un instant ; dès qu'ils réapparurent, gêné comme un joueur qu'on vient de prendre à tricher, Wedji releva la tête et, les yeux toujours baissés, alla rejoindre Namtchö Gourtchen et ses enfants.

— Nous avons de la chance, Wedjila, dit le père

de Tchöntso. Le Doux Protecteur va nous recevoir tout de suite.

Cette fois, le grand homme trônait sur son lit, dans une chambrette tapissée de livres en robes chatoyantes, et il était d'ailleurs, plume en main, en train d'annoter, ou de corriger, un texte, en compagnie d'un moine chargé de volumes à peine déballés qu'il emporta en s'éclipsant lorsque Namtchö Gourtchen et les siens envahirent la pièce. De nouveau on se prosterna trois fois, puis le Doux Protecteur pria la compagnie de s'asseoir. Namtchö Gourtchen prit la parole :

— Rimpotché, je crois que notre ami Wedjila veut prendre refuge auprès de vous et prononcer les vœux de Héros de l'esprit d'Eveil...

Le lama avait parlé rapidement, comme s'il ne voulait pas que Wei Lang l'interrompe. Les yeux étincelants, le Doux Protecteur toussota — sa voix venait vraiment des entrailles de la terre :

— Vous le voulez vraiment, Wedjila ?

Ledit Wedjila n'y avait pas pensé une seule fois, même si les féeries de Tchöntso l'avaient déjà plus que converti. Il resta bouche bée.

— Savez-vous au moins ce que cela signifie ?

— Non, Rimpotché, parvint-il à répondre.

Tout le monde tendit le cou, les lèvres avancées vers la fontaine d'ambroisie.

— Prendre refuge dans les Trois Joyaux du bouddhisme, c'est opter pour la non-violence véritable ; vivre comme un Héros de l'esprit d'Éveil, c'est toujours dépasser les apitoiements de la bêtise. Si vous voyez le monde comme un enfer, il est normal que vous aspiriez au bien-être qui dure. Y aspirez-vous ?

— J'y aspire.

— Connaissez-vous dans notre monde un seul bien-être qui dure à jamais ?

— Aucun, Rimpotché.

— Le seul à connaître, même dans notre monde, le bien-être qui dure, c'est l'Etre éveillé, le Bouddha. Or, le Bouddha est celui qui s'est éveillé à l'extrêmement paisible sagesse de la nature des choses, de toutes choses. Eveillé à cette claire vacuité, le Bouddha connaît le bonheur qui dure. Le Bouddha et son Eveil vous semblent-ils un refuge, Wedjila, un refuge contre les horreurs du monde ?

— Oui, Rimpotché.

Que répondre d'autre à la question ainsi posée, après avoir vu Namtchö Gourtchen à l'œuvre et étreint sa fée de fille ?

— Tel est le premier Joyau du bouddhisme, reprit le Doux Protecteur. Notre deuxième Joyau, c'est le Dharma. Vous êtes instruit, Wedjila, vous connaissez les langues — le Dharma est ce que l'Eveillé dit à propos de son Eveil. N'est-ce pas un refuge quand on ne s'est occupé que de la poésie noire des discours qui illustrent l'aveuglement ?

— Si, Rimpotché.

— N'est-il pas merveilleux, dans ce monde dégénéré où chacun n'a d'yeux que pour le fusil, la femme et l'argent de son voisin, que certains, les moines, les nonnes, les yogis et les yoginis, les adeptes les plus secrets, les plus discrets, les véritables poètes de l'esprit existent ? Ce sont les seuls êtres humains qui étudient l'abîme des paroles de l'Eveil et les mettent en pratique, les seuls qui parviennent à se surmonter... Ces êtres-là ne sont-ils pas aussi précieux que le Sapin-qui-exauce-les-désirs ? Ils sont pour nous le troisième Joyau, la Communauté. Cette Communauté ne vous semble-t-elle pas un refuge, Wedjila ?

— Si, Rimpotché.

— Alors, si vous en avez le désir, prenez refuge dans les Trois Joyaux.

Ne sachant plus clairement que penser ou que faire, pris de court par ce discours aussi logique que mystique, dont tant de points répondaient à sa propre quête, complétaient les vers inachevés que Tsa-t'ou-la avait disséminés dans son poème, Wedjila se leva — son P. 38 lui pressait le ventre.

— Rimpotché, dit-il... Que faut-il que je fasse ?

— Répondez franchement à mes questions.

Le Doux Protecteur énonça, en langue rythmée et fleurie, une longue série de misères évidentes, moins évidentes et occultes dont souffraient, sans la moindre exception, tous les êtres qui animent l'infinité des mondes. Incessamment il demandait à Wedjila s'il ne serait pas merveilleux que les victimes soient enfin libérées de leurs souffrances et invariablement Wedjila répondait *la-so*, oui, un oui solennel qui lui jaillissait des tréfonds de l'âme par la voie du lotus rouge à seize pétales de sa glotte.

Et aux questions qui lui demandaient, enfin, s'il voulait prendre refuge dans le Bouddha, le bouddhisme et les bouddhistes, le djihly répondit *la-so*. Alors le Doux Protecteur fit claquer ses doigts et dit :

— A présent vous êtes bouddhiste — et je suis, moi, le garant de votre Eveil. Prosternez-vous trois fois devant l'Eveil.

Tout à coup Wei Lang, qui ne s'était jamais autant prosterné de sa vie, eut le profond sentiment que ce geste de soumission était humiliant et superflu. Il ne cherchait pourtant pas à faire scandale mais, eût-il voulu se prosterner, devant qui, devant quoi aurait-il dû le faire ?

— Prosternez-vous trois fois devant moi, dit le Doux Protecteur en riant : vous verrez, ce n'est pas très difficile.

Au comble du désarroi, Wei Lang s'exécuta. Sa cape nossoue compliqua le travail, tous les yeux étaient fixés sur lui, et son pistolet glissa de sa ceinture en remontant dans son ambak. Toutefois, comme il se relevait de sa troisième prosternation, il entrevit — est-ce bien ce qu'il entrevit ? — qu'il s'était prosterné devant l'Eveil.

— Asseyez-vous, Wedjila. L'excellent Namtchö Gourtchen souhaitait renouveler avec vous ses vœux de Héros de l'esprit d'Eveil. Cela signifie-t-il quelque chose pour vous ?

En un éclair, Wei Lang pensa aux *poussahs*, mot chinois résultant de l'abréviation du plus long *p'ou-t'i-sa-t'o*, lui-même transcription phonétique du sanskrit *bodhisattva*, que les Tibétains avaient rendu par « Héros de l'esprit d'Eveil » — bref, rien à voir avec les poussahs !

— L'esprit d'Eveil, disait de son rauque murmure le Doux Protecteur, est la plus précieuse des merveilles. Du point de vue relatif, c'est la volonté de trouver le bonheur qui dure non seulement pour soi-même mais d'abord pour tous les autres : n'est-ce pas héroïque ? Du point de vue absolu, l'esprit d'Eveil n'est autre que l'essence de toutes choses, la simplicité même, l'ouverture illimitée. Les véritables Héros de l'esprit d'Eveil ne font qu'œuvrer au bonheur d'autrui précisément parce qu'ils savent qu'eux-mêmes, autrui, la compassion et la souffrance, tous vides, ne sont que des illusions karmiques. Invariablement immergés dans un recueillement de vacuité, ils laissent la Sagesse œuvrer au salut général. Toujours, toute chose se ramène à sa claire vacuité, et celui qui reste dans cette claire vacuité est le Bouddha — celui qui y accède et en retombe est un Bodhisattva, un Héros de l'esprit d'Eveil : il n'a pas encore atteint la libération parfaite, où il n'est pas un atome de différence entre le cercle vicieux où nous pataugeons et le nirvâna.

Muet comme les autres, Wedji comme eux buvait les paroles du maître. On était au cœur du sujet, au vif de l'œuvre.

— Prononcer les vœux de l'esprit d'Eveil, c'est s'engager à constamment retrouver le cœur de compassion qui anime l'universelle vacuité.

Mystère. Immense mystère qui, sur les lèvres du Doux Protecteur, était la plus enfantine des évidences : l'amour existait parce que tout était vide.

— Voulez-vous prendre ces vœux avec vos amis, Wedjila ?

Il le voulait, il ne voulait que cela. Du moins, il souhaitait que ces vœux un jour s'accomplissent.

— Mettez le genou gauche au sol, joignez les mains et répétez après mois...

Après le Doux Protecteur, ils répétèrent, tous autant qu'ils étaient, ces incroyables vœux, l'incroyable promesse de sauver l'infinité des mondes et de ne jamais abandonner dans la détresse ne serait-ce qu'un moucheron.

De nouveau, Tsendjö Rimpotché fit claquer ses doigts : ils étaient tous des Héros de l'esprit d'Eveil. De son ambak, Namtchö Gourtchen sortit un paquet de khatas et chacun alla en offrir une au Doux Protecteur en action de grâces. Les deux maîtres, le grand et le très grand, conférèrent à voix basse un instant avant d'éclater de rire et de se heurter fraternellement le front en s'étreignant les mains. Quand Tchöntso fut sortie de la petite chambre, Wedji se retrouva seul avec le grand homme : il chiffonnait une écharpe de gaze blanche et, une autre fois, ne savait plus de quoi il retournait.

— Approchez, chuchota le Doux Protecteur comme s'il ne voulait pas effrayer Wedji, approchez, jeune homme.

Wei Lang s'approcha, tendant piètrement la khata au Rimpotché qui la lui passa en un tournemain autour du cou.

— Je pense, dit le Doux Protecteur en fixant le Chinois d'un regard aussi doux qu'appuyé, léger que pénétrant, que vous venez de passer quelques mois éprouvants.

— Je découvre la santé, lâcha Wei Lang.

Ce disant, il se demanda si le Précieux Omniscient, comme Tchöntso appelait son maître spirituel, était en train de lire dans son esprit, sa mémoire, son inconscient. Penché sur le front de Wei Lang agenouillé à ses pieds au bas du lit, le grand homme le dévisageait sans souffler mot. Ensuite, dans ses mains immenses et dorées, agréablement brûlantes et sèches, il prit les mains du lieutenant Wei Lang, à peine hâlées, à peine éraflées par trois petites lunes de « barbaraison ».

— Tout cela est très bien, chuchota-t-il de sa voix râpeuse. A présent que vous avez pris refuge dans la non-violence absolue, il vous reste à méditer sur l'esprit d'Eveil, absolue non-violence, dont vous êtes un Héros.

Gêné par le pistolet chargé qui appuyait contre

son ventre, Wedjila, Poète et Mouche à guêpes, sentait sa conscience le démanger par tout le corps.

— Je ne sais pas méditer du tout, Rimpotché.

— Rien de plus naturel, sourit de Doux Protecteur. En un mot, méditer, c'est se détendre.

Tendu, Wei Lang l'avait toujours été. Tendu dans ce sens-ci, puis dans celui-là, sans répit. Quand il lui arrivait de souffler au point de rencontre de deux forces contraires et égales, il appelait sa contention « détente ».

— La détente parfaite, disait le maître, c'est l'exercice spontané de tous les aspects de l'esprit d'Eveil. Une paix alerte combinée à une action sereine... N'avez-vous pas envie de vous détendre, Wedjila ?

— Si, Rimpotché.

— Il faut donc méditer.

Méditer : les rêveries de Wei Lang sur Tsa-t'ou-la, le surhomme et la mort des valeurs surannées avaient-elles été, ne fût-ce qu'un tantinet, une détente ? Jamais. L'*oubli assis* de Tchouang-tseu était de même resté dans les livres : Wei Lang n'y avait rien compris. Il n'y avait qu'entre le bas-ventre et le nombril, où les Japonais placent le *hara* et les Chinois le *champ de cinabre inférieur*, que Wei Lang s'était jamais senti détendu, et encore fallait-il qu'il serrât une lame.

— Comment s'y prend-on, Rimpotché ?

— Namtchö Gourtchen vous attend pour vous l'expliquer.

La réponse avait les teintes de la question.

Wei Lang se sentit acculé à quelque devoir de sainteté.

— Je veux être un guerrier de la connaissance, dit-il en élevant la voix.

— *Atsi !* s'exclama le Doux Protecteur en riant,

vous venez d'en prononcer le vœu : qu'est-ce que la connaissance, sinon l'Eveil authentique et parfait? Qu'est-ce qu'un guerrier, au sens noble du terme, sinon un Héros de l'esprit, un être intrépide en qui les émotions les plus irrésistibles ne peuvent se glisser par la moindre faille? Nous n'avons pas d'autres ennemis que nos propres passions...

Sans quitter sa mine enjouée — ce qui soulignait d'autant la gravité de ses propos —, le Doux Protecteur continua, et sa voix devenait de plus en plus attachante :

— De nos jours, l'illusion elle-même n'est plus qu'une copie d'illusion. La Libération, par exemple, a prêté son nom à une pénible mascarade. La révélation de nos maîtres est inaltérable cependant, et la Libération, la vraie, nous attend tous, au-delà des noms. Il faut méditer, Wedjila, car il est infiniment plus profitable aux mondes de tuer le principe de la mort dans son propre esprit que d'assassiner, même au prix de sa vie, un tyran diabolique.

Prosaïque à bon escient, ouvert soudain à une franche moitié du sens que venait d'exprimer le Doux Protecteur, Wedjila demanda :

— Quand méditer?

— Sur-le-champ!

Wei Lang eut la nette impression qu'une partie de l'esprit du maître — cette chaleur bleutée — avait pour ainsi dire fait un pas à l'intérieur de sa propre psyché. Il y eut un vibrionnement de phosphènes derrière son front; déglutissant comme pour avaler un caillou, il entre-sentit que le lotus rouge à seize pétales de sa gorge s'épanouissait un peu plus. Comme il allait ouvrir la bouche, parler au maître des prodiges linguistiques qui le bouleversaient, lotus et phosphènes redoublèrent d'éclat avant de fondre en une poussière lumineuse que, Wei Lang crut le voir en toute netteté, happèrent les iris clairs du Doux Protecteur.

— Il ne faut jamais cesser de méditer, dit ce dernier, pour qui rien de spécial ne s'était passé. Je suis sûr que si vous vous y mettiez, dans un lieu propice au recueillement et béni par de nombreux être accomplis, vous saisiriez vite le véritable sens de l'esprit d'Eveil.

» Le prochain *tsétchou*, celui de la dixième lune, est un jour particulièrement important pour nous : il célèbre la victoire définitive de Gourou Rimpotché, qui n'était pas tibétain, sur les démons hostiles à l'épanouissement du Dharma au Tibet.

» Soyez présent ce jour-là, ce puissant dixième jour de la prochaine lune, présent à vous-même et à tous les êtres animés. Redoublez d'attention aimante et vivez au plus vif votre engagement dans l'esprit d'Eveil !

Juste au moment où le Doux Protecteur refermait les lèvres, la tête de son assistant apparut derrière le rideau qui masquait la porte.

— *Woya !* s'exclama le maître.

D'une minuscule bourse de soie indigo il tira un cordonnet rouge au milieu duquel il fit un nœud ; il souffla sur le nœud et tendit le cordonnet à Wedji.

— Douce-Voix Assoiffé-de-Suprême : voilà votre nom de Héros de l'esprit d'Eveil.

Wedji saisit le cordonnet et plongea son visage entre les genoux du grand lama. Celui-ci pressa longtemps ses mains aimantes sur le crâne et les joues du Chinois.

Le dire d'un seul mot

Excitée comme une enfant, Tchöntso attendait Wedji de l'autre côté de la tenture. Dans l'antichambre du Doux Protecteur on s'écrasait, les pieds déchaussés. Tous avaient un conseil, une bénédiction à demander. Les temps étaient à l'incertitude, à la peur du pire et de la fin.

— Rimpotché t'a donné un nom ? demanda la jeune femme.

— Douce-Voix Assoiffé-de-Suprême.

— Quel beau nom ! rayonna Tchöntso.

Douce-Voix, l'un des milliers de noms de la sagesse des Bouddhas : les adeptes imaginaient ce nom, cette qualité, sous l'aspect d'un adolescent de seize ans à la peau orangée brandissant une épée et un livre — un livre sur l'insubstantialité universelle... *Assoiffé-de-Suprême*, l'un des huit noms de Gourou Rimpotché, l'érudit et magicien de l'Inde qui apporta le bouddhisme tantrique et la Grande Complétude au Tibet.

— Notre maître est clairvoyant, s'exclama la jeune femme : bien sûr qu'il sait qui tu es et tout ce que tu as fait et feras. Douce-Voix est sûrement le secret de ta connaissance magique des langues.

Assoiffé-de-Suprême — n'est-ce pas cela, Wedjila, qui te passionne : tout comprendre ?

« Tu prends le chemin de ta grandeur », crut entendre Wei Lang.

— Tchöntsola !

« Sur ta propre tête et par-delà ton propre cœur... »

Ce n'était pas elle qui parlait, mais Tsa-t'ou-la qui, irrépressiblement, se récitait. « Pour voir beaucoup, il faut apprendre à se perdre de vue : cette dureté est nécessaire à celui qui gravit les montagnes. »

L'enthousiasme et les gloses de Tchöntso, mêlés à la dure sagesse de l'Imprécateur, ne parvenaient pas à convaincre Wedji. Il sentait que déjà dans son cœur l'amour et la haine avaient engagé le combat. Aux pieds du Doux Protecteur, la compassion, le pardon, la tendresse universels tombaient sous le sens. Haïr était si grossier, un pur néant ! Mais seulement à quelques pas de lui, dans la foule de son antichambre, puis, au bras de Tchöntso, entre les temples rehaussés de neige, cette lutte des sentiments contraires n'était plus une lutte, mais un conflit, une guerre.

Bredouillant des excuses, Wedji se détacha de Tchöntso. Il prit ses jambes à son cou et grimpa dans la forêt, dont les premiers sapins surplombaient l'entrée du monastère.

La jeune femme attendit qu'il réapparût, mais il ne réapparaissait pas. Comme le temps passait, elle se dit que Wedji était en train de vivre une expérience spirituelle dont elle soupçonnait le contenu... Mais il resurgit tout d'un coup des sous-bois.

Il ne courait pas, il voletait, sautillait comme un moineau, indifférent aux pèlerins qui, moulin et chapelet au poing, rentraient chez eux en se dandinant, leurs genoux raidis d'être restés pliés tant de vies. Conversations et mantras, la neige étouffait les pas et le soir bleuissait les songes.

Wedji rejoignit Tchöntso mais n'en cessa pas de sautiller pour autant ; il secouait les mains comme pour se désosser, et la jeune femme eut l'étrange sentiment qu'elle n'était plus femme, mais yogini ou magicienne, pour le grand pantin qui se désarticulait à côté d'elle en grimaçant.

— Wedjila ! Qu'est-ce qui te prend ? fit-elle non sans vigueur.

Il tomba des nues, écarquilla les yeux, sourit et dit d'un seul trait :

— Il faut que je médite tout de suite !

Et, comme s'il cherchait un endroit où s'asseoir et méditer immédiatement, il jetait de brefs coups d'œil alentour.

— Qu'est-ce que tu racontes, Wedjila ?

— Pardonne-moi... Je me suis laissé aller.

Ses traits, comme il recoiffait son turban, se détendaient enfin.

— Dans ce que m'a dit le Doux Protecteur, il y a un mystère. Un mystère que je sens assez pour qu'il me rende fou, mais que j'ignore complètement, car je ne vois pas du tout de quoi il peut retourner.

— Les bénédictions des grands hommes chamboulent l'esprit...

— « Béni soit-il ce bon esprit de tempête sauvage et libre qui danse sur les marais et les tristesses comme sur des prés ! »

Tsa-t'ou-la, toujours lui, non plus en chinois ou en nossou, mais en tibétain, avait parlé par la bouche de Wedji.

— Oh ! s'exclama Tchöntso, qu'a dit le Doux Protecteur à propos de ton génie des langues ?

Elle se tut soudain.

— Je suis indiscrète, s'excusa-t-elle.

— Je n'ai rien à te cacher, fit Wedji en la serrant contre lui. Il ne m'en a rien dit, mais il m'a convaincu de méditer et je lui ai promis de me retirer au plus tôt dans une solitude pour... méditer sur l'esprit d'Éveil.

— C'est merveilleux ! cria le cœur de la yogini.

— Je n'y connais pourtant rien de rien.

— Et alors ? fit-elle. A quoi servirions-nous, nous autres yogis et yoginis, si nous n'étions pas là pour aider un peu ceux qui perçoivent les mots comme des arcs-en-ciel, l'être comme une fumée, et la vie et la mort comme une danse ?

De fil en aiguille, ils en vinrent à parler de retraite, et Tchöntso se trouvait toute prête à y mettre Wedjila dès qu'il le voudrait. Les grottes n'étaient pas forcément des tombeaux... Et puis, en retraite, jurait-elle, on peut devenir Bouddha cent mille fois plus vite que dans la cohue ordinaire.

— En retraite absolue, précisa-t-elle.

Il était déjà tard quand ils arrivèrent au bourg de Dergué. Les envahisseurs semblaient endormis comme leurs camions. La neige finirait bien par paralyser leur colonne, les colonnes ininterrompues de la révolution communiste au Tibet ! Malgré l'heure, la rue était animée, et dans l'une des deux gargotes de la ville, ils retrouvèrent la famille de Tchöntso attablée devant une montagne de riz à moitié entamée. Les enfants de Namdjong dormaient, la tête posée sur les genoux de leur mère qui, de même que son époux, bâillait sans cesse. Les deux sœurs de Tchöntso s'assoupissaient autour de leur conversation ; quant aux parents de la jeune femme, les yeux bien ouverts, les traits détendus, assis de part et d'autre de la table parmi leurs enfants, ils se regardaient avec une indescriptible tendresse.

— Le riz est froid, les enfants, dit Namtchö Gourtchen en apercevant sa fille et Wedjila. Asseyez-vous, on va demander de l'eau chaude... Hé, nous dormirons chacun sur un tabouret, parce qu'ils ne veulent pas que nous rentrions chez nous en pleine nuit... J'aurais aimé, moi, rentrer chez moi au clair de lune, sur la neige bleue, craquante, dans un monde immense, peuplé d'ombres bleues aussi, et de brusques étincellements...

Lyrique, Namtchö Gourtchen le resta toute la soirée. Il était intarissable. Les aubergistes musulmans dormaient sur des chaises devant les fourneaux, tous les clients ronflaient, pétaient, gémissaient — et l'un glissait parfois du coin de la table où pesait sa joue, l'autre geignait en récupérant son bras qu'un autre encore avait pris pour oreiller... Sur cette rare espèce de silence, la voix de Namtchö Gourtchen, un murmure légèrement rauque qui évoquait le Doux Protecteur, planait comme un arc-en-ciel, précisément. Namtchö Gourtchen s'adressait à Wedji — Tchöntso avait enfin cédé au sommeil — et lui apprenait, à sa demande expresse, à méditer.

De la motivation altruiste initiale à la dédicace finale des mérites, il lui expliqua la façon de consacrer tout acte. Le Doux Protecteur lui avait dit que la méditation était détente, eh bien, la détente, l'aise, le confort, ça se cultivait... Un petit coup de pouce qui commençait par l'esprit. Tout, d'ailleurs, pouvait se ramener à l'esprit. Pas l'esprit dans la caboche, l'esprit d'Éveil, bien entendu !

Il suffisait d'être là et de ne se laisser emporter par

aucune autre conscience que cet être-là. Trop abscons ? Je reprends : être là, comme maintenant nous y sommes, je dirais même : ici, plus exactement, sans souci du passé, sans souci du futur, dans l'insaisissabilité du présent. Vous saisissez ?

— Justement ! sursauta Wedji. J'y ai beaucoup pensé, au présent. Dès que vous y pensez, il est déjà le passé. Le futur le plus proche s'approche ; tout à coup, il est le présent, et le voilà déjà passé. Oui, Gourtchenla, je saisis bien l'insaisissabilité du présent.

— Eh bien, à présent lâchez-la ! Quel est l'objet de la méditation que vous voulez entreprendre ?

— L'esprit d'Eveil.

— Pourquoi ?

— Parce que je veux être un guerrier autant qu'un saint de la connaissance.

— Quelle connaissance ?

— La connaissance directe de la vacuité.

Une fois encore, Namtchö Gourtchen pouffa de rire — en plein jour il eût éclaté, comme la veille, lorsque Wedji avait tenté de définir le surhomme de Tsa-t'ou-la : ils en avaient même conclu que le djihly cherchait le « surbonhomme » — concept qui eût probablement fait pâlir d'indignation le mage Tsa-t'ou-la, ou son père Ni-ts'ai du pays Djarmen.

— La connaissance directe de la vacuité, dit le lama, c'est la réalisation de l'impossible. Il faut beaucoup de mérites pour y accéder : les apprentis Héros de l'esprit d'Eveil estiment la vacuité par-dessus tout, mais rares sont ceux qui en ont ne serait-ce que l'intuition correcte...

— Je veux quand même apprendre à méditer : je l'ai promis au Doux Protecteur. J'étais sincère, et je le suis encore. Il m'a dit que, si je méditais dans un lieu propice au recueillement et béni, je comprendrais sans tarder le sens de l'esprit d'Eveil.

— Alors il ne faut pas hésiter ! chuchota le lama.

Son fils Namdjong leva une paupière sur un œil assoupi.

— Il ne faut pas hésiter et s'enfermer dans une grotte à Rindzinteng, au promontoire des Teneurs-d'Eveil : je ne connais pas mieux, dans la région, en fait d'endroit béni et propice au recueillement.

Fixes, les yeux de Namtchö Gourtchen voyaient ce que ses paroles montraient.

— Imaginez un nid d'aigle au-dessus des chutes du Chardza, le ciel et le silence absolus, un lieu où il est humainement impossible d'accéder si l'on n'a pas été prévenu... J'y ai fait maintes retraites, ma femme et mes enfants aussi. En additionnant des mois et des mois de retraite, Tchöntso a bien dû y passer sept années de sa vie... Elle n'aime que cela, et il est vrai que nous avons tellement de sujets de méditation et de méthodes possibles... Mais tout cela, soyez-en sûr, se ramène à l'esprit d'Eveil.

L'ermitage de Rindzinteng, expliquait le lama, n'était pas une retraite privée : y allait qui voulait méditer longtemps — en général — et paisiblement. Oh, il pouvait y avoir jusqu'à cent, et même cent cinquante ermites des deux sexes à l'œuvre dans ce paradis — chacun dans une grotte, avec son petit sentier pour aller à la cime et contempler le ciel. Vrai, les lieux étaient ainsi conformés qu'une vingtaine de vallons sinueux et coiffés de pics abrupts — les superbes perchoirs ! — se rejoignaient au haut d'un cirque en pente douce, enclos de toutes parts lui aussi, auquel on accédait uniquement par le bas, au terme d'un défilé à peine plus large qu'un yack bâté, dont l'entrée elle-même était un secret naturel. Bref, une forteresse idéale pour regarder son esprit et s'envoler à mille lieues au-dessus de la confusion de ces temps plus dégénérés que jamais...

Sur ces dernières pensées, Namtchö Gourtchen et Wedji s'assoupirent comme un seul homme, le menton au sternum.

Autant les Nossous saignaient les poulets, autant les membres de la famille de Tchöntso n'en avaient que pour le Dharma dans leur village de Tchagori. Non que le réel des bouddhistes tibétains fût plus vrai que le Nimou, par exemple, ce regard naturellement mystique des Nossous, mais — chaque magie en son temps — Wei Lang venait d'être contaminé par le goût de la retraite, cet héroïsme érémitique qui rendait omniscient cent fois plus vite que d'ordinaire. Toutefois, le djihly avait également promis à ses amis de Hêtsy qu'il serait de retour là-bas, au plus tard le vingt et unième jour de la dixième lune.

— Ne vous en faites pas pour ça ! s'écria Namtchö Gourtchen. Restez enfermé le plus longtemps que vous pourrez...

Et Tsa-t'ou-la chantait : « Dans la solitude pousse ce qu'on y apporte, même la bête intérieure. De telle sorte que, pour beaucoup, la solitude est à déconseiller. »

— Essayez de tenir le coup au moins une semaine !

— Une semaine ?

Ridicule !

— Je resterai en méditation, euh, en retraite trois semaines, promit-il comme un enfant qu'un peu trop de sucre n'aurait pu rebuter.

— Ce n'est pas facile, glissa Tchöntso. Crois-moi !

— Oh, dit son père, un petit effort de quelques jours, et puis ça vient tout seul... Toutes vos aventures, Wedjila et votre rencontre avec le Doux Protecteur ont fait de votre destin quelque chose de précieux et de rare qu'il ne faudrait pas abîmer. Quel âge avez-vous ? Trente ans. Eh bien, trente ans, n'est-ce pas un âge raisonnable pour se retirer quelques jours dans la solitude et réfléchir à sa vie ?

Elle le pensait, l'espérait, le souhaitait avec une inébranlable conviction et il ne fut en rien difficile de décider Tchöntso à mettre Wedji en retraite.

— Non seulement je l'accompagnerai à Rindzinteng, précisa-t-elle, mais moi aussi je m'enfermerai pour au moins trois semaines. J'ai quelques mantras à réciter... Je suis si heureuse, ô vous tous, d'avoir rencontré un homme qui veut, lui aussi, méditer sur l'esprit d'Eveil !

Heureuse, elle l'était pour sûr ; cependant Wedji ne parvenait pas à admettre que cette femme qu'il aimait n'était pas une religieuse ordinaire, mais une yogini. Son cœur battait pour un rêve très particulier qu'elle appelait Claire Lumière ou vacuité, en tout cas, pas pour un dieu ordinaire : l'argent, la vengeance et les autres démons... Si le Tibet n'avait été peuplé que de ces poètes-là, comment des libérateurs sournois auraient-ils pu les envahir ? Il fallait rester un guerrier malgré la fatigue métaphysique et le choc incessant des émotions, un guerrier de l'Eveil.

Comme si tout avait été prévu de longue date, dame Trachi Tchödrön remit à sa fille un sac de tsampa, un long collier de tchoura, un bol en bois, une petite casserole et des allumettes ; Namtchö Gourtchen confia les mêmes outils à Wedji, avec autant d'égards que s'il eût été son beau-fils. Tandis que Tchöntso emballait son bréviaire et ses objets rituels — vajra, clochette et damarou —, son père ajoutait quelques derniers conseils à son enseignement.

Namtchö Gourtchen et tout le clan les raccompagnèrent au petit matin jusqu'au bas de Tchagori, sur la neige qui commençait à se tasser — il ne neigerait pas de si tôt : dans le ciel doré, même autour du Throla, il n'y avait pas l'ombre d'un nuage.

Leurs fronts pressés l'un contre l'autre, leurs mains serrées avec ferveur, le lama et Wedji se firent des adieux pour le moins dramatiques. Leurs haleines se mêlèrent comme ils échangeaient des bons vœux, et Namtchö Gourtchen entonna une chanson, un chuchotis de chanson à sa façon, que Wedji eut si peur d'oublier qu'il la nota, en tibétain bien sûr, dès qu'il le put, dans son carnet :

La Voix de l'Eveillé ne prononce qu'un seul
Mot que chacun perçoit comme un discours parfait
Dans sa propre langue, et en autant de langues
Qu'il y a de peuples dans les univers.

La Voix de l'Eveillé dévoile ainsi aux mondes
Les accès au Réel : quatre-vingt-quatre mille
Formules de Sagesse en toutes langues dites
Pour convaincre les fous que leur folie les tue.

Un rêve tibétain

Alors, les énoncés de vérité passionnent
L'homme, et le Verbe naît pour vider les enfers.
Tout ce qui peut se dire est soudain cette Voix
Où les guerriers de vie s'abreuvent de grand rire.

Au promontoire des Teneurs-d'Eveil

L'ermitage de Rindzinteng se trouvait à mi-chemin de Hêtsy et Tchagori : sûr ou peu sûr de tenir trois entières semaines dans une grotte minuscule en compagnie de ses seules pensées, Wedji avait emmené son cheval. Il y avait un monastère en bas des vallons pleins d'ermites, et le vieux Changla, qui prenait soin depuis des décennies de Gourtchen et des siens quand ils venaient en retraite, s'occuperait avec plaisir du petit cheval. Ainsi Wedji pourrait s'en aller quand il le voudrait.

— Je tiendrai, jurait-il à Tchöntso, alors que, une autre fois, ils atteignaient la Grand-Route.

Ils étaient montés à deux sur le cheval et, à contre-courant des camions que la neige n'avait pas encore bloqués, ils trottinaient, chargés de presque rien, en direction de Manigango. Illusionné par la pitié, Wedji s'efforçait d'aimer ses frères les envahisseurs, mais il n'y parvenait pas et les haïssait d'autant plus. Tout est vide, se répétait-il inlassablement, en négligeant notamment de réfléchir à ce que pareille assertion, en pleine Libération pacifique, pouvait bien signifier. Tchöntso avait cessé de répondre à ses bouffées d'inquiétude : qu'il se reprenne lui-même !

Le choix de Wedji ne dépassait-il pas les histoires de guerre sino-tibétaine ? Le jeu des ennemis et des amis n'était bon qu'à se compliquer l'existence.

— Et pourtant, répliquait-il, j'étais chinois, et je ne le suis plus ; j'ai été nossou, et je ne le suis plus. A présent, comme un Tibétain quelque peu mystique, je m'en vais en retraite : mais regarde, Tchöntso, cela non plus, je ne le suis pas. Pour être parfaitement sincère, je me fous des Chinois, des Tibétains et de tous les autres... Qui suis-je pour avoir une opinion juste sur autant de monde ?

— Les opinions ne servent à rien, Wedjila, mais le plus souvent le mal fait souffrir, et le bien, pas... Si l'on est, disons, plus nuancé, on peut même s'exercer à contrôler son esprit.

Un peu plus loin, ils mirent pied à terre pour gravir le mont Endok par un sentier qui longeait le torrent du même nom.

— On passera le col avant ce soir ? s'inquiéta Wedji. Sinon, nous mourrons frigorifiés.

— Oui, et de l'autre côté il y a une forêt de tchortens et de murs à mantras où l'on pourra s'abriter.

— Il est encore loin, le promontoire des Teneurs-d'Eveil ?

— Nous y serons demain, vers le milieu de l'après-midi.

— Pourvu qu'il ne neige pas, gémit Wedji, je suis épuisé.

Entre les stoûpas et les murets couverts de formules magiques calligraphiées en grandes lettres polychromes, on eût dit que la neige avait jeté des arcades et des toits. En un tournemain, Tchöntso inventa une espèce d'igloo et, à la faible lueur d'un feu de brindilles, accoudés à la selle du cheval, ils roulèrent de la tsampa mouillée avec de la neige en causant; Wedji parla d'un boudoir à la cime du monde.

— Quand j'avais huit ans, dit Tchöntso, il est arrivé quelque chose d'extraordinaire dans ma famille. Pour mon père et ma mère, cela eut lieu vraiment, devant leurs yeux. Pour moi, mes frères et mes sœurs, nous tous, cela ne fut qu'un rêve. Nous avions un cousin éloigné, le khempo Lotrö Gyaltsen, un cousin par alliance du côté de la femme de mon oncle Yangthoula, qui avait longtemps étudié avec mon père auprès des plus grands maîtres du Chardza, du Kham et de l'Amdo. Quand j'eus huit ans, donc, l'année de la quatorzième renaissance du Dalaï-lama, cet homme qui brillait par son érudition et par le nombre de ses auditeurs tomba malade. Il décida de se retirer dans la solitude pour pratiquer et s'enferma dans une grotte du promontoire des Teneurs-d'Eveil...

» Patience, Wedji ! Ce que je suis en train de te raconter est extraordinaire et vrai.

» Khempo Lotrö Gyaltsen, reprit-elle comme une fée racontant une histoire de fées à un djihly, était jeune encore, et un soir d'hiver, autour et au-dessus du pignon de roche qu'il occupait, l'air s'emplit de parfums étranges, suaves et inspirants. Le moine alors préposé à l'eau et au bois passait par là et s'en rendit compte. Il courut à la grotte où mes parents s'étaient enfermés : le khempo les en avait priés pour l'assister le cas échéant et — contre toute habitude en ces lieux — le moine, comme illuminé lui-même, pressa mon père de venir au plus vite. Dans le ciel noir, au-dessus des crêtes déchirées, il y avait profusion d'étoiles filantes. Soudain, m'a raconté mon père, la nuit s'est éclairée comme si le soleil se levait : le cœur de mon père s'immensifia, battant de sympathie pour tous les êtres animés, vibrant d'une lucidité qu'il n'avait encore jamais connue. Ma mère éprouva des sentiments analogues et vit les mêmes phénomènes lumineux, ainsi que les autres ermites qu'un merveilleux sentiment avait tous attirés dehors et que charmaient les parfums, les musiques et les lumières se jouant par les vallons secrets du promontoire de Rindzinteng.

» Le lendemain matin, dit Tchöntso en faisant la moue, tout était rentré dans l'ordre. Mon père, qui connaissait la teneur de ce prodige, força la porte du malade, verrouillée de l'intérieur, et, comme il s'y attendait, sur le coussin de méditation de son ami le khempo Lotrö Gyaltsen, juste au milieu, il ne restait rien d'autre qu'un tas d'ongles et de poils — même les habits du saint homme avaient disparu.

Wedji lâcha un petit cri de plaisir.

— Cette nuit-là, poursuivit Tchöntso, mes frères, mes sœurs et moi, chacun à sa manière, nous fîmes tous un rêve analogue. Pour ce qui est du mien, en peu de mots, je vis Douce-Voix, le Bouddha dont tu portes le nom, Wedjila, se transformer, sans pour autant se modifier aucunement, en Tchenrézi, le Bouddha qui personnifie la compassion de tous les êtres éveillés, et qui, tout blanc, a quatre bras.

» Lotrö Gyaltsen venait de quitter cette sphère d'apparence sur le très noble mode que nous appelons « corps d'arc-en-ciel ».

De l'autre côté, sur le versant nord de la couronne de l'Endok, le torrent Miyön tombait en cascade dans un abîme sans fond où chuintait le puissant Chardza.

— Tu vois, dit Tchöntso, le promontoire des Teneurs-d'Eveil se trouve juste de l'autre côté de cette rigole.

Peu épaisse, la neige cachait de terrible pièges ; Wedji ne se serait pour rien approché du vide.

— De l'autre côté ? fit-il en plissant les yeux. Je vois des montagnes et encore des montagnes.

— A droite, Wedjila, regarde ! Tu vois les deux plus hauts sommets ? Eh bien, le plus petit des deux est en fait le plus grand, mais il est plus éloigné. On l'appelle Sanga. L'autre, plus proche donc, c'est le Déoumik. Et c'est quelque part dans le Déoumik que se cache la haute vallée de Rindzinteng.

Rien n'était plus simple que de passer la rigole, en fait, la faille du Chardza. A condition de ne pas glisser, autrement dit, en considérant chaque pas comme l'avant-dernier : ce qui les mena en une bonne heure tout en bas de l'abrupt dont Tchöntso connaissait l'unique sentier. La voix du Chardza n'avait pas grossi, le cours d'eau était peu fourni et ils le franchirent facilement sur des pierres. En revanche, s'il y avait un sentier analogue à celui qu'ils venaient de descendre pour ressortir de l'abîme par la paroi nord, la neige et les glaçons qui fondaient en leur gouttant sur la tête ne les aidèrent en rien à émerger du gouffre avant deux ou trois heures d'époumonante grimpette. Wedji allait tourner de l'œil. Son cœur voulait lui briser la cage thoracique ; mille étoiles tourbillonnèrent sous son turban mouillé comme il se laissait choir dans la douce neige des flancs, atteints enfin, du Déoumik.

Sans tarder, ils reprirent la route en silence, chacun imaginant les pensées de l'autre. Tchöntso, plus que Wedji, se disait que tout cela avait été un peu vite. Certes, elle n'estimait rien de plus au monde que le Dharma et les retraites bien menées, mais elle venait de retrouver Wedji, et lui, de trouver une vérité qui semblait lui convenir autant que l'amour. Elle le connaissait à peine, ce « rien de connu » que des Nossous tenaient pour un fétiche de victoire, et elle redoutait que, dès le lendemain, il lui manque à nouveau... Yogini elle était, et les yoginis sont des femmes. Imaginez, à peine bouddhiste, son maître enfermait Wedji dans les merveilles et les affres de l'esprit ! Mais le Doux Protecteur, l'Omniscient Non Sectaire savait mieux que quiconque ce qu'il faisait, ce qu'il faisait faire. Et Namtchö Gourtchen et moi-même, s'étonnait-elle nous n'y sommes pas allés de main morte. Nous semblions croire que, pour Wedji, il n'était d'autre alternative que la retraite ou la mort.

Wedjila, Douce-Voix Assoiffé-de-Suprême — tous ces noms, pensait Wei Lang, pour un imbécile lyrique et essoufflé... Et Khövy poète, djihly-amulette, *Lang* en chinois, qui veut dire « vague » — sur l'eau... Pourquoi le général Wei m'a-t-il appelé *Vague* ? Vague à l'âme, oui : Rindzinteng, dixième jour de la dixième lune... Il faudra que je demande à Tchöntso ce que ce jour a de si particulier. Le Doux Protecteur, si je me souviens bien...

Wedji sortit brusquement le carnet de son ambak et, sous la chanson sur la Voix de l'Eveillé qu'avait chuchotée Namtchö Gourtchen en guise d'au revoir — une extraordinaire chanson qui lui donnerait peut-être la clé de sa connaissance du nossou et du tibétain —, il nota, comme en transe, ce que le Bouddha Primordial du Kham, ainsi que Tchöntso appelait parfois son maître, lui avait dit à propos du prochain *tsétchou* — dix lunaire :

« ... un jour particulièrement important pour nous : il célèbre la victoire de Gourou Rimpotché, qui n'était pas tibétain, sur les démons hostiles à l'épanouissement du saint Dharma au Tibet... »

Ce n'était pas très clair pour Wedji — le faux bouddhisme familial ne l'avait pas emmené dans ces légendes-là ! Mais sa mémoire lui livra la suite des paroles du Doux Protecteur. Voici ce qu'il nota dans l'élégante cursive tibétaine que le lotus rouge avait permise à ses doigts :

« Soyez présent ce jour-là, présent à vous-même et à tous les êtres animés. Redoublez d'attention aimante : vivez alors au plus vif votre héroïque engagement dans l'esprit d'Eveil ! »

En refermant son carnet, en reprenant la marche vers Tchöntso qui l'attendait en tournant et retournant autour d'un petit tchorten plus blanc que la neige — la fraîcheur s'accentuait —, en reprenant conscience qu'il approchait de l'ermitage magique, lui aussi, comme un petit Nimou, Wedji se crut Douce-Voix Assoiffé-de-Suprême et cria à Tchöntso qu'il percerait le mystère.

— Quel mystère ?

— Quelle question !

Avant qu'ils n'y parviennent, après maintes montées, maintes redescentes dans les cailloux, la glace et la neige facétieuse, Tchöntso avait à trois reprises montré les pentes du Déoumik à son compagnon.

— Rien ne permet de deviner que là-haut — elle indiquait des rochers verticaux surmontés de fins éperons — la nature a creusé la plus subtile des retraites — et vaste, qui plus est... Le khempo Lotrö Gyaltsen, notre cousin, n'est pas le seul à s'être envolé d'ici en corps d'arc-en-ciel.

Suivit une impressionnante liste de maîtres plus saints les uns que les autres : ils n'étaient pas tous partis en corps d'arc-en-ciel, mais tous avaient ici atteint un accomplissement — un pouvoir spécifique extraordinaire.

— Et toi, Tchöntsola, l'interrompit Wedji : quel accomplissement spécial as-tu atteint ?

La jeune femme, qui marchait devant, se retourna. Elle avait la beauté de tout le paysage : son profil droit était la montagne, les abrupts, les grottes alchimiques, son profil gauche ressemblait au ciel immense, bleu à nouveau, au-dessus des montagnes par milliers, et à l'abîme au fond duquel le Chardza faisait des bulles.

Une pèlerine d'azur !

— Aucun, dit Tchöntso. C'est pour cela que j'y retourne.

Pèlerine de flammes.

— Qu'est-ce que tu vas faire, toi, pendant trois semaines ?

— Les récitations d'une approche, comme on dit.

— Quelle approche ?

— Les Cent Déités Paisibles et Terribles.

A ce nom, le lotus, dans la glotte de Wedji, frémit. Instantanément, sa mort, toute l'angoisse de sa mort, s'abattit sur lui. Le temps d'un éclair, il crut voir Tchöntso lui parler, chuchoter dans l'oreille de son cadavre.

— Je m'exerce à visualiser les Cent Déités, disait Tchöntso, selon un processus redécouvert par Karma

Lingpa, il y a quatre cent cinquante ans, et qui porte le nom de l'effet qu'il devrait produire : « Sagesse Simultanée ».

Comme la jeune femme parlait, l'image de la mort s'estompa dans l'esprit de Wedji ; une idée idiote vint la remplacer sans tarder, qui n'avait rien à voir avec les Cent Déités.

— Je n'ai pas de coussin de méditation ! s'exclama-t-il brusquement.

— Changla t'en procurera un.

Ils s'étaient enfin engagés dans le défilé qui menait à l'ermitage, un passage des plus étroits, en effet, comme l'avait dit Namtchö Gourtchen, dont l'entrée, parfaitement occultée par la neige, ne se laissa retrouver qu'à force de croisements et de recroisements de lignes imaginaires dont Tchöntso finit par se souvenir. En tout état de cause, ils étaient les premiers à passer là depuis la neige : personne non plus, depuis lors, n'était ressorti de l'ermitage.

Et Tchöntso de raconter des histoires d'aigles qui s'envolaient au sortir de l'œuf, de lionnes dont le lait liquéfiait les pots qui n'étaient pas en or, de syllabes si puissantes que, correctement prononcées, elles pouvaient traverser un rocher de part en part en y creusant un trou... Mais son histoire préférée, disait-elle, était celle où le grand poète Milarépa convertissait son disciple Rétchoungpa : le maître avait assuré à son sceptique auditeur que, en vertu de la vacuité, donc de l'illusion, il pourrait, lui, Milarépa, entrer dans une corne de bouc évidée, une petite corne de rien du tout, sans pour autant se faire plus petit ni — Tchöntso insistait — faire plus grande la corne.

— Pour l'émerveillement de Rétchoungpa, et pour

le mien, riait-elle, le seigneur Milarépa est entré tout entier dans la corne.

— Non, effectivement, constata Wedji alors qu'ils évoluaient toujours dans le boyau sans fin, non, le Djarmen Ni-ts'ai, qui a imaginé Tsa-t'ou-la, ne connaissait pas vraiment la Voie médiane. Il devait avoir trop d'opinions et d'humeurs pour cela.

Il n'était pas « vacuiste », marmonnait Wedji, comme Namtchö Gourtchen aurait pu le dire, mais « videur » — ce qui est aussi triste qu'ambigu.

Le défilé d'accès à l'ermitage persistait à serpenter. Par endroits, ses parois se rejoignaient, formant des tunnels où l'on n'y voyait goutte ; mais le plus souvent, à l'abrupt du mur nord faisait face un haut talus de roches dont la neige dissimulait à peine le chaos.

Soûls de cette traversée proprement initiatique, et soûl — Wedji —, des féeries que Tchöntso n'avait cessé de raconter, ils arrivèrent à l'orée d'un cirque de neige immaculée, cerné de hauts rochers, lequel montait en pente douce vers un petit monastère en rondins, au joli toit de tuiles retroussées, d'où s'élevait une fumée rectiligne.

— Il y a là quatre ou cinq vieux moines qui prennent soin des ermites, dit Tchöntso, qui voient si tout va bien : chaque ermite dans sa grotte est censé se suffire à lui-même. En hiver, c'est pratique, on a l'eau à portée de main sous forme de neige...

Trois semaines, pensa soudain Wei Lang, trois semaines à boire de la neige fondue et manger, mâcher, mâcher et remâcher de la tchoura et de la farine de tsampa mouillée à la neige... Héroïque, il se retint de frissonner, de pleurnicher plus avant.

Changla, le vieux moine aux grosses oreilles qui les reçut, avait les yeux perdus dans les innombrables replis de son visage noiraud, mais il ne cilla pas à la cape nossoue, au turban, ni au pendant d'oreille de Wedji. Au contraire, il connaissait si bien Tchöntso qu'il l'invita à boire du thé comme s'ils étaient oncle et nièce.

— Pas de problème !

C'était sa seule réponse aux questions de détail que la jeune femme lui posait. Puis il s'en alla avec elle pour lui indiquer sa grotte. Il reviendrait ensuite chercher Wedji. Resté seul avec les autres vieux moines pris chacun par un menu labeur, et qui tous murmuraient des manis, Wedji ne pouvait s'empêcher de répéter, lui aussi, mais mentalement, les mots *Rindzinteng, yangthröpa* — qui signifie « ermite », « retraitant » —, et *tsétchou de la dixième lune*, de les répéter non comme des manis, des formules sacrées, mais obsessionnellement, comme les mots d'une énigme qui, décidément, s'imposait toujours plus : qu'allait-il donc se passer d'extraordinaire pendant sa retraite au promontoire des Teneurs-d'Eveil ?

Le vieux Changla interrompit son radotage intérieur.

— Suivez-moi, dit-il. Tchöntsola vous retrouvera ici tout à l'heure, le temps que vous fassiez connaissance avec les lieux. Elle m'a tout raconté : Gourou Rimpotché vous a particulièrement béni...

Quel était le « tout » que Tchöntso avait raconté au vieil homme ?

— Pourquoi ? risqua Wedji.

— Parce que vous venez de loin et que vous êtes ici.

Le vieux moine se retourna pour regarder Wedji dans les yeux.

— Et parce que cet endroit, insista-t-il, est si secret en soi qu'il faudrait être un dieu très puissant ou un démon doué de clairvoyance pour en soupçonner l'existence.

Il marqua une pause et repartit avec un cri de joie :

— Vous en connaissez beaucoup, jeune homme, des vallées où l'on entre endormi et d'où l'on ressort Bouddha ?

Le temps qu'ils atteignent, au terme d'une zigzagante ascension, et après maints détours dans au moins trois petits défilés, un minuscule replat, le vieux Changla avait décrit la moitié de la population actuelle du promontoire — trente Bömpos du Ngari, des Goloks, des savants de Lhassa et du Sikkim : il y avait même un Indien du Karnataka qui n'était pas ressorti depuis deux ans...

Ledit replat, minuscule en effet, dominait une gorge toute blanche et une autre crête, assez proche, derrière laquelle le soleil venait de se coucher. Balayant du pied la neige, Changla tira une petite porte et s'enfonça dans l'obscurité. Bientôt une douce flamme éclaira les lieux.

— Vous avez de la chance, il reste du beurre et des mèches — je vous en redonnerai tout à l'heure.

C'était une grotte pareille à une bulle où une saillie plus large et d'un lisse consommé formait une couchette, et une autre, moins large et plus élevée, un autel, où le vieux moine avait allumé la lampe. Autrement, rien, sinon la porte et son massif verrou intérieur. Pas de fenêtre.

Séduit par l'ambiance sphérique de son nid de méditation, Wedji découvrit que la lampe éclairait, gravée dans la roche et dans la lumière au-dessus, une épée toute droite et flamboyante : en dessous de l'épée, il reconnut un livre gravé, un épais volume tibétain sur la connaissance directe de la vacuité.

— La grotte de Douce-Voix, murmura-t-il.

— *Yaya*, s'agita le vieux moine, la grotte de Douce-Voix, de Douce-Gloire, de la sagesse de tous les Bouddhas !

Avant que la nuit ne fût trop noire, Changla et Wedji étaient de retour au petit monastère. Tchöntso les attendait en devisant avec les quatre autres vieux moines. Elle était en train de leur donner des nouvelles de la Grand-Route, et les moines ne faisaient que hocher la tête en invoquant les Trois Joyaux, Gourou Rimpotché et tous les Teneurs-d'Eveil...

Echangeant quelques rares paroles et muets le plus souvent, les moines regardèrent les deux jeunes gens avaler les grands bols de nouilles qu'ils leur avaient préparés. Les moines pleinement ordonnés ne mangent pas après midi, et ceux-là ne pensaient guère à la faim mais se délectaient de l'appétit de leurs hôtes. Délicate était leur discrétion : jamais ils ne s'enquirent des pratiques auxquelles Tchöntso et Wedji étaient censés s'exercer chacun de son côté, pas plus que, leur ayant remis du beurre, deux torches, ainsi que le coussin qui manquait à la méditation de Wedji, ils ne demandèrent aux jeunes gens pourquoi ils étaient si pressés de s'en aller. Avant de refermer la porte de son pagodon, Changla leur souhaita seulement :

— *Thougdam gongpel*, que vos pratiques sacrées prospèrent tant et plus.

Entre le petit monastère, situé en haut du cirque de neige, et les vallons semés de grottes invisibles, s'étirait un autre défilé, un goulet, plutôt, dont l'entrée était masquée par un majestueux stoûpa, sur le bord duquel, ayant poussé la neige à la lueur de leurs flambeaux, Tchöntso et Wedji s'assirent pour des adieux de yogi et de yogini.

— C'est quoi, exactement, une « approche » ? Qu'est-ce que tu vas faire avec les Cent Déités Paisibles et Terribles ? Pourquoi cent ? Je suis bouddhiste, Tchöntsola, je vais en retraite, mais je n'y connais rien.

— Les Cent Déités, Wedjila, c'est des complications, crois-moi. Les grands hommes n'ont besoin de rien pour méditer. Moi, je ne suis qu'une apprentie...

— Les Déités sont-elles des dieux, comme le Ciel, le Soleil, la Montagne des Nossous, le Souverain d'En Haut des Chrétiens ?

— Non, dit la voix de Tchöntso dans le noir soudain — les torches venaient de s'éteindre —, les déités n'ont pas un atome d'existence réelle... Je ne connais pas les autres dieux, je n'y crois pas non plus...

— Crois-tu que les Nossous, que mes amis Akho Lazö, l'Homme qui lit de Hêtsy, et surtout Jêjô, l'omniscient Jêjô, qui, eux, croient dur comme fer qu'un dieu est un dieu et que les dieux existent, se trompent ?

— Non. Si moi, telle que je suis, j'y croyais maintenant, je me tromperais peut-être.

— Alors moi, Tchöntsola...

Wedji s'énervait dans le noir, dans le froid dont il prenait conscience tout à coup.

— On devrait refaire de la lumière...

— Toi, Wedjila, tu ne crois à rien, non plus, sauf à

quelques illusions qui te plaisent, et auxquelles tu ne croiras pas toujours.

— Mais dès demain, reprit-il en cherchant des allumettes dans son ambak, dès demain je me mets à l'esprit d'Eveil.

— L'esprit d'Eveil n'est pas un dieu : c'est la nature toute simple de ton esprit.

Avec une odeur de soufre, une petite flamme brilla entre les doigts de Wedji. Sur-le-champ Tchöntso la souffla.

— Qu'est-ce que tu fais ? essaya-t-il de dire.

Mais elle avait pris sa tête dans la chaleur de ses mains et, les lèvres collées contre ses lèvres, elle l'attirait à elle debout déjà et penchée sur lui en le forçant à se relever.

— Qu'est-ce que..., souffla-t-il dans leur baiser.

Elle s'écarta d'une longueur de cil.

— Pas contre le stoûpa, dit-elle.

Alors, dans la plus pure obscurité, la ténèbre totale, ils s'enlacèrent dans la neige. Il faisait froid, glacial même, mais la neige noire était brûlante sur leur peau nue. Il eût été périlleux de mouiller ses habits et quoique fous de désir et de visions bariolées, ils avaient pris le temps de poser leurs vêtements au sec dans la nuit. Le coussin de Wedji se mouilla cependant sous ses fesses quand, au pays des Teneurs-d'Eveil, il tint l'Eveil, sa propre lumière, Tchöntso, dans son giron, comme une déité de thangka... Mais les thangkas figent les déités dans une pose, comme les instantanés photographiques : la comparaison, par ce froid, cette altitude, ces émotions, pouvait en rester là.

Vingt et un nouveaux jours sans se voir — au plus tôt, si la belle ne prolongeait pas son approche :

c'étaient de vrais adieux qu'ils célébraient en dansant, comme s'ils ne devaient plus se revoir dans cette vie. Mais ils dansèrent jusqu'au lotus rouge qui unit leurs gorges en un seul poème — un râle, disent certains.

Un poème, je le maintiens.

Méditation

Wedji eut quelque peine à retrouver sa bulle dans la roche, mais il y parvint avant que son flambeau ne s'éteigne. Sous l'épée et le livre, la flamme de l'autel brûlait encore. Il s'assit sur la couchette de pierre. Etrangement, elle était tiède. Il s'en rendait compte à présent : dehors il gelait, mais dans la grotte l'air était doux.

Que faire ? pensa-t-il. Si je commence à cogiter maintenant, je ne tarderai pas à divaguer. Et je n'ai pas encore envie de méditer... Il s'étendit, de son turban fit un oreiller, borda sa pèlerine du mieux qu'il le pouvait et, chenille dans son cocon, la main droite sur la crosse de son P.38, il s'endormit un instant.

Un bref instant seulement : la lampe à beurre brillait encore quand il se réveilla. Il se leva, entrouvrit la porte : le ciel pétait d'étoiles. Il referma, ses yeux s'arrêtèrent sur la lampe, le livre, l'épée. Inspiré, il se prosterna à trois reprises en répétant deux fois en tibétain et une fois en chinois la formule du refuge dans les Trois Joyaux. Debout, hébété devant la lumière qui vacilla soudain, il murmura :

— Doux Protecteur, qu'est-ce que je fais ici ?

A ce moment précis, la lampe s'éteignit. Perplexe, Wedji vérifia qu'il avait des allumettes dans son ambak, et en deux pas rejoignit sa couchette. Il se reborda, prit soin de ne plus poser la main sur la crosse de son pistolet et attendit le sommeil.

Il attendit en vain, le sommeil du moins, car les expressions *Rindzinteng*, « dixième jour du dixième mois » et « retraitants » revinrent à sa rencontre — et de nouveau, malheureux idiot radoteur, il se tordait sur sa couchette en grasseyant des *Lin-tsin-teng, yang-tchö-pa, Double Dix...*

Lin-tsin-teng, yang-tchö-pa, Double Dix !

C'étaient des mots chinois ! Il en voyait même les caractères. *Lin-tsin-teng* pour Rindzinteng ; *yang-tchö-pa* pour yangthröpa et *Double Dix,* le dixième jour de la dixième lune...

— J'ai compris ! s'exclama-t-il en se redressant sur sa couchette de pierre.

Il craqua une allumette comme pour ajouter de la lumière à son intuition, remit du beurre dans la lampe, parvint à y planter une mèche et à la rallumer.

Il voyait bien ces trois mots en chinois, ces huit caractères en différentes écritures manuscrites qui toutes, pour l'instant, ressemblaient à la sienne. Et alors ? Au comble de l'excitation, il invoqua de nouveau le Doux Protecteur et alla jusqu'à se prosterner une fois, deux fois... Trop distrait, il en oublia la troisième prosternation et se rassit en tailleur sur sa couchette.

Je devrais méditer, pensa-t-il, et déjà il était debout pour ramasser le coussin.

Il retourna s'asseoir sur la pierre tiède. L'esprit d'Eveil ne vous tombait pas dessus comme le don de certaines langues — il fallait le cultiver. Namtchö Gourtchen lui avait expliqué, pas à pas, comment s'y prendre, mais il avait tout oublié. Il était fatigué. Il voulait dormir. Mais à cette seule idée, les *Lin-tsin-teng*, les *yang-tchö-pa* et les *Double Dix* s'imposèrent de nouveau à sa conscience avec une vivacité visuelle hallucinante. Des pages et des pages manuscrites chinoises et tibétaines, criblées de taches de sang, non, de sceaux en écritures mongole phagspa et chinoise sigillaire ne cessaient de défiler devant ses yeux. A quoi bon ? Cela prendrait-il jamais fin ? N'y avait-il que des traités, des rapports, des documents dans son esprit ? Une troisième fois, il invoqua le Doux Protecteur — Tchöntso lui avait abondamment expliqué que, par-delà toute distance, le maître spirituel écoutait toujours le disciple qui l'implorait...

— Ô Doux Protecteur, répéta-t-il — il sanglotait presque.

Lentement, très lentement, les pages manuscrites calmèrent leur défilé d'ouragan. Une à une, elles s'envolèrent jusqu'à ce qu'il n'en reste qu'une seule devant ses yeux où, parmi d'autres caractères dont l'ensemble dégageait un sens affreux, Wedji reconnut les *Double Dix*, les *yang-tchö-pa*, les *Lin-tsin-teng* qui l'obsédaient.

Il reconnut même les tics graphologiques de celui qui avait tracé ces caractères. Quand il lut le nom de ce personnage, ce nom honni, une violente vision lui fit une autre fois invoquer le Doux Protecteur.

Dans l'instant de silence qui suivit, une intuition précise s'imposa à sa sensibilité : il avait compris — compris que dès l'aube du lendemain il reprendrait son cheval à Changla et sauterait par-dessus gouffres et ravins jusqu'à Hêtsy.

Il avait compris que l'esprit d'Eveil s'était posé entre les mains des Insoumis.

Il quitta l'ermitage le matin et, fi de la glace et des glaciers, sa conviction était telle qu'il atteignit Hêtsy en même temps que la nuit. Il arrivait par le haut, par le grand tchorten et le plateau ; personne ne le remarqua lorsque, plus invisible qu'un esprit, il se glissa avec son cheval dans la cour du bon Jêjô, comme s'il se réfugiait d'on ne sait quelle menace.

On le reçut avec joie, mais l'épuisement et la tension de toute cette journée de cavale lui firent prononcer des paroles assez confuses pour que dame Djédjé, la maîtresse de maison, crût comprendre qu'il mourait de faim. Son époux, le subtil Pomme de Terre, l'avait plutôt entendu jurer qu'il avait « enfin mesuré l'ampleur de sa mission ». Quant à Vêtchou, tirant sombrement sur sa pipe, elle savait que Wedji lui dirait à jamais que l'amour exige infiniment plus que l'amour...

Ingénieuse et ingénue, la petite Bouhlou rassembla toutes ces opinions en l'une de ces évidences dont elle avait le génie :

— Wedji Khövy, dit-elle, est un djihly. On ne peut pas comprendre *tout* ce qu'il pense, et encore moins *tout* ce qu'il dit : il ne peut pas faire autrement que de s'exprimer par énigmes, comme un poète.

Comme un poète, donc, aux prises avec l'inspiration, Wedji toucha à peine aux bonnes choses que Djédjé lui offrait l'une après l'autre. Il répondait à des questions que nul ne lui posait et toujours il répétait que « quelque chose de terrible » allait arriver « si les Insoumis ne faisaient rien »...

Conscient de la nouvelle confusion mentale de

Wedji, ému de le retrouver dans cet état, Jêjô le conduisit dans un réduit de la grande salle de sa maison. Dans sa chère étable, le pauvre garçon serait mort de froid. Ni délirant ni soûl, mais terrassé par une énorme vérité, Wedji s'endormit comme une masse et, mêlant ces pensées à la paix des siennes, Jêjô alla, lui aussi, s'enfermer dans sa chambrette, le réduit du maître de maison où, sous le petit autel des Ancêtres — un tube de bambou ficelé de rouge et deux plumes d'aigle royal —, il pria pour que les révélations du djihly n'annoncent pas d'autres malheurs aux Nossous de Hêtsy.

Encore plus obsédé par son idée que la veille, mais frais et clair, et ragaillardi par la présence de son ami Jêjô, Wedji descendit chez le pimô Akho Lazö dès le lendemain matin. C'était à lui, en fait, qu'il devait parler en premier, mais il avait prié Jêjô de l'accompagner : Turban blanc, certes — mais de quelle blancheur ! —, le seigneur Pomme de Terre était le maître spirituel nossou de Wedji, plus encore que cet énigmatique magicien d'Akho Lazö. Le charme de Jêjô pouvait se comparer à celui de Namtchö Gourtchen, ce lama si attachant, et le Nimou selon Jêjô, une vision d'aigle qui ne se prend pas au sérieux, correspondait, au fil de la réflexion de Wei Lang, à la vacuité bouddhiste, ainsi que Tchöntso lui en avait parlé, non sans rire des incongruités que pouvait produire certain n'importe quoi cosmique et totalement indéfectible.

La noble mère du pimô s'était jointe à eux et, assis autour du foyer, ils parlèrent sans boire, sans manger, sans distraction inutile. Akho Lazö avait prié ses serviteurs de veiller à ce que nul, pas même un

Vieillard du Conseil, ne les dérange. A la mine de Wedji, le pimô avait compris que le djihly n'était pas là pour leur parler de la miraculeuse descente de Bou Apou dans le sein de sa mère.

— Connaissez-vous l'ermitage de Rindzinteng? commença-t-il sur un ton qui laissait entendre que, ayant dit Rindzinteng, il avait tout dit.

— Non, fit le pimô. Et vous, Jêjô?

— Pas du tout.

— Ce n'est pourtant pas loin d'ici, dit Wedji en pointant le sud-ouest d'un geste nerveux, l'index tendu. Au-dessus du Chardza, sur le mont Déoumik.

— Je connais! s'écria Jêjô : le Déoumik est un des sommets du Trangsu Kamma, montagne sacrée s'il en est...

— Et alors? demanda Akho Lazö assez sèchement pour que Pomme de Terre contienne son lyrisme.

— C'est de là que j'arrive, mes amis... Si je n'avais pas fait la découverte que je viens de faire, je serais encore là-bas : j'avais juré au Doux Protecteur, qui m'a l'air d'être le plus grand lama de toute la région, de m'enfermer dans une grotte pour méditer sur...

— Méditer sur quoi? demandèrent en chœur les trois Nossous.

— Sur l'esprit d'Eveil, dit Wedji — l'inquiétude de ses traits fondit en sourire mélancolique.

Prévenant toute langueur, Jêjô voulait savoir ce que cet esprit d'Eveil pouvait bien être.

— Une bonne chose, lui assura Wedji, la meilleure des pensées...

Puis il renfourcha son dada :

— Comment pourrais-je vous parler de l'esprit d'Eveil, puisque je n'ai pas eu le temps de méditer dessus ne serait-ce qu'une seule fois ?

— Pourquoi donc, résuma le pimô, êtes-vous si brusquement parti d'un endroit où vous vouliez rester ?

— Pour vous faire une révélation essentielle, Lazö Apou... ou plutôt, pour vous demander si la révélation que j'ai à vous faire est, ou non, essentielle. Vous et Jêjô, bien sûr, êtes les seuls qui, à présent, pouvez me dire si j'ai perdu la raison, ou alors si l'urgence qui m'agite est fondée.

— Nous sommes tout ouïe, dit Jêjô avec insouciance.

— Et même impatients de vous entendre, ajouta le pimô.

— Prenez votre temps ! recommanda la mère de l'Homme qui lit au djihly qui se trémoussait comme un enfant.

— Il faut pourtant, reprit Wedji, que, avant de vous révéler mon intuition, je vous parle un peu — le strict nécessaire — de ce que j'aime le moins au monde, de ce que j'ai toujours détesté et que vous autres, Nossous, vénérez par-dessus tout, la famille... *ma* famille. Il est indispensable que je vous inflige quelques détails sur la médiocre chose que j'étais avant que les Nossous ne me recueillent dans leur fraternité. Je vous prie de ne point vous heurter de ma franchise. Avant d'être nossou, j'étais henga, et nos idées de Hengas ne sont pas toujours les meilleures. Il n'y a qu'à vous trois...

— *Ama*..., murmura le pimô, laisse-nous.

— Non, c'est à vous trois, insista Wedji, que je veux dire mes secrets, à vous trois précisément que je *dois* les dire. Après seulement, vous comprendrez pourquoi je vous ai d'abord demandé si vous connaissiez l'ermitage de Rindzinteng.

Wedji et Jêjô contèrent alors au pimô et à sa mère l'histoire de Wei Lang jusqu'au point où Pomme de Terre la connaissait, c'est-à-dire lorsque le général Wei Tchen-yi, las du désœuvrement de son fils, l'avait prié de quitter Tch'on-k'ing pour se mettre à la disposition de son oncle Han Min-tsang, colonel à K'ang-ting.

Wedji poursuivit seul son récit : comment l'excellent Jêjô eût-il révélé un secret qu'il n'avait jamais entendu — que le pimô, en revanche, avait deviné en partie ?

Kham-Soumis-Ville

Vous connaissez tous K'ang-ting, mais moi je découvris, le lendemain de mon arrivée nocturne au quartier général de l'armée, un gros bourg traditionnel un peu plus chinois que tibétain, que dominaient les toits cornus des temples bouddhistes, le clocher de l'ex-mission catholique et, nettement au-dessus des drapeaux rouges de la Libération pacifique, les montagnes pelées, si hautes et si serrées que le soleil, en plein été, ne brille jamais plus de trois petites heures sur la ville... Pauvre ville ! Un camp militaire l'étouffe — les Tibétains se sont enfuis sur le Haut Plateau...

Mais je n'étais pas venu là pour me plaindre du mauvais ensoleillement. Je pris mon premier petit déjeuner à K'ang-ting avec mon oncle Han Mintsang, dans la luxueuse demeure dont il avait hérité au cœur du plus grand camp de la place, et, comme nous ne nous étions plus revus depuis plusieurs années, nous échangeâmes force souvenirs, politesses, et autres nouvelles familiales.

Le colonel ressemblait à ma mère par les traits et à mon père, son vieil ami, par la pensée. Vous pouvez imaginer ce que je ressentis en prenant conscience que j'allais être l'intime, d'une manière ou d'une autre, d'un sosie à la fois de mon père et de ma mère !

De ma mère il avait, naturellement lui, la pâleur fantomatique des masques noyés de céruse, la taille plutôt moyenne — si je suis grand, c'est par mon père —, les yeux petits, taillés au bistouri, au regard toujours fuyant, et les mains noueuses de ceux qui, par sérénité sûrement, se tordent les doigts sans discontinuer.

A l'instar de mon père, Han Min-tsang cultivait l'art de haïr l'ennemi mais, à la différence de son vieil ami, il n'avait eu, n'avait encore et n'aurait toujours qu'un seul et unique ennemi : le peuple tibétain. J'avais en face de moi un digne successeur, fidèle et monomane, de Tchao Eul-fong, l'Equarrisseur du Kham.

Pour ma part, je ne m'étais jamais particulièrement intéressé aux Tibétains — ni aux Nossous, je vous l'avoue —, mais dès que je fus à K'ang-ting entre les griffes du colonel, j'eus envie de tout connaître de ces fameux barbares que mon oncle abhorrait jusqu'à la démesure et pour des raisons que sa folie parvenait à justifier, ou du moins en avais-je parfois l'impression, et qui, plus j'en apprenais, m'effrayaient en me fascinant.

Des quelques lectures que je pus trouver alors sur le sujet, toutes chinoises, sinocentriques, racistes et souvent contradictoires, je ne pus guère tirer d'idées plus claires que celles que, du Haut Plateau, rapportaient les rares soldats de l'APL qui en redescendaient : ils n'avaient vu que des camions, les leurs, et des gens en haillons au bord de la route — au loin, d'autres encore qui leur tournaient le dos, et d'autres qui les fuyaient comme on fuit la mort.

Il y avait à peine six mois que l'armée chinoise avait pacifiquement libéré Tchamdo, la capitale du Kham, et tandis que je découvrais l'existence du Tibet, la même armée envahissait Lhassa par tous les fronts. A K'ang-ting, la garnison ne cessait de se remplir pour se vider immédiatement. De toute la Chine arrivaient des hommes, souvent de jeunes recrues, qui en deux semaines étaient jugés fin prêts pour emprunter l'escabeau du Kham et joindre leur naïve obéissance aux forces révolutionnaires chargées de préserver la paix et la liberté que les Tibétains connaissaient enfin.

K'ang-ting : ce nom seul me met hors de moi. *K'ang*, c'est le Kham, et *ting* veut dire « soumis ». J'étais donc coincé dans une ville tibétaine rebaptisée par les Chinois « Kham-Soumis », entre un oncle malade à force de haïr les Khampas et les Khampas eux-mêmes, ces grands gars que je voyais se promener en ville, couverts d'armes et de bijoux, nobles, géants, célestes.

K'ang-ting dont le véritable nom est Dartséndo parce que les torrents Dartchou et Tsétchou y confluent, *ndo* en tibétain, porte donc le nom de « Confluence des torrents Dar et Tsé ». L'oreille sseutchouanaise, voisine de la voix tibétaine, transcrivit Dartséndo en *Ta-ts'ien-lou* — on en trouve trace dans la très ancienne *Histoire des Han postérieurs*. Jadis, Ta-ts'ien-lou passa quelque temps aux mains des Chinois, mais au titre de commanderie avancée des marches de l'Empire. Déjà les Han avaient réinventé, en leur faveur, l'étymologie de Dartséndo : le grand Wou Heou qui régnait alors sur le Sseutchouan voulut rogner un peu des montagnes et des jungles du Sud. Sur les conseils de son général Kouo-ta — qui devait être un Tibétain sinophile —, il manda ce dernier au pied des monts Tserdo, les premiers degrés de l'escabeau du Kham, pour que l'homme de guerre y établît une forge (*lou* en chinois) où l'on fabriquerait (*ta*) de redoutables flèches (*ts'ien*) : ainsi, Ta-ts'ien-lou, ville chinoise, ne pouvait plus que s'enorgueillir d'être devenue sous les empereurs mandchous de Chine, dont les maîtres spirituels étaient pourtant tibétains et parfois même khampas, « Kham-Soumis-Ville » : *K'ang-ting*.

L'histoire est plus terrible encore, et tandis que le thé jadis porté à dos d'homme s'en allait au Tibet en camion — oh, le Progrès, la Libération ! —, mon oncle m'exposait et me réexposait ses ingénieuses, ses subtiles, ses pénibles opinions sur ce qu'il appelait les « siècles maudits de la mainmise des Tibétains sur la Chine ».

Viscéralement anticommuniste, viscéralement anti-tout, devrais-je dire, le colonel Han Min-tsang était absurdement honoré par le Parti et les militaires, à l'instar de mon réactionnaire de père... Entre hommes au pouvoir, les idées passaient après l'or et le plomb ! En tant qu'héritier de Tchao Eul-fong, et après une longue et flatteuse autocritique — selon lui —, Han Min-tsang fut renommé colonel et on lui confia, ce qui était un secret d'Etat, la difficile tâche de former des commandos paramilitaires spécialisés dans la guérilla de haute montagne — la « micro-guérilla », comme il se targuait d'avoir créé le terme.

Un soir du mois de juillet, nous nous trouvions lui et moi dans son boudoir à opium — il fumait, lui aussi —, une chambre plutôt secrète de sa demeure en plein milieu du camp, où il avait rassemblé quelques beaux objets, comme il disait, dont un Bouddha si parfait que mon oncle en avait probablement oublié qu'il était tibétain et un superbe katana sur son support, placé devant la statue du Bouddha comme une offrande. La première fois qu'il m'avait invité dans son repaire, Han Min-tsang m'avait confié que ces deux objets lui rappelaient son devoir même lorsqu'il somnolait dans la fumée. Il ne croyait guère au Bouddha, mais les Tibétains y croyaient ; il croyait au sabre, et ces chiens et leurs bouddhas vivants s'en rendraient définitivement compte un jour.

Pour l'heure, il en était à sa deuxième pipe, celle après laquelle il s'asseyait à une écritoire basse, parallèle à son matelas de fumeur, pour confier au pinceau des vers assez mauvais, dans un style calligraphique dit régulier cependant, dont l'équilibre et la précision me surprenaient toujours.

Eût-il été seul, je suppose qu'il se serait mis à écrire tout de suite, mais ce soir-là, il négligea l'encre et le papier pour, de ses yeux mauvais, fouiller les miens.

— Tu me plais, dit-il. Neveu, j'ai confiance en toi. J'ai vu comme tu t'intéressais aux choses tibétaines, à notre glorieuse histoire. C'est bien. Il faut connaître l'ennemi.

— Les Tibétains ne sont plus nos ennemis, ironisai-je, mais nos frères au sein de la grande famille de la République populaire de Chine...

— Conneries ! s'écria-t-il — il était plus nerveux encore que mon père... Ces... ces babouins hirsutes ne sont pas nos frères ! Et la République populaire de Chine, tu sais où je me la fous... Toi aussi d'ailleurs, n'est-ce pas ?

Il était bien drogué ; je le laissai parler.

— Tu vois, grasseya-t-il.

Il allait repartir sur la cabale des lamas, des Mongols et des Mandchous.

— Voilà sept siècles que les lamas dirigent la Chine avec leurs goéties : ils ont d'abord ensorcelé les cavaliers mongols qui nous opprimèrent pendant la dynastie des Yuan...

Sur les Ming, bons pillards chinois, il ne dit rien.

— ... puis ils s'en sont pris aux Mandchous dégénérés qui eurent le culot d'appeler « Pure », *Ts'ing,* leur dynastie. Ce n'était que magie noire, sorcellerie, fêtes affreuses où l'on égorgeait par centaines des petits garçons et des petites filles chinois...

Délirant de la sorte, le colonel Han s'empara de son pinceau, d'une feuille de papier et se tut. L'opium avait transformé ses yeux en brandons de haine, aux pupilles rouge froid.

— Voilà près de trois siècles, reprit-il, que les Mandchous nous oppriment. Un Mandchou ne valait-il pas cent Chinois ? Or, les perfides conseillers des Mandchous n'étaient autres que la crème, l'odieuse crème des Tibétains : les lamas. Et les lamas, mon neveu...

Pour la trentième fois, avec quelques nouvelles vulgarités en prime, j'appris donc que les lamas n'étaient pas cette pullulation de moines oisifs et parasites dont le Tibet n'avait pas besoin de se vanter, bien que les lamas pussent appartenir, et souvent appartînssent, à la race des ânes chauves...

— Non, non, mon neveu, disait-il, la voix pâteuse, les lamas sont les maîtres spirituels de ces gens-là, aussi.

Les révélations du colonel commençaient à me

porter sur les nerfs, et ce soir-là plus que jamais, si bien que je me permis d'interrompre sa chanson :

— Qu'entendez-vous exactement par « maître spirituel », mon oncle ?

— Ne m'appelle pas « mon oncle » comme un demeuré !

Il se gratta vivement tout le corps et, plus longtemps, le visage.

— Là n'est pas la question... Ecoute-moi plutôt !

J'obéis.

— Les maîtres spirituels, fussent-ils de simples Tibétains, sont des maîtres quand même. Et qui dit maître dit esclave. Suis-moi...

Contenant la haine qui me gagnait, je le suivis du mieux que je pouvais, comme si ses pseudologies avaient un sens.

— Les empereurs mandchous de Chine étaient donc les esclaves de leurs lamas et nous, peuple chinois, nous étions les esclaves des empereurs mandchous de Chine.

Heureux de la formule, le colonel m'adressa un grimaçant sourire. Il n'avait toujours pas encré son pinceau, sur lequel ses phalanges torses s'étaient crispées jusqu'à blanchir.

— Les lamas, fit-il soudain, sont eux-mêmes entièrement soumis à leurs maîtres spirituels, qui sont, d'ailleurs, aussi temporels que spirituels lorsqu'il s'agit de pouvoir... Les Dalaï-lamas, par exemple, cette invention mongole, sont de terribles manipulateurs d'hommes et d'idées. Celui qu'ils appellent le Grand Cinquième a même eu le culot de proclamer l'indépendance du Tibet. Mais le Tibet, le Tibet...

De nouveau, une vague de fureur le faisait bégayer.

— Le Tibet n'a jamais été que le réservoir occidental, *Si-tsang*, du grand empire chinois !

En bon nationaliste, cet opiomane délirant estimait que la Libération de 1949 devait commencer par l'élimination des traîtres à la nation, et les Tibétains, pour les raisons qu'on sait, n'en étaient pas les moindres.

— Pas n'importe quel Tibétain, dit le colonel en encrant avec un grand calme très faux les poils de son pinceau. Les Tibétains ne sont pas tous d'odieux contre-révolutionnaires — il sourit en approchant le pinceau du papier —, mais leurs lamas, leurs lamas sont d'infâmes exploiteurs féodalistes...

Il sourit en reposant lentement le pinceau sur le bord de l'encrier. Il n'avait encore rien écrit.

— Les lamas ne sont pas tous des marionnettes dorées dont on baise les pieds en larmoyant — leurs bénédictions coûtent plus cher qu'une écharpe de gaze grossière mal talquée. Mais cela, je m'en moque. Il y a bien pire que les lamas pour concocter les noires magies qui leur ont donné le pouvoir de dominer la Chine aussi longtemps. Il y a tellement pire que les lamas... Mais ces êtres pernicieux se cachent. Ils aiment jouer de l'invisibilité : elle les rend d'autant plus vénérables — redoutables. Les occultes conseillers et maîtres, les inspirateurs suprêmes des lamas, ce sont les contemplatifs, les retraitants. Ils appellent ça *yang-tchö-pa,* des fous qui, non contents de s'être enfuis du monde dans un monastère, s'enfuient du monastère lui-même pour, dans la plus extrême discrétion, dans la solitude des montagnes, évoquer le Diable — mon oncle disait « Mâra », comme chez les bouddhistes —, et se livrer à d'obscènes pratiques dont leurs statues —

tu l'as vu par toi-même — témoignent avec un mauvais goût frisant le grotesque...

» Ce sont eux, dit mon oncle en reprenant son pinceau, les contemplatifs, ces prétendus ermites qui, de leurs maléfiques visions, nourrissent les folies des lamas qui inspirèrent les folies des souverains mandchous qui opprimèrent la Chine.

Enfin silencieux, il écrivit :

« Moi... »

Son écriture était plus parfaite que l'ignominie de sa pensée, mais, par je ne sais quel esprit de discrétion, je détournai les yeux de la feuille d'écriture et regardai le Bouddha tibétain, le sabre japonais, l'heure à ma montre : bientôt minuit. La colonelle dormait dans ses appartements. Tout le monde dormait. Seul Han Min-tsang écrivait — que pouvait-il écrire en soufflant de la sorte ?

— Des vers, mon oncle ?

Il acheva sa phrase, reposa le pinceau et saisit le feuillet à deux mains en soufflant légèrement sur l'encre pour la faire sécher, puis il roula le feuillet et le laissa choir sur la table où il se posa recto en l'air — ma discrétion était satisfaite.

— Non, certainement pas des vers, dit-il. Ou alors : le meilleur poème que j'aie jamais écrit. Mais il me manque juste une idée, une idée poétique justement, une notation saisonnière... Si tu avais la gentillesse de me préparer une autre pipe, je pourrais t'expliquer... quelques... détails d'une idée que je vais enfin pouvoir mettre à exécution...

Je glissai à genoux, de l'autre côté de la table basse, jusqu'au plateau où était le nécessaire à fumer. D'un coup sec j'éjectai du fourneau la boulette carbonisée en rêvassant un instant sur le remarquable cloisonné du tuyau. C'est bien simple, je n'avais jamais voulu fumer parce que, tous, ils fumaient, les gens que j'exécrais. Le tabac et les alcools chers me suffisaient : les opiomanes, ces pantins des Anglais, comme écrivait je ne sais plus quel penseur marxiste-léniniste, ne m'inspiraient rien qui vaille.

— Voilà, dit Han Min-tsang, le Tibet ne sera vaincu — nous voulons dire « libéré » — que lorsqu'on en aura éliminé, non le peuple, ni les moines, et encore moins les chèvres et les arbres, mais les ermites, les yang-tchö-pa. Ces monstres-là ne s'enivrent pas de transe sur la place du marché. Ils disparaissent du monde, ou du moins le font-ils croire, gravissent les plus hauts sommets et se cachent dans des grottes où ils font semblant de rester enfermés pendant des mois, voire des années.

» Eh bien, moi, sourit le colonel en s'étendant sur sa couche de fumeur, je connais plusieurs de leurs cachettes, à ces fous aux yeux hagards, à ces folles — car il y a aussi des femmes — à moitié dénudées qui dansent avec leurs dieux atroces, leurs démons...

Sourd, ou indifférent à ces délires, je tendis la pipe à mon oncle et la soutins pour lui au-dessus de la flammèche. Grésillement et odeur uniques. Je ne parvenais pas à dire un mot, émettre un commentaire — et je n'avais guère envie d'ironiser.

Quand il eut recraché la dernière bouffée de sa troisième pipe d'opium, Han Min-tsang se renversa sur le dos en maugréant :

— ... pour exploiter la Chine...

Trois minutes passèrent à peine, et il était de nouveau assis à l'écritoire, trempait son pinceau dans l'encre et ajoutait deux colonnes au texte déjà écrit.

— L'idée qui vous manquait vous est venue, à ce

qu'il semble, colonel, dis-je en revenant sur mes genoux en face de lui, de sa face pâlotte où les yeux semblaient de brèves fentes rouges au sommet de grands cernes verdâtres.

— Eh oui ! s'exclama le spectre. Voilà une bonne chose de faite !

Comme enjoué, il apposa son sceau au manuscrit, sous mon front qui se vidait.

— Quelle bonne chose ? dis-je malgré moi. Si je ne suis pas indiscret...

— Rien d'éclatant, mon bon neveu : j'ai des hommes prêts à déloger ces dangereuses canailles dans leurs repaires pour leur faire regretter de nous avoir martyrisés pendant un millénaire...

— Vous venez de donner l'ordre d'aller massacrer les ermites dans leurs retraites ?

— Une centaine, j'espère — si mes renseignements sont bons... Cinquante hommes bien entraînés, et bien endoctrinés — crois-moi, je m'en suis particulièrement occupé —, devraient venir à bout de ces débiles sans difficulté. Les ermites, ces fuyards, ont la tête bourrée d'extravagantes hallucinations, et ils se sous-nourrissent pour encore mieux halluciner... Une bouchée — et hop ! que je te croque le cerveau qui nous causa tant de malheurs... Pas grand-chose en apparence, vois-tu, neveu ? Mais je suis sûr que cette attaque inhabituelle blessera profondément le Tibet et ses maudits lamas. Qu'en dis-tu ?

Mon esprit était tout à fait vide.

Le colonel souriait ; sur sa tête de mort, les brandons de ses yeux plongés dans mon ébahissement me poussèrent finalement à m'ébrouer :

— Rien, colonel. Je n'en dis rien.

Je ne sais plus ce que ma pensée devint alors, mais je me rappelle parfaitement mes actes. Toujours à genoux, je glissai vers l'autre extrémité de la table, jusqu'à la statue du Bouddha. Le fou me suivait des yeux en silence. Je m'emparai du sabre japonais comme si le Bouddha me l'avait tendu et revins, à genoux encore, me poster devant mon oncle qui n'avait jusque-là pas bronché.

Il éclata de rire — un fou rire qu'il forçait.

Je dégainai.

— Poule mouillée ! s'écria-t-il alors. Cœur sensible !

Je me mis en garde à droite. Le colonel tâta sa ceinture — sa tête de mort branlait...

— Tu vois, je ne suis même pas armé... Petit crétin ! Allez, vas-y ! Qu'est-ce que tu attends ?

Toute l'énergie de mon instinct de vie se concentra dans mon absence de pensée, mes bras se détendirent, la lame lança un éclair et, coupée nette, la tête du colonel bondit sur la table basse. Elle roula jusqu'au bout de la table, tomba sur le nécessaire à fumer et les rares cheveux, fins et blancs, de Han Min-tsang prirent feu à la flamme de la petite lampe à huile de coco.

Lâchant le katana, je me précipitai sur le feu pour l'éteindre : en étouffant sous un coussin la tête coupée de mon oncle, j'eus l'impression de le tuer une deuxième fois. C'était trop, à mon sens. L'ordre qu'il avait signé et scellé ? Je le lus, sans rien comprendre de ce que je lisais. Ma confusion, la confusion d'un esprit qui à nouveau se remplissait, était telle que je reposai le dernier manuscrit du colonel sur la table basse avant de vider les lieux.

A présent je connais par cœur le contenu de cet

ordre, mais depuis hier ou avant-hier seulement. Patience, patience, j'y arrive !

Criminel à mon tour, je regagnai mes appartements sur la pointe des pieds. C'est le sergent Ng Tchoi-loi, mon ordonnance, qui vint m'annoncer que le colonel mon oncle avait été sauvagement assassiné au cours de la nuit. Ma mine ahurie devait être la bonne : le sergent parut me croire affecté. J'étais nouveau venu ici, et chacun pensait que mon oncle m'estimait. Fidèle à mon habitude, je ne m'étais confié à personne des inquiétudes et de l'horreur que cet officier fou m'inspirait. On pensait donc que, moi aussi, j'avais de l'estime pour lui. On savait également qu'il était en charge de projets tenus secrets... Il ne serait pas étonnant qu'un contre-révolutionnaire tibétain, ou même l'un des nervis sans foi ni loi qui servaient dans ses commandos, ait commis ce crime affreux.

On n'avait apparemment rien volé, disait le sergent, et l'ordre de mission, le dernier ordre du colonel avait été remis aux autorités compétentes : j'avais commis la plus grave erreur de ma vie en n'ayant pas détruit cet ordre. Mais bientôt je vous demanderai de m'aider à réparer cette erreur...

Je n'affectionnais pas particulièrement mon ordonnance Ng Tchoi-loi, ce petit sergent qui se prenait pour un révolutionnaire ; en fait, il ne comprenait rien à rien et gobait tous les mensonges de ses chefs, dont la foule des miens. En revanche, j'étais sûr qu'il ne me soupçonnerait jamais d'avoir étêté le colonel Han : il me prenait pour un rêveur inoffensif et un authentique cartographe ; de plus, il craignait et vénérait le général Wei, mon père, qui lui avait en personne remis ses premiers galons.

Bref, on fit de jolies funérailles au cadavre de mon oncle, le temps pour moi d'organiser ma fuite. Il n'était pas question que je reparte vers l'est, Tch'ong-k'ing, les inondations, les épidémies, les ruines... Vers le nord : Tch'eng-tou ? Plus loin encore : mais qu'avaient laissé derrière elles cinquante années de guerres nationales et internationales ? Le Sud ? Quel Sud ? Des montagnes dont je ne savais rien... Restait l'Ouest, le Haut Plateau, le Kham habité par ces gens dont je venais, au sommet de l'exaspération, d'éliminer un bourreau.

Ma position, ô paradoxe, me fit croire, et constater jusqu'à un certain point, qu'aucun soupçon, absolument aucun soupçon ne pesait sur moi ; mon rang et mon grade mirent à ma disposition une Jeep, un chauffeur, un opérateur radio et mon ordonnance : je partais en reconnaissance cartographique, j'étais lieutenant, et aux postes de contrôle les barrières se transformaient en arcs de triomphe sur mon passage.

Nous doublâmes peut-être cent camions, le chauffeur ne leva pas le poing de l'avertisseur sonore de toute la journée, mais avec le soir nous étions de l'autre côté des monts Tserdo, dans une espèce d'immense prairie où nous avions un campement immense aussi, du nom de pont de la Nouvelle Capitale.

Toute disproportion mise à part, le paysage n'avait rien d'exceptionnel, et la perfection du ciel au couchant, au lieu de me faire fondre d'oubli, me pinça les nerfs comme s'ils étaient les cordes d'une harpe à remords.

Car, vrai, Lazö Apou, c'est au camp du pont de la Nouvelle Capitale, avant que ne commence la montée du Kham proprement dite, que je me suis mis en tête que mon ordonnance, sous ses airs de crétin, avait tout compris, ou du moins qu'il avait remarqué que, entre ma brusque envie d'aller pacifiquement libérer le Tibet et les funérailles de mon cher oncle, il avait passé fort peu de temps.

Brusquement incapable de contrôler cette angoisse, je ne vis bientôt plus rien des lieux que nous traversions, des altitudes merveilleuses que, de camion en camion et dans un terrible fracas de klaxons, nous atteignions de proche en proche.

Pamé, Taou, Drango, Kandzé : je n'avais rien vu, sinon l'acné, les trois poils au menton, et les petits vers blancs qui dansaient dans les yeux du sergent Ng Tchoi-loi. Quand cet être fourbe m'avait déclaré qu'on avait remis le dernier ordre du colonel aux autorités compétentes, je suis sûr qu'il jouissait de la souffrance de ma pensée. Pourquoi n'avais-je pas immédiatement détruit cet ordre infâme ?

Serait-il exécuté ? De toutes mes forces, je souhaitais que non. Je m'inventai même la consolation de croire que, leur chef disparu, les commandos devraient attendre leurs ordres d'un nouveau colonel...

Par le mûrier des chevaux

— C'est bien d'avoir tué Han Min-tsang, dit le pimô Akho Lazö.

Il prenait la parole pour la première fois depuis que Wedji racontait son histoire. Jusque-là, de même que sa mère et le seigneur Jêjô, il s'était contenté de pousser des *alè* pour exprimer son étonnement et des *amo* pour dire son dégoût

— C'est bien, répéta-t-il, les traits glacés.

Wedji visualisait la tête enflammée de son oncle, le sang qui giclait de son cou tranché...

— C'est une bonne chose, dit Akho Lazö pour la troisième fois, que vous ayez tué ce colonel inhumain.

Chassant ces images, Wedji essaya de reprendre le récit de sa montée sur le Haut Plateau.

— A Kandzé, dit-il, j'étais au comble du désemparement. Ng Tchoi-loi, ou plutôt, les idées que le pauvre sergent m'inspiraient me firent inventer une histoire cartographique qui devait tenir debout, car le commandant de la place me donna l'autorisation de partir en side-car à Piri, le premier bourg au nord de la ville, puis, de là, sur la route en construction jusqu'au col du Gyapla, et au-delà, si nécessaire.

» A part l'euphorie de mon départ et l'inconscience avec laquelle j'avais accompagné mon oncle jusqu'à sa dernière demeure, j'étais tout le temps resté prostré dans ma mémoire et l'étroitesse de mon imagination : Ng Tchoi-loi, qui m'avait démasqué, allait-il, oui ou non, me dénoncer ?

» Comme s'il était impossible qu'il en fût autrement l'autorité militaire avait décidé que mon ordonnance serait en plus mon chauffeur. Moi dans le side-car, les pieds confortablement calés sur la tchouba que je porte, et ma mauvaise conscience incarnée en Ng Tchoi-loi, nous passâmes le dernier contrôle du Gyapla et...

— Nous savons, dit Akho Lazö. Mais dites-nous à présent ce que ce long prélude vous amène à nous dire.

— Bien sûr, s'écria Wedji. C'est d'ailleurs cela seul qui importe !

Il se cala sur ses fesses dont il venait soudain de reprendre conscience.

— Je connais l'endroit où le colonel voulait envoyer ses tueurs — c'est précisément de là que j'arrive. Je crois que, malgré sa mort, ses ordres vont être exécutés. Et je crois savoir, mes amis, quand ces démons vont attaquer. Interrogez les esprits, je vous en prie, pour voir si je m'égare ou bien si je dis vrai. Car si je dis vrai, nous n'avons plus une minute à perdre.

L'écriture calligraphique des caractères *Lin-tsin-teng*, *yang-tchö-pa* et *Double Dix* que Wedji avait reconnus dans sa grotte du promontoire des Teneurs-d'Eveil n'était autre que celle de son oncle, de même que la signature et le sceau. Cet ordre qu'il avait lu sans l'esprit, dans l'affolement de son crime, il l'avait nettement revu, et relu, et compris, dans sa bulle de roche à Rindzinteng.

Double Dix, le dixième jour, le si puissant *tsétchou* de la dixième lune, serait là dans dix jours. C'était la date probable de l'assaut que le cloaque cérébral du colonel Han avait concrété. Cinquante assassins s'introduiraient à Rindzinteng pour humilier et anéantir ceux qui méditaient. Ils plaqueraient Tchöntso contre un rocher et...

— Lazö Apou, dites-moi que je divague !

Les voix du pimô, de sa mère et de Jêjô tout à coup se mélangèrent.

— Wedji Khövy, semblaient-ils dire, vous êtes djihly : nous avons confiance en vous et maintes fois, déjà, les sorts nous ont assurés de votre probité. Vous êtes notre talisman de victoire, et le don des langues vous a permis de prendre connaissance d'un danger auquel, dès à présent, il ne nous reste plus qu'à parer. Avec vous. Grâce à vous...

Djihly et même guerrier de l'Eveil, Wedji n'en était pas moins Wei Lang, un être dont le doute occupait la moitié de l'âme.

— Ce ne sont que des visions, répéta-t-il, des hallucinations, peut-être, et je ne veux pas engager mes frères dans une parodie d'attaque surprise.

— Parodie ? releva Jêjô. Au pire, il n'y aura aucune attaque, et nul ne saurait pâtir d'une promenade dans la neige... Au mieux, les guerriers feraient vieillir quelques démons à la solde des envahisseurs — de vrais démons, de ceux qui cherchent à nuire aux dieux...

— Le dixième jour de la dixième lune, répéta Wedji, et il ajouta, glacial : nul autre jour. Mais...

— *Alè !* lança soudain la mère du pimô. Seigneur

djihly, votre bataille aura donc lieu dans dix jours exactement... Permettez-moi d'exagérer un peu en vous priant d'arrêter de douter !

La mère du pimô ne prenait pas souvent la parole, mais la rareté de ses propos en assurait la fermeté : leur ton était celui de la conclusion.

— Donnez-moi une preuve, dit alors Wedji qui ne pouvait se résoudre à entreprendre un massacre — fût-ce un massacre de démons. Donnez-moi une preuve, Pimô Apou... Confirmez par vos magies les illusions de ma mémoire !

— Si cela peut apaiser votre cœur, soupira l'Homme qui lit, je vais prier l'Ancêtre des Mouches à guêpes de nous donner son avis.

Il fit un signe à sa mère qui se leva immédiatement pour rapporter d'un réduit secret une planchette de bois, longue d'un mètre environ, et fine, qu'elle tendit à son fils.

— C'est une baguette de mûrier des chevaux, dit ce dernier.

— Ce mûrier-là, intervint Jêjô en botaniste, ne donne pas de mûres mais un bois divinatoire de qualité supérieure.

La mère du pimô apporta ensuite un grimoire, qui ressemblait à un livre tibétain, en plus petit : des feuillets oblongs de papier grossier, entassés sans reliure entre deux plaques de bois dont les motifs gravés avaient disparu sous la patine et la crasse — des pages couvertes de pattes d'oiseaux, de bulles échevelées, de têtards anguleux et de toutes sortes de petits traits que le pimô lisait en les psalmodiant avec lenteur.

A côté de lui, sa mère posa une ombrelle ouverte, une ombrelle de bambou qui, dans la pénombre des lieux, ne servait qu'à projeter un cercle de protection contre les démons et les mauvais esprits que le pimô était en train de sermonner. Sous l'ombrelle, la mère posa une énorme serre d'aigle royal recouverte de laque rouge : ce talisman suprême rappelait aux génies obstaculaires la prévalence de l'âme du pimô sur la leur, la magique supériorité de l'Homme qui lit et qui accélérait pour l'heure le débit de sa psalmodie. Du poing gauche, il secouait rythmiquement la baguette de mûrier, tandis que sa mère lui apportait un éventail rond. De trois coups d'éventail magique, Akho Lazö souffla littéralement les diablotins les plus collants, ceux qui vivaient des déjections de l'Ame ancestrale qu'il était en train d'inviter : cul par-dessus tête, les gnomes invisibles s'envolèrent au moins jusqu'au Chentchô, jusqu'au Riwongtchen.

D'un seul coup de cloche, grave, long, qui prit tout son temps pour retourner au silence, le pimô créa ensuite un canal pour les formules et les charmes qu'il prononçait : au lieu de s'évaporer sous les voliges du toit, toutes les paroles qu'il avait animées en les lisant dans son grimoire s'engouffrèrent dans le tube de silence que le grave tintement de la cloche avait creusé entre ce monde et l'autre.

Alors la mère tendit à son fils une fine dague, analogue à celle qui pendait toujours à la ceinture de Jêjô, et Akho Lazö reprit ses incantations de plus belle, mais cette fois, de la pointe de son couteau, il entaillait la baguette de bois posée sur ses genoux.

Cela ne dura guère. Le pimô rouvrit son œil unique que la concentration avait clos — il aurait pu se piquer les genoux et les cuisses ! — et contempla son travail. De la pointe de sa dague il traça une ligne qui indiquait le milieu exact du bâton, à droite de laquelle il grava la syllabe nossoue *thô*, qui signifie « en haut ». Ensuite, il fronça les sourcils et son tsythi se pencha en avant. Il comptait, de part et d'autre de la ligne médiane, les entailles que sa dague inspirée par l'Ancêtre avait laissées dans le bois. Cela fini, il tendit la baguette à Wedji, puis à Jêjô, pour qu'ils les comptent à leur tour.

— Combien d'entailles avez-vous comptées « en haut » ? demanda le pimô à Wedji.

— Vingt et une.

— Moi aussi, dit Jêjô.

— Moi également, sourit Akho Lazö. Et « en bas » ?

— Vingt-sept, dit Wedji.

— Moi aussi, firent, en chœur cette fois, Pomme de Terre et l'Homme qui lit.

— Le « haut » du bâton, expliqua le pimô, répond à la question : Avons-nous l'ennemi dont Wedji nous parle ? et il dit, chiffre impair : Oui. Le « bas » répond à la question : Si nous avons un ennemi, le vaincrons-nous ? et il dit encore, chiffre impair : Oui.

» Soyez donc sûr de n'avoir pas divagué, ajouta le pimô. Que diriez-vous plutôt de descendre avec moi chez Chalô Apou, afin de prendre son avis — que je connais déjà —, mais surtout, de mettre au point l'énorme exorcisme à quoi l'affaire se ramène ?

Pendant les deux jours qui suivirent l'annonce de l'exorcisme, Chalô Apou et le pimô dirigèrent l'indispensable palabre des Mouches à guêpes. La vision du djihly prévoyait un commando de cinquante-quatre hommes, exactement, cinquante-quatre soldats formés, en quelque sorte, à être des braves. Khötchy déclara qu'il en écraserait cinq à mains nues ;

Moundô jura qu'il était impossible que des mercenaires fussent de vrais braves ; et tous invoquèrent leurs héroïques lignées pour prouver qu'ils valaient chacun, sans nulle exagération, au moins trois hommes des commandos du *Nyitsyvômou*, le Roi des Démons lui-même...

Le djihly Wedji Poète était un voyant inspiré : ils savaient qu'avec lui toutes les victoires leur souriraient. Or, s'ils avaient la force et l'ingéniosité de cent vingt bons diables déchaînés, ils n'étaient en fait que quarante Turbans noirs, Guerriers, Mouches à guêpes : Hêtsy n'était qu'un petit village nossou perdu dans les déserts du Tongkor. Quarante guerriers contre cinquante-quatre démons : cela faisait nécessairement réfléchir ! De la bravoure, voire de l'orgueil, certes, mais un peu de sagesse ne saurait nuire à l'excellente cause...

— Ne sommes-nous pas des Insoumis ? s'écria le pimô. Sommes-nous, Nossous de Hêtsy, les seuls Insoumis du Kham ? Que faisons-nous des cent, des deux cents hommes de notre allié le capitaine Limikkya ?

Le jour suivant, celui-ci était à Hêtsy : le grand Khötchy avait eu le temps d'établir un réseau khampa et nossou qui lui permettait de rentrer en communication, dans les plus brefs délais, avec le capitaine devenu son ami. Une affaire grave, lui avait-il fait dire, exigeait au plus tôt sa présence à Hêtsy. Limikkya sauta dans ses bottes de sept lieues et, de Tréhor, à l'est de Kandzé, où il allait la veille se coucher, il se retrouva dans la cour déneigée de Chalô Apou, à écouter les visions de Wedji, qu'agrémentaient les commentaires, aussi drôles que violents, de l'autre tibétophone du village.

Pour le capitaine Limikkya, présages et songes n'étaient pas des mensonges, et d'autant plus s'ils émanaient d'un gars aussi bizarre, mais aimable, que le djihly Wedji, ce déserteur chinois, l'ami des Nossous et des Khampas, leur frère même... Il était donc nécessaire, sinon plaisant, de réduire de cinquante-quatre — seulement ! — le nombre des envahisseurs... De plus, l'expédition bien menée serait une pêche au trésor en matière d'armement léger, bracelets-montres, jumelles et autres merveilles du monde moderne.

Le capitaine rajusta son chapeau de feutre et montra le chapelet luxueux qu'il s'était enroulé autour du poignet droit lorsque Wedji émit l'idée que, en plus de ces évidentes considérations matérielles, ils seraient les défenseurs d'un lieu unique au monde, où des saints en prière se mortifiaient pour empêcher que l'horreur soit encore plus horrible qu'elle ne l'était déjà, ici, là, là et là, partout.

— Et à Rindzinteng, conclut-il, Tchöntsola se trouve en ce moment... Tchöntsola, la fille du lama Namtchö Gourtchen qui vous a si bien béni.

La même mélancolie posa un timide sourire sur leurs deux visages.

— Je vous promets, dit Limikkya, que dans les deux jours j'aurai rassemblé cinquante de mes brigands. Depuis qu'ils se sentent Insoumis et non plus bandits seulement, leur fierté s'est teintée de pensée supérieure, comme on dit, de bonté... Mes hommes sont aussi orgueilleux et puissants que les guerriers nossous : ensemble, nous ne ferons qu'une bouchée de ce commando d'unijambistes — Limikkya avait usé du terme *théourang* qui désigne une espèce de démons à une seule jambe, certes, mais qui, de plus, n'ayant pas la tête sur les épaules, la portent sous leur bras comme un ballon...

— Il ne s'agit pas d'une attaque surprise ordinaire, dit Wedji. L'idéal serait d'opérer en silence, sans un seul coup de feu...

— Vous n'allez pas me dire : sans verser une goutte de sang, j'espère ?

— Ne serait-ce pas merveilleux ? Et pourtant... Si, après tout, je n'avais fait qu'un mauvais rêve et que nous tombions sur un défilé vide...

— Ce ne serait que partie remise, rugit, la voix décidée, le capitaine Limikkya : les envahisseurs envahissent. Depuis que le Kham est Kham, les militaires chinois n'ont jamais pu se faire à cette évidence que nous les avons laissés nous voler nos pierres et nos arbres, mais que nous ne les laisserons jamais se glisser comme des larves venimeuses dans nos plus hautes grottes pour qu'ils souillent et pourrissent notre esprit.

Limikkya avait compris. Il se leva pour partir, comme s'il allait recruter ses braves sur-le-champ.

— Nous ferons l'impossible, répéta Wedji, pour ne pas tirer un seul coup de feu, n'est-ce pas, capitaine ?

— Je le dirai à mes hommes...

— Nous avons tous des lames.

— Des poings, des pieds, et même des dents, rit Limikkya.

— Nous effacerons toute trace de notre intervention, disait Wedji sur son ton prophétique. Aucun retraitant ne saura qu'il a échappé à la mort grâce à nous, à notre courage et à notre discrétion.

» Notre discrétion, répéta-t-il. Et nous ferons

disparaître les cadavres, de même que les camions — je ne sais — qui les auront amenés au plus près de l'entrée du défilé.

Limikkya se rassit. Wedji Poète lui exposa alors, point par point, la tactique qu'il avait d'abord imaginée avec le seigneur Pomme de Terre, que le pimô et les Vieillards du Conseil avaient ensuite ratifiée, et qu'il avait pour finir peaufinée avec Khötchy et Moundô.

De la tourmente muette

La veille du dixième jour de la dixième lune de l'année du Lièvre de Fer, ils n'étaient pas moins d'une centaine de cavaliers Insoumis à longer la rive droite du Chardza. Dans une petite vallée ronde, située à moins de deux heures de marche de l'entrée du défilé qui conduisait à l'ermitage, dans la neige peu épaisse, ils cachèrent leurs encombrantes, bruyantes et chères montures.

Dix hommes s'étaient postés entre les torrents Trangsu et Dazambou, à mi-chemin de leurs confluences avec le Chardza : de l'autre côté du puissant cours d'eau aboutissait une vague route, au départ de Manigango, carrossable en tout cas par les camions de l'armée. Leurs cinq Souo-mi M.31 dûment chargés, dix guerriers au fait des imprévus de la guerre attendaient l'ennemi.

Dix hommes encore furent chargés de la surveillance des chevaux. Les quelque quatre-vingts autres héros, trente Mouches à guêpes et une cinquantaine de brigands tibétains aussi prêts à en découdre que leurs frères de lutte contre les envahisseurs, parvinrent, en marchant à la queue leu leu, à ne laisser derrière eux que la trace d'un seul homme — un peu large, certes, un peu lourd : mais qui n'est pas un peu large et lourd dès lors qu'il entend se mettre en travers de la route d'un importun de taille ?

Il n'était pas question qu'ils s'introduisent dans le défilé d'accès à l'ermitage par son unique entrée, secrète, car il fallait la laisser intacte pour le commando : ils traversèrent le torrent Trangsu pour se lancer à l'assaut du gigantesque éboulis que formaient les contreforts méridionaux du mont Déoumik.

Les Khampas s'étaient emmaillotés de fourrures et de laines ; sous leur lourde pèlerine, les Nossous avaient placé le *djêcha*, un rectangle de feutre épais, dont la rigidité ne semblait pas entraver leurs mouvements. Wedji lui-même avait accepté cette encombrante couverture et s'y était aussitôt habitué. Nécessaire, et même indispensable : ils auraient tous une quinzaine d'heures à passer entre les rochers glacés, dans le silence, la nuit qui ne tarderait plus, et l'incertitude — par bouffées.

Armés jusqu'aux dents de brise-crânes et de lames, nombre d'hommes de Limikkya avaient emporté leurs mousquetons — dont ils avaient juré de ne se servir qu'à la dernière limite. Chacun sur son rocher répétait formules magiques et mantras en imaginant l'éclat d'un héroïsme nécessairement discret. Le jeu, tous l'avaient admis, consistait à saigner chacun des cinquante-quatre démons escomptés sans qu'aucun d'entre eux n'ait même eu le temps de s'en rendre compte... Les Insoumis s'enorgueillissaient d'être ainsi les guerriers de la Connaissance, ceux qui en protégeaient les saints. Trente Bömpos du Ngari, un Indien enfermé là-haut depuis deux ans, Tchöntsola, l'amie du djihly, la fille du lama définitif du capitaine

Limikkya, et tous les autres que leurs défenseurs ne connaissaient pas, n'étaient-ils pas, à leur ésotérique manière, en train de s'activer au salut désespéré du monde ? Terrés à l'aplomb du défilé, les Insoumis peuplaient l'obscurité des pensées les plus nobles que le silence pouvait leur inspirer.

Le gros des guerriers de la Connaissance s'était posté dans le premier tiers du défilé, le plus loin possible de l'ermitage. Une dizaine d'hommes en surveillaient le second tiers. Quant au dernier tiers, qui débouchait dans le cirque en pente douce précédant les hauts vallons peuplés d'ermites, Wedji se l'était réservé. S'il arrivait qu'un seul de ces démons parvienne à traverser les deux premiers barrages, il lui passerait sa lame au travers du corps. Sa lame : le katana que le pimô lui avait offert pour honorer sa magique connaissance de la langue tibétaine... Quant au P. 38, ce cadeau si vain de son père, il l'avait confié à Jêjô sans rien en dire au grand Khötchy, lequel sentait dans cette arme des merveilles que Wedji n'avait jamais pu deviner. Le seigneur Pomme de Terre était resté à Hêtsy avec les non-guerriers : il assistait l'Homme qui lit dans sa lecture des charmes puissants, des invocations solennelles — de tout ce qu'il fallait pour rassembler les meilleures forces du Nimou autour des Mouches à guêpes et de leurs amis : n'allaient-ils pas accueillir ensemble, ces guerriers du Haut Plateau, les fauteurs de troubles qui piétinaient l'ancestral paradis des pasteurs contemplatifs ? Ils ne le piétineraient plus impunément.

Khötchy et Moundô s'étaient postés entre le djihly et les gardiens de la section médiane du défilé. Là plus qu'ailleurs, le silence était de rigueur. Malgré la nuit, la lune croissante entreprit d'escalader le tsythi de l'Ours céleste et répandit tout à coup son lait sur les rochers noirs qui échappaient à la neige. Laiteux silence dont s'émerveillait Khötchy en pensant que plus cette nuit s'étirait dans l'étrange, plus glorieusement éclaterait le lendemain. Pas un instant il ne douta de la nécessité de sa présence aux côtés de Wedji, dont il avait tant douté, pour défendre des inconnus — exception faite de l'aimable fille du lama Namtchö Gourtchen — dont il ignorait tant le nombre que l'identité.

Une vingtaine de mètres à gauche de Moundô, et plaqué comme lui sur un rocher à la verticale de l'étroit sentier, Wedji admirait que sa parole, son verbe plutôt, qui transcendait cette parole, ait convaincu, rassemblé et fondu en une invisible constellation ces étoiles humaines qu'il voyait en ses amis khampas et nossous — brigands, pasteurs et barbares. Ce qu'ils avaient entendu de ses lèvres, les uns en nossou, les autres en tibétain, n'était pas un verbiage de son cru, mais le verbe, cette voix qui ne dit rien mais où chacun entend ce qu'il peut. Lui-même, ô Tchöntsola, pendait au milieu du vide universel, maintenu là par l'idée d'un lotus rouge à seize pétales où les anatomistes auraient vu sa glotte, mais où lui, Wei Lang Assoiffé-de-Suprême, il voyait la voix.

Souriant à sa rêverie, il se rappela qu'au seul nom du Doux Protecteur, dont il vantait la sagesse, la compassion et la majesté en quasi-poèmes enflammés, les bandits repentis du capitaine Limikkya, et Limikkya lui-même, avaient tous la même façon de rentrer les épaules pour se faire petits en émettant des sifflements sourds et différents claquements de langue qui traduisaient une incompréhensible et pourtant explicable terreur, bien plus admirative que dévote.

L'assoupissement et la rêverie exaltée occupaient chacun tour à tour ; les veilleurs cependant n'eurent pas besoin de réveiller les endormis quand la lune, qui les avait éclairés jusque-là, disparut tout à coup derrière des nuages opaques. Bien qu'avancée, la nuit fut noire un instant, puis, quand leurs yeux se furent adaptés à l'obscurité, ils virent les premiers flocons d'une neige imprévue tomber comme miettes de la grande ombre qui les avait si vite enveloppés. Ceux qui rêvassaient, les assoupis, les endormis se réveillèrent en sentant sur la peau de leur visage et de leurs mains ces flocons inattendus, légers, presque tièdes, puis liquides et glacés.

On eût dit que de sa blancheur la neige forçait le jour à renaître. Fin de l'attente, pensa Wedji que pas un seul instant le sommeil n'avait distrait, fin de la nuit ! Autre lactescence, presque une gloire, à la première pâleur qui dévoilait le jour du *tsétchou*, le signal parvint à Wedji que des hommes armés s'étaient engagés dans le défilé.

Un instant, les battements de son cœur brouillèrent le silence que la neige au floconnement muet ne faisait qu'accentuer, le rendant silencieux jusqu'au vertige. Autrement, pas un bruit. Les démons étaient entrés dans l'espace sacré ; les Insoumis étaient forcément en train de les dissoudre, et la neige seule produisait son grand tapage. Wedji se sentit plus inutile que jamais : il ne pouvait se résoudre à croire que son inaction, cette attente vide, était l'acte même du djihly, garant de toute victoire. Mais comme le temps lui écrasait les tempes, il perçut un sifflement, une trille que Moundô devait lui adresser s'il quittait son perchoir pour descendre au fond du ravin. Au sommet de la solitude, Wedji renvoya le même sifflement et se jeta dans les rochers qui formaient la paroi sud du défilé.

Quelques bonds, une glissade sans importance, et le djihly était en bas, son ordre de mission au poing, sous la forme du sabre japonais qu'il venait de dégainer. Conscient soudain qu'il avait perdu le contrôle de sa volonté, de ses nerfs — bien que ses muscles aient parfaitement fonctionné —, il se reprit et se retrouva à l'affût derrière un rocher dans l'infatigable tourbillonnement de la neige.

Pourquoi donc Moundô était-il descendu ? se demanda-t-il en scrutant le peu qu'il pouvait voir du défilé. Personne, et toujours pas un seul bruit, pas le moindre cliquetis, ne serait-ce que la queue d'un écho de coup de feu... Et, de nouveau, la durée, la vanité de la durée dépeuplée s'empara de Wedji. A ce rythme, la neige l'aurait enseveli dans moins d'une heure... Ressortirait-on jamais de ce précipice où la Mort œuvrait sans lâcher un seul grincement de dents ? Wedji pensa aux chevaux dans leur cachette, puis il eut l'éphémère vision de deux camions Rocher Rouge qui s'enflammaient au bord d'un torrent. Alors, les paroles du Doux Protecteur lui revinrent en mémoire, une incitation à la présence, présence d'esprit, présence du corps, présence totale : Wedji voulait progresser dans l'illusion.

Il n'avait pas fait trois pas hors de sa cachette que deux grands gaillards, deux ours apparemment désarmés surgirent de la neige : vêtus de longs manteaux kaki et coiffés de chapkas, ils jaillirent de la ouate folle en courant comme des fous, prêts à renverser Wedji qui, le sabre au clair et au lieu de les taillader sans sommation, se jeta sur le côté en reconnaissant sur-le-champ qu'il s'était encore trompé. Un fragment d'instant plus tard, c'était Moundô qui déchirait le flou, l'arme au poing, en râlant comme un tigre.

Leurs regards eurent à peine le temps de se croiser ; Wedji se lançait à la poursuite des deux rescapés... Mais l'un d'eux s'arrêta brusquement pour faire volte-face : il pointait une courte épée et un pistolet contre les deux furies enturbannées qui se jetèrent sur lui. L'inconscience a parfois du bon : Wedji décida de passer à travers cet homme et ses illusoires menaces. La lame haut brandie, il courut, indemne, à la poursuite de l'autre fuyard. Il n'avait pas même vu que, d'un coup de sabre, et bien avant que l'autre n'ait tiré, Moundô avait tranché le poignet du tueur avec lequel, incroyable démon manchot et sanglant, il venait d'engager un duel de fauves.

Lorsqu'il parvint à l'orée de la petite plaine ronde, au sortir du défilé, l'ours que poursuivait Wedji se figea sur place un instant. Avant que ce démon ne sorte à son tour un pistolet de son manteau, Wedji fondait sur lui et son sabre le frappait à l'épaule gauche.

Ce n'était pas un pistolet que l'écorcheur d'ermites avait sorti de son manteau au dernier moment, en se retournant pour affronter Wedji, mais un poignard d'assaut. Sans que Wedji, qui progressait dans l'illusion, ne s'en fût même aperçu, il le lui avait plongé dans le ventre jusqu'à la garde, le ventre de ce Nossou que rien ne protégeait qu'une double épaisseur de laine noire.

Wedji recula d'un bond. Il avait le sentiment d'une blessure au bas-ventre : un sentiment et non une douleur. La pointe d'une flamme le brûlait sans lui faire mal. Son adversaire l'attendait, les jambes écartées, l'épaule gauche inexplicablement indemne, et son poignard pointé sur le cœur de Wedji. Embrasé de sentiments et sans l'ombre d'une pensée, celui-ci se rua une nouvelle fois sur son irréel adversaire, et cette fois son katana mordit un autre Henga : il lui fendit le cou comme une pastèque et, dans un jaillissement de sang, l'écorcheur d'ermites s'effondra dans la neige sans lâcher son poignard.

Au fait du réel tout d'un coup, Wedji voulut se pencher pour empoigner le grand cadavre par les épaules, mais comme il esquissait ce mouvement, la douleur la plus insupportable qu'il ait jamais connue le paralysa : son bas-ventre et son ventre et ses jambes avaient été broyés par des mâchoires de requin ; sur sa ceinture, sur ses bottines et sur la neige, en dessous de lui, il vit le sang, son propre sang qui se répandait.

Cette vision distordue par la douleur lui rendit la force de se mouvoir. Il laissa le tueur mort où il était et, au lieu de s'enfoncer dans le défilé pour retrouver les autres, entreprit de gravir, à pas lents et mesurés lui procurant une souffrance démesurée, la douce pente que la neige tombant encore rendait si amère. Claudiquant, traînant la jambe et pissant le sang, Wedji n'avait plus qu'une idée en tête : se reposer contre le stoûpa près duquel, quelques jours auparavant, il avait étreint la yogini Tchöntso, la seule femme qu'il aimait, pour la dernière fois. Il se traînait vers Tchöntsola... Elle, là-haut, dans la « simplicité du réel », l'inaccessible fée, c'était vers elle qu'il se traînait en rosissant la neige, la neige rose que la blancheur immédiatement recouvrait de son silence.

Quand il parvint au stoûpa presque invisible dans le duvet tourbillonnant, Wedji ne s'était guère habitué à la douleur ; au contraire, il sentait les griffes qu'il avait sauvagement crochetées dans la vie se décrocher de sa chair en lui lacérant le ventre.

Autour du grand monument, les circumambulations des cinq vieux moines en charge des lieux avaient creusé un fossé que la neige retapissait avec douceur. Wedji se laissa choir contre la base du stoûpa. Instantanément, il sentit qu'une immense tendresse appelée Tchöntsola se répandait en lui, allégeant sa douleur. De là-haut, pensa-t-il, elle me panse...

— J'aurais tant voulu apprendre les secrets de ton amour, parvint-il à murmurer.

Mais son ventre déchiré lui lança de nouvelles pointes. Il glissa le long de la base du stoûpa.

— Tchöntsola ! cria, faiblement, le lotus de sa gorge.

Et le réconfort de ce nom crié le soulagea le temps d'un claquement de doigts.

— Non, eut-il la force de sourire, pas contre le stoûpa !

— Changla ! Changla !

Le vieux moine écarquilla les yeux. Il méditait ; on l'avait interrompu.

— Il y a un Nossou gravement blessé à côté du stoûpa.

Changla sauta sur ses vieilles jambes. Insensible

au froid, il s'agenouillait déjà près de Wedji dont le visage était enfoui dans la neige.

— Il respire encore, fit le vieux moine. Aidez-moi, vous autres, on va le porter au chaud, à l'intérieur...

Quand ils eurent retourné le blessé sur le dos, Changla s'exclama :

— Par les Trois Joyaux ! C'est ce petit gars qui est venu avec Tchöntsola il y a deux semaines et qui est reparti aussi sec le lendemain...

Les moines déposèrent le blessé inanimé sur la couche la plus proche du feu. Leur délicatesse était attendrissante.

— Le pauvre a perdu tout son sang, dit Changla avant de murmurer des prières.

Ayant finalement percé son homme de part en part, Moundô le traîna sur la neige jusqu'à ce qu'il retrouve ses frères Insoumis occupés à la même besogne.

Imaginez l'inimaginable ! Au nombre précis de cinquante, les tueurs d'ermites s'étaient engagés dans le défilé en formant une seule chaîne aux maillons serrés. En chapka et manteau de neige, ils n'avaient pas jugé utile de s'armer de pistolets-mitrailleurs ou de grenades pour ôter la vie à des contemplatifs maigres et nus : comment ces spécialistes avaient-ils pu à ce point ignorer que, derrière une neige qui tombait si drue et si soudaine, se cachait forcément une puissance occulte ?

Tout à coup, et ce fut réelle magie, chaque écorcheur d'ermites eut l'impression que son voisin de derrière avait perdu la tête et cherchait à l'étrangler avec une violence et une force inouïes. Or, ce n'était pas son voisin de derrière qui blaguait ainsi, mais un géant jailli de la tourmente muette ; et ce géant ne cherchait pas à l'étrangler mais déjà l'immobilisait sans merci, ainsi que les Nossous font avec les victimes sacrificielles pour les saigner. Il se trouva bien quelques démons récalcitrants pour compliquer l'affaire, mais nul n'entendit le moindre coup de feu et, mis à part le cadavre que Moundô traînait et celui que Wedji n'avait pas manqué de faire, les démons étaient passés de vie à trépas aussi harmonieusement que le Nimou et la nature des choses le permettaient. Tous les démons : y compris les quatre hommes qui surveillaient les camions.

Cinquante-quatre démons terrassés de la sorte, se disait Moundô en traînant son cadavre : victoire facile ! Et comme victoire se dit *wedji* en nossou, Moundô sursauta à l'idée qu'il n'avait toujours pas revu son ami le djihly. A présent, les Insoumis et leurs fardeaux inanimés s'étaient regroupés devant l'entrée du défilé de Rindzinteng, loin, si loin déjà du paisible ermitage... Ils ne pouvaient se retenir de danser en criant autour des cadavres entassés.

Laissant ses frères à leur joyeuse folie, Moundô repartit en courant dans le défilé. Il savait que les Insoumis allaient procéder, sans morbidité aucune, à la récupération de tout ce dont ces cadavres n'auraient plus besoin dans le ravin où ils finiraient bientôt. Epuisé, il comprenait que Wedji pût l'être aussi ; il voulait l'aider à ressortir au plus vite. L'inquiétude pressait son pas, son corps fourbu courait, et sa course le mena vite à l'autre bout du défilé. La première chose qu'il vit en entrant dans le cirque de blancheur, ce fut la tête nue et le poignard ensanglanté du démon que Wedji avait tué, qui émergeaient, vision lugubre, de la neige immaculée.

Mais Wedji Poète ?

Moundô scrutait la plaine ronde, vide, blanche et murée de blancheur, quand il avisa un petit chalet dont le toit à retroussis tranchait, noir, et signalait une présence, dans cette blancheur qui tout égalisait. Au-dessus du chalet, une fumée bleutée frayait sa volute entre les flocons ralentis de la neige. Il neigeait encore, et bientôt il ne neigerait plus. A côté du chalet, Moundô distingua un homme qui faisait de grands gestes dans sa direction.

Hors d'haleine, le guerrier gravit la pente douce qui menait au chalet. Un moine tibétain, un être en grenat, lui faisait signe de le rejoindre.

Comme s'il attendait Moundô, le vieux Changla l'invita à entrer dans le petit monastère. Il avait fait d'autres gestes et esquissé un sourire sans cesser de marmonner ses prières. En franchissant le seuil, Moundô vit immédiatement Wedji sur la couche près du feu, et sur-le-champ il vit que le Henga bizarre, son ami, était mort. Il lui sembla qu'un moine lui adressait la parole. Il ne comprenait pas, mais son cœur se serra d'un coup comme rarement se serre le cœur d'un guerrier. Tournant les talons, il se précipita dans la neige pour redescendre vers le défilé. Il tomba, se releva, courut, bondit et retomba dans la tendre neige.

La neige n'avait pas voulu du sang du bon Moundô, comme Wedji l'appelait, mais elle voulait bien de ses larmes.

Gandharva

Exécution de l'Etre Absolu

C'était lui.

Il dormait, couché sur le côté gauche, la joue sur le poignet, enroulé dans une vaste pèlerine bleu foncé, la tête enturbannée comme un Nossou des hautes prairies. Dans la pénombre d'un cachot, sur un châlit de fer lépreux, Wedji semblait endormi. Dans un cul-de-basse-fosse enfoui sous mille étages de couloirs.

La porte du cachot s'ouvrit dans un débord de lumière. L'homme endormi se réveilla et d'un seul mouvement s'assit, se recroquevilla contre le mur. Ses yeux noirs s'agrandirent démesurément — oh, ses traits déformés par l'épuisement, sa bouche lasse, son regard désemparé ! Il dévisageait, encadré dans la porte, le sergent Ng Tchoi-loi ressuscité, Ng Tchoi-loi croulant sous les milliers d'étoiles de ses épaulettes.

Le sergent fit trois pas dans la lumière. Au prisonnier secoué sur sa couche par une variante inconnue mais puissante de l'angoisse il tendit une grande hache d'arme enrubannée de phrases lumineuses, une arme, certes, à la forme mouvante, qui avait surgi de nulle part : poignard, épée, pistolet-mitrailleur, puis hache, hache plus longtemps, assez longtemps pour que ce fût une énorme hache d'équarrisseur que le prisonnier prenait des mains du sergent. Celui-là dévisageait Ng Tchoi-loi revenu à la vie et celui-ci, pâle comme l'aube, prononçait une sentence :

— « L'Homme Sans Nom décapitera Son Archi-Sainteté l'Etre Absolu. »

Ses yeux, ses traits, ses lèvres n'avaient pas bougé ; ses mains, à peine, comme il les ramenait après avoir remis l'arme à Wedji, qui, obéissant à la logique éternelle des bonnes raisons, comprit soudain qu'il était l'Homme Sans Nom et qu'il allait décapiter Son Archi-Sainteté l'Etre Absolu.

— Ne vous laissez surtout pas aller à ce genre de rêverie, jeune homme, dit la bouche immobile du sergent Ng. C'est inutile. L'idéal, voyez-vous, c'est de ne rien croire du tout. Ni personne. Il n'y a que les imbéciles pour suivre leurs pensées. Les pensées ne sont que des pensées. C'est si bête. Suivez-moi plutôt !

Wedji sauta au bas de sa couche et s'étira en brandissant la grande hache au-dessus de son turban dans une traînée de motifs et de frises lumineuses.

— C'est moi le bourreau, hein ?

— Allons ! fit Ng en pivotant sur ses talons.

Il saisit le prisonnier par le coude, le tira dans la lumière, et ils s'engagèrent dans un couloir.

... *pas une seule de toutes ces apparences...*

Wedji se retourne, fouille l'espace : il cherche qui vient de lui parler.

— Chef! s'écrie-t-il. Vous m'avez dit quelque chose ?

Ng jette un coup d'œil par-dessus son épaulette compliquée.

— Je n'ai rien dit du tout : méfiez-vous des apparences, mon jeune ami, mêmes sonores !

...surtout ne pas y croire, répète, tel un souffle, la voix, forcément intérieure.

Tout d'un coup, ils étaient devant un billot à étêter, un superbe billot-lotus, au milieu d'une vaste cour carrée de forteresse bhoutanaise, cernée de mouvantes façades, dallée d'omoplates humaines miroitantes d'où s'élevait une brume à frissons de brouet. Au milieu d'une cour peuplée d'êtres apparemment vivants, foule d'entités plus ou moins monstrueuses qui firent silence, apparurent l'Homme Sans Nom et son gardien, devant le billot.

La foule fit silence et, en face des nouveaux venus, de l'autre côté du billot, une troisième silhouette prit forme — spectaculairement. Une gigantesque semblance humaine vêtue à la plus ancienne mode impériale chinoise, dont le visage disparaissait derrière le rideau de perles de la coiffe *kouen* et le reste de la personne derrière le soleil, la lune et les étoiles, les montagnes, les dragons et les vermisseaux brodés au fil d'or et d'argent d'un ample manteau *mièn* : le Premier Souverain des Ts'in en personne, indubitablement Son Archi-Sainteté. Et moi, pensa Wedji, son bourreau...

Il contemplait l'auguste billot de la fin de l'Etre, qui flottait légèrement au-dessus des grasses fumées du sol entre lui et la chose déguisée. Crispant ses doigts soudain gainés d'acier noir sur le manche de la hache, il s'approcha : ses bottines d'ordonnance couinèrent dans le silence.

Tu rêves, reprit la voix qui parlait en lui.

Un fragment de seconde, il le crut ; l'instant

suivant, il en doutait ; puis il n'y pensa plus et, au contraire, se laissa gagner par un sens accru de ses hautes responsabilités : n'allait-il pas débarrasser l'univers de cet immonde Etre Absolu ? Il fit un autre pas vers le condamné, l'empereur géant qui s'agenouillait avec des ahans de pompe à bras. Une rumeur clapota autour du bourreau et du condamné. Ng Tchoi-loi avait disparu.

Quel condamné ? s'exclama la voix. *Tu rêves, Wedji ! Ecoute-moi : tu n'es qu'un nœud de pensées.*

Wedji ne comprenait pas mais, glacé jusqu'à la moelle, il suait, et de sa pèlerine à longues franges un liquide grisâtre gouttait sur les dalles de la cour.

Le jour est arrivé, se rassura-t-il en arborant un sourire de contentement idiot, où j'ai été nommément désigné pour en finir avec les fumées de l'Etre : c'était bien moi qui devais le faire, moi qui...

Wedji, tu délires, tu rêves mal : échappe-toi vite de ce cauchemar !

Deux géants au visage bleu et lisse apparurent alors, de pied en cap étincelants de cuir, d'or et de brocarts. Comme ils lui plaquaient la gorge contre le billot, l'empereur émit un gémissement irréel et, se délitant lentement, sa vaste coiffe kouen alla rouler dans la glaire du sol. C'était obscène : l'Etre Absolu cachait une tête de mort sous ses chapeaux mirifiques, un crâne blanchâtre, minuscule, dont une orbite observait narquoisement le bourreau.

L'Homme Sans Nom leva son arme protéiforme.

Un nœud de pensées, Wedji. Tu n'as plus de corps. Tu es mort.

La lame tomba sur la nuque immonde, et ce fut le chaos.

Le bourreau se sentit avalé par la foule, par les gueules et les cloaques de la foule : cela dépassait tous les étonnements, tous les comas, tous les supplices ; cela dura des heures, des siècles ; cela n'aurait jamais de fin.

Distraction

Entre les doigts de la yogini Tchöntso les graines de lotus s'immobilisèrent.

Elle avait reconnu Wedji. Il était mort et souffrait au point qu'elle-même, spectatrice en esprit seulement de cette horrible décapitation, la surprise l'avait arrachée aux difficiles merveilles du recueillement.

Tchöntso ne rêvait pas, elle méditait. Ses longs cheveux noirs, défaits, pendaient sur ses épaules mi-vêtues : elle n'avait pas froid, mi-nue dans un recel de pierre en novembre ; ses yeux verts, grands ouverts, ne cillaient pas : elle ne fixait rien, ou le rien de ce qu'on peut fixer.

Entre les doigts de sa main gauche, pourtant, le chapelet de graines de lotus s'était arrêté.

Wedji était mort.

Il venait de découvrir le Dharma, la méthode du réel, la seule chose qui vaille sur cette terre affreuse, mais la guerre, la Libération pacifique du Tibet, avait arraché à la yogini son ami, sa lumière, son mouvement.

Wedji était mort. Ô Doux Protecteur !

Elle s'apitoya sur son ami Wedji, puis elle refusa

de s'apitoyer sur lui seul, car ils étaient innombrables, les morts qu'elle était censée sauver dans l'universel secret de son esprit. Sauver non de la mort, mais de toute horrible renaissance.

Tandis que les envahisseurs libéraient son pays, elle avait revêtu l'aspect de Vajrasattva, Héros de l'Esprit de Diamant, cet être symbolique et sacré dont le corps — blancheur, vajra et clochette — est un inconcevable passage de lumière, puis elle avait reconnu Wedji, l'unique amour de cette vie d'amour : il était mort, son âme hallucinait, il souffrait.

Om âh hoûng bodhitchitta mahâsoukha...

Le cœur de la jeune femme aurait dû rester le lotus du cœur de Vajrasattva, et son cerveau, le coquillage spiralé du cerveau de cet être de lumière : clairs et spacieux palais des Cent Déités Paisibles et Terribles qu'elle évoquait jour et nuit.

Mais Wedji était mort et souffrait plus que jamais.

Elle en était sûre et il ne lui restait plus qu'à empêcher l'âme de son ami de tomber dans les douloureuses renaissances ; tout mettre en œuvre pour qu'il ne se réincarne pas en animal, qu'il ne subisse pas des siècles hallucinés dans la peau d'un fantôme dévoré par la faim, ni dans la torture ininterrompue d'un malheureux maudit des enfers.

Les yeux de Tchöntso se mouillèrent.

Pas de larmoiements : le peu qu'elle avait vu au fond de son recueillement méditatif lui avait immédiatement prouvé que Wedji se trouvait dans le *bardo du devenir*, cet entre-deux où l'esprit du mort n'a pas encore retrouvé de cohérence vivable dans la matière, dans les formes pures, voire, au-delà de la forme — mais erre toujours dans le cercle vicieux du monde.

Car ainsi, dans ce grand filet d'illusions, fonctionne l'entre-deux de toutes les vies possibles : réel et irréel, bien et mal, plaisir et douleur s'y confondent dans la plus ahurissante des agitations. Non seulement l'inconscient n'y trouve plus les digues de l'Autre ni les chenaux du corps et se déverse comme un raz de marée intarissable dans un pseudo-espace de même nature, mais encore, et c'est ce qu'un être vivant ordinaire ne peut ordinairement pas comprendre, *toute pensée, dans le bardo, est immédiatement réifiée* : que Wedji se laisse un instant glisser dans les dimensions où l'on ne perçoit que souffrance, et il y glisserait, chuterait, s'y perdrait.

Tchöntso tenta de reprendre sa méditation.

A la lueur de la lampe à huile de son autel, à la lumière du livre oblong posé devant elle sur une petite table basse, un livre aux feuillets libres qui jaillissaient des replis d'un tissu rouge, d'où émergeaient aussi la poignée dorée d'une clochette et les rubans multicolores d'un damarou, elle chercha les douze pages de la *Sagesse Simultanée*, puis elle saisit la clochette de la main gauche, repêcha le vajra sous les brocarts et du bout des doigts de la main droite le plaça bien droit devant son cœur, avant de reprendre au rythme de la clochette l'invocation des Cent Déités.

Inviter les Cent Déités, c'était reconnaître le vide de toute apparence et ainsi diviniser les formes, les sons et les pensées. Tchöntso les accueillit dans la convention sacrée de son corps qui se transforma en cristal, en diamant, en lumière immatérielle, et elle leur présenta l'ineffable offrande de la dimension absolue de toute chose. Clochette et vajra reposés, elle fit silence un long instant, puis elle rempoigna son chapelet de graines de lotus et reprit la récitation visionnaire du mantra des Cent Déités, par centaines encore, et par milliers.

Dans le bardo du devenir

Les doigts de Tchöntso se décrispèrent sur son chapelet.

Elle avait ramené ses jambes, les avait croisées en demi-lotus et remis de l'ordre dans sa chemise et ses jupes. Il ne fallait pas confondre amour et amour. La jeune femme avait retendu, une à une, les cordes de son attention. Cette fois, elle n'était pas repartie à la recherche de Wedji seulement, mais de tous les morts que le recueillement dans la nature des choses lui donnerait de secourir. Et parmi les bardowas, il y avait Wedji : pour lui aussi, qui avait été son amant, elle méditerait jusqu'à l'épuisement. Jusqu'à l'épuisement elle méditerait pour tous ceux que la sympathie sans bords ni centre pouvait toucher. L'idée bouddhiste de l'Eveil « pour tous les êtres animés sans en excepter le moindre » n'était pas un cliché.

Ainsi, l'intime nature de la yogini Tchöntso épousait l'intime nature du bardo et des bardowas : chaque maille du filet de sa sympathie reflétait toutes les mailles du filet d'illusions — illusion, pour lors, de l'entre-deux du bardo du devenir, tel que le sécrétaient, chacun pour soi et tous ensemble, les étranges bardowas.

Pour sa part, le bardowa Wedji n'avait plus de forme à proprement parler. Tout à l'heure, il se prenait pour le bourreau de l'Etre absolu et, en exécutant l'Etre, il s'était lui-même disloqué en chaos d'hébétude ; entièrement éclaté, ignorant sa propre image et les restes de cette image, une souffrance pourtant, sans point central toutefois, constituait cette espèce de conscience larvaire d'où il tirait l'impression de subsister.

Il n'avait plus de corps. La douleur de son être se décolorait, la souffrance virait à d'autres teintes. Il se sentit forme pure, ou, plus précisément, idée de forme : il était un raisonnement interminable où surnageait, entre autres îles de salut, ou de respiration, le rêve du papillon de Tchouang-tseu.

« Jadis Tchouang Tcheou rêva qu'il était un papillon voltigeant et satisfait de son sort et ignorant qu'il était Tcheou lui-même. Brusquement il s'éveilla et s'aperçut avec étonnement qu'il était Tcheou. Il ne sut plus s'il était Tcheou rêvant qu'il était un papillon, ou un papillon rêvant qu'il était Tcheou. »

Autrefois, se souvenait-il, être mort — il pensait enfin à la vraie mort, à sa propre mort ! —, c'était n'être plus. Mais seul l'instant présent existait réellement. Il devait être malade, fatigué, drogué, car ledit présent, bien qu'évident, était si insaisissable, si halluciné... Il ne parvenait plus à organiser sa mémoire et le présent, justement, n'était autre que cette fantasmagorique bousculade de souvenirs et de visions entrecoupés de silences noirs, à peine animés... Mais tout cela, pensa Wedji, ce devait être son présent, sa réalité, son être — malgré tout.

Et comme il pensait être, autour de sa personne

défilaient infatigablement mille et une espèces d'objets paradoxaux. Qui avait pu mettre au point ce cauchemar ?

Il rêvait qu'il rêvait et qu'on l'avait réveillé. Il rêvait qu'il se réveillait, qu'il se pinçait le dos de la main en se demandant s'il rêvait. Il écarquilla les yeux, fit rouler ses pupilles, chassa le sable de sous ses paupières. Il était bien éveillé, donc, mais le cauchemar ne voulait pas cesser. Ne cessait pas de délirer. Une voix parmi toutes les voix que toutes les imaginations et toutes les oreilles des imaginations de Wedji pouvaient entendre et autrement percevoir lui fit dire « oh » puis :

— Si je ne rêve pas, je suis mort.

Il ne se passa rien de nouveau.

— Je ne rêve pas.

Il le redit, le repensa, le ressentit.

Il marqua un temps d'arrêt. Une sensation de craquellement universel, de fêlure généralisée, colla son énorme bouche contre la petite bouche de son être individuel.

— Donc, soupira l'écho de sa dernière cohérence, je suis mort.

Tout son univers se réduisait à une peau de mots tendue en dépit du bon sens sur le squelette, changeant et monotone, du discours intérieur. Car, ici, après la mort, tout était intérieur, psychique décérébré, sinon spirituel. Acculé à l'esprit par un esprit qu'aucun cerveau ne produisait.

C'était impossible et c'était pourtant ce qui se passait. Ne vivant plus, on était encore. Etait-ce le retour éternel de Tsa-t'ou-la ? Le cercle des morts et des renaissances ?

Tandis que, papillon ou philosophe, Wedji dérivait au fil de ces propositions, la yogini Tchöntso s'installa dans le cœur de son ami, quel que soit le nom qu'il faille donner au « centre ressentant » d'un bardowa sans forme définitive, au lieu même de l'éclosion de la pensée d'un jeu de pensées, la toute simple nature des choses. Et, sereine, elle partagea l'affolement des Mangeurs de parfums.

Autant Wedji avait halluciné tout à l'heure en exécutant l'Être Absolu, en y croyant assez pour, ayant violemment supprimé l'Etre, violemment n'être plus et s'anéantir dans les souffrances les plus atroces de la partie qui s'éloigne du tout, du tout qui se démembre... Autant avait-il souffert en se disloquant, autant semblait-il jouir d'avoir survécu à la mort dans ce rêve à peine concevable où, tout à coup, il se sentit avalé...

Il marchait avec d'autres créatures auréolées de bleu. Certains avaient des visages, d'autres, comme lui, n'en avaient pas, mais tous, ils marchaient en secouant rythmiquement un immense halo bleu. Déjà Wedji oubliait qu'il rêvait. Il tombait, se relevait, retombait, sans broncher, sans pleurer, sans penser, et ses semblables le piétinaient comme il les avait piétinés ; de soudains monstres surgissaient pour l'écraser de plus belle ; des machines cherchaient à l'atomiser. Wedji et les Mangeurs de parfums foulaient le paysage de leurs doutes, rampaient et se décomposaient sous le ciel de leurs questions.

Tout entier ce qu'il savait, sentait, suivait et soulignait, Wedji, comme chacun de ses semblables, par dizaines, par centaines de milliers, souffrait atrocement. Ici, il n'y avait que contradiction et accident, si bien que le sol s'ouvrit sous leurs pieds, le ciel se fissura, les murs de l'entre-mondes, les flèches du mouvement, les couloirs de l'avenir se mirent tous à trembler. Tout se lézardait en grondant, en hurlant. Il plut des usines en miettes, des tessons de galaxies, divers désordres et un nombre incalculable d'entités baroques à peine descriptibles, qui toutes vibraient de malaise en répandant la souffrance.

C'est alors que je dis à Wedji dans son cœur :

— Souviens-toi des Trois Joyaux ! Prends refuge dans les Trois Joyaux, Wedji !

Il était sourd, simple regard horrifié devant la terre qui s'ouvrait en trois précipices vertigineux au-dessous d'un cratère bouillonnant de rouge magma. Sourd, il se reconstituait en préférant au rouge affreux le glacier de blancheur coupante à quoi se ramenait le second précipice. Mais, quand il eut contemplé plus longuement le ciel bizarre que formait le troisième précipice dont l'azur plongeait sous terre, il succomba au vertige, et il ne demandait plus qu'à se noyer dans le ciel souterrain du gouffre bleu, quand une poigne irrésistible l'attrapa par le collet, suspendu au-dessus de l'écume indigo, et une voix en forme de poing, de crochet brûlant, une voix chère lui parlait.

Je lui dis :

— Ces abîmes ne sont pas de vrais abîmes, et toi non plus, Wedji, tu n'existes pas réellement.

Le malheureux halluciné n'entendait plus, abîmé dans sa vision délétère. Son Archi-Sainteté l'Etre Absolu, l'Etre absolu précédemment exécuté, silhouette géante à tête de buffle des plus hauts encornés, se tenait là, devant lui, et serrait, droite contre son mufle fumant, une énorme hache ensanglantée.

— Rouez-le de coups, de boue, de flou..., entendit Wedji.

Cris par-derrière.

— Tuez cet hypocrite !

De toutes parts.

— Écrasez-moi ça ! rugit le Vieux Yama, le Seigneur de la Mort que redoutent les petits enfants — car l'être, c'est la mort, la fin, la limite éternelle et juste.

Beuglent, meuglent, rugissent, hurlent, toussent, enragent les Bouchers, les Saigneurs, les Assommeurs, tous les Equarrisseurs et les messagers à tête de hibou, à tête de cerf : Wedji ne s'était pas attaqué du dedans à l'illusion de l'être ; il lui avait seulement donné le visage et l'odeur du non-être.

— Oh ! m'écriai-je, mon cher Wedji, ne te demande rien ! Ne te demande surtout pas si...

Mais c'est précisément ce qu'il était en train de se demander : il se demandait si tout ce grand-guignol lui était destiné. Sur-le-champ il le sut, le vit, en tomba sur le cul — tout lui était destiné.

— Wedji, écoute-moi ! Je suis Tchöntso, je suis en toi, je t'aime et je te parle.

— Tuez-moi ça ! Liquéfiez-le ! Anéantissez-moi ce petit être !

De l'ambak et des manches du Vieux Yama fusaient des boules de feu, deux douzaines au moins, qui se transformèrent en parachutistes, tous bucéphales et blancs, bleus, jaunes, rouges et verts, et de toutes les couleurs intermédiaires. Et voici que ces monstres servaient Yama, Son Archi-Sainteté l'Increvable Etre Absolu, lequel trônait, secoué de spasmes rythmiques, sur un grouillement de cadavres mutilés, entassés, sanguinolents ; il se curait les dents à l'aide d'un bébé rigide, bleuâtre et pointu.

D'un souffle suffoquant, il débloqua les fléaux de la balance où l'on pèserait les crayons blancs et les crayons noirs de la conscience de Wedji.

— Silence ! rugit définitivement Yama — et, son cure-dents gobé, il rota.

La pesée des crayons

— Je n'ai de véritable intérêt que pour moi, disaient les premières paroles qui s'élevèrent du silence où le rot pestilentiel du Vieux Yama à tête de buffle avait plongé le bardo, l'entre-deux-illusions-de-certitude où j'errais, simple fée de la nature des choses, dans le cœur de Wedji.

Ces paroles l'avaient reconstitué : elles exprimaient un être capable de concevoir « je », hautement conscient de l'estime qu'il se portait à lui-même. Toutefois, cet être cohérent, hallucinatoire cependant, et quelque peu facile, demeurait parfaitement incapable de comprendre de quel côté pencherait la balance du bien et du mal qui oscillait entre lui et le Seigneur de la Mort. Pitoyable Wedji !

— N'es-tu pas, proféra le Buffle, de ceux qui se croient par-delà le bien et le mal ?

— Ne mens pas, soufflai-je à mon amour, ne mens surtout pas, ne serait-ce qu'infimement !

M'avait-il entendue ? Il répétait l'universelle vérité :

— Je n'ai de véritable intérêt que pour moi.

Yama contenait sa joie, sa chère balance gonflait, les deux plateaux apparemment vides et en équilibre.

Vrai ! sursauta Wedji où sont passés mon bien et mon mal ?

A cette pensée du mort, le Vieux Yama s'ébroua dans ses parures ; ébranlant ses hautes cornes enflammées, un frisson parcourut la poussière et les toiles d'araignées de ses soieries. Wedji tremblait d'effroi aux visions qui émanaient du Maître des Enfers. Chaque cillement de sa pensée accentuait l'imagerie que le bien et le mal avaient accumulée en lui. L'espace n'était que bouches de chancre gobant les monstres qui bondissaient de l'aura du Vieux Yama, nuages-lèvres d'où ruisselaient des torrents d'ichor et de sanie.

— Ce qui t'aura permis, reprit soudain l'Etre-la-Mort, petit être amoral, de laisser crever le monde pendant que, pourri d'aise et de luxe faciles, tu doutais, t'ennuyais, souffrais petitement.

» A présent, regarde bien et découvre la somme des bontés que tu prodiguas au monde !

Je vis alors une douzaine de femmes, précisément dix Chinoises, toutes moulées dans des tubes de brocart, et qui nous regardaient, le sourire et les yeux figés, comme si nous allions les prendre en photographie. Les deux autres beautés, une grande Nossoue dans sa cape et une Tibétaine qui avait mes traits, nous regardaient aussi en souriant, mais leurs lèvres bougeaient, modelaient des mots qui ne voulaient pas voler jusqu'à nous... Puis tous les sourires de ces femmes s'envolèrent comme d'un toit d'or un vol de colombes, pour former, à l'issue d'un tourbillon de lumière, une bibliothèque à l'aspect de fontaine d'où jaillissaient les poèmes les plus vrais et les plus vraies idées philosophiques.

Assis au bord de la fontaine, Tchouang-tseu dévisageait avec amour l'Allemand moustachu inventeur de Tsa-t'ou-la, jetant des regards à Tsa-t'ou-la lui-même qui, déguisé en Roi mage, se tenait debout derrière le tabouret de son père. De la main gauche caressant le museau d'une tanche, le poète Wang Wei, égrotant et subtil, de sa dextre portait à ses lèvres une tasse de thé des Bodhisattvas. Il fit claquer sa langue et demanda à Tchouang-tseu s'il avait enfin compris ce Tao dont il était le seul grand taoïste à oser déclarer qu'il ne l'avait pas compris. En guise de réponse, les penseurs et leur bibliothèque éclatèrent comme des bulles de savon, ne laissant dans le ciel que leurs idées, puis l'unité de leur pensée, et enfin l'inconcevable au-delà de cette unité elle-même.

Wedji était mort de mort violente, mais il n'aurait certainement pas reconnu la Claire Lumière s'il s'était éteint en douceur, car, de l'insoutenable éblouissement, il sauta alors sur la chimère d'une comète folle pour simultanément parcourir toutes ses rêveries préférées, ses paysages, et plus encore, toutes les voluptés dont il avait partagé l'engourdissement. Mais la voix énorme de Yama, derrière sa gigantesque balance, interrompit le charme :

— A présent, goûte la somme des tourments que tu as infligés au monde !

Instantanément, tout l'être de Wedji se mua en hurlement : comme un millier de lui-même émanèrent de ses sens, et aux mille et un Wedji d'autres Wedji déguisés en bourreaux infligeaient d'affreuses horreurs.

Il se savait mort mais ne savait rien de l'après-mort : aucune *idée* sur la mort et l'après-mort ne serait jamais l'*expérience* de la mort ni les hallucinations de l'entre-deux-vies. Mais ce que je devais lui dire à présent vibrait d'une telle puissance de vérité que j'étais prête à le lui répéter sur tous les tons jusqu'à la fin des temps. A ma sagesse et à ses forces créatrices je ne voyais aucune limite, mais Wedji était mort en emportant dans l'au-delà bien d'autres croyances que la sagesse. De son vivant, il était le premier à rire du Diable et de Yama : mort, il ne pensait plus qu'à ces terribles enfantillages qui masquent la toute simple nature des choses.

— Je n'ai pas le pouvoir de te soustraire à ton karma, Wedji : t'en soustraire, ce serait l'abolir, mais ce serait par là même abolir tous ceux qui te sont liés par l'énergie des actes, et ceux-là ne vivent pas en ce moment les mêmes fantasmagories que toi. Car nul, s'il n'est en pleine sagesse, ne peut réellement transgresser la causalité. Le déchaînement des choses n'est qu'un reflet de l'enchaînement des causes, mais la sagesse a un regard si perçant sur les pires abjections qu'elle y trouve toujours un recoin de pureté... Si je le puis — je te jure que je le pourrai —, nous ferons de la violence de ton karma la puissance de ta libération. Rappelle-toi ton ami poète : « Il ne suffit pas que la foudre ne nuise plus. Je ne veux pas la détourner, je veux lui apprendre à travailler — pour *moi.* »

Un quart d'instant, Wedji eut la nette vision du fléau de la balance du bien et du mal : il était resté parfaitement horizontal. Dans l'hébétude ses souffrances démultipliées connurent un peu de répit.

— Ecoute-moi encore, Wedji, si tu le peux : sous le nom initiatique de Douce-Voix Assoiffé-de-Suprême, tu es devenu un héros de l'esprit d'Eveil, un proche fils des Vainqueurs. T'en souviens-tu ?

Les mots « nature de l'esprit », « Eveil » et « précieux joyau » rebondirent dans la conscience de Wedji comme des oiseaux dans un nuage orageux; toute son attention s'engloutissait à nouveau dans les mines de sel et de rubis du Vieux Yama : il faisait corps, par à-coups, avec la danse du Seigneur de la Mort, la danse de la balance et de ses opérateurs incongrus. A mille lieues de m'entendre, il divaguait encore : comment aurait-il tendu l'oreille au chuchotis de la paisible nature des choses ?

— C'est la minuscule entame d'un mensonge qu'en toi je voyais poindre qui t'a disloqué de la sorte, jeté dans toutes ces atroces mutilations. Car parler contre le réel, Wedji, c'est indéniablement mutiler l'apparence.

Des paroles bouillonnèrent dans la conscience soudain silencieuse de Wedji :

— J'ai un « corps mental », je suis un « être de pensée », non pas un être concrété par la pensée d'un autre, mais de toutes pièces créé par ma propre pensée. Ma pensée précède mon être à chaque instant. Mon esprit s'accomplit dans ma forme, et ma forme n'est qu'une perception, une « image » de mon esprit, exclusivement une série de consciences conditionnées par les imprégnations de mes habitudes passées et irrémédiablement produites par mon « inconscient fondamental »...

En contrepoint une autre voix frémissait à la surface de son entendement, qui disait :

— Déjà mort, je ne mourrai plus. Mais, si je ne suis que pensée, n'est-il pas, justement, dans la nature de la pensée, de naître puis de mourir à chaque instant ?

Il se posait la question sans pouvoir y répondre ; le silence de sa perplexité se peupla de plus de détails :

— Vois ! lui dis-je. Ton hallucination t'a réduit en poussière, littéralement atomisé : où ta souffrance a-t-elle alors construit son nid ?

— « La douleur », répondit Tsa-t'ou-la, « fait caqueter les poètes et les poules. »

— « Il te faut donc monter en marchant sur toi-même », car, dans le réel, ô Wedji, tu n'es qu'une forme vide et spontanée. « Tu voulais voir les raisons et le fond de toutes choses »... Eh bien, écoute-moi, car je sais qu'à présent tu le peux. Ta forme est vide, Wedji, parce qu'elle n'a pas la moindre essence.

» Dis-moi, quelle est ta forme ? Es-tu homme, lion, lac ou démon affamé ? Où est l'oreille dont tu te sers pour m'entendre ? Rien dont l'essence se dise, se donne la définition, et pourtant tu es : tu souffres de te disloquer, souffres de te reconstituer, souffres comme dans le *bardo de la vie* on ne saurait l'imaginer. Ta forme est vide, certes, aucune cause réelle n'est là pour la produire et pourtant tu existes, tu ressens, tu m'entends : ta forme est vide et spontanée.

» Toi qui m'écoutes, tu n'as plus un atome de ressemblance avec la forme de Wedji qui, il y a moins d'une lune, m'étreignait.

Le Vieux Yama et ses sublimes garçons bouchers semblaient attendre que leur patient ait fini de méditer. L'Etre-la-Mort, particulièrement énervé, avait hâte de reprendre sa leçon. Les clients facétieux, il aimait les rosser plus vertement : il fallait que cet imbécile se recompose, qu'on en finisse avec cette maudite pesée !

— Yama et ses émanations, ô Wedji, de même que

tes compagnons de bardo et chacune de leurs hallucinations, voilà encore et seulement des formes vides et spontanées.

» Tout ce que tu perçois, ce ne sont que des formes projetées par ton esprit, lequel n'est qu'une propension à percevoir faussée dans l'œuf par sa prétendue réalité et constamment sollicitée par ton inconscient, ce qui était ton inconscient et que ton corps muselait. L'esprit du bardowa est neuf fois plus clair que de son vivant.

» N'aie pas peur, Wedji... N'aie plus peur ! Idées vides, ton expérience et ton être se métamorphosent au fil de tes propensions. Or, le vide ne peut nuire au vide : ce qui n'a aucune essence n'a aucun lien, même halluciné, avec ce qui n'a aucune essence.

En face de Yama interdit, de ses fantasmagories paralysées, Wedji méditait. La paisible nature des choses, que les sages appellent « dimension absolue », laissait le vrai dire doucement remuer ses lèvres, sa langue, sa glotte de diamant. Wedji comprit un instant que le Diable, les monstres et toutes les aberrations de l'air et du temps qu'il avait subis provenaient de certain génie hallucinogène dont il ne se savait pas *imprégné* à ce point.

« Vouloir délivre : car vouloir, c'est créer. »

Rien d'autre, constata-t-il.

Il devait m'entendre : on eût dit que les vents rouges du bardo s'étaient couchés. Dans cette accalmie je me surpris encore à lui souffler ceci :

— Comprends que tu te trouves au cœur même du rapport de l'hallucination à l'hallucination : tu sauras alors que tu erres dans l'entre-deux illusoire que notre tradition appelle bardo du devenir.

» Tu n'es donc pas perdu n'importe où, Wedji, ni

n'importe comment, mais dans les terres, de moi connues parfaitement, du bardo du devenir. Telle est la plus certaine certitude que je peux évoquer pour toi.

Merveille entendue un instant, un instant déployée comme un univers qu'un être contemplait, l'instant suivant contractée en Wedji déjeté, qui déjà oubliait qu'il avait compris, de nouveau pris dans ces jaillissements de bolides, fusée, lui aussi, pour goûter à tous les espaces, franchir tous les abîmes, traverser tous les murs.

Privé de corps charnel, il imitait les anges lestes comme la pensée de Dieu ; immatériel, il prit plaisir à se déconstruire encore plus ; libre de toute énergie pesante, il volait jusqu'à l'intérieur des pierres. La mort avait du bon : délivrance, pensaient déjà tant d'humains que le suicide raté de la vie étouffait trop lentement. Mais à mieux y regarder, plus rien ne lestait le bardowa, n'entravait les extravagances de sa fantaisie. Il était le maître magicien de ce spectacle où il avait tous les rôles, y compris ceux de spectateur et de décor, de verbe qui fuse et d'intrigue qui sourd. Et une douleur toujours renouvelée toujours chassait Wedji ailleurs.

Cogelsosylei

— Et si je te disais, Vieux Yama, que tu n'es qu'un lion empaillé, et tes acolytes, des baudruches gonflées de vide, et ton macabre paysage, un décor de pacotille !

A défaut de l'état fondamental de son esprit, le bardowa avait retrouvé sa fronde, qu'il manipulait avec autant d'art que de délicatesse. Le Vieux Yama émit un grognement ; aux trois quarts, ses émanations avaient pâli ; elles se faisaient diaphanes.

— Et si je te disais mon nom d'exorciste ! cria Wedji qu'envahissait une coulée de force pure.

Pas la colère, mon amour ! Tu ne ferais que ressusciter ta souffrance...

— Le nom que le meilleur des maîtres m'a donné...

— *Je* suis ton maître, rugit alors le Buffle.

— Guère celui de Douce-Voix Assoiffé-de-Suprême !

A ce nom, le nom de Héros de l'esprit d'Eveil de Wedji, mais surtout à l'état d'esprit qui lui permit de le prononcer, je me sentis grandir plus encore, fée infinie de la paix du réel.

Pour sa part, mon amour se retrouva soudain les

yeux collés aux svastikas d'or d'un trône. Son cœur battait, sa pensée se cherchait. Lentement, comme s'il s'extrayait des sables mouvants, il laissa ses yeux regarder celui qui était assis sur le trône et, dans un premier temps, il ne vit qu'un pied.

Un pied proportionné à cet immense sanctuaire et à la grandeur des pensées que ces lieux dispensaient. Fasciné par sa taille, Wedji esquissa un pas dans la direction de la montagne humaine dont ce n'était là, après tout, qu'un pied. Son regard, où les battements de son cœur ouvraient rythmiquement des anneaux de clarté, remonta le drapé grenat d'une robe, se prit les cils à quelques détails de brocart et se jeta à la cime du haut chapeau conique et rouge dont les deux oreillettes pendaient sur les épaules de Tsendjö Rimpotché.

Plus vif que l'éclair, Wedji se jeta front contre terre à trois reprises : le Doux Protecteur lui souriait. Les mains jointes au-delà de la dévotion, il oublia tout en plongeant, littéralement, dans le sourire du géant : ma joie s'accrut encore, car c'était là le signe que mon amour volait vers une « précieuse existence humaine ».

— Tchöntsola ! s'écria-t-il. Je te vois. Tu es belle comme ton recueillement... Je t'aime. Oh, pardonne-moi mes crimes !... Peux-tu me parler ? Me vois-tu ?

Immobile et droite, la yogini méditait dans sa petite grotte de Rindzinteng. Son chapelet comptait pour elle les innombrables récitations du mantra des Cent Déités Paisibles et Terribles que son approche exigeait. Sans se voir lui-même ni concevoir dans quel espace il se trouvait, le bardowa la voyait. Il l'aimait et l'avait retrouvée ; il l'admirait sans espoir particulier, ni appréhension, et il lui sembla que, sans pour autant cesser de réciter la formule merveilleuse, elle lui répondait au-delà des mots et de l'éther qu'ils font vibrer :

— Quelle merveille ! Enfin, mon amour... Nous voici réunis ! Sais-tu clairement, à présent, que tu te trouves dans le bardo du devenir ?

Wedji le savait, mais il ne savait pas clairement sur quoi devait déboucher ce devenir.

— Prends refuge dans les Trois Joyaux et tu sanctifieras ton devenir !

Immatériel mais bien existant, Wedji se concentra sur les Trois Joyaux. Il ne parvenait pourtant pas à prendre refuge en eux. Il sentait comme un mur d'hésitations entre lui-même et l'inconcevable refuge.

— Tchöntsola ! cria de nouveau son âme désespérée.

Je suis là, mon amour, assise à jamais dans ton cœur. Tu ne me vois plus, mais je suis là. La preuve, c'est que tu m'entends à l'intérieur de toi... Quel progrès ! Quelle joie ! Aussi vaste soit-il, aucun espace jamais ne nous séparera.

Mais comme tu es distrait, Wedjila ! Ecoute-moi du mieux que tu peux : il y va de ton destin. Jusqu'à présent, tu n'étais qu'une plume endolorie malmenée par la tempête ; maintenant il n'est pour toi qu'une seule arme contre la peur et l'aveuglement — car je sais que tu n'as plus souci que de retrouver une enveloppe corporelle : la grande compassion !

Il est normal que tu aspires à re-vivre, à vivre comme tu as tant de vies vécu, mais, souviens-toi, nous avons ensemble prononcé les vœux des Héros de l'esprit d'Eveil devant notre maître le Doux

Protecteur. C'est un Eveillé qui éveille les endormis que tu veux être, Douce-Voix Assoiffé-de-Suprême, et non un endormi — ou un endormisseur !

M'entends-tu, Wedjila ?

Il m'entendait.

Me comprends-tu ?

A moitié.

Eh bien, là où je me trouve, ô mon bien-aimé, on ignore l'ignorance et la lassitude. Cela qui peut t'empêcher de retomber, voilà désormais tout ce que ton esprit percevra de moi.

— C'est extraordinaire ! s'exclama Wedji. Tchöntsola, je ne puis croire que même ici ton amour m'enveloppe. Je me sens si sale, si indigne... Je crains que la hauteur de ta pensée n'emporte la mienne au-delà de ses limites...

Te rends-tu compte, Wedjila, que, toi aussi, tu es l'immensité infinie de l'Eveil qui vit au fond de chaque phénomène ?

Il ne s'en rendait pas compte, petit point d'esprit lancé par-delà les continents : comment pouvait-il raisonnablement admettre qu'il était infiniment immense et parfait ?

Alors, entendit-il, pose-toi sur ce nuage. Là, assieds-toi, Wedjila, et imagine de toutes tes forces que tu as une forme corporelle, pas n'importe laquelle, mais l'une des formes corporelles humaines qui t'ont le plus impressionné : la géante stature de notre maître le Doux Protecteur. Recouvre ta non-forme de sa peau dorée et pense que ton regard est celui de ses yeux limpides.

Bien, mon amour : tu vois que ce n'est pas très difficile. A présent, concentre-toi intensément sur ce corps de pure luminosité... Bien. Assure-toi d'en reconnaître l'apparence de la tête aux pieds et des pieds à la tête...

Maintenant que tu es concentré, imagine sans la moindre distraction que ton corps se dissout en lumière, depuis les bords jusqu'au centre. Oui, laisse ta forme se fondre au clair azur lumineux... Ne divague pas, reviens ! Regarde-toi, Wedjila, tu es un Bouddha en « corps formel » qui va prendre quelque repos dans son « corps absolu ».

Ne quitte pas ta concentration, tu y es presque... Oh, Wedjila !... Cela ne veut pas marcher ? Eh bien, recommence !

Wedji recommença, mais il parvenait de moins en moins à se visualiser comme le Doux Protecteur, à transformer son absence d'image en image de lumière légère. C'était un corps de chair et d'os qu'il voulait. L'Eveil de la bouddhéité, n'était-ce pas l'affaire des saints ?

Tu as certainement raison, mon amour ! Tu n'es pourtant pas de ces malheureux qui s'agrippent aux illusions du bardo comme à la seule réalité possible. Si tu veux quitter le bardo dans un corps, choisis-le au moins, ce corps, tel que ta nouvelle vie te soit l'occasion de préférer définitivement l'illusion du Pur Eveil Infini à toute autre illusion !

Sais-tu qu'il y a six mondes, six formes d'existence possibles, et que tu peux, en les canalisant par les procédés sacrés que je vais te dire, contraindre les énergies de ton karma vers l'unique existence précieuse, la moins vaine, des six sphères possibles du devenir ?

Je puis déjà t'assurer que — tous les signes ont été réunis — tu ne renaîtras pas dans les tristes sentes :

tu n'iras pas griller dans les enfers, mourir de faim chez les prétas, ni peiner comme une bête de somme chez des hommes aussi malheureux que toi...

Ignorant les renaissances inférieures, Wedji ne pouvait comprendre à quelles tortures il échappait. Il voulait un corps, le meilleur des corps, le corps d'un dieu.

Dans la roue des existences, les dieux sont certes les moins mal nantis, mais leurs extases de beauté, de jouissance, de raffinement, les rendent inconscients comme des animaux. Ils ignorent la véritable nature des choses et, quand le bon karma qui a fait d'eux des dieux quasiment immortels s'épuise, ils ne peuvent plus que tomber. Quel temps perdu ! Quelle vanité !

L'heure est trop grave, mon amour, pour que je t'abandonne à tes rêveries de poète... Rappelle-toi ton cher Tsa-t'ou-la :

« ... Tous les dieux sont des images de poète, un héritage capté par les poètes.

» En vérité, il nous attire toujours à lui — le royaume des nuages : c'est là que nous plaçons nos baudruches bariolées, que nous appelons ensuite dieux et surhommes :

» C'est qu'ils sont juste assez légers pour ces sièges ! — tous ces dieux et surhommes ! »

Yama-la-Mort avait cédé aux menaces inspirées de Wedji et voilà que Wedji hésitait, suspendu dans l'extrême vide d'une indécision primordiale. Il en avait oublié le secours de Tchöntso, étouffé sa présence dans la stupeur, oublié qu'il pouvait, d'un seul mouvement de l'âme, empoigner son karma plutôt que le subir — mais l'ignorance à tout simultanée le privait même de mouvement.

C'est un regain de lucidité dans le recueillement de la yogini, dans son recueillement de clarté, un regain de bonté sans objet particulier qui poussa Wedji dans la vacuité.

Au troisième et dernier étage de la librairie Gogelaere, derrière la Grand-Place de Bruxelles, au rayon langues étrangères, section Orient, il allait enfin acquérir ce *Je parle chinois*, ce manuel de chinois dont l'existence était pour lui un trésor, et pour lequel sa grand-mère avait plié dans sa petite paume d'enfant un billet de cent francs belges.

— Tu es trop petit, mon garçon, déclara le vendeur, pour apprendre le chinois. Tu te rends compte ? Comme ils n'ont pas d'alphabet, ils écrivent chaque mot à l'aide d'un signe différent...

— Je sais, monsieur, et j'ai vraiment envie d'apprendre le chinois.

— Tu devrais apprendre l'arabe plutôt. Tu verras, c'est plus facile.

La *Méthode d'arabe littéral* coûtait cent francs, comme le livre de chinois, et après tout, l'arabe, ça devait être très intéressant.

Obéissant et quelque peu désorienté, le gamin rentra chez sa grand-mère, rue Van Aa, mais ne parvint pas à lui expliquer pourquoi il avait rapporté un manuel d'arabe et non de chinois.

— C'est quand même bien du chinois que tu t'amuses à recopier de partout, mon petit chou ?

— Le vendeur ne voulait pas...

Il fondit en larmes.

Et ses larmes en tombant dans le vide formèrent deux torrents de lumière. L'un, plus pâle que blanc, le faisait frémir d'un pénible malaise ; à la pleine vue de l'autre, bleu comme le ciel, il se sentit irrésistiblement attiré dans les flots qui l'emportèrent.

Le courant bleu qui portait son rêve d'être lui montra, comme une image sur un écran, son amour inoubliable, Tchöntso que, semblait-il, quelque anachronique vision lui avait fait oublier. Excepté ses doigts sur le chapelet, ses lèvres à peine et son souffle moins encore, elle était assise dans l'immobilité parfaite de sa petite grotte de Rindzinteng, le promontoire des Teneurs-d'Eveil où la neige maintenait le vrai silence. Tchöntso était absorbée dans la Claire Lumière et son recueillement rayonnait d'une infinie bonté, pure, attentive, alerte, soignée : ainsi resplendissait la gloire du lien sacré.

Glissant alors dans le bleu d'un autre ciel, invisible nodule de pensées, Wedji adorait Tchöntso qu'il voyait au sommet de la foi, du courage et des rituels qui se déroulent au plus limpide du Diamant. Mystères. L'adorant, il l'entendit encore, et le mantra qu'elle répétait invariablement dispensait à la raison du bardowa un sens proche de celui-ci :

Noble ami, le ciel où tu planes à présent n'est autre que le ciel qui plane au-dessus des hommes. Comme tout à l'heure, tandis que tu souffrais mille morts, tu n'es qu'une pensée, un songe compliqué qui pourtant n'a pas de support : où est ce fameux cerveau qui produit la pensée ? Dis-moi, Wedji qui voles au-dessus des nuages de la terre, de quel cerveau es-tu le rêve ? Du mien ? Mais alors, libre comme je le suis, je puis même cesser de penser à toi — de *te* penser, si tu préfères. Regarde !

Wedji constata le ciel. A vertigineuse vitesse il tombait dans un azur éblouissant vers quelque chose de blanc, de gris, de crémeux.

Alors ? entendit-il. Une voix, ou plutôt le nectar du sens que l'on cherche, bouillonnait au milieu de son esprit. Alors ? As-tu cessé d'être pendant que je ne te pensais pas ?

Ce fut un éclat de rire qui traversa les nuages épais qui recouvraient l'Europe occidentale ce jour-là. Cette nuit-là. Qui recouvraient la Belgique et Anvers, son port, sa rue du Pélican et son jardin zoologique.

Et cet éclat volait vers l'une de ces façades baroques qui font l'originalité de la rue Cogelsosylei, la façade probablement la plus dépouillée, la moins voyante bien qu'agrémentée d'un bas-relief géant d'Atlas soutenant le monde qui, en l'occurrence, se réduisait à un balcon en saillie devant une vaste baie vitrée vaguement ronde.

Un salon, jazz lent, lumière tamisée, quelques couples qui dansent, muets.

Les murs, les gens cessèrent de se précipiter sur la vision sans yeux du bardowa. Il s'était arrêté d'un coup dans une chambre de la maison d'Atlas, une chambrette d'entre-étages où il n'y avait de place que pour le lit. Sur le lit, un homme et une femme faisaient l'amour non sans sauvagerie.

Aux yeux inexistants mais fascinés du bardowa, ces soupirs et les grincement de ce sommier-là ressemblaient à l'accostage définitif de sa nef illusoire.

Conscient autant qu'il est possible à un être de pure conscience, le bardowa retenait le désir absurde qui l'avait soudain pris de renverser l'homme et de prendre sa place entre les bras de cette femme dont les gémissements sonnaient comme des pleurs. Conscient, il eut l'impression que, s'il le voulait vraiment, il pouvait ne pas s'arrêter là, précisément là. Dehors, la pluie dégoulinait sur la statuaire de Cogelsosylei.

Le bardowa ressentait l'extrême illusoire de sa présence dans cette chambre ; l'homme et la femme qui s'aimaient toujours plus bruyamment et le plaisir qui émanait de leur étreinte ne le laissaient guère indifférent. Plus il tentait de se glisser dans la noble peau du Doux Protecteur, dont l'image ne l'avait pas quitté, plus il sentait que c'était ici qu'il devait s'arrêter, que la jouissance qui emplissait la chambrette lui était, en quelque sorte, destinée. En aucun cas il n'était parvenu au terme de l'exercice yogique que Tchöntso lui avait enseigné : il n'apercevait nulle part, désormais, la « spacieuse clarté » dont la fée lui avait déjà tendu si grand nombre de clés.

La femme avait noué ses jambes autour des reins de l'homme au souffle rauque qui galopait en elle. Le bardowa la désirait toujours, il désirait la faire jouir plus encore, mais il ne haïssait plus l'amant dont le plaisir tendait le ventre, et il aima ce plaisir. Etait-ce le même plaisir que la femme éprouvait, ou bien une autre volupté — qu'il voulait absolument connaître ?

Wedjila !

Un cri le fit tressaillir sur son perchoir invisible. La voix, l'inoubliable voix de Tchöntso qui, aussi brusquement qu'elle avait crié, se prolongea dans un murmure.

Après tout ce que tu viens de voir, mon amour, le désir et la haine ont-ils encore un quelconque intérêt pour toi ? Rappelle-toi comme tu voulais te dépasser dans ton prochain en pirouettant par-dessus ta propre tête ! L'unique déclaration d'amour qui ne mentira jamais, c'est « je t'aime parce que ni toi, ni moi, ni l'amour, nous n'existons réellement » : comprends-tu, Wedjila ?

Les secours que, simple fée de la nature des choses, Tchöntso pouvait apporter à Wedji avaient atteint leurs limites karmiques. Il n'était plus nécessaire ni utile, face au désir de renaître qui obsédait le bardowa, de l'instruire plus avant. Celui-ci avait compris ce que son karma, orienté par les méthodes de la yogini, lui avait permis de comprendre, et il était dans la nature des choses, si simple, si vraie, que Wedjila fût réellement incapable de reconnaître dans ces chaos et ces vides, dans le plaisir qui le comblait, la Claire Lumière de son esprit.

Le plaisir de l'homme, plaisir dont l'homme s'ingéniait à contenir la houle, enchantait le bardowa au point qu'il s'envola vers les êtres qui s'aimaient pour s'immiscer dans l'éblouissante volupté que matérialisaient leurs corps. Un instant il se sentit comme une déité sur un trône rougeoyant, une déité qui n'eût pour pensées que d'immensurables vœux altruistes. Rien jamais ne comblerait le vide de l'esprit — bons vœux et indicible jouissance avaient le même goût.

Une immense blancheur s'abattit sur le trône rouge de Wedji, la Voie lactée se décrochant d'un coup du ciel, et le plaisir eut raison de tout ce qui n'était pas plaisir dans la conscience du bardowa. L'instant suivant, le plaisir se muait en félicité, insupportable félicité qui arracha Wedji au bardo du devenir pour l'immerger dans le bardo de la vie.

Et comme, une fois encore, il perdait connaissance, la nature des choses le bénit de toutes les forces de leur lien sacré. L'extrême félicité de Wedji chatoya dans les couleurs du recueillement de Tchöntso et l'inconscience où la matière venait brusquement de le plonger allait déjà peu à peu s'éclaircissant.

Absorbée dans la Claire Lumière des Cent Déités et joyeuse de joie pure, la yogini récitait le mantra.

DU MÊME AUTEUR

Le Palais des nuages,
roman, Phébus, 1989.
Prix du Premier Roman,
Prix Gutenberg.

Yavana,
roman, Phébus, 1991.

D'Elis à Taxila, éloge de la vacuité,
Critérion, 1991.

L'Immortel,
roman, Philippe Picquier, 1992.

Les Petits Chaos de l'étudiant Liu
roman, Albin Michel, 1992.

TRADUCTIONS :

Les Entretiens de Houang-po, maître tch'an du IXe siècle,
Les Deux Océans, 1985,
rééd. Seuil, 1994.

Le Mangeur de brumes : l'œuvre de Han-shan, poète et vagabond,
Phébus, 1985.

La Montagne vide : Anthologie de la poésie chinoise
(en collaboration avec Zéno Bianu),
Albin Michel, 1987.

Les Saisons bleues : l'œuvre de Wang Wei, poète et peintre,
Phébus, 1989.

La composition de ce livre
a été effectuée par Bussière à Saint-Amand-Montrond,
l'impression et le brochage ont été effectués
dans les ateliers de B.C.A. à Saint-Amand-Montrond (Cher)
pour les éditions Albin Michel

Achevé d'imprimer en octobre 1994.
N° d'édition : 14179. N° d'impression : 94/816.
Dépôt légal : octobre 1994.